Sal Mathews

Stan und Lea

Sal Mathews

Stan und Lea

Liebesroman

Für Angie

Dein Verständnis und Deine liebevolle Unterstützung machen so vieles möglich – auch dieses Buch.

édition el!es

Internet: www.elles.de

E-Mail: info@elles.de

Umschlaggestaltung und Satz: graphik.text Antje Küchler

ISBN 978-3-941598-04-1

1

Das Licht in der Kneipe war von Rauchschwaden vernebelt, die eine einsame Trockeneismaschine in unregelmäßigen Zeitabständen auf die Tanzfläche spuckte. Sophie und Lea wählten den kleinen, runden Tisch in der hintersten Ecke, in der das hustenfreie Atmen fast schon wieder möglich war, und ließen sich zufrieden in die bequemen Sessel fallen. Von ihrem Platz aus konnten sie alles beobachten, was in den zwei Räumen vor sich ging, und achteten auf jede Frau, die hereinkam oder die Kneipe verließ. Sophie bestellte zwei Frozen Strawberry Margaritas, während Lea sich umsah.

Ein wirklich netter Laden. So oft war sie schon daran vorbeigelaufen, aber irgendwie hatte sie nie die Zeit gefunden, endlich einmal einzutreten, es sich in diesen Sesseln bequem zu machen und etwas zu trinken. Der Teil, in dem sie mit Sophie saß, war eingerichtet wie ein gemütliches Wohnzimmer. In offensichtlich wahllos festgelegten Abständen standen runde, ungleich große Tische, manche bestuhlt, manche mit alten, tiefen Sesseln bestückt oder einer Ottomane, die zum Entspannen einlud. An der Wand hingen – wild zusammengewürfelt – Bilder, einige Fotos aus Omas Zeiten, und auf dem Klavier an der Wand stand eine Vase mit einem herrlichen Strauß dunkelroter Rosen.

Durch die großen, von Kletterpflanzen eingerahmten Panoramafenster hatte man einen ungehinderten Blick auf die beleuchtete Straße und die vorbeieilenden Menschen. Der ein oder andere blickte kurz auf und in die Kneipe, senkte dann wieder den Blick und huschte weiter. Andere waren in Gespräche vertieft oder versuchten ihre Einkäufe in Sicherheit zu bringen, bevor es zu regnen begann. Der Himmel hatte bereits ein dunkles Bleigrau angenommen, und in der Ferne zuckten die ersten Blitze am Horizont – ein zartes Wetterleuchten vor dem großen Sturm.

Ein breiter, hoher Durchgang öffnete diesen Raum zum nächsten, wo sich zur Linken ein langer, geschwungener Tresen mit Barhokkern befand; dahinter war ein riesiger Spiegel angebracht. Dieser schien das ohnehin schon ungeheuer große Angebot an Alkoholika optisch quasi zu verdoppeln. In kleinen Fensternischen standen Stehtische, den Weg zu den Toiletten säumten Spielautomaten, und in der hinteren rechten Ecke befand sich ein Kickertisch, um den sich bereits Fangruppen gebildet hatten, welche die Spielerinnen lauthals anfeuerten.

Die Tanzfläche war klein, aber ausreichend, und die Musik der DJane war durchaus gut. Eine Mischung aus Pop, Rhythm & Blues und dem ein oder anderen Oldie. Es war jedenfalls nicht die Art Musik, die in den angesagten Discos gespielt wurde und die einem schon zum Hals raushing.

Um diese Uhrzeit war der Andrang noch nicht allzu groß, aber die Tanzfläche war gut gefüllt. Manche tanzten allein, andere Arm in Arm. Lea mußte lächeln. *Ladies Night* stand in großen Lettern auf einem Plakat an der Eingangstür, und im Gegensatz zu anderen Events bedeutete das hier nicht, daß Frauen unter dreißig kostenlosen Eintritt und ein Freigetränk, sondern daß Männer keinen Zutritt hatten.

Lea staunte über all die Frauen, die sich teilweise gut zu kennen schienen, die in Gruppen um die Tische standen oder es sich in den Sesseln bequem gemacht hatten und sich angeregt unterhielten. Einige saßen an der Theke und beobachteten, andere tanzten. Es war eine lockere, gelöste Atmosphäre, und Lea war froh, daß Sophie sie überredet hatte, den Abend hier zu verbringen. Sie verbot sich ein lautes Lachen bei dem Gedanken an die Reaktion, die Robert gezeigt hätte, wäre er in ihrer Begleitung gewesen und am Eingang abgewiesen worden.

»Und, was hältst du von der Kneipe?« Lea zuckte erschrocken zusammen, als Sophie sie aus ihren Gedanken riß.

»Na ja, ein bißchen ungewohnt ist es schon, so ganz ohne Männer.« Lea rollte mit den Augen und wackelte belustigt mit dem Kopf. Sophie mußte lächeln.

»Dafür können wir aber in aller Ruhe miteinander reden, ohne daß uns irgendein Typ dazwischenkommt. Weißt du noch? Letzte Woche in der Disco?«

»Ja, was für ein arroganter Idiot! Macho, Macho! Dem hätten wir noch zehnmal erklären können, daß wir allein tanzen wollten. Hätte Robert sich nicht dazwischengeworfen und uns gerettet, wäre der ganze Abend verdorben gewesen!«

»Robert, der edle Retter.« Sophie mußte bei dem Gedanken lächeln. Aber Lea hatte schon recht.

In diesem Moment brachte ihnen eine sehr männlich aussehende Bedienung die Margaritas und stellte sie lächelnd auf ihren Tisch. »Ladys!« Sie machte eine gespielte Verbeugung und entfernte sich.

»Ah, endlich. Ich habe schon gedacht, wir müßten verdursten!« Sophie hob ihr Glas und prostete Lea zu. »Auf New Orleans!«

»Ja, auf New Orleans und den besten Urlaub, den ich je hatte!«

»Laß uns tanzen!« Bevor Lea sich weigern konnte, war Sophie schon aufgesprungen, hatte Leas Hand genommen und sie mit sich auf die Tanzfläche gezogen. Lea war sich der musternden Augen um sie herum durchaus bewußt, genauso wie der Tatsache, daß Sophie in ihrem kurzen, schwarzen, enganliegenden Kleid atemberaubend aussah. Ihre blonden Haare tanzten um ihren Kopf, und ihr Lachen wirkte so ansteckend, daß Lea alles um sich herum vergaß.

»Komm zu mir, Schatz!« rief Sophie deutlich hörbar, und mit einem Augenzwinkern zog sie Lea eng an sich heran. Den einen Arm um ihre Hüfte gelegt, den anderen locker ausgestreckt und ihre Hand haltend, führte sie Lea so sicher über die Tanzfläche, als hätten sie nie etwas anderes getan als gemeinsam zu tanzen. »Du siehst toll aus«, flüsterte Sophie Lea ins Ohr. »Die Schönste im Saal.«

»O nein, Sophie, das bist du, und das weißt du auch. Wieder mal auf Komplimente aus?!« Lea schnalzte mit der Zunge und schüttelte mit gespielter Entrüstung den Kopf. Sie drehte sich schwungvoll unter Sophies ausgestrecktem Arm hindurch, warf den Kopf in den Nacken, und mit einem ausladenden Schritt voneinander weg kamen beide mit den letzten Klängen der Musik zum Stehen.

»Sophie, du spinnst!« Atemlos ließ sich Lea in ihren Sessel fallen. »Was die anderen jetzt wohl denken?«

»Daß wir ein Paar sind! Was sonst?« Sophie lächelte und hob schweratmend ihr Getränk zum Mund. »Auf dich, meine Süße!« sagte sie und warf Lea einen Kußmund zu. Lea wurde rot und preßte ein leises »Laß das!« zwischen ihren Lippen hervor. Sophie verzog das Gesicht, als Leas Fuß unter dem Tisch ihr Schienbein traf.

»Lea! Das tat weh!«

»Sollte es auch. Das ist ja schon peinlich! Benimm dich gefälligst, oder willst du, daß wir rausfliegen?!«

»Ich wollte ja nur, daß wir sicher sind und in Ruhe gelassen werden.«

»Was soll das denn schon wieder heißen?«

»Hast du nicht die Blicke gesehen, als wir hereinkamen?« Sophie schüttelte ungläubig den Kopf. »Lea-Schatz, manchmal bist du einfach zu naiv für diese Welt.«

»Ich verstehe wirklich nicht, wovon du redest!«

»Dann schau dich doch mal an! Du bist eine Schönheit. Ein Blick in deine Augen, und die Menschen werden schwach!« Lea senkte ihren Blick. »Da! Das ist so dermaßen sexy, wenn du die Augen niederschlägst, und dieser Hauch von Schüchternheit – wunderbar!«

»Hör auf damit, Sophie.« Lea beugte sich zu Sophie und gab ihr einen freundschaftlichen Klaps auf die Schulter. »Du machst mich ganz verlegen.«

»Gut so. Du hast scheinbar keine Ahnung, wie du auf andere wirkst! Hier gibt es bestimmt schon die ein oder andere, die ein Auge auf dich geworfen hat. Glaub ja nicht, du wärst hier sicher ohne mich, nur weil keine Männer um uns herumschwirren.« Mit großen Augen und einer ausladenden Geste unterstrich Sophie das Gesagte, und Lea mußte lächeln. Ihre beste Freundin war verrückt geworden. Absolut verrückt.

Stan stand mit ein paar anderen Frauen an einem der Tische im Barbereich und gab vor, dem Gespräch zu folgen, das sich wie immer darum drehte, wer in der vergangenen Woche mit wem angebandelt und wer mit wem Schluß gemacht hatte. Jede gab ihren Senf dazu, und manchmal entstanden so hohe Wellen, daß Stan fast schon hoffte, von ihnen weggespült zu werden aus diesem kleinen, engen Kreis von eher Bekannten als Freundinnen, bei denen sich immer alles nur um das eine drehte! Sie seufzte. Die Beziehungslandkarte dieser Frauen veränderte sich ständig, und manchmal schienen die Kontinentalverschiebungen so dramatisch zu sein, daß ihre kleine Welt drohte aus den Fugen zu geraten.

Normalerweise beteiligte sie sich rege an diesen Diskussionen, aber heute konnte sie ihre Blicke nicht mehr von dieser Frau wenden, die ihr direkt aufgefallen war, als sie mit ihrer Freundin in die Kneipe kam. Sie hatte sie hier noch nie gesehen. Dieser leichte Gang, diese Figur, diese Augen. Sie mochte sie auf Anhieb. War diese andere Frau ihre Freundin, ihre Geliebte? So, wie die beiden getanzt hatten, konnten sie eigentlich nur ein Paar sein.

Wie stellte sie es bloß an, sie anzusprechen, ohne gleich in das erste Fettnäpfchen zu treten? Wer garantierte ihr, daß sie sie noch einmal sehen würde, allein? Vielleicht wäre sie aus ihrem Leben verschwunden, sobald sie dieses Lokal verließ! Die Gedanken schossen ihr so schnell durch den Kopf, daß sie keinem wirklich lange nachhängen konnte. Viertel vor zehn. Sie bestellte sich einen doppelten Cognac, um den Mut zu finden, die schöne Unbekannte anzusprechen, und wie es der Zufall wollte, ging ihre Freundin gerade zu dem Zeitpunkt auf die Toilette, als Stan ihr Vorhaben in Angriff nahm.

»Hallo.«

»Hallo.« Lea sah von der Getränkekarte auf, die sie gerade studierte.

»Ich bin Stan. Darf ich dich um diesen Tanz bitten?« Stan war so aufgeregt, daß sie leicht zitterte, als sie der Fremden auffordernd ihre offene Hand entgegenhielt und verzweifelt hoffte, daß sie in den gemeinsamen Tanz einwilligen würde.

Lea sah Stan überrascht an. Sie trug eine ausgebeulte Jeans, die ihre besten Jahre eindeutig hinter sich hatte, und ein enganliegendes, orangefarbenes T-Shirt, auf dem in grellgelben Buchstaben die Worte *No Man's Land* standen. Ihre dunkelbraunen, fast schwarzen Haare waren im Nacken kurz geschnitten und fielen ihr vorn fast bis zur Oberlippe ins Gesicht. Und aus dem Schatten, den sie auf das Gesicht der anderen warfen, strahlten sie große, blaue Augen an. Lea war sich sicher, daß sie noch nie in ihrem Leben solche Augen gesehen hatte. Sie waren von einem tiefen Blau, einem Blau, wie es ein Bergsee in der Abenddämmerung trägt und in dessen Oberfläche sie sich widerspiegelte. Es ging eine Magie von ihnen aus, der sich Lea nicht entziehen konnte, und ohne lange zu überlegen willigte sie ein.

Stan, überrascht von ihrem Erfolg, und Lea, nervös und unsicher in dieser für sie neuen Situation, bewegten sich steifbeinig über den Linoleumboden, auf dem die Sohlen ihrer schwarzen Schuhe lange Streifen hinterließen.

Leas Sinne waren auf Alarmstufe geschaltet, und aufmerksam, wie sie war, entging ihr nichts. Es schien ihr, als ob alle Augen auf sie gerichtet waren, und sie schämte sich, daß sie so unbeholfen war. Als hätte sie noch nie getanzt. Die Frau an der Theke trocknete gerade ein Glas ab und warf ihr grinsend einen abschätzenden Blick zu. In der Ecke steckten zwei Frauen in Cowboystiefeln und Jeans ihre Köpfe zusammen und schienen mit Worten und Blicken über sie herzufallen. Sie konnten sich über alles und jede unterhalten, und doch war sich Lea sicher, daß es um sie ging. Trotz der lauten Musik schienen sie ihren Namen zu flüstern und mit unsichtbaren Fingern auf sie zu zeigen. Sie hatte das Gefühl, ohnmächtig werden zu müssen.

»O Mist! Entschuldige!« Sie war Stan auf den Fuß getreten. Lea blickte verlegen zu Boden und versuchte ihre chaotischen Gedanken und Gefühle in den Griff zu bekommen. Ihr entging der kurze Moment, in dem sich der Schmerz in Stans Gesicht widerspiegelte und in dem sie ihre Lippen so fest aufeinanderpreßte, daß sie fast weiß waren, obwohl sie lieber aufgeschrieen hätte. Statt dessen spürte sie den Ruck, der durch Stans Körper ging, sah, wie ihre Augen feucht wurden, und hörte sie zu ihrer beider Überraschung sagen: »Ist schon in Ordnung. War nur halb so schlimm.« Lea unterdrückte ein Lächeln. »Ich hoffe, es ist dir nicht peinlich oder unangenehm, mit mir zu tanzen.«

»Nein«, Lea blickte Stan an, »ist es nicht.«

Stan wich Leas Blicken aus. Sie mußte aufhören, sie so unverblümt anzustarren. Aber sie konnte nicht anders. Leas Gesicht war wunderschön. Ihre Augen, dunkel und klar, erschienen in dem gedämpften Licht der Kneipe fast schwarz, und dennoch leuchteten sie geheimnisvoll, besaßen eine ungemeine Ausstrahlungskraft. Genauso wie die vollen, sanft geschwungenen Lippen, die der zart aufgetragene dunkelrote Lippenstift gegen die bleiche Haut hervorhob. Die langen, dunkelblonden Locken waren zu einem lockeren Knoten gesteckt, aus dem sich einige widerspenstige Strähnen gelöst hatten und Lea ins Gesicht fielen. Stan stellte sich vor, wie sie diese Lippen küßte, wie sie die Haarsträhnen aus Leas Gesicht strich, wie sie Leas Wange berührte. Sie versuchte sich zu beherrschen, und konnte doch an nichts anderes denken.

»Ich heiße Stan. Hab ich dir ja schon gesagt. Eigentlich Constanze. Aber alle nennen mich Stan. Schön, dich kennenzulernen.« Irgendwie mußte sie wieder ein Gespräch beginnen – dieses Schweigen und die ausweichenden Blicke waren nicht zu ertragen.

»Wie . . . äh, ja, ich bin Lea.«

»Freut mich. Ich hoffe, ich war nicht zu aufdringlich, als ich dich zum Tanzen aufforderte.«

»Ist schon in Ordnung. Nur . . . es ist mein erstes Mal. Also, ich meine, daß mich eine Frau auffordert, mit ihr zu tanzen. Eine Frau, die ich nicht kenne, meine ich. Ich weiß gar nicht . . . wie ich mich verhalten soll.« Zögernd schob sie ihre Hand etwas fester um Stans Hüfte und versuchte sich ein wenig zu lockern.

»Für den Anfang machst du es doch gar nicht so schlecht! Laß dich einfach ein bißchen gehen. Ich werde führen, und du brauchst nur zu folgen.«

Sie tanzten eine ganze Weile miteinander, Lea immer darauf bedacht, einen deutlichen Sicherheitsabstand einzuhalten, auf den Stan durchaus hätte verzichten können. Mit dem Ende des dritten Liedes bedankte sich Lea verlegen und kehrte eilig an den Tisch zurück, an dem Sophie mit einem verschmitzten Grinsen auf sie wartete. Als diese zuvor von der Toilette gekommen war, hatte Lea ihren überraschten Gesichtsausdruck durchaus zur Kenntnis genommen, und nun sah sie die Neugierde in den Augen ihrer Freundin aufblitzen.

»Sieh mal einer an! Keine fünf Minuten kann man dich allein lassen, ohne daß du gleich mit jemandem anbandelst.«

Lea glühte und konnte sich buchstäblich vorstellen, wie die Röte von ihren Ohrläppchen aus ihr ganzes Gesicht überfiel und auf ihrem Hals hektische Flecken hinterließ. »Sie hat mich zum Tanzen aufgefordert. Was sollte ich machen? Ich war noch nie in einer solchen Situation.«

»Du hättest schlicht und ergreifend nein sagen können! Das machst du doch sonst auch!«

»Mein Gott! Bist du etwa eifersüchtig?« fragte Lea und versetzte Sophie mit ihrem Ellenbogen einen Knuff in die Rippen.

»Au!« Sophies Augen lächelten Lea an und funkelten geheimnisvoll. »Ein schönes Paar habt ihr da abgegeben!«

»Ach komm schon. Es war einfach nett. Mal was anderes. Laß uns gehen.«

»Okay. Vielleicht gibt es ja beim Chinesen noch etwas zu essen. Ich hab riesigen Hunger.

Stan sah, wie sich die beiden Frauen angeregt unterhielten, und versuchte aus der Gestik etwas abzulesen. Aber sie schienen lediglich Freundinnen zu sein, die ihre Zeit miteinander genossen und über alles diskutieren konnten, was ihnen in den Sinn kam.

Plötzlich standen beide auf und griffen nach ihren Mänteln. Verdammt. Würde Lea jetzt aus ihrem Leben einfach genauso schnell wieder verschwinden, wie sie aufgetaucht war? Sie mußte sich wenigsten die Chance bewahren, sie noch mal wiederzusehen, und kritzelte hastig ihre Telefonnummer auf die Serviette, die neben ihrem leeren Cognacglas auf dem Tisch lag.

Lea und Sophie waren schon auf die Straße getreten und hatten mit einem ungläubigen Blick gen Himmel ihre Mantelkrägen hochgeschlagen. Das Gewitter war mit Wucht über die Stadt hinweggezogen und bescherte ihnen nun einen kräftigen Regenschauer, der unerbittlich auf sie niederprasselte. Der feucht glänzende Asphalt war übersät mit Pfützen, deren aufgeworfene Oberflächen den Lichtern und Leuchtreklamen der umliegenden Geschäfte, Bars und Kneipen bizarre Spiegelbilder schenkten. Es hatte deutlich abgekühlt, und der frische Wind wehte ihnen die Regentropfen ins Gesicht. Keine der beiden hatte an einen Schirm gedacht.

»Lea!«

Lea drehte sich um und sah Stan im schützenden Eingang der Kneipe stehen. Zögernd bat sie Sophie, kurz zu warten, und ging die wenigen Meter zurück, bis auch sie im Eingang stand. Stan war etwas kleiner als sie und schaute sie mit ihren klaren blauen Augen durchdringend an. Lea blickte verlegen zu Boden. Sie hatte das Gefühl, daß diese blauen Augen sie durchforschen konnten wie Röntgenstrahlen und daß ihnen auch das kleinste Geheimnis in der hintersten Ecke ihrer selbst nicht verborgen blieb.

»Ich wollte dir nur Tschüß sagen und ... äh, dich fragen, ob wir uns vielleicht mal auf einen Kaffee in der Stadt treffen ...« Sie fing an zu zittern. Ihre Jacke hing in der warmen Kneipe und konnte ihr nicht gegen die Kälte, die mit dem einsetzenden Regen gekommen war, helfen.

»Ja, vielleicht.«

»Ich würde mich auf jeden Fall freuen. Hier ist meine Telefonnummer. Ruf doch mal an.«

»Das werde ich machen.«

»Versprochen?«

»Versprochen.«

Bevor sie sich umdrehen konnte, hielt Stan sie am Arm fest und gab ihr einen Kuß auf die Wange, der sich wie ein glühendes Eisen in ihre Haut brannte und doch nur so leicht hingehaucht war, als sei er pure Einbildung, eine geträumte Wahrnehmung, mit der ihr ihre Phantasie einen Streich spielen wollte. Sie faßte unwillkürlich an die Stelle, an der eben noch Stans Lippen ihre Haut berührt hatten, und schaute diese mit großen, überraschten Augen an. Für den Bruchteil einiger Sekunden, der Lea wie eine kleine Ewigkeit vorkam, trafen sich ihre Blicke, schien sich ein zartes, fragiles Band zwischen ihnen zu spannen, das erst zerriß, als Lea die Augen schloß, sich abrupt umdrehte und hastig zu Sophie zurücklief, die sich die Schaufensterauslagen in den benachbarten Geschäften angeschaut und die – davon war Lea überzeugt – alles aufmerksam beobachtet hatte.

»Laß uns gehen.«

»Wie du willst«, meinte Sophie, drehte sich noch einmal um und winkte Stan zu, die immer noch im Eingang stand und die sie nur als dunkle Silhouette, aber überaus deutlich wahrnahm.

»Hör auf damit.« Lea zerrte sie am Ärmel und zog sie in die nächste Seitenstraße, weg von der Kneipe, weg von Stan, weg von den verwirrenden Gefühlen, die sie spürte. Erst als sie beim Chinesen angekommen waren, hörten sie auf zu laufen, und beide ließen sich durchnäßt und außer Atem auf die erstbesten Stühle fallen.

Das Essen duftete verlockend, und Sophie fiel mit Heißhunger über ihre gebratene Ente in Satésauce her. Lea schüttelte nur ungläubig den Kopf.

»Du tust ja so, als hättest du seit Wochen nichts mehr gegessen«, sagte Lea lächelnd. »Oder ist dieses Essen das letzte deines Lebens?« Sie selbst stocherte in ihren acht Kostbarkeiten herum, als wolle sie überprüfen, ob alle vorhanden sind.

»Das war heute ein Tag in der Redaktion.« Sophies Augen funkelten. »Ich kann dir sagen. Montage sind kaum zu ertragen. Man sollte ja meinen, daß sich die meisten übers Wochenende ein bißchen erholt haben, aber irgendwie gelingt es vor allen Dingen den Workaholics, ihren Adrenalinspiegel hochzuhalten. Als hätten sie die Redaktion nie verlassen. Unglaublich.«

»Das kann dir nicht passieren?!«

»Natürlich nicht! Ich habe ein Leben neben meiner Arbeit. Und Letztere dient nur der Finanzierung von Ersterem.« Sie prostete Lea mit ihrem obligatorischen Jasmintee zu.

»Das habe ich mir gedacht.« Lea konnte sich ein Grinsen nicht verkneifen.

»Weißt du eigentlich, wovon ich rede? Wenn ich dich nicht hin und wieder mit ins Leben ziehen würde, dann bestünde dein Tag aus Arbeit, Arbeit, Arbeit. Und was machst du in deiner Freizeit?« Sophie blickte sie vorwurfsvoll an. »Ohne mich wärst du wahrscheinlich schon innig mit deinem Sofa verwachsen, würdest alle Bücher dieser Welt gelesen haben und einsam und allein in deiner Wohnung versauern.«

»Du übertreibst maßlos.«

»Kein bißchen. Genau so ist es.« Sophie legte ihre Stäbchen zur Seite und ergriff Leas Hand. »Lea, was ist los mit dir? Du trauerst doch wohl nicht Robert nach? Das ist vorbei, Schatz. Sei froh und mach dich auf die Suche nach etwas Neuem! Ein neues Kapitel in deinem Buch des Lebens.« Bei den letzten Worten seufzte Sophie theatralisch und sah mit großen, Unschuld heuchelnden Augen an die Decke, von der ihr ein gemalter chinesischer Drache entgegenblickte. Schnell senkte sie wieder den Kopf.

»Wie pathetisch!« Lea mußte unwillkürlich lächeln. Sie war Sophies Blick gefolgt. »Hat dir das der Drache eingeflüstert, oder gehören chinesische Weisheiten neuerdings zu deiner Standardlektüre?«

»Dein Sarkasmus in Ehren – aber Wahrheiten dürfen ja wohl noch gelassen ausgesprochen werden. Du und dein Sofa. Lea, du bist doch noch jung. Denk an all die Abenteuer, die auf dich warten.«

»Du klingst wie meine Mutter.«

»Gott bewahre.«

»Für sie beschränken sich die Abenteuer, die mich erwarten, allerdings auf Kochbücher und Enkelkinder.« Lea schob die Schüssel mit Reis von sich, lehnte sich in ihren Stuhl zurück und blickte aus dem Fenster. Ihre Wange brannte. Sie dachte an Stan, spürte die zarte Berührung ihrer Lippen und fuhr sich gedankenverloren über eben jene Stelle ihrer Wange, auf die Stan sie geküßt hatte. Eine Gänsehaut ließ sie frösteln, und gleichzeitig spürte sie, wie sich langsam Wärme von diesem kleinen Punkt über ihr Gesicht und ihren ganzen Körper ausbreitete. Sie war zu verwirrt, um einen klaren Gedanken über das Geschehene fassen zu können, aber sie wußte, daß sie das Gefühl, das es sie spüren ließ, genoß.

»Möchtest du darüber reden?« Sophie riß sie aus ihren Gedanken. Sie mußte sie eine ganze Zeitlang beobachtet haben.

»Worüber?« Lea schaute sie erstaunt an, und Sophie glaubte, Verletzlichkeit, Unsicherheit und Verwunderung in Leas Augen lesen zu können. Sie glänzten in dem schummrigen Licht der schrecklich kitschigen chinesischen Lampe wie die Augen eines scheuen Rehs, das aufgeschreckt kurz erstarrt, bevor es mit eiligen Sprüngen im Wald verschwindet. Nicht daß Sophie so etwas schon einmal erlebt hatte, aber genau so stellte sie es sich vor.

»Über die Frau? Den Kuß? Über ... deine Reaktion, deine ... Gefühle?« Sophie kaute unsicher auf ihrer Unterlippe, schaute Lea aber mit festem und forschendem Blick an.

»Nein.« Lea schüttelte energisch den Kopf und schob ihr Kinn vor. Ein untrügliches Zeichen für Sophie, das Thema nicht weiter zu forcieren. Sie kannte ihre Freundin gut genug. »Nein, möchte ich nicht. Laß uns gehen. Ich bin müde.«

»Wie du willst.« Sophie kramte in ihrer Tasche nach dem Geldbeutel. »Darf ich dich einladen? Schließlich war der Abend meine Idee.«

»Gern. Ich rufe dir ein Taxi und warte draußen.« Lea sprang auf und zog ihren Mantel an, rief dem Asiaten am Ausschank ein *Auf Wiedersehen* zu und verschwand durch die Tür nach draußen. Sophie hatte das Gefühl, zu weit gegangen zu sein. Aber sie waren doch Freundinnen! Sie hatten bisher über alles reden können. Alles. Sie schüttelte verwundert den Kopf, zahlte und folgte Lea nach draußen.

Das Taxi wartete schon, und Lea gab ihr einen Kuß auf beide Wangen. »Danke für den Abend. Ich melde mich.«

»Lea ...«

»Steig ein. Wir reden ein anderes Mal.«

Sophie tat wie ihr befohlen, und als das Taxi losfuhr, drehte sie sich noch einmal nach Lea um und winkte ihr zu. Doch Lea hatte sich bereits abgewandt und ging raschen Schrittes in Richtung ihrer Wohnung, die – keine zehn Minuten zu Fuß – am Park in einer der mondänen Altbauvillen lag.

2

Sie hatte alles probiert. Das komplette Aufbauprogramm. Eine ausgiebig lange, warmkalte Dusche mit einem Massagestrahl, der unerbittlich auf sie hinunterprasselte, bis ihre Haut brannte, das neue, die Haarstruktur stärkende und so herrlich duftende Shampoo und ein Glas Prosecco, der ihren Kreislauf in Schwung bringen sollte. Den absoluten Höhepunkt bildete die Quark-Gurken-Maske, die die Spuren der letzten Nacht aus ihrem Gesicht hätte verbannen sollen.

Einzig erkennbarer Erfolg war lediglich der Schock, den Lea erlitt und der ihr das Adrenalin durch ihre Adern pumpte, als sie ihr Ebenbild im Spiegel sah. Zwei der Gurkenscheiben hatten sich gelöst und, der Schwerkraft folgend, unaufhaltsam den Weg Richtung Leas Hals aufgenommen, dabei lange Schlieren hinter sich herziehend. In jenem Augenblick überkam sie die ernüchternde Gewißheit, daß der Verjüngungs- und Auffrischungsversuch von nur mittelmäßigem Erfolg gekrönt sein würde. Vielleicht wäre es besser gewesen, die zwei Stunden nach sechs Uhr, als ihr Wecker sie unerbittlich in den neuen Tag stieß, einfach schlafend zu verbringen. Statt dessen hatte sie eine Spur getrockneter Quarkklümpchen gelegt – vom Wohnzimmer durch den Flur bis hin zum Bad, als hätte sie Angst, den Weg zurück in die Küche nicht mehr zu finden. Sie hatte sich entschlossen, die Maske vom Gesicht zu waschen und der Realität ins Auge zu blicken. Wie hatte sie nur glauben können, daß ihre dunklen Augenringe und die Müdigkeit, die sich wie ein schweres Tuch auf ihre Schultern gelegt hatte, mit einer Quarkmaske so einfach zu beseitigen seien?

Nun stand sie vor dem kleinen Laden und kramte in ihrer Tasche nach dem Schlüssel. Irgendwo mußte er doch sein! Nach der Begegnung am Abend zuvor wußte sie nicht mehr, wo ihr der Kopf stand. Sie war fest entschlossen, das Chaos, das ihre Gedanken beherrschte, durch Arbeit irgendwie in den Griff zu bekommen. Und Arbeit gab es wahrlich genug. Ihre neue Kollektion mußte entworfen, die nächsten Messebesuche mußten organisiert und geplant, die Schaufenster neu gestaltet werden. Die aktuelle Dekoration war jetzt auch schon knapp zwei Monate alt.

Da war er, endlich. Lea schloß auf und hatte dann genau dreißig Sekunden Zeit, den Zahlencode in das Nummernfeld direkt neben der Eingangstür einzugeben, bevor der Alarm erklingen würde. Robert hatte darauf bestanden, nachdem einige Einbrüche in andere Juweliergeschäfte der Stadt sie extrem verunsichert hatten. Das System, auf das ihre Wahl gefallen war, schien offensichtlich gut zu sein. Aber es hatte auch ein kleines Vermögen gekostet.

Eigentlich öffneten sie erst um zehn Uhr, wie auch alle anderen kleinen Geschäfte am Markt und in der Altstadt, und so ließ Lea im Erdgeschoß lediglich die Nachtbeleuchtung an und ging gleich hinauf in das Arbeitszimmer, das sie und Robert gemeinsam nutzten. Sie würde sich als Erstes einen Kaffee kochen. Zwar hatte sie zu Hause schon einen getrunken, aber ihr körperlicher Zustand verlangte nach einem zweiten, vielleicht auch dritten, er schrie förmlich nach Koffein.

Sie ließ sich mit der Tasse und ihrem verführerisch duftenden Inhalt auf ihren Stuhl am Fenster fallen und blickte hinaus. Noch war es dunkel draußen. Sie zog ihre Schuhe aus und legte die Füße auf die breite Fensterbank. Die Namen der Kneipen, Bars und Geschäfte leuchteten schwach in unterschiedlichen Farben in die verblassende Nacht, und die gelblich-weiße Straßenbeleuchtung hüllte den Marktplatz in ein bleiches Licht. Durch die vollkommene Abwesenheit menschlichen Lebens wirkte die Szenerie fast unheimlich. Irgendwo bemerkte Lea den Schatten einer streunenden Katze. Zu schnell, um ihn wirklich zu sehen, mehr eine dunkle, vorbeihuschende Bewegung im Augenwinkel. Durch die geschlossenen Fenster drang kein Laut an ihre Ohren, und die Stille, die in dem Raum herrschte, stand in krassem Gegensatz zu den lauten, marktschreierischen Gedanken, die während der vergangenen Nacht auch den letzten Winkel ihres Gehirns bevölkert hatten und nun hinter jeder Windung auf ihren Auftritt lauerten.

Sie wußte nichts anzufangen mit ihrer Reaktion auf diesen Kuß. Sie erkannte sich selbst nicht wieder. War sie noch bei Sinnen? In diesem flüchtigen Moment, diesem Bruchteil einer Sekunde, in dem Stan sie küßte, ihr diesen harmlosen, sanften Kuß auf die Wange gab, hatte sich ihre Welt aus den Angeln gehoben. Dieser Kuß war nicht wie die Küsse, die sie mit Sophie austauschte, er war nicht wie die Küsse, die sie mit Robert geteilt hatte. Dieser Kuß ließ sie für einen kurzen Augenblick Glück empfinden. Dessen war sie sich jetzt sicher. Viele schlaflose Stunden lagen hinter ihr, in denen sie immer wieder versuchte das Gefühl zu analysieren, das sie genau in jenem Augenblick empfand. Und sie wußte, es war Glück, was sie sah und spürte. *Lächerlich*, dachte sie. *Du bildest dir etwas ein, was nicht wirklich sein kann. Glück.*

Verächtlich stieß sie eine beträchtliche Menge verbrauchter Atemluft durch ihre Nase aus, schüttelte energisch den Kopf und beugte sich über die Arbeitsplatte, auf der die Entwürfe lagen, die sie am Tag zuvor begonnen hatte. Noch waren sie nicht mehr als fein gezeichnete Linien auf Papier, die hier und da noch geändert, verbessert sowie umgestaltet werden mußten, und es blieben noch genau zwei Wochen. Diese Frist hatte sie sich selbst gesetzt. Dann würde sie mit der praktischen Arbeit beginnen und die Ideen zu Ringen, Anhängern, Colliers und anderen Schmuckstücken werden lassen. Die neue Kollektion würde die Natur zum Thema haben, und nun arbeitete sie an Kombinationen aus Gold und Silber mit versteinertem Holz und Mammutbein, Leder, Bernstein und diversen Natursteinen. Robert hatte äußerst viele Ideen und Materialien von den letzten Messen mitgebracht. An ihr lag es nun, das alles zu sichten, zu beurteilen, zu ordnen und zu verkaufsfähigen Stücken zu verarbeiten.

Es war vor fast vier Jahren gewesen, daß sie jemanden gesucht hatte, der ihr die lästige Arbeit der Buchführung abnehmen sollte. Robert schien perfekt dafür zu sein, aber zielstrebig, wie er war, steuerte er unbeirrbar auf eine Partnerschaft zu. Das entsprechende Geld war vorhanden, und da Lea damit auch ein ungeheures Stück Verantwortung abgeben konnte, stimmte sie zu. Aus *Schmuckatelier Rothenbaum* wurde *Rothenbaum & Winter*. Den Namen, den ihre Großmutter Jahrzehnte zuvor für die kleine Goldschmiede gewählt hatte, behielten sie bei. *Le Petit Roi d'Or.*

»Deine Großmutter würde sich im Grab umdrehen, wenn sie wüßte, daß du das Geschäft abgegeben hast!« Die Vorwürfe ihrer Mutter waren völlig unbegründet, und als sie Robert dann kennenlernte, fand sie das Ganze nur noch halb so schlimm. Er benötigte nicht einmal fünf Minuten, um ihre Mutter um seinen Finger zu wickeln. Als Lea und er ein Paar wurden, war ihre Mutter hellauf begeistert, und die Tatsache, daß das familieneigene Geschäft nur noch zu knapp siebzig Prozent der Familie gehörte, schien vollkommen nebensächlich.

Mit Robert war frischer Wind in den Betrieb geweht. Der Verkaufsraum wurde neu gestaltet, das Sortiment erweitert und die Werkstatt im Hinterzimmer zu einer offenen Werkstatt umgebaut, in der die Kundinnen und Kunden auf Wunsch die Entstehung ihres Unikats verfolgen durften. Und das Gesamtkonzept ging auf. Sie konnten sich nicht beklagen. Es gab immer etwas zu tun, und die riesige Preisspanne, mit der sie arbeiteten, gab auch den Interessenten mit kleinerem Geldbeutel die Möglichkeit, etwas für den eigenen Geschmack zu finden. Einzige Maxime war, daß alles, was angeboten wurde, klassisch einfach sein mußte. Niemand würde verschnörkelten, pompösen, kaum tragbaren Schmuck bei ihnen finden. Da waren sich beide einig.

Sie saß gerade über einem vierhundertseitigen Goldschmiedebedarfskatalog und sah sich Collierschließen an, als ein fröhliches *Hallo* sie zusammenschrecken ließ.

Lautlos war Robert in den Laden und das Büro geschlüpft. Er gab ihr einen Kuß auf die Wange und setzte sich an den Schreibtisch gegenüber. Die Ringe unter seinen Augen waren deutliche Anzeichen dafür, daß auch seine letzte Nacht eine sehr kurze gewesen sein mußte.

»Na, mein Liebling, wie geht es dir?« Er nannte sie immer noch Liebling, obwohl sie ihre Beziehung vor fast vier Monaten beendet hatten. Im Grunde hatte sie auch nichts dagegen, aber manchmal wünschte sie, er würde es schlicht unterlassen.

»Offensichtlich besser als dir. Willst du einen Kaffee? Du siehst aus, als könne er dich zum Leben erwecken.« Lea stand bereits vor der Kaffeemaschine, seine Tasse in der Hand. *Ohne Robert ist alles doof*. Sie mußte lächeln. Sie selbst hatte ihm diese Tasse in einem Anflug infantilen Übermuts zu seinem fünfunddreißigsten Geburtstag geschenkt. Gefüllt mit vielen guten Wünschen und einem Reisegutschein für ein langes Wochenende in Hamburg. Es hatte ihr letztes gemeinsames werden sollen.

»Sehr witzig, meine Liebe. Trotzdem danke. Vielleicht werde ich dann wach. Die Nächte ohne dich sind fürchterlich, Darling.« Er legte seine Füße auf den Tisch, die Beine übereinandergeschlagen, und blickte aus dem Fenster auf die erwachende Stadt.

Mittlerweile hatte das erste Sonnenlicht seinen Weg durch die Straßen und über die Dächer der Stadt gefunden und schien allein für ihn zu leuchten. Seine fast stahlgrauen Augen blickten blinzelnd in die Sonne. Von dem Regen der letzten Nacht zeugten nur noch die Pfützen auf den Straßen und die feucht schimmernden Bürgersteige. Er nippte vorsichtig an der Tasse heißen Kaffees, aus der der

Dampf wie dichter Morgennebel aufstieg, schloß genießerisch die Augen und lächelte versonnen in sich hinein. Seine ebenmäßigen Züge wurden durch das warme Licht weich gezeichnet, und für einen Augenblick war er wieder jener große, schlaksige Mann, in den sie sich vor fast drei Jahren verliebt hatte.

Aber das war vorbei. Das hatte sie sich geschworen. Sie würden Freunde sein und weiterhin Geschäftspartner. Mehr nicht.

»Weißt du, Ina ist nicht so wie du. Mit dir konnte ich reden. Über fast alles. Und ich habe das Gefühl, daß das immer noch geht. Sie möchte jeden Streit vermeiden und versucht mir alles rechtzumachen. Ich glaube, das gefällt mir genausowenig wie dein Tick, alles ausdiskutieren zu wollen.« Er zuckte mit den Schultern. »Ach, was soll's!«

»Vielleicht urteilst du zu hart. Ihr seid doch erst seit kurzem zusammen. Gib ihr doch ein wenig Zeit.«

»Meinst du?«

»Ja, mein Schatz«, sagte sie sarkastisch, »und du solltest nicht so ein verdammt selbstverliebter und ignoranter Idiot sein.«

Er blickte von seinem Kaffee auf und zu ihr hinüber. Sein Gesicht zeigte die Züge eines kleinen Jungen, der bis auf die Knochen verletzt worden war, aber seine Augen funkelten kampflustig und herausfordernd.

»Ah, wir sind also wieder bei unserem Lieblingsthema! Sind wir heute nicht so gut gelaunt? Am Ende noch mit dem falschen Fuß aufgestanden?« Drohend richtete er sich auf und lehnte sich über den Schreibtisch, beide Hände auf ihrer Arbeitsplatte. Er schaute sie mit zusammengekniffenen Augenbrauen und Augen, die nicht mehr als Sehschlitze waren, in hoffentlich gespielter Wut an.

»Robert, laß das, du weißt genau, wie ich das meine. Manchmal wäre es ratsam, wenn du mal weniger an dich und dafür mehr an andere denken würdest, verdammt noch mal!«

»Hey, wo hast du so gut Fluchen gelernt? Bin ich etwa deine Inspirationsquelle?« Er ließ sich in seinen Stuhl zurückfallen und verschränkte seine Arme vor der Brust.

»Siehst du, du bist schon wieder egoistisch. Ich, ich, ich. Alles muß sich um dich drehen, den Mittelpunkt deiner kleinen Welt. Das paßt zu dir!« Sie zerbrach den Bleistift, den sie in der Hand hatte, zwischen Daumen und Zeigefinger und feuerte ihn in die Ecke. Das gespitzte Ende hinterließ einen langen bleifarbenen Strich an der weißen Rauhfasertapete.

»Hübsch«, sagte er gelassen, »und eine so schwungvolle Linienführung!«

Lea griff nach dem Schmuckkatalog, der vor ihr auf dem Schreibtisch lag, und schleuderte ihn in Roberts Richtung. Vollkommen überrumpelt von ihrer plötzlichen Reaktion, versuchte er, dem Katalog auszuweichen, verlor das Gleichgewicht, fiel rücklings von seinem Stuhl und stieß sich den Kopf am Heizkörper unter der Fensterbank.

»Aua, das hat weh getan!« Er tastete seinen Kopf nach möglichen Platzwunden ab und schien auf eine stark blutende zu hoffen, denn Lea sah die Enttäuschung in seinen Augen, als er verwundert seine Hand betrachtete, die keinerlei Spuren von Blut zeigte. Sie ignorierte den schmerzhaften Ausdruck auf Roberts Gesicht.

»Jetzt stell dich nicht so an! Was nicht tötet, härtet ab«, sagte sie, während sie aufstand und ihm ihre Hand entgegenstreckte, um ihm aufzuhelfen. Er aber zog sie mit einem kräftigen Ruck zu sich hinunter, und sie landete ungeschickt auf ihm, ihr Gesicht ganz nah an seinem, ihre braunen Augen keine zwanzig Zentimeter von seinen grauen entfernt.

»Komm zu mir zurück, Lea. Ich werde mich bessern. Wir waren doch ein tolles Paar.« Er versuchte sie zu küssen, aber sie entzog sich seinem Griff.

»Robert! Laß mich in Ruhe. Ich kann dieses Gesülze nicht mehr hören. Es ist aus. Aus und vorbei.« Sie wollte sich aufrichten, aber er ergriff ihr Handgelenk.

»Eine letzte Chance. Mehr will ich nicht.«

»Du hast eine neue Freundin, Robert. Was redest du da?« Lea blickte ihn an.

»Ina. Ina wird das verstehen.«

»Warum sollte sie?« Lea konnte nicht glauben, was sie da hörte. »Du kannst doch mit Menschen nicht umgehen wie mit ... Kleidungsstücken. Du kannst sie nicht einfach entsorgen, wenn du was anderes findest. Wie stellst du dir das vor?«

»Sie wird es überleben«, er grinste Lea so anzüglich an, daß sie ihn am liebsten geohrfeigt hätte. »Ich liebe dich«, fügte er hinzu und fuhr mit seiner Hand zärtlich über ihre Wange.

»Laß uns arbeiten«, sagte Lea schnell, sprang auf die Füße, rückte ihr Kostüm zurecht und ging zu ihrem Arbeitstisch.

»Lea, ich ...« Robert zog sich mühsam an der Tischkante hoch und rieb sich den Hinterkopf. »Es tut mir leid.« Lea schwieg. »Bitte, kannst du mir verzeihen?« Sie blieb still, beugte sich demonstrativ über ihren Arbeitstisch und gab vor, sich auf ihre Zeichnungen zu konzentrieren. »Dann eben nicht.« Er schnappte sich seine Kaffeetasse und lief nach unten in den Laden. Kurz darauf hörte sie, wie er die Tür entriegelte. Lea atmete deutlich hörbar aus. Sie ließ sich in ihren Stuhl fallen und stützte den Kopf in die Hände. Wie sollte sie nur den Tag überstehen, wenn sie sich jetzt schon wie erschlagen fühlte? Roberts Verhalten war absolut inakzeptabel, und sie würde sich überlegen müssen, wie es weitergehen sollte, falls er nicht in der Lage war, etwas daran zu ändern.

3

Überall über den Boden verstreut lagen Farbtuben und Pinsel, Papierschnipsel und zerschnittene Leinwände, zerbrochene Paletten und mit Farben verschmierte Handtücher. Die Scheiben waren angelaufen, und das Kondenswasser bildete auf den Fensterrahmen kleine Tümpel. Das ganze Atelier sah aus, als hätte ein Wirbelsturm getobt, der alles kurz und klein geschlagen und selbst die Wände und die Zimmerdecke nicht vor Farbklecksen verschont hatte.

Und mitten in diesem Chaos saß Stan auf ihrem wackeligen Lieblingsstuhl über eine Tasse Kaffee gebeugt und schaute ins Leere. Ihr dunkelblauer Overall, den sie über einem dicken Winterpulli trug, zeigte so viele Farben, daß die Originalfarbe nur an jenen Stellen noch zu erkennen war, die die Pinsel beim Abstreifen nicht hatten erreichen können. Die Spitzen ihrer Haare leuchteten in Grün und Gelb, quer über das Gesicht verlief ein Streifen Schwarz, und ihre Hände sahen aus, als hätten sie in Farbe gebadet.

Die ganze Nacht hatte sie versucht zu malen und damit ihre Gedanken auf etwas anderes zu lenken. Allerdings ohne großen Erfolg. Ständig drängten Erinnerungsfetzen in ihr Bewußtsein, ließen sie immer wieder die wenigen Minuten Revue passieren, in denen sie mit Lea getanzt, in denen sie mit ihr gelacht und gesprochen hatte. Ein paar Worte, ein paar belanglose Sätze. Nicht mehr. Und doch waren sie Stan Grund genug, sich Hals über Kopf in Lea zu verlieben. Eine kleine Ewigkeit, in der sie sich am liebsten verloren hätte. Minuten, in denen sich Leas Anblick in ihr Gedächtnis gebrannt hatte, von wo sie ihn trotz aller Bemühungen nicht hatte entfernen können.

»Wie dramatisch!« murmelte sie und fuhr sich mit der Hand durch ihre Haare, kleine Schmerzensschreie und Flüche ausstoßend, wann immer sie an den farbverklebten Stellen hängenblieb. Ihr Nakken war vollkommen verspannt, die Schultern taten ihr weh. Mit beiden Händen und leichten Dehnbewegungen versuchte sie, ihre Muskulatur zu lockern.

Eigentlich hatte sie gedacht, das würde ihr nie wieder passieren, sich auf den ersten Blick zu verlieben. Und jetzt war es doch wieder geschehen. Wie damals bei Katja. Acht Jahre hatte die Beziehung gehalten. Acht wundervolle, unvergeßliche Jahre. Zumindest knapp sieben davon. Das letzte war schon nicht mehr so schön gewesen. Irgendwie schienen sie sich auseinanderzuleben, ohne daß es ihnen wirklich bewußt war. Kleine Unstimmigkeiten schlichen sich ein. Sie konnten sich nicht auf einen Film einigen, den sie im Kino anschauen wollten, mußten eine Münze werfen, um zu entscheiden, ob sie zum Italiener oder zum Chinesen essen gehen sollten, stritten sich wegen Kleinigkeiten im Haushalt, begannen unterschiedliche Interessen zu entwickeln. Stan verbrachte immer mehr Zeit in ihrem Atelier, Katja ging aus. Und bei einem ihrer Discobesuche traf sie Isabell.

Es kam, wie es kommen mußte. Sie waren wie Treibholz langsam, aber sicher auf ihre Trennung zugedriftet, ohne sich tatsächlich zu bemühen, dem letztendlich Unvermeidbaren entgegenzuwirken. »Reisende soll man nicht aufhalten«, hatte Katja gesagt – wahrscheinlich ein Zitat aus irgendeinem ihrer Bücher oder Filme – und war ausgezogen, hatte Stan in ihrer gemeinsamen Wohnung allein zurückgelassen. Obwohl absehbar, hatte Stan die Trennung als sehr schmerzhaft empfunden. Das alles saß eigentlich noch zu tief, als daß sie eine neue Beziehung hätte eingehen wollen. Trotz der drei Jahre, die seitdem vergangen waren, war sie noch nicht bereit. Affären hatte sie gehabt. Aber nichts, was ihr wirklich etwas bedeutete. Sie war allein und durchaus glücklich mit ihrem Singledasein.

Aber Lea hatte ihr Herz im Sturm erobert. Sie vergrub den Kopf in ihren Händen. Sie fühlte sich blockiert. Sie konnte an nichts anderes mehr denken als an Lea, die sie in der letzten Nacht verzaubert hatte.

Und wie sollte sie nur je wieder einen vernünftigen Strich auf die Leinwand setzen können, wenn ständig das Bild von Lea in ihrem Kopf herumspukte? *Verdammt*. Warum fokussierte sich alles in ihr so intensiv auf eine Frau, die sie wahrscheinlich nie wieder sehen würde? Sie seufzte.

Vor ihr stand eine weiße, leere Leinwand, und plötzlich wußte sie, was sie malen wollte. Sie nahm eine neue Palette, einen Pinsel, das dunkle Rot, das sie angerührt hatte, und begann zu malen.

4

Als Lea gegen acht nach Hause kam, war sie fix und fertig. Irgendwann hatte sie aufgehört zu zählen, wie oft ihre Skizzen verworfen und neu gezeichnet worden waren, aber letztendlich hatten sie sich auf eine Grundlinie für die Kollektion geeinigt, auf der sie in den nächsten Tagen aufbauen konnten. Das würde vieles vereinfachen. Robert konnte sich dann auf seine Aufgaben konzentrieren und sie sich auf ihre – und sie würden nicht ständig aneinandergeraten.

Sie hatten am Nachmittag die Dekoration in den beiden kleinen Schaufenstern neu gestaltet und das *Damenfenster* mit Ringen, Broschen und Colliers ausgelegt, das *Herrenfenster* mit Uhren, die Robert unbedingt im Angebot haben wollte, sowie mit Ringen und Krawattennadeln. Die Schaukästen und Vitrinen im Geschäft selbst waren überprüft und für gut befunden worden. Eine Kundin hatte das von ihr bestellte Ensemble aus achtzehnkarätigem Gold und einer Reihe von Diamanten, sowohl im Collier als auch in den Ohrringen, abgeholt. Sie war zusammen mit ihrem Mann in den Laden gekommen. Kunden vom alten Schlag, die wenig von Kreditkarten oder Schecks hielten und den vereinbarten Betrag in einem Kuvert bei sich trugen, das Robert direkt zur Bank brachte.

Kein Wort war mehr gefallen über ihr Gespräch am frühen Morgen, aber Robert war ständig bemüht, Abstand zu halten und schien den ganzen Tag auch im Umgang mit den Kunden recht steif und mit seinen Gedanken weit weg zu sein. Und manchmal meinte Lea, einen Funken Wut in seinen Augen lesen zu können. Oder war es Enttäuschung? Sie wußte es nicht mit Bestimmtheit, denn wann immer sie ihn anblickte, schien sich Gleichgültigkeit über sein Gesicht zu legen, wie ein Vorhang im Theater, der die Bühne beim Umbau vor neugierigen Blicken schützte. Ein zweiter oder dritter Akt war heute allerdings ausgeblieben. Ihre auf ein Minimum reduzierten Gespräche konzentrierten sich auf die Arbeit im Schmuckatelier, auf Bestellungen, die zu tätigen und Aufträge, die neu hereingekommen waren.

Zu Geschäftsschluß hatten sie den Laden gemeinsam abgesperrt, sich mit einem emotionslosen, unverfänglichen Küßchen auf die Wange verabschiedet und waren beide ihrer Wege gegangen. Trotzdem hatte Lea kein gutes Gefühl bei der Sache.

Sie streifte ihre Schuhe ab und hängte ihren Mantel an die Garderobe. Was sie jetzt erst einmal brauchte, war ein heißes Bad und einen Schluck Rotwein. Das würde sie entspannen. Das nächste Date mit Sophie würde mit Sicherheit an keinem Montag mehr sein. Sie war dem Alter entwachsen, in dem man abends noch weggehen, sich die halbe Nacht um die Ohren schlagen und am nächsten Tag wie das blühende Leben in die Arbeit stürzen konnte.

Sie seufzte und betrachtete ihr Gesicht im Spiegel gegenüber der Eingangstür. Die Ringe unter ihren geröteten Augen waren deutlich sichtbar, der Haarknoten hatte sich gelockert, und einzelne Strähnen hingen ihr ins Gesicht. Sie fand, daß sie alt, gestreßt und abgespannt aussah. Mit beiden Händen straffte sie ihre Haut Richtung Schläfen und versuchte mit kreisenden Bewegungen, den Kopfschmerzen, die sich ankündigten, entgegenzuwirken. Vielleicht sollte sie Sophie mal ein Wellness-Wochenende vorschlagen. Das würde ihnen beiden guttun!

Das rote Lämpchen des Anrufbeantworters blinkte ihr hektisch entgegen, und eigentlich interessierte sie nicht, wer angerufen hatte, aber auf dem Weg zum Badezimmer schien ihr Finger automatisch zum Abspulknopf zu wandern, und bevor sie sich dieser Bewegung bewußt wurde, ertönte schon die akustisch verzerrte Stimme ihrer Mutter, die sie für den kommenden Samstag zum Essen einlud. Wenn sie wolle, könne sie Robert ja mitbringen. Lea faßte nicht, was sie da hörte. Ihre Mutter konnte die Trennung von Robert einfach nicht akzeptieren. Wahrscheinlich waren die vier sehnlichst erwünschten Enkelkinder gedanklich bereits so präsent, daß ihre Mutter die Realität einfach ignorierte! Lea würde das Essen absagen. Sie hatte keine Lust, sich die Monologe ihrer Mutter über Verantwortung, Familienplanung, über die Sicherung des Fortbestehens ihrer Familie anzuhören. Schließlich hatte sie noch eine Schwester, bei der die Wahrscheinlichkeit für Enkelkinder wesentlich höher lag. Immerhin war sie schon fast verheiratet!

Sie wollte den Anrufbeantworter schon abschalten, als Sophies Stimme erklang.

»Hallo Schatz!« Sie konnte es einfach nicht lassen, Robert zu imitieren. »Ich muß dich unbedingt noch sehen. Komme gegen neun vorbei! Bis dann!«

Das Letzte, was Lea hörte, war ein lauter Schmatzer, der ihr in der Live-Version wahrscheinlich das Trommelfell hätte platzen lassen. Sie schaute auf ihre Uhr und seufzte. Schon kurz nach acht! Vielleicht sollte sie Sophie anrufen und absagen. Was konnte so wichtig sein? Schließlich hatten sie sich erst am Vorabend gesehen.

Im Badezimmer ließ sie Wasser in die Wanne und ergänzte einen vitalisierenden Badezusatz. Sie mußte lächeln. Vitalisierend! Vielleicht würde das helfen.

Während sich die Wanne langsam füllte, entledigte sie sich im Schlafzimmer ihrer Kleider, schenkte sich aus der schon offenen Flasche im Wohnzimmer ein Glas Rotwein ein und fand in einem der Schränke in der Küche tatsächlich noch eine Notration an Käsestangen. Wunderbar!

Zurück im Bad stellte sie zufrieden fest, daß der Wasserstand bereits eine akzeptable Höhe erreicht hatte, und ließ sich in ihr langersehntes Schaumbad gleiten. Die Wärme des Wassers umspülte sie, und sie merkte, wie sich ihre Muskeln entspannten. Sie schloß die Augen und genoß die Stille ihrer Wohnung. Der Rotwein schmeckte köstlich und trug das seinige zu ihrer Entspannung bei.

Sie war offensichtlich eingenickt, denn als sie plötzlich aus der Wanne hochfuhr, wußte sie einen kurzen Augenblick lang nicht, wo sie sich befand. Das Wasser war deutlich abgekühlt, und ihr Nacken, mit dem sie auf dem harten Badewannenrand gelegen hatte, schmerzte. Wieder läutete es. Das mußte Sophie sein. Sie rollte mit den Augen, stieg aus dem Wasser und warf sich ihren Bademantel über.

Mit Sophie wehte ein Schwall kalter, frischer Luft durch die Eingangstür in Leas fast schon überheizte Wohnung. Sophies Kuß auf ihre Wange ließ Lea zurückzucken, spürte sie doch die Kälte der Nacht, die Einzug gehalten hatte.

Sophie wedelte mit einem Stück Papier vor ihrer Nase herum, ignorierte Leas kurzes Zögern und ihren Aufzug, entledigte sich ihres Schals und Mantels, die sie beide lieblos über den letzten freien Haken an der Garderobe warf, rauschte an Lea vorbei ins Wohnzimmer und ließ sich in einen der bequemen Sessel fallen.

»Ich brauche einen Wein! Pronto!« Sophie schnippte mit den Fingern. Ihre Handtasche knallte geräuschvoll auf den Holzboden.

»Guten Abend. Schön, daß du da bist. Komm doch herein. Wie geht es dir? Wie war dein Tag?« Die schier unerschöpfliche Energie ihrer Freundin war wirklich unglaublich bemerkenswert, und die entspannende Wirkung des Schaumbads war mit einem Mal verflogen. Lea fühlte sich müde und ausgepowert. Sie schloß leise die Tür und folgte Sophie ins Wohnzimmer.

»Schau mal, ich habe eine Einladung zu einer Vernissage am nächsten Freitag bekommen.« Sophie nippte an dem Wein, den sie sich selbst eingeschenkt hatte, und wedelte mit einem Stück buntbedruckten Papiers vor Leas Augen herum. »*COBI – Mein Weg. Porträt- und Aktmalerei*. Klingt doch toll!«

»Na ja, ich weiß nicht.« Lea zuckte mit den Schultern. Die Lust, auf die Vernissage eines ihr unbekannten Künstlers zu gehen, hielt sich deutlich in Grenzen.

»Du würdest mir einen großen Gefallen tun. Du weißt doch, daß ich mich unter Fremden immer so unwohl fühle!« Sophie stand auf, setzte sich neben Lea auf das Sofa und hielt ihr die Einladung hin.

»Du und unwohl. Diese Kombination existiert nicht, Sophie, und das weißt du ganz genau.«

Die Einladung zeigte das Gemälde einer Frau, die in einem Atelier vor einem großen rechteckigen Spiegel saß, ein Tuch lasziv um die nackten Hüften geschwungen. Das Bild war ganz in Rot-, Gelb- und Blautönen gehalten und zeigte hier und da eine schwarze oder violettfarbene Linie. Eine hübsche Figur mit weiblichen Rundungen, ganz gegensätzlich zu dem aktuellen Trend Richtung Magersucht. Lea drehte die Karte und mußte feststellen, daß die Rückseite keine weiteren Informationen bereithielt.

»Wer ist eigentlich dieser COBI? Hab noch nie von ihm gehört.«

»Ich auch nicht. Na und, was macht das schon? Komm, laß uns hingehen. Mein Kollege ist krank, und ich soll einen Artikel über den Künstler und seine Bilder schreiben.« Sie betrachtete in gespielter Demut ihre im Schoß gefalteten Hände, als hätte sie sich mit dieser Weisung von höchster Stelle zufriedenzugeben, und Lea kamen mal wieder Zweifel, ob Sophie ihren Job als Reporterin für das Lokalblatt tatsächlich ernstnahm. »Wir treffen bestimmt ein paar bekannte Gesichter. Gesehen und gesehen werden! Wir müssen ja nicht lange bleiben. Nur auf einen Drink.«

»Sophie, du weißt doch, wie ich solche Events hasse. Ich weiß wirklich nicht, ob ich in der richtigen Stimmung sein werde. Es ist momentan alles sehr hektisch und ... nicht gerade einfach.« Lea dehnte diesen Satz, so gut sie eben konnte, und nippte an ihrem Glas.

»Aha, dunkle Wolken am Horizont. Was ist los? Robert?« Sophie streckte sich nach ihrem Weinglas, schlüpfte aus ihren Schuhen und zog die Beine angewinkelt unter ihren Po. »Er ist doch nicht immer noch hinter dir her?«

»Wie hast du das denn erraten?« Lea machte es sich auf dem Sofa bequem, legte ihre nackten Beine über die Lehne und ihren Kopf in Sophies Schoß. Diese begann ihr die Haare aus der Stirn zu streichen, und Lea schloß die Augen.

»Ist es denn so schlimm? Erzähl.«

Lea zuckte mit den Schultern. »Viel gibt es eigentlich nicht zu erzählen.« Sie schilderte in groben Zügen ihren Streit, ihre eigene kindische Überreaktion auf Roberts unermeßliche Arroganz und seinen daraus resultierenden Sturz, und sie gab, als hätte er sie gerade erst ausgesprochen, seine Worte wieder, bei denen es um sie und Ina und sein Verständnis von Frauen und ihren Gefühlen im Allgemeinen ging. Sophie schüttelte immer wieder den Kopf und murmelte unverständliche Dinge vor sich hin. An der Art und Weise, wie sie das ein oder andere Wort zwischen ihren Zähnen hervorpreßte, ließ sich erahnen, daß es sich nicht nur um Schöngeistiges handelte.

»Du kannst dir vorstellen, daß es irgendwie immer unerträglicher wird, mit Robert zusammenzuarbeiten. Nein, das stimmt so nicht.« Lea versuchte die richtigen Worte zu finden. »Es geht eigentlich meistens sogar recht gut, aber die Momente, in denen Roberts Verhalten unerträglich wird, häufen sich.« Mit diesen Worten schien sie zufrieden zu sein. Sie schaute Sophie an. »Ich weiß nicht, was er sich davon verspricht, es immer wieder mit mir versuchen zu wollen. Er geht mir mit diesen ständigen Avancen dermaßen auf die Nerven. Wir haben uns getrennt und waren beide mit der Trennung einverstanden. Ich verstehe das nicht.«

»Lea-Schatz, was würden wir dafür geben, in den Kopf eines Mannes schauen zu können. Diese Wesen sind für uns einfach Bücher mit sieben Siegeln.«

»Mach dich nur lustig über mich.«

»Tu ich doch gar nicht. Ich könnte so wahrscheinlich überhaupt nicht weiterarbeiten. Ich würde wohl kündigen. Aber das erzähle ich dir natürlich nicht, sonst bist du nur noch deprimierter. Schließlich kannst du ja schlecht aufhören, in deinem eigenen Laden zu arbeiten.«

»Danke. Jetzt weiß ich wenigstens, wozu ich eine beste Freundin habe. Gibt es vielleicht auch einen brauchbaren Rat?« Lea richtete sich auf und leerte ihr Weinglas in einem Zug.

»Du solltest auf keinen Fall allein trinken. Das ist ganz schlecht. Irgendwann hast du es dann nicht mehr unter Kontrolle.« Sophie erntete für diese Worte einen undankbaren Schlag auf den Oberschenkel und verzog in gespieltem Schmerz das Gesicht. »Was Robert angeht, nun, ich glaube, ihr solltet euch an einen Tisch setzen und Tacheles reden, ganz klare Regeln vereinbaren, an die ihr euch beide rigoros halten müßt. Und wenn alle Stricke reißen sollten, kann es nur eine Lösung geben: Du kaufst Roberts Anteile an deinem Laden zurück und suchst dir einen neuen Partner. Oder eine Partnerin.« Als sie Leas entsetztes Gesicht sah, beeilte sie sich, hinzuzufügen: »Aber so weit muß es ja gar nicht kommen. Redet ruhig und vernünftig miteinander. Du wirst sehen. Das wird schon. Hoffe ich.« Sophie stand auf und streckte ihre eingeschlafenen Beine. »So, ich muß los. Kann ich dich allein lassen?«

»Natürlich. Mir geht es schon viel besser. Danke.«

Sophie nahm Lea in die Arme. »Ich bin froh, daß wir darüber geredet haben. Du darfst das nicht in dich hineinfressen. So etwas muß raus. Ruf mich an, wenn du mich brauchst.«

»Mach ich.« Sie gaben sich einen Kuß auf die Wange, und Lea begleitete sie zur Tür. »Komm gut nach Hause.« Lea war schon auf dem Weg zurück ins Wohnzimmer, als es klingelte. Sie drückte auf den Türöffner, trat vor ihre Wohnungstür und hörte, wie sich zwei Etagen tiefer die Haustür öffnete.

»Lea?« Sophies Stimmte hallte lärmend durch das Treppenhaus.

»Schttttt. Nicht so laut! Die Nachbarn schlafen bestimmt schon«, rief Lea leise hinunter.

»Lea!« Sophies Flüstern war kaum zu verstehen.

»Was ist denn noch?«

»Zieh am Freitag etwas Schwarzes an. Wir wollen doch zwischen all den Intellektuellen nicht auffallen!«

»Sophie, ich ...«

Aber Sophie war fort, und ein leises Klicken erfüllte die Stille, als die Tür ins Schloß fiel.

5

Die Tage vergingen wie zäh fließendes Blei. Der Himmel blieb Grau in Grau, die Temperaturen waren selten im zweistelligen Bereich, hin und wieder regnete es. Die einzigen Lichtblicke waren die Frühlingsblüher, die in dem Park, der ihrer Wohnung gegenüber lag, vorsichtig aus dem Boden lugten und manchmal anscheinend über Nacht zu voller Blüte kamen. Primeln, Schneeglöckchen, Krokusse, Narzissen – Lea genoß den Blick aus ihrem Wohnzimmerfenster auf die Farbinseln in dem graugrünen Gras zwischen den noch kahlen Bäumen. Sie wünschte sich den Sommer herbei.

Der Alltag bestimmte Leas Rhythmus, ohne große Überraschungen für sie bereitzuhalten. Um halb neun ins Geschäft, Kunden beraten, Schmuckstücke herstellen, Mittagspause von zwölf Uhr dreißig bis vierzehn Uhr, Entwürfe anfertigen, um sieben abschließen und dann erschöpft nach Hause.

Während Robert für die Kundenbetreuung zuständig und meist im Verkaufsraum anzutreffen war, hatte Lea es sich zur Gewohnheit werden lassen, die Nachmittage mit den Entwürfen und dem verhaßten Papierkram am Arbeitstisch in der oberen Etage zu verbringen und die Vormittage an ihrem Tisch in der offenen Werkstatt hinter dem Verkaufsraum. Ihre Kundinnen wußten das.

Oft saß eine neben ihr, trank einen Kaffee, beobachtete sie beim Arbeiten, stellte Fragen zu den einzelnen Arbeitsschritten, versorgte sie mit dem neuesten Klatsch, den Lea meist ignorierte, weil sie einfach kein Interesse daran hatte, zu erfahren, wer mit wem ins Bett ging oder welche Ehe gerade am Zerbröckeln war. Krankheiten – auch ein beliebtes Thema. Lea beugte sich dann tief über ihren Tisch und nickte nur hin und wieder oder brummte etwas Unartikuliertes, um den Eindruck aufrechtzuerhalten, daß sie zuhörte. Im Geiste stöhnte sie und hoffte, daß der Kaffee nicht schmeckte, daß ein singulärer Blitz aus dem Nichts auftauchte und in die Tasse fuhr, daß irgendeine Fee mit einem Zauberstab die Rednerin in einer Zeitschleife gefangennahm und erst wieder freiließ, wenn Lea mit dem Finger schnippte. Alles fromme Wünsche. Und nie erfüllte sich auch nur ein einziger.

Lea ertrug, was zu ertragen war. Denn oft waren es gerade diese Kundinnen, die mit einem Schmuckstück nach Hause gingen, und nicht jene, die Stunden über den Auslagen verbrachten, anprobierten und an Kleinigkeiten herumnörgelten, ohne sich letztendlich entscheiden zu können. Für sie war es wohl so etwas wie die Adoption eines Kindes, bei dessen Geburt sie dabeisein durften. An manchen Tagen gab es nur noch einen einzigen Arbeitsschritt, wie das Mattieren oder Polieren oder Reinigen eines Werkstücks, und doch entstand eine Verbundenheit zwischen Kundin und Schmuckstück, die Lea ein Rätsel blieb. Solange das Geld stimmte, sollten ihr die Beweggründe egal sein. Liebe auf den ersten Blick oder langsam gewachsen, was war schon der Unterschied? Das Ergebnis war das gleiche.

Ein einziges Mal hatte Lea es gewagt, eine Kundin, die an drei Tagen hintereinander neben ihrem Arbeitstisch gesessen hatte, zu fragen, warum ihre Entscheidung gerade für dieses eine Stück gefallen sei.

»Wissen Sie, es hätte auch jeder andere Ring aus Ihrem Geschäft sein können«, ihre Kundin schaute sie glücklich an, »aber dieser hier ist für mich einzigartig, weil ich sehen konnte, mit wieviel Hingabe und Liebe er entstanden ist.« Lea lächelte verlegen, aber die Kundin, die dem Alter nach Leas Mutter hätte sein können, ergriff ihre Hand und drückte sie sanft. »Nicht doch, Kind. Sie haben mich sehr glücklich gemacht. Ich werde immer an Ihre Hände denken, wenn ich den Ring trage. Wie Sie so sanft und doch bestimmend mit dem Material umgegangen sind. Und an Ihren Blick. Es ist erstaunlich, wie konzentriert Sie arbeiteten, während ich Ihnen Dinge erzählte, die Sie im Grunde nicht interessierten.«

»Ich ...«, stammelte Lea.

»Nein, bitte, entschuldigen Sie sich nicht. Was ich gesagt habe, war ohnehin nicht wirklich wichtig. Es war schön, daß jemand zugehört hat – oder auch nicht. Immer noch besser, als zu Hause mit sich selbst zu reden. Die Nachbarn halten einen sonst noch für paranoid.« Die Dame hielt ihre Hand hoch und betrachtete lächelnd und zufrieden den Ring. Sie hatte darauf bestanden, ihn direkt, noch im Laden anzuziehen. Ein breiter mattierter Silberring mit einem feinen, leicht erhabenen Goldstreifen, der sich im unteren Drittel um den Ring legte und in einem Winkel von neunzig Grad von drei unterschiedlich breiten, geschwärzten Kerben in unregelmäßigen Abständen durchbrochen wurde. »In Schönheit vollendet und wieder zerstört. Sanft verbunden und wieder aufgebrochen. Flucht und Halt. Traum und Realität. Wie mein Leben.« Die Kundin blickte Lea an. »Ich danke Ihnen von ganzem Herzen.« Sie reichte Lea die Hand und verabschiedete sich. Sie kam nicht wieder.

Und Lea fragte nie wieder nach.

Als Lea am Donnerstag den Laden über Mittag zusperren wollte, stand ihre Mutter vor ihr.

»Na, das ist aber eine Überraschung!« Lea blieb fast die Luft weg.

»Nun, wenn der Prophet nicht zum Berg kommt, dann eben umgekehrt.«

»Was meinst du damit?« Lea fuhr sich durch ihre Haare. Warum machte ihre Mutter sie immer so nervös?

»Du hast meinen Anruf nicht beantwortet. Wozu hast du diesen Blechdepp, wenn du ihn ohnehin nicht abhörst?« Der Anruf vom Dienstag, die Einladung für Samstag. Das hatte Lea total vergessen.

»Tut mir leid, Mutter, aber ich kann am Samstag nicht.« Lea blickte zu Boden, als hätte sie etwas fallenlassen, und hoffte, daß ihre Mutter nicht merkte, wie ihr diese Notlüge die Röte ins Gesicht trieb. Ihre Mutter zog in einer fast schon affektierten Geste den Kragen ihres Pelzmantels etwas enger. Sie trug wie immer an jedem Finger außer dem Mittelfinger ihrer rechten Hand einen Ring, und Lea war kurz geblendet, als sich das Licht der Sonne, die zum ersten

Mal seit Tagen zaghaft durch die Wolken brach, in einem der polierten Goldringe verfing und ein gebündelter intensiver Lichtstrahl genau in ihre Augen fiel. »Die Woche war so stressig. Ich habe einfach vergessen abzusagen«, sagte Lea blinzelnd.

»Hast du dann wenigstens Zeit, mit mir zu Mittag zu essen? Mein Arzttermin ist erst in knapp anderthalb Stunden.

»Arzttermin?« Lea horchte auf.

»Nichts Wichtiges, Kind. Dieser neue Augenarzt wurde mir empfohlen. Er soll wirklich gut sein. Und da habe ich gedacht . . .«

»Aber mit deinen Augen stimmt doch alles! Das hat dir Dr. Kehl erst vor zwei Wochen bestätigt.«

»Du weißt doch, manchmal ist es wichtig, eine zweite Meinung einzuholen.«

»Aber doch nicht, wenn alles in Ordnung ist!?« Die hypochondrischen Züge ihrer Mutter machten Lea Angst. Sie konnte nicht nachvollziehen, wie jemand, der grundsätzlich gesund war, unbedingt krank sein wollte. Sie würde das nie verstehen. Ihre Mutter war mit fast sechzig auch nicht mehr die Jüngste. Sie könnte ihr Leben durchaus genießen. Statt dessen rannte sie von einem Arzttermin zum nächsten und war jedes Mal enttäuscht, wenn sie als gesund entlassen wurde. Lea wußte nicht, wie ihr Vater das aushielt.

»Komm, wir gehen etwas essen.« Ihre Mutter ließ Leas Aussage unkommentiert und wandte sich Richtung Altstadt. »Im *Rebstock* ist um diese Zeit sicherlich noch ein Tisch frei.« Ihre Mutter war unbeschreiblich. Jede Art von Ungehorsam war unerwünscht. Die Absage für Samstag war schon eine Ungeheuerlichkeit. Jetzt auch noch das Mittagessen abzulehnen, hätte Leas Mutter wahrscheinlich veranlaßt, sie aus ihrem Testament zu streichen. Lea blickte zum Himmel. Eigentlich hätte sie sich lieber nur ein belegtes Brötchen gekauft und irgendwo auf einer Bank die Strahlen einer kalten Frühjahrssonne genossen. Sie seufzte und folgte demütig ihrer Mutter.

»Wir wollten am Samstag über Janines Hochzeit sprechen. Janine, Peter, dein Vater, du, Robert, wenn er Zeit hat, und ich. Ein solches Ereignis braucht eine detaillierte Planung.« Ihre Mutter spießte genüßlich eine der Schnecken auf, tunkte das Weißbrot in die in der Mulde zurückgebliebene Kräuterbutter und ließ beides in ihrem Mund verschwinden. Ihre Augen waren geschlossen, und so entging ihr Leas angewiderter Blick. Sie hatte die Vorliebe ihrer Mutter für Schnecken noch nie teilen können. Sie war schon als Kind fast überfordert, wenn sie diese schleimigen Ungetüme aus dem Garten entfernen mußte. Selbst der Geruch ließ Übelkeit in ihr aufsteigen.

Wahrscheinlich hatte ihre Mutter nur deshalb Schnecken bestellt, weil sie wußte, daß Lea sie überhaupt nicht mochte. Zuzutrauen wäre es ihr.

Lea selbst hatte einen Salatteller mit gebratenen Putenbruststreifen bestellt und versuchte den Geruch der Schnecken aus ihrer Nase zu bekommen, indem sie sich über ihren Teller beugte und den Duft von frischen Kräutern, Öl und Essig inhalierte.

»Das könnt ihr doch auch ohne mich! Und, Mutter, Robert wird nie wieder Zeit haben, euch zu sehen. Zumindest nicht mehr in meiner Gegenwart. Wir leben nicht mehr zusammen. Wir haben uns getrennt, und es wäre mir sehr recht, wenn du das endlich akzeptieren könntest!« Lea zerschnitt ein schmales Stück Fleisch und stellte sich vor, es sei der Hals ihrer Mutter. Der Gedanke zauberte ein Lächeln auf ihre Lippen.

»Die Hochzeit ist ja immerhin schon in knapp zwei Monaten. Man kann die Planung nicht auf die lange Bank schieben. Janine und Peter werden das nicht ohne unsere Hilfe schaffen!« Die nächste Schnecke verschwand zwischen zwei Reihen weißer makelloser Zähne, die sich ihre Mutter knapp ein Jahr zuvor hatte machen lassen.

Ohne »unsere« Hilfe wird es vielleicht die Hochzeit, die sich Janine wünschen würde. Aber dazu wird sie keine Chance haben. Nicht wahr, Mutter? Lea bemühte sich, den Blick vom Mund ihrer Mutter zu lösen. »Hast du sie denn schon gefragt, ob sie überhaupt Hilfe brauchen und wie sie sich ihre Hochzeit vorstellen?«

»Aber natürlich. Ich habe mir schon alles genau überlegt, und Janine ist begeistert. Sie ist heilfroh, daß ich bereit bin, mich so zu engagieren. Es wird wundervoll. Glaube mir. Möchtest du nicht ihre Trauzeugin sein?«

Leas Augen weiteten sich. »Du bist ja wohl nicht diejenige, die mich darum bitten sollte!«

»Hat Janine das noch nicht getan?« Ihre Mutter schüttelte mißbilligend den Kopf. »Wir haben erst letzte Woche darüber gesprochen. Sie wollte diese merkwürdige Freundin von ihr fragen, diese Karen aus dem Büro, in dem sie arbeitet. Aber ich habe gleich gesagt, daß das doch die Aufgabe ihrer Schwester sei. Schließlich heiratet man doch nur einmal.«

Ja, wenn alles glattgeht. »Du kannst das nicht einfach über Janines Kopf hinweg entscheiden. Wenn sie Karen, wer immer das auch ist, als Trauzeugin haben möchte, dann mußt du das akzeptieren.« Lea und ihre Schwester hatten nicht allzuviele Gemeinsamkeiten. Sie trafen sich hin und wieder zum Essen oder auf einen Kaffee oder auch mal im Haus ihrer Eltern, wenn es etwas zu feiern gab. Aber ansonsten lebte jede ihr eigenes Leben. Lea wußte überhaupt nicht, ob sie die Trauzeugin ihrer Schwester sein wollte, und Janine schien sich ohnehin entschieden zu haben.

»... so jemanden kann man doch nicht in eine Kirche lassen.«

»Was hast du gesagt?« Die Worte ihrer Mutter rissen Lea aus ihren Gedanken.

»Diese Karen scheint mit einer Frau zusammenzuleben.« Ihre Mutter hatte ihre Stimme zu einem fast unverständlichen Flüstern gesenkt und blickte vorsichtshalber nach links und nach rechts, um sicherzugehen, daß ihnen niemand zuhörte. »So jemanden kann man doch nicht in eine Kirche lassen!«

»Mutter, bitte. Selbst wenn es so wäre, das ginge dich doch nichts an!« Lea war empört.

»Lea-Schatz, es geht um die Hochzeit deiner Schwester! Ich möchte, daß alles perfekt ist.« Ihre Mutter wischte sich mit einer Serviette in der manikürten Hand etwas Kräuterbutter vom Kinn. »Das solltest du verstehen. Bei deiner Hochzeit wären mir solche Einzelheiten auch wichtig. Was ist, wenn sie in Begleitung ihrer Freundin kommt? Stell dir doch mal die Reaktion der Gäste vor, wenn so etwas publik würde. Was sollen die denn denken.«

»Wäre deine Schwester noch am Leben, würdest du sie wohl auch ausladen?« Lea hatte ihre Gabel zur Seite gelegt. Ihr war der Appetit vergangen.

»Laß Simone aus dem Spiel. Dieses unglückliche Kapitel unserer Familiengeschichte ist ja wohl abgeschlossen.« Ihre Mutter zog mißbilligend eine Augenbraue nach oben und sah ihre Tochter herausfordernd an.

»Simone war über zwanzig Jahre glücklich mit Eva, und du konntest das nie akzeptieren. Sie war deine Schwester. Deine einzige Schwester, und du hast sie aus deinem Leben ausgeschlossen anstatt zu akzeptieren, was und wer sie war.«

»Da gab es nichts zu akzeptieren.« Die Kiefermuskeln ihrer Mutter bewegten sich auf Hochtouren, und ihr Gesicht wurde plötzlich ganz hart und kantig. »Das war ein Verhalten, das nichts in unserer Familie zu suchen hatte. Basta!«

»Wie simpel!« Lea sprang auf und griff sich ihren Mantel, den sie über die Lehne des Nachbarstuhls geworfen hatte. »Plan deine Hochzeit bitte allein und zähle nicht auf mich. Ich werde Janine fragen, ob sie meine Hilfe braucht, und ansonsten werde ich einfach ein ganz normaler Gast auf einer hoffentlich schönen Hochzeit sein.« Sie zog einen Fünfzig-Euro-Schein aus ihrem Geldbeutel und knallte ihn auf den Tisch. »Sei mein Gast!«

»So kannst du mit deiner Mutter nicht umspringen!«

Aber Lea war schon aus der Tür. Den Mantel locker über die Schultern geworfen, hastete sie zurück zu ihrem Geschäft. Sie verstand ihre Mutter nicht. Wie konnte sie so verständnislos und ignorant sein. So hart und lieblos. Lea selbst war noch ein Kind, als Simone Eva ihrer Familie vorstellte, aber sie erinnerte sich deutlich an die Reaktion ihrer Mutter, die aus allen Wolken fiel und von diesem Tag an kaum mehr ein Wort mit Simone wechselte. Simone wurde nicht mehr zu den Familienfesten eingeladen. Wenn sich eine gemeinsame Veranstaltung nicht vermeiden ließ, so doch der direkte Kontakt. Wann immer der Name Simone fiel, war ein unschöner Kommentar ihrer Mutter nicht fern. Das schwarze Schaf der Familie. Die Frau, die eine andere Frau liebte und das auch noch offen zeigte. Und sie waren wirklich ein glückliches Paar. Ein schönes Paar. Daran konnte sich Lea erinnern – und an ihre heimlichen Besuche bei den beiden.

Sie schüttelte ihren Kopf. *Mutter*. Manchmal fühlte sie sich so ohnmächtig ihr gegenüber. So unfähig. So klein. Schrecklich. Sie war eine erwachsene Frau und nicht annähernd in der Lage, ihrer Mutter mal richtig die Meinung zu sagen.

Die Tür des *Petit Roi d'Or* war noch verschlossen, und unwirsch schaute sie auf ihre Uhr. Noch zwanzig Minuten Mittagspause. Phantastisch. Nicht einmal ihre Pause hatte sie auskosten können. Wütend kramte sie in ihrer Handtasche, konnte aber ihren Schlüssel nicht finden. Mit fahrigen Bewegungen tastete sie ihren Mantel ab und entdeckte den Schlüssel in einer ihrer Taschen. Als sie ihn genervt herauszog, fiel ein Zettel zu Boden, den Lea so verwundert anschaute, als sei er ihr aus einem Paralleluniversum vor die Füße geflattert und hätte sich vor ihren Augen materialisiert. *Stan* stand in Großbuchstaben darauf geschrieben. Und eine Telefonnummer.

6

Freitag. Endlich Wochenende! Lea zog sich vorm Spiegel im Badezimmer Lidschatten und Wimperntusche nach und legte als kleinen farblichen Akzent den dunkelroten Lippenstift auf, den sie so liebte, weil er in starkem Kontrast zu ihrem blassen Teint stand.

Was war das für eine Woche gewesen! So lange und viel hatte sie selten gearbeitet, aber die Entwürfe für die Kollektion waren früher als geplant fertig geworden, sie hatte zwei neue Kundinnen gewonnen, die ihre Kreationen mochten und auch das nötige Kleingeld für die Unikate hatten, das Gespräch mit ihrer Mutter war vorbei und die Einladung für den morgigen Tag gestorben. Gott sei Dank. Sie war nicht in der Stimmung, die ewig gleiche Leier ihrer Mutter einen ganzen Abend lang zu ertragen. Enkelkinder – das magische Wort, mit dem Lea so gar nichts anfangen konnte, das aber ihrer Mutter nicht mehr aus dem Kopf ging.

Sie freute sich auf den Abend mit Sophie, und in Gedanken schickte sie drei Halleluja in den Äther, weil sie sich zum Mitgehen hatte überreden lassen. Ihr war ein bißchen zum Feiern zumute, und die Vernissage war vielleicht der perfekte Einstieg.

Sophie war ausnahmsweise mal pünktlich und sah in ihrem halblangen roten Kleid mit den schwarzen Schuhen und dem schwarzen, seidig glänzenden Schal wieder einmal bezaubernd aus. Im Gegensatz zu ihr hatte sich Lea an die Abmachung gehalten. Sie trug ihre flachen Lieblingsschuhe, eine elegante schwarze Schlaghose, eine schwarze Bluse mit breitem Kragen und ein schlichtes Collier. Es war ein irritierendes Gewirr feiner, miteinander verwobener Fäden aus mattiertem und poliertem Silber. Ihre Haare waren so streng zurückgekämmt, wie es ihre Locken zuließen, und zu einem Pferdeschwanz gebunden. Sophie lächelte.

»Gut siehst du aus!« Ihr gefiel Leas Aufmachung. Sie sah die bewundernden Blicke der anderen schon vor ihrem geistigen Auge und mußte lächeln.

»Ja, wir zwei sind das schönste Paar des Abends. Komm, laß uns gehen!« Lea griff nach ihrem Mantel, hakte sich bei Sophie unter, und sie stürmten übermütig die Treppe hinunter.

Der Raum war voller Menschen. Dichtgedrängt schwappten sie wie eine dunkle Woge durch die Galerie und blieben nur hin und wieder vor einem der Bilder stehen. Diese waren, im Gegensatz zu dem meist schwarz gekleideten Publikum, alle sehr bunt, expressiv und ausdrucksstark. Alle schienen sie in ihrem breiten, heftigen und wilden Pinselduktus in Hektik und Eile auf die Leinwand geworfen, und doch zeigten sich immer wieder Einzelheiten, die eine durchdachte Dramatik erahnen ließen. Immer wieder fand das Auge Halt im wilden Farbenrausch, immer wieder fand man Ruhe im atemberaubenden Taumel, in den man unwillkürlich hineingezogen wurde – von der Farbe, den strengen Konturen, von den lebendigen Blicken der dargestellten Personen.

Plötzlich blieb Lea vor einem Porträt stehen, das ein Pendant ihrer selbst zu sein schien. Zarte, gelbliche Konturen, ein blasser Teint, Olivgrün, dunkles Rot und tiefes, fast blaues Violett im Hintergrund, große, dunkle Augen, ein Kranz aus flammend roten Locken. Je länger sie es betrachtete, desto überzeugter war sie davon, sich selbst dort abgebildet zu sehen. Aber wie konnte das sein? Sophie blieb neben ihr stehen.

»Sagenhaft! Das könntest glatt du sein. Was für eine Ähnlichkeit!«

»Dir ist es also auch aufgefallen? Aber das kann nicht sein. Ich habe doch niemandem Modell gesessen!? Und den Maler kenne ich auch nicht.«

»Vielleicht ist es ja ein heimlicher Verehrer. Jemand, dem du ein einzigartiges Schmuckstück gefertigt hast, jemand, der dich nur kurz auf der Straße gesehen hat, jemand . . .« Sophie steigerte sich so sehr in ihre Phantasien, daß ihre Augen zu glänzen begannen.

»Ist ja schon gut, Sophie!« Lea legte ihr beschwichtigend die Hand auf den Arm. »Beruhige dich! Vielleicht klärt sich das ja noch auf. Vielleicht gibt es ja jemanden, der mir sehr ähnlich sieht. Vielleicht ist es auch purer Zufall.« Aber Lea zweifelte an ihren eigenen Worten, und plötzlich empfand sie den Raum als zu klein und mit abgestandener, stickiger Luft gefüllt, die ihr den Atem nahm.

»Gut, nicht wahr?« Sophie und Lea zuckten zusammen. Hinter ihnen stand Stan. Sie sah umwerfend aus und erinnerte nicht im Entferntesten an die Person, die Lea noch vor wenigen Tagen kennengelernt hatte. Sie trug einen taillierten, schwarzen Nadelstreifenanzug, eine gelbes Hemd mit riesigem Spitzkragen und einen lose gebundenen, orangefarbenen breiten Schlips. Die Haare glänzten feucht und waren streng zurückgekämmt. Ihre blauen Augen waren umgrenzt von schwarz geschminkten, scheinbar unendlich langen Wimpern, und der Mund leuchtete in einem kräftigen Rot, welches das Weiß der Zähne noch deutlicher hervorhob. Wenn sie lächelte, bildete sich auf ihrer rechten Wange ein kleines Grübchen. Sie war hübsch, nein, im Grunde war sie sogar schön.

Diese Erkenntnis kam so plötzlich über Lea, daß sie Stan mit offenem Mund anstarrte und wahrscheinlich ziemlich bescheuert aussah. Diese schaute unverwandt auf das Bild und schien es, tief in Gedanken, eingehend zu betrachten.

»Könntest glatt du sein!«

»Na toll, wenn das sogar schon dir auffällt, obwohl wir uns kaum kennen!« Lea schüttelte verwundert den Kopf.

»Vielleicht gerade deshalb.« Stan sah Lea mit einem Blick an, den diese nicht deuten konnte. Verlegen schaute sie zu Boden.

»Wie wäre es mit einem Gläschen Sekt?« Lea hatte Sophie völlig vergessen, die sich nun redlich bemühte, die Situation irgendwie zu retten. Dankbar lächelte Lea sie an, wandte sich aber noch einmal an Stan.

»Kennst du den Künstler?«, wollte sie wissen, aber Stan war schon in der Menge verschwunden und unterhielt sich mit einer Gruppe von Frauen, die sie offensichtlich sehr gut kannte.

»Laß uns erst über die Canapés herfallen«, schlug Sophie vor, »ich habe einen riesigen Hunger. Dann hat der Sekt auch keine so verheerende Wirkung mehr.« Sie zog Lea mit sich fort, Richtung Buffet, das natürlich noch nicht eröffnet war, aber es gab kaum eine Regel, die Sophie nicht hin und wieder brach, vor allen Dingen nicht, wenn solche Urgewalten wie Hunger oder Durst in ihr wüteten.

Knapp zehn Minuten später erfüllte die Stimme der Laudatorin den Raum, und die Besucher sammelten sich langsam vor dem größten Bild der Ausstellung. ». . . stellt sie zum ersten Mal in ihrer Heimatstadt aus. COBI – Constanze Birkenfelder, eine Frau, die uns mit ihren schon mehrfach ausgezeichneten Bildern aus der Seele spricht . . .« Sophie und Lea schauten sich an. ». . . ihre Ausstellungen in Europa und Amerika waren immer von Erfolg gekrönt. Nicht zuletzt, weil ihre Werke das Leben widerspiegeln, die Liebe, die Verzweiflung. Menschen, die ihre Bilder betrachten, finden sich in ihnen wieder. Keiner bleibt von ihnen unberührt . . .«

Ganz vorn stand eine Gruppe von Frauen, die Stan in ihre Mitte genommen hatten und ihr hin und wieder zuprosteten, und Lea fing an zu ahnen, wer COBI war. Sie stupste Sophie von der Seite an und deutete mit einem Kopfnicken in Richtung Stan. Sophie mußte sich ein bißchen recken, um bis nach vorn sehen zu können, aber sie erkannte gleich, was Lea andeutete, und mußte grinsen. *Was?* schienen Leas weit aufgerissene Augen zu fragen, und Sophie zuckte nur mit den Schultern.

»Laß uns gehen«, flüsterte Lea, doch Sophie hielt sie zurück.

»Das kommt überhaupt nicht in Frage. Da mußt du jetzt durch.« Sie hakte ihre Freundin unter und richtete ihren Blick starr nach vorn, zum Zentrum des Geschehens. Lea wußte, daß jede Art von Diskussion damit zwecklos war, und mit einem leisen Seufzer fügte sie sich in ihr Schicksal.

». . . und so wünsche ich Ihnen viel Spaß auf Ihrer Entdeckungsreise durch die Galerie. Lassen Sie sich Zeit, schauen Sie, entdecken Sie Altbekanntes und auch Neues, erkennen Sie sich selbst in diesen Bildern, lieben Sie und lassen Sie sich lieben. Ich danke Ihnen für Ihre Aufmerksamkeit.«

Der aufbrandende Applaus lenkte Leas Aufmerksamkeit wieder

nach vorn, und sie bemerkte, daß Stan inzwischen neben die Laudatorin getreten war und sich für die Worte bedankte, die diese für sie und ihre Arbeiten gefunden hatte. Dann drehte sie sich zu den anwesenden Gästen um und lächelte sie auffordernd an, bereit, ihre Fragen zu beantworten, etwaige Kommentare entgegenzunehmen und wilde Interpretationen anzuhören, zu Bildern, die jeder anders deuten mußte. So konkret das Dargestellte auch war, so unterschiedlich mußten die Gefühle und Gedanken sein, die es in den einzelnen Personen hervorrief.

Sophie hatte einen Teller mit unverschämt vielen Canapés bestückt und stand kauend neben Lea. Mit einer Serviette wischte sie sich etwas Mayonnaise aus den Mundwinkeln.

»Hmm. Die sind köstlich. Möchtest du auch eins?« Sie hielt Lea ihren Teller entgegen und blickte sie fragend an.

»Nein, danke.« Lea schüttelte den Kopf. »War das geplant?«

»Wie meinst du das?«

»Hast du gewußt, wer COBI ist?« Langsam drehte sie sich zu Sophie um und stemmte ihre Hände in die Hüften. Ihr Blick ließ keinen Zweifel daran, daß sie Sophie unterstellte, sie, aus welchen Gründen auch immer, absichtlich in die Galerie gelockt zu haben.

»NEIN! Natürlich nicht. Habe ich dir doch schon gesagt! Ich hatte keine Ahnung. Wäre mein Kollege nicht krank geworden, wären wir überhaupt nicht hier!«

»Vielleicht hast du ihm ja was ins Essen geschüttet!?«

»Du spinnst doch. Absolut paranoid, die Frau.« Beleidigt und kopfschüttelnd wandte Sophie sich ab, ließ Lea einfach stehen und mischte sich unter die Besucher.

»Habt ihr euch gestritten?« Zum zweiten Mal an diesem Abend zuckte Lea zusammen, als sie die Stimme hörte, und sie wußte, daß Stan hinter ihr stand. Langsam drehte sie sich um.

»Das bin also wirklich ich auf diesem Bild?«

»Weißt du, genaugenommen ist es meine Erinnerung an dich. Wenn du dich selbst darin erkennst, so finde ich das toll. Dann liege ich ja gar nicht so falsch!« Stan lächelte sie an, und plötzlich hielt sie ein zweites Glas Sekt in ihren Händen. »Heute möchte ich dich nicht zum Tanzen auffordern. Aber wie wäre es mit einem Glas Sekt?«

»Sehr gern.« Nun lächelte auch Lea.

Stan stellte wieder einmal fest, wie schön sie war. Hätte sie sich nicht bereits in Lea verliebt, sie hätte es in jenem Augenblick wieder getan.

»Und du bist mit deiner Freundin hier?« Angriff war immer die beste Verteidigung.

»Ja, Sophie. Wir kennen uns schon seit der Schule. Sie soll einen Artikel für die Zeitung schreiben, aber irgendwie habe ich das Gefühl, daß sie das nicht allzu ernst nimmt.« Lea beobachtete Sophie, die zwischen den Gästen hin und her schwebte und offensichtlich ein paar Bekannte getroffen hatte, mit denen sie sich angeregt unterhielt. Sie merkte nicht, wie Stan langsam und erleichtert ausatmete und wie sich ein Lächeln auf ihre Lippen legte.

»Ich muß mich leider unter meine Gäste mischen und ein bißchen PR betreiben. Vielleicht sind ja noch ein paar andere Galeristen unter den Besuchern. Man sollte keine Gelegenheit ausschlagen.« Stan berührte Lea am Ellenbogen. »Vielleicht habt ihr ja noch Lust auf einen Drink in der Kneipe gegenüber. Wir werden später noch im kleinen Kreis feiern.« Stan versuchte möglichst neutral zu klingen, obwohl sie sich nichts sehnlichster wünschte, als mehr Zeit mit Lea zu verbringen. »Es würde mich auf jeden Fall freuen. Deine Freundin kann mir ja dann auch ein paar Fragen stellen, wenn sie hier nicht mehr dazu kommt!« Lea blickte sie verwirrt an. Diese Augen. Dieses Blau. »Für den Artikel.«

»Ach ja, der Artikel. Ich werde mit ihr reden.«

»Gut. Also, vielleicht bis später.« Stan hob grüßend ihr Glas und lächelte Lea an. Diese grüßte zurück, erwiderte aber nichts und beobachtete, wie Stan auf eine Gruppe Frauen zusteuerte, die sich angeregt über eines ihrer Bilder unterhielten. Groß, schlank und lässig bewegte sie sich durch den Raum, selbstsicher und zielstrebig, und Lea mußte sich eingestehen, daß sie Stan durchaus attraktiv fand. Sie schüttelte leicht den Kopf, als wolle sie diese Gedanken loswerden, konnte aber nicht davon ablassen, Stan bewundernd zu beobachten. Plötzlich drehte diese sich um und sah Lea für einen kurzen Augenblick direkt in die Augen. Lea senkte ertappt ihren Blick und wandte sich ab, in der Hoffnung, daß Stan nichts von den Gedanken hatte lesen können, die Lea durch den Kopf schossen.

»Und, bist du wieder vernünftig geworden?« Sophie sprach sie von der Seite an, ohne daß Lea reagierte. »Lea!« Sophie schob sich in ihr Gesichtsfeld und fuchtelte mit ihrer Hand vor Leas Augen herum. »Hallooohо! Jemand zu Hause?« Sie lächelte. »O mein Gott, meine beste Freundin hat ihre Sprache verloren! Das ist ja wie ein Sechser im Lotto. Endlich komme ich mal zu Wort!«

»Sophie, laß die Witze. Ich werde jetzt gehen und irgendwo noch etwas trinken. Wenn du mitkommen willst, kann ich das wohl nicht vermeiden, aber die Künstlerin hat dich auf ein Getränk in die Kneipe gegenüber eingeladen, und da du einen Artikel abliefern mußt, gehe ich mal davon aus, daß du diese Einladung vorziehen wirst.«

Damit drehte sich Lea auf dem Absatz um und steuerte auf die Garderobe zu.

»Warte auf mich. Ich komme mit.« Sophie suchte den Raum nach Stan ab und fand sie in ein angeregtes Gespräch mit einem affektiert gestikulierenden Mann vertieft, dessen roter Schal so gar nicht zu seinem pinkfarbenen Pullover passen wollte. Aber was verstand Sophie schon von Farbkombinationen. Vielleicht war diese gerade angesagt. Sie hatte allerdings das Gefühl, erblinden zu müssen. »Darf ich kurz unterbrechen?«

»Wir können später noch ein paar Einzelheiten besprechen. Auf jeden Fall würde es mich freuen, wenn wir zu einer Übereinkunft kämen. Die Ausstellung muß ja nicht vor nächstem Sommer stattfinden.« Er reichte Stan seine Hand.

»Gern«, sie lächelte, »ich werde mich bei Ihnen melden.«

»Viel Erfolg.« Mit einer leichten Verbeugung und angedeutetem Handkuß verabschiedete er sich und mischte sich unter die anderen Besucher.

»Geschäfte?« Sophie blickte Stan an.

»Vielleicht. Wir werden sehen.«

»Lea hat mir gesagt, daß Sie uns noch auf ein Getränk eingeladen haben. Leider müssen wir aber gehen.« Sophie ließ sich nichts davon anmerken, aber sie sah die Enttäuschung in Stans Augen, nicht mehr als ein kurzes Flackern, ein flüchtiger Augenblick von Unsicherheit, bevor die selbstbewußte Künstlerin wieder zutage trat. »Ich würde Ihnen gern so viele Fragen stellen, und irgendwie sind wir heute abend überhaupt nicht dazu gekommen.«

»Nein, nein, das stimmt.« Stan schien mit ihren Gedanken nicht bei der Sache.

»Das klingt jetzt wahrscheinlich sehr unverschämt, und ich weiß auch, daß das Wochenende bevorsteht, aber könnten wir uns trotzdem morgen oder übermorgen kurz treffen? Dann würde der Artikel schon Montag erscheinen.«

»Würde Lea ...«

»... mitkommen? Ich kann sie ja fragen. Eine Garantie kann ich aber nicht geben. Seit sie sich von ...« Sophie gelang es im letzten Moment, Roberts Namen nicht zu erwähnen. Sie räusperte sich »... ihrer letzten Beziehung getrennt hat, ist sie zu einer richtigen Nesthockerin geworden.«

»Ich würde mich freuen, wenn sie mitkäme.« In Stans Augen keimte Hoffnung auf, und sie leuchteten plötzlich in einem dunklen Blau. »Wie wäre es am Sonntag? Zu einem späten Frühstück so gegen zehn Uhr dreißig?« Sie gab Sophie eine ihrer Visitenkarten und reichte ihr die Hand. »Bis Sonntag also.«

»Ja, bis Sonntag. Und was Lea angeht – ich werde mein Bestes versuchen!« Sophie zwinkerte Stan zu und wandte sich zum Gehen. Aus den Augenwinkeln konnte sie erkennen, daß Lea bereits angezogen vor die Galerie getreten war und ihr Gespräch mit Stan aufmerksam durch die angelaufenen Fensterscheiben beobachtet hatte. Sie unterdrückte ein Lächeln, nahm ihren langen Mantel von der Garderobe und trat in die frische Luft hinaus.

»Aha, Spion in Spitzenhöschen!« Sie gab Lea einen Klaps auf den Hintern. »Wo soll es denn jetzt hingehen, Miss Bond?«

»Wie witzig! Laß uns ins *Virginia* gehen. Da ist um diese Zeit noch nicht so viel los.«

»Ins *Virginia*? Die Preise sind alles andere als jungfräulich!« Sophie heuchelte Entsetzen. »Das kann ich mir bei meinem Gehalt nicht leisten.«

»Ich lade dich ein.«

»Gibt es was zu feiern? Erzähl!«

Lea hatte ein Taxi zum Halten gebracht, und sie ließen sich auf die bequemen, ledernen Rücksitze fallen. »Die Geschäfte waren nicht schlecht in dieser Woche. Kannst du dich an das Collier und die Ohrringe erinnern, an denen ich die letzten drei Wochen gearbeitet habe?« Sophie nickte. »Diese Woche wurden sie abgeholt. Außerdem konnten wir neue Kundinnen gewinnen, die bereits ein paar lukrative Aufträge in Aussicht gestellt haben.«

»Es läuft also gut?«

»Das kann man so sagen. Momentan können wir uns wirklich nicht beklagen!«

»Das ist ja wunderbar. Das freut mich für dich. Für Robert natürlich auch.« Sophie blickte Lea entsetzt an, ganz so, als wolle sie sich für die letzte Äußerung entschuldigen.

»Ist schon gut. Wir haben beide gute Arbeit geleistet, sonst hätte das nie funktioniert. Das Geschäft ist hart!«

»*Virginia*. Das macht 5,80 Euro«, erklang eine sonore Stimme aus dem vorderen Bereich des Wagens, der ziemlich abrupt zum Stehen kam. Lea zahlte, und als sie das kleine, aber exklusive Bistro betraten, bestätigte sich ihre Vermutung. Es waren kaum Gäste in dem Raum, und obwohl sie sich alle auf die Tische am Fenster verteilten, war noch ein kleiner Zweiertisch mit Blick auf den baumbestandenen Innenhof frei, in dem im Sommer reges Treiben herrschen würde. Lea bestellte Prosecco und eine Platte mit Fingerfood für zwei Personen.

»Ich hoffe, das ist okay?«

»Du zahlst, du wählst, ich esse alles – leider!« Sophie griff sich an den Bauch und konnte unter größter Anstrengung einen »Rettungsring« von knapp drei Zentimetern Umfang zutage fördern.

»Du Ärmste!« Leas Stimme hatte einen sarkastischen Unterton, der Sophie nicht entging. »Ich weiß nicht, wie du das machst. Du ißt, was du willst, treibst keinen Sport und hast eine Figur, für die andere töten würden!« Mit einem bewundernden Blick auf Sophie fügte sie hinzu: »Ich schließe mich da nicht aus.«

»Guter Stoffwechsel. Alles geerbt. Bei meiner Mutter ist das doch genauso.«

»Das stimmt allerdings. Ich brauche Essen nur anzuschauen und nehme zu.«

Als hätte er auf sein Stichwort gewartet, trat der Kellner an den Tisch, stellte zwei Gläser vor Lea und Sophie sowie die Platte in die Mitte des Tischs, wünschte ihnen einen guten Appetit und verabschiedete sich in die schummrige Dunkelheit hinter der Bar.

»Ja, ja. Eine Runde Mitleid!« Sophie heuchelte Betroffenheit.

»Das stimmt!«, rief Lea so laut, daß die Leute am Nachbartisch aufblickten, griff nach einer mit Fischfilet, Meerrettich und Dill belegten Weißbrotscheibe, biß kräftig hinein und murmelte: »Wenn ich nicht hin und wieder schwimmen oder laufen würde, wäre ich bestimmt schon doppelt so breit.«

»Ich finde dich perfekt, so wie du bist. Laß uns anstoßen.« Damit erhob Sophie ihr Glas. »Mögen euch die Aufträge nur so in den Laden flattern, damit du dir die Besuche hier auch weiterhin leisten und mich mitnehmen kannst.« Mit diesen Worten blickte sie so inbrünstig gen Himmel, daß sich Lea ein Lächeln nicht verkneifen konnte.

»Du bist schrecklich.« Lea schüttelte den Kopf.

»Ich weiß. Und genau das liebst du an mir.«

Lea vernichtete ein Lachsröllchen mit Frischkäsefüllung. »Wie läuft es bei der Zeitung?«

»Das Übliche. Du weißt doch, daß hier selten etwas Weltbewegendes passiert. Vorgestern mußte ich einen Nachruf schreiben auf ein Mitglied des Stadtrats. Habe einige Personen aus seinem direkten Umfeld interviewt und ein bißchen recherchiert. Hat Spaß gemacht, obwohl Nachrufe nicht wirklich das sind, was ich schreiben möchte.«

»Ich glaube, den habe ich gelesen. Zumindest stand dein Kürzel darunter. Der war doch gut.« Lea wählte ein Spießchen mit Tomate, Mozzarella und Basilikum. »Und jetzt darfst du doch auch einen Artikel über die Ausstellung schreiben!«

»So etwas ist eindeutig interessanter, glaube mir. Allerdings hätte ein bißchen Recherche vor der Vernissage gutgetan. Dann hätten wir zumindest gewußt, daß hinter COBI eine Frau steckt.«

»Du hattest wirklich keine Ahnung?« Lea blickte ihrer Freundin forschend ins Gesicht.

»Lea, ich schwöre dir, daß ich genauso überrascht war wie du.« Sophie hob feierlich die linke Hand. Allerdings verlor diese Geste deutlich an Seriosität, als sich die Olive von dem Stick verabschiedete, den Sophie in der Hand hielt, und ihren Weg über den Tisch antrat, bevor sie mit einem gewagten Sprung in dem Blumenkübel landete, der zwischen dem Fenster und dem Tisch stand, an dem sie saßen. Lea war die erste, die von Lachkrämpfen geschüttelt wurde.

»Ich glaube dir«, preßte sie zwischen ihren Lippen hervor und versuchte durch gleichmäßige, tiefe Atemzüge, ihren Puls zu normalisieren. Sophie hielt sich krampfhaft an ihrem Glas fest, dessen Inhalt bedrohliche Wellen schlug.

»Danke«, war alles, was sie unter Tränen erwidern konnte. Sie zupfte ein Taschentuch aus dem Päckchen, das sie aus der Handtasche zauberte, und gab es an Lea weiter. Sie selbst benutzte ihre Serviette, um sich die verlaufene Wimperntusche von den Wangen zu wischen.

»Oh, nicht doch, Sophie. Du machst es nur schlimmer. Du brauchst einen Spiegel!«

»Gute Idee«, Sophie erhob sich, »geh nicht weg.« Sie berührte im Vorbeigehen Leas Schulter und verschwand Richtung Toilette.

»Darf ich den Damen noch etwas bringen?« Der Ober trat an den Tisch, und mit einer schwungvollen Bewegung wanderten die leeren Gläser auf ein kleines Tablett, das er fast schon artistisch auf den Fingerspitzen seiner linken Hand balancierte.

»Noch einmal das Gleiche bitte.« Lea blickte aus dem Fenster und ertappte sich bei dem Gedanken, ob Stan wohl noch in der Galerie oder bereits zum lockeren Teil des Abends übergegangen war. Die Gemälde waren definitiv gut. Sie sprachen mit jedem, der sich auf den Dialog mit ihnen einließ. So kraftvoll und ungestüm und doch mit leisen, eindringlichen Untertönen, die Herz und Verstand gleichermaßen in Schwingung brachten. Lea hatte sofort gewußt, daß diese intensiv blauen Augen außergewöhnlich tief in die Abgründe menschlicher Existenz blicken konnten. Gepaart mit der Fähigkeit, das Gesehene auch auf Leinwand zu bannen, es für alle sichtbar und verständlich zu artikulieren, war das Ergebnis in seiner Intensität und Tragweite manchmal kaum zu ertragen. Constanze Birkenfelder. Sie ließ den Namen auf ihrer Zunge zergehen – ein

Name, den sie sich vermutlich würde merken müssen. Mit einem solchen Talent konnte sie nur eine große Zukunft als Künstlerin vor sich haben. Lea nippte gedankenverloren an ihrem Glas und bemerkte nicht, wie Sophie sich wieder zu ihr gesellte.

». . . nicht allzuviele Fragen stellen können, und ich habe mich für Sonntag zu einem Brunch mit der Künstlerin verabredet. Kommst du mit?«

»Entschuldigung, was hast du gesagt?« Lea blickte Sophie so entgeistert an, als hätte diese von einer UFO-Landung berichtet.

»Wo habe ich dich denn hergeholt? Du warst ja ganz woanders!« Sophie griff sich ein Blini mit Lachs und Kaviar. »Ich habe eine Einladung zum Brunch am Sonntagmorgen.«

»Ach, tatsächlich. Und wo?«

»Das habe ich doch gerade gesagt. Bei unserer Künstlerin. In ihrem Haus. Bin schon sehr gespannt darauf zu sehen, wie sie lebt und arbeitet. Hoffentlich darf ich auch ein paar Fotos machen.« Lea war die Überraschung anzusehen. »Sie hat gefragt, ob du mitkommen möchtest.« Jetzt war Lea baff. Damit hatte sie überhaupt nicht gerechnet.

»Das hat sie tatsächlich gesagt? Warum? Wir kennen uns doch überhaupt nicht, und außerdem mußt du den Artikel schreiben, nicht ich.«

»Ganz ruhig. Ich weiß nicht, warum du dich so aufregst. Schließlich weiß sie, daß wir Freundinnen sind. Sie wollte bestimmt nur höflich sein.«

»Glaubst du tatsächlich?«

Nein, ich glaube, sie ist verknallt in dich und versucht ihre Chancen auszuloten! dachte Sophie. Laut sagte sie: »Natürlich. Und ich fände es toll, wenn du mitkommen würdest. Dann bin ich diesen Augen nicht allein ausgeliefert!«

»Dir ist es also auch aufgefallen?« Lea ließ das letzte Stückchen Brot zwischen ihren Lippen verschwinden. »Ich hatte das Gefühl, als bliebe ihnen nichts verborgen, als könnten sie mir direkt in die Seele blicken.«

»Wie dramatisch!« Sophie schnalzte mit der Zunge. »Aber du hast wohl recht. Genauso würde ich es auch beschreiben. Sie hat einfach sagenhafte Augen.«

»Jetzt schau uns an. Wir sitzen hier gemütlich zusammen und schwärmen von einer anderen Frau.«

»Wir reden lediglich über ihre Augen – und darüber, ob du mich am Sonntag begleitest.«

»Sophie, ich glaube nicht, daß ich das möchte. Ich kann dir noch nicht einmal sagen warum. Kannst du nicht allein gehen?«

»Kann ich schon, aber es wäre schöner, wenn du mit mir kommen würdest. Bitte!« Sophie hatte bei diesem letzten Wort ihre Hand auf Leas Arm gelegt und sie eindringlich angeschaut. Lea kannte diesen Blick und wußte, daß Sophie eigentlich keine Widerrede erwartete. »Vier Augen sehen mehr als zwei! Und Fragen darfst du auch stellen. Dann bin ich auch schneller fertig.«

»Also gut. Ein bißchen neugierig bin ich ja auch. Aber wir bleiben nicht lange, und der Besuch ist sozusagen rein geschäftlich.«

»Sozusagen, ja. Dann treffen wir uns bei Frau Birkenfelder, um zehn Uhr dreißig.« Sophie schrieb Lea die Adresse auf eine Serviette und reichte sie ihr. »Nicht verlieren. Und bitte sei pünktlich.«

»Ist ja gut. Jetzt laß uns von was anderem reden.«

»Habe ich dir schon von Davide erzählt, unserem neuen italienischen Praktikanten?« Sophie setzte ein süffisantes Lächeln auf und erzählte Lea von seinem ersten Tag in der Redaktion, wie süß sein Akzent sei, wie gern sie ihm bei allem behilflich war und wie intensiv sie sich doch um dieses Bild von einem Mann kümmern müßte, der ja so einsam sei hier in Deutschland. Lea konnte sich das alles bildlich vorstellen, wunderte sich wieder einmal, wie enthusiastisch Sophie sein konnte, wenn sie Blut geleckt hatte, stellte ein paar unverfängliche Zwischenfragen und erlag ansonsten dem Redeschwall ihrer Freundin. Weit nach Mitternacht verabschiedeten sie sich vor Sophies Maisonettewohnung, bevor Lea dem Taxifahrer neue Anweisungen gab und sich bis vor ihre eigene Haustür bringen ließ.

7

Lea war pünktlich. Von Sophie war natürlich nichts zu sehen! Wahrscheinlich hatte sie sich von ihren süßen Träumen nicht trennen können. Typisch. Lea stand vor der mehrgeschossigen Altbauvilla am Stadtrand und war unschlüssig, ob sie auf die Klingel drücken oder auf Sophie warten sollte. Der Vorgarten sah verwildert aus, wobei Lea nicht hätte sagen können, ob es sich bei den Überresten der wuchernden Pflanzen, die der Winter aus seiner frostigen Hand hatte fallen lassen, um Kulturpflanzen oder Unkraut handelte. Überall blühten kleine gelbe und weiße Krokusse, die sich wie Fußvolk um violettfarbene und blaue Hyazinthen scharten, die einen betörenden Duft verströmten. Sie schloß die Augen und sog tief die Luft ein. Herrlich.

Lea sah Bilder ihrer Kindheit aufleuchten. Schnappschüsse ihrer Schwestern, dick in Winterjacken eingepackt, Wollmützen tief in die Stirn gezogen, einen Schal um den Hals, die Hände in unförmigen, vor Dreck starrenden Fäustlingen. Sie sah sich selbst und wie sie sich hinter einem Busch versteckte, hörte Gelächter und Gekreische, sah den Garten ihrer Eltern vor sich. Erinnerte sich an die Spiele, die sie als Kinder in ihrem eigenen Garten spielten, die Gesichter rosig von der Kälte.

»Möchtest du nicht hereinkommen?« Lea fuhr zusammen. Sie hatte nicht gehört, wie sich die Haustür öffnete und Stan, eine Hand in die Hüfte gestemmt, in den Eingang getreten war und Lea nun erwartungsvoll anschaute. Sie trug wie schon bei ihrer ersten Begegnung eine stark verblichene und an manchen Stellen fadenscheinige Jeans, aber diesmal ein schwarzes T-Shirt, auf dem in leuchtendem Pink *Don't touch!* zu lesen war. Nichts erinnerte an die elegante Frau im Nadelstreifenanzug, die Lea von der Vernissage in Erinnerung hatte. Sie lächelte nervös.

»Hübsch, nicht war? Die ersten Boten des Frühlings. Ein untrügliches Zeichen, daß der Winter zu Ende geht. Ich mag diese kleinen, zähen Blümchen.« Stan trat in den Vorgarten und gab Lea die Hand. »Hallo! « Ihre Hand lag warm in der von Lea. »Es freut mich sehr, daß du gekommen bist.«

»Ja . . . ich meine . . . ich . . . danke für die Einladung.« Lea suchte nach Worten. Überdeutlich spürte sie Stans Augen auf sich gerichtet, und als sich ihre Blicke trafen, sah Lea zwei von der Sonne geblendete, blinzelnde Augen, deren blaue Pupillen an diesem kalten, klaren Morgen aussahen, als seien sie dem Himmel entrissen. Diese Augen brachten sie vollkommen aus dem Konzept. »Ich . . . ich war vorgestern sehr überrascht, dich auf der Vernissage zu sehen. Daß es deine eigene war und die Bilder von dir sind, hat mich wirklich umgehauen. Sie sind phantastisch.«

»Dann komm doch einfach mit ins Haus. Da gibt es noch mehr zu sehen. Außerdem ist es sehr kalt hier draußen.« Auf Stans nackten Armen hatte sich eine Gänsehaut gebildet.

»Entschuldige, du hast recht.« Leas Mantel und der mehrfach um den Hals gewickelte rote Schal hatten sie unempfänglich für die Kälte gemacht. Nur ihre Füße, die in flachen Halbschuhen steckten, signalisierten deutlich, daß auch sie ein bißchen Wärme nicht abgeneigt waren.

Stan führte Lea die drei Stufen zur Eingangstür hinauf und ließ sie in den langen, hohen Flur eintreten, der mit Bildern fast bis zur Decke zugehängt war. Lea fühlte sich wie erschlagen. Jedes einzelne war ein Meisterwerk und einmalig schön. Sie staunte mit offenem Mund und blieb immer wieder stehen, um die farbenprächtigen Gemälde anzuschauen. Die Bilder schienen regelrecht zu leuchten. Dunkelsamtfarbenes Blau, kräftiges Rot, warmes Gelb, Grün, Orange, Violett – die Palette an Farben schien unendlich reich. Porträts unterschiedlicher Menschen, vornehmlich Frauen, Aktstudien, sogar die ein oder andere Landschaft konnte Lea entdecken.

Sie war fasziniert von der Art, wie Stan malte. Von der Großzügigkeit des Farbauftrags, von dem Hinwerfen einzelner Pinselstriche, die doch ein Ganzes ergaben und sich mit ausnehmender Wucht und Präzision zu einer Nase verdichteten, zu einem Kopf, zu Augen, die Lea ständig zu verfolgen schienen. Es war schon fast gespenstisch. Sie hatte den Eindruck, daß, egal wo sie sich im Flur aufhielt, die Blicke nur auf sie gerichtet waren. Als seien die Farben lebendig, als führten sie ein Eigenleben, in dem sie atmeten und lachten und sich leise Dinge zuflüsterten. Lea war sich sicher, daß ein zaghaftes Schnippen mit den Fingern ausreichen würde, um den Bann zu brechen und die Farben von der Leinwand springen zu lassen. Tränen stahlen sich in ihre Augen. Schönheit machte sie immer sprachlos, und selten war sie so ergriffen. Das hatte bisher nur Musik fertiggebracht.

Stan lehnte entspannt am Rahmen der Wohnzimmertür und lächelte, die Hände in den Hosentaschen. »Gefallen sie dir?« Lea schien die Frage nicht zu hören, stand nur weiter da und schaute, versuchte zu sehen, was Stan in den Bildern sah, und zu verstehen, was sie mit ihnen sagen wollte. Ihr Mantel, den sie sich beim Eintreten über den Arm geworfen hatte, lag achtlos auf dem Boden neben ihrer Handtasche.

»Die sind einfach ... wundervoll. Ich weiß nicht, was ich sagen soll. Mir fehlen die Worte«, stammelte Lea und wischte sich verlegen über die Augen. »Du bist richtig gut. Verdammt gut. Ich liebe deine Bilder.«

Und ich liebe dich, dachte Stan und betrachtete die schlanke Gestalt in ihrem Hausflur in ihrer grauen Marlene-Dietrich-Hose und ihrer körperbetonenden weißen Bluse, deren erste zwei Knöpfe offenstanden und einen makellosen Ausschnitt präsentierten. Sie trug eine Kette aus schwarzen Lavasteinen und kleinen, mattierten silbernen Zwischenstücken. Ihr Haar war mit einer silbernen Haarspange zu einem lockeren Knoten hochgesteckt und zeigte ihren schlanken, weißen Hals, der sich beim Betrachten der Bilder leicht nach hinten bog. Wie immer hatte sie einen dunkelroten Lippenstift aufgetragen. Leas wunderbar geschwungene Lippen erschienen dermaßen plastisch, daß Stan der Atem stockte. Sie würde sich an diesen Anblick erinnern, wie an so viele andere in den kurzen Momenten, in denen sie mit Lea zusammen war. Vielleicht würde sie ein Bild daraus machen. Vielleicht. Sie könnte nur noch Lea malen und wäre glücklich damit. Nein, glücklich wahrscheinlich nicht. Vielleicht würde sie sogar daran zerbrechen, die Frau, die sie liebte, immer nur zu malen und nicht in ihren Armen zu halten. Sie riß sich von ihren Gedanken los.

»Danke. Jetzt komm«, sagte sie mit rauher Stimme und räusperte sich. »Ich habe Kaffee gekocht und ein paar Croissants besorgt. Sogar von dem Apfelkuchen nach Omas Rezept ist noch etwas übrig! Er wird dir bestimmt schmecken.« Und damit zog sie Lea von den Bildern fort in das angrenzende Wohnzimmer, wo sie sich an einen Tisch setzten, der vor drei großen Erkerfenstern stand, die, gardinenlos, den ungehinderten Blick in den Vorgarten freigaben.

Das Wohnzimmer ähnelte in nichts dem Flur! Weiße Wände, ein Flachbildschirm, eine schwarze Ledergarnitur, eine futuristische Stehlampe, die durch mehrere Gelenke wahrscheinlich in jede Richtung verstellbar war – nicht ein Bild an der Wand. Kein Regal, in dem ein Buch Platz gehabt hätte, der Tisch und die Stühle, auf denen sie saßen, aus schwarz lackiertem Holz, die Teller und Tassen weiß, nicht ein Farbfleck, wenn man mal von dem Blick aus dem Fenster absah. Fast klinisch rein und steril.

»Wow, das hätte ich nicht erwartet!« Lea blickte sich langsam um und zog hin und wieder ihre linke Augenbraue hoch.

»Daß dieses Zimmer so nichtssagend ist?« Stan lächelte und schenkte Lea einen Becher Kaffee ein.

»Nichtssagend ist wohl das falsche Wort. Ich finde, es spricht Bände, aber die Sprache ist nicht so laut und kraftvoll wie die deiner Bilder. Sie ist eher . . .«, Lea nippte an ihrem Kaffee, der eine Krone aus aufgeschäumter Milch hatte, ». . . ruhig. Ja, das trifft es wohl. Ruhig.«

»Ertappt.« Stan hob die Arme und ließ sie fast im gleichen Moment wieder sinken, als hätte sie sich ergeben. »Du hast ein feines Gefühl für Stimmungen.«

»Das bringt ein anstrengender Beruf mit sich. Ich weiß, wie wichtig Ruhe sein kann, wenn einem die Arbeit über den Kopf wächst.« Als sie Stans fragendes Gesicht sah, fügte sie hinzu: »Ich bin Goldschmiedin.«

»Aha. Und was sagt die gestreßte Goldschmiedin zu diesem

Raum?« Stan hielt die Tasse mit beiden Händen und stützte die Ellenbogen auf den Tisch. Sie schaute Lea unverwandt an, ihre blauen Augen suchten Leas Blick.

»Die Goldschmiedin hat frei heute, aber ich würde sagen, daß du hier ausschaltest und durchatmest. Daß du hier pausieren kannst. Von deiner Phantasie, von deiner Arbeit, von deinen Farborgien. Ich bin mir sicher, daß dein Atelier ganz anders aussieht.« Lea lächelte, als sie Stans überraschten Blick sah. »Irgendwo mußt du ja auch deine Kunstbücher haben.« Jetzt lächelte auch Stan.

»Willst du es sehen?«

»Erst muß ich noch ein Croissant probieren. Die duften köstlich. Und vielleicht ein Stück Kuchen. Ich hatte noch kein Frühstück.«

»Bedien dich. Es ist alles da. Hoffe ich zumindest.« Sie hielt Lea den Korb mit Brot und Croissants hin.

»Und außerdem müssen wir noch auf Sophie warten. Die soll ja schließlich einen Artikel schreiben!«

»Die war schon da. Wußtest du das nicht?« Stan war die Überraschung anzusehen. »Sie hat mich gestern noch angerufen und den Termin vorverlegt, weil sie noch einen weiteren *Hausbesuch* machen müsse, den sie auf keinen Fall aufschieben könne.«

Lea hielt in der Bewegung inne, und die Marmelade tropfte von ihrem Messer auf den Tisch, knapp neben ihren Teller. »Oh, entschuldige, das war keine Absicht.« Sie wischte die Marmelade mit ihrem Finger auf und leckte diesen langsam ab, eine unsagbar erotische Geste, die Stan verlegen zu Boden blicken ließ. »Mach dir keine Gedanken, ich . . . ich bin nur etwas überrascht. Sophie hätte wenigstens Bescheid sagen können. Das trifft mich vollkommen unvorbereitet.« *Ich werde sie umbringen.*

»So schlimm ist es doch aber hoffentlich nicht. Das Frühstück werden wir problemlos auch allein überstehen, oder?«

Lea schaute Stan langsam an. »Ich denke schon.« Ein Lächeln stahl sich auf ihre Lippen.

»Möchtest du ein Glas Sekt?« Stan erwartete nicht wirklich eine Antwort, denn bevor Lea überhaupt über ein Ja oder Nein nachdenken konnte, sprang Stan auf und verschwand Richtung Küche. Ihre Stimme klang gedämpft durch die angelehnte Küchentür zu Lea hinüber. »Ich habe noch ein paar Flaschen von der Vernissage übrig. Genaugenommen ist es Crémant aus dem Elsaß. Ein Freund hat ihn mir besorgt, als er das letzte Mal in Frankreich Urlaub machte. Das Weingut sei schon seit Generationen im Besitz der gleichen Familie, und der Crémant gehöre zu den besten der Region. Ich war auf der Vernissage viel zu aufgeregt, um das wahrzunehmen. Glaub mir.

Keine Vernissage ist wie die andere. Ich fand es toll, daß ihr dagewesen seid. Wer weiß, ob du dich jemals gemeldet hättest. Und jetzt sitzt du hier, und wir frühstücken gemeinsam.« Stan kam in das Wohnzimmer zurück, in einer Hand die Flasche, in der anderen zwei langstielige Sektkelche. »Glaubst du an Schicksal, an Vorsehung? Ich finde, manchmal ist es richtig unheimlich, wie sich die Dinge ergeben. Ich . . .« Der Stuhl, auf dem Lea gesessen hatte, war leer. Stan schluckte, und sie fühlte, wie ihr die Tränen in die Augen traten. *Verdammt*, dachte sie. *Verdammt.* Mit einem lauten Knall stellte sie die Flasche unsanft auf den Tisch und ließ sich auf ihren Stuhl sinken, das Gesicht in den Händen.

»Geht es dir nicht gut?«

Stan blickte verdutzt auf. Lea stand in der Tür zum Flur, eine Hand hielt ein angebissenes Croissant, die andere die Kaffeetasse. In einem ihrer Mundwinkel hatten sich Blätterteigkrümel verfangen.

»Ich dachte, du seiest gegangen.«

»Bist du verrückt? Ich werde noch Stunden brauchen, um jedes Bild in diesem Flur eingehend betrachtet zu haben. Und außerdem muß ich doch noch den Sekt, nein, den Crémant probieren, dein Atelier anschauen und die Auswahl deiner Kunstbücher bewundern! Laß uns mit dem Sekt anfangen.« Sie setzte sich wieder an den Tisch und hielt Stan das leere Glas vor die Nase.

»Du mußt gar nichts.« Stan lächelte, als sie den Korken aus der Flasche drehte. Durch das harte Aufsetzen kam er schneller als erwartet. Beide duckten sich, als er unkontrolliert an die Zimmerdekke knallte und der Sekt durch das Zimmer spritzte. »Mist. Das ist eine schöne Bescherung. Als hätte ich so eine Flasche noch nie geöffnet. Du machst mich nervös.« Sie blickte Lea an und lächelte verlegen.

»Mea culpa.« Lea lächelte zurück, prostete Stan zu und trank einen kräftigen Schluck. »Hmmmh, echt gut, dein Crémant.« Sie hielt Stan ihr halbleeres Glas hin, das diese wieder füllte. »Der verlangt nach mehr!«

»Komm, laß uns ins Atelier gehen. Ich möchte dir etwas zeigen.«

Stan führte Lea zurück in den Flur und öffnete eine Tür, die der Tür zum Wohnzimmer genau gegenüber lag. Genaugenommen war es ein Bild, das sich bewegen ließ. Der bemalte Stoff, der sich über die gesamte Fläche der Tür spannte, zeigte einen lebensgroßen, stehenden weiblichen Akt. Eine Frau, die sich ein Tuch vor den Körper hielt, das lediglich ihre Scham und eine ihrer Brüste bedeckte. Sie kehrte dem Betrachter ihren Rücken zu, stand aber vor einem Spiegel, in den sie hinein- und gleich wieder hinausblickte, dem Betrachter direkt in die voyeuristische Seele.

»Das ist raffiniert! Die Tür ist mir überhaupt nicht aufgefallen, obwohl ich eben eine kleine Ewigkeit vor dem Bild stand.« Lea schüttelte staunend den Kopf und betrachtete den Türgriff, eine Art Schnappverschluß, keine Klinke, sondern ein kleiner, drehbarer runder Knopf, der fast in Augenhöhe neben der Tür angebracht war. In fünffacher Ausführung vorhanden, offensichtlich vier Mal ohne jegliche Funktion, erinnerte er eher an eine Art Garderobe.

»Clever, nicht war? Etwas Ähnliches habe ich mal bei einer Künstlerin gesehen, die ich in den USA kennenlernte. Sie hatte schreckliche, fast schon paranoide Angst vor Einbrechern und hat die Tür zu ihrem Atelier in eine Bücherwand einbauen lassen. Man mußte einen kleinen, schmalen Gedichtband herausziehen, um die Tür zu öffnen. Bei mir ist der Eingang weniger opulent gestaltet. Bitteschön.«

Lea trat zögernd in den riesigen Raum, der die gesamte rechte Hälfte des unteren Stockwerks einnahm, und blickte sich nach Stan um, als brauche sie ihr Einverständnis, um das Reich ihrer Farben betreten zu dürfen.

»Nur zu! Schau dich ruhig um.« Stan selbst ging auf einen Arbeitstisch zu, der vor den riesigen Fenstern angebracht war, die in den Vorgarten und zur Straße blickten, und kramte in einer der Schubladen, als suche sie etwas. Es war klar, daß sie Lea Zeit geben wollte, sich ungestört umzuschauen.

Diese ging zu dem Drehstuhl neben der Tür und rollte ihn in die Mitte des Ateliers. Dort setzte sie sich hinein und begann ihre Füße langsam über den Boden zu bewegen, sich Stück für Stück weiterdrehend, jeden Quadratmeter des Raums eingehend betrachtend. Vor den Fenstern zum Garten standen eine Ottomane und ein Sessel, und sie konnte auch den Spiegel entdecken, den sie eben noch auf dem Gemälde gesehen hatte. An zwei Wandflächen waren Regale angebracht, die bis unter die Decke kreuz und quer mit Büchern vollgestopft waren. Manche sahen noch relativ neu aus, andere schienen abgegriffen, hatten zerfledderte Einbände oder Farbflecken auf ihren Rücken. Wo immer es eine noch so kleine Lücke gab, war diese mit einer kleinen Figur gefüllt, einem Bild oder einem gerahmten Foto. Kein Platz blieb ungenutzt.

Zwischen den Fenstern an der Längsseite des Raums, durch die das Nachbarhaus hinter immergrünen Büschen nur bruchstückhaft zu sehen war, standen unterschiedlich große bespannte Keilrahmen an die Wand gelehnt, teilweise bemalt, teilweise leer oder mit Bleistiftskizzen versehen. Ansonsten herrschte ein fast unüberschaubares

Durcheinander. Farbeimer, Tuben und Pinsel lagen wild verstreut auf den zwei Arbeitstischen, die Wände und der Boden waren mit Farbtupfern besprenkelt, überall sah sie farbverschmierte Tücher auf dem Boden.

Drei Staffeleien waren in unterschiedlichen Winkeln zu den Fenstern und damit zum Lichteinfall in den Raum positioniert. Zwei waren abgedeckt, auf der dritten stand eine Leinwand, die den Entwurf für ein weiteres Gemälde zeigte. Leas Blick blieb fasziniert daran hängen. Es war ein Porträt und zeigte eine Frau, die trotz ihres offensichtlichen Alters, das sich in unzähligen Falten manifestierte, die die Zeit in das Gesicht gezeichnet hatte, eine beachtliche Kraft und Energie ausstrahlte, eine innere Schönheit, die keine Macht der Welt, kein Jugend- oder Schönheitswahn, zunichte machen konnte. Ihre Haare waren so kurz geschnitten, daß sie wie ein dunkler Schatten um den Kopf lagen. Die Augen funkelten unter schweren Schlupflidern hervor und erzählten von den Dingen, die sie gesehen hatten, die gelebt waren und nun erinnert wurden, die stolz und unbeugsam jeden, der das Bild betrachten würde, dazu aufforderten, zu leben und zu lieben, andere und vor allen Dingen sich selbst. Lea konnte ihren Blick nicht abwenden. Sie war fasziniert von dem Bild, das eigentlich noch nicht mehr als eine Skizze und in der ersten Phase seiner Entstehung war, weit davon entfernt, vollendet zu sein. Sie konnte und wollte es sich nicht vorstellen, wie schrecklich schön die Wirkung des fertigen Gemäldes sein würde.

»Lea?« Stan stand hinter ihr und hatte eine Hand auf die Rückenlehne des Stuhls gelegt, in der anderen hielt sie ein kleinformatiges Bild, dessen bemalte Oberfläche Lea nicht sehen konnte. »Lea!« Stan berührte Leas Schulter und schüttelte sie sanft.

»Können wir zurück ins Wohnzimmer gehen?« Leas Stimme war belegt. Sie sprang auf und rannte aus dem Atelier. Als Stan ins Wohnzimmer trat, stand sie vor einem der großen Fenster und schaute hinaus. Sie schien völlig in Gedanken versunken.

»Das ist Klara«, sagte Stan und stellte sich neben Lea. »Sie besuchte eine meiner Ausstellungen. Letztes Frühjahr, glaube ich. Ihre Enkeltochter hatte mir Modell gesessen, und Klara wollte das Ergebnis in Augenschein nehmen. Sie war unglaublich. Ich mußte sie nicht lange bitten. Sie genoß es regelrecht.« Stan drehte sich zu Lea und wartete, bis diese ihren Blick erwiderte. »Sie starb letzten Monat.« Stan hob unbeholfen die Schultern, und Lea hatte den Eindruck, daß sie kurz davor war, in Tränen auszubrechen. Nach einem kurzen Augenblick des Schweigens trat sie einen Schritt auf Stan zu und nahm sie in die Arme.

»Danke«, flüsterte sie.

»Wofür?« Stan stellte sich vor, Leas Haarknoten zu lösen, ihr sanft durch die Haare zu streichen, ihren Duft wahrzunehmen, ihre Lippen zu küssen, ihr ...

Leas Gesicht war zart gerötet, und ihre Haare schienen wie elektrisiert, denn es entstand ein leises Knistern, als sie sich aus der Umarmung löste. Sie hielt Stan auf Armeslänge von sich. »Für diese Geschichte. Dafür, daß du mich zum Tanzen aufgefordert hast, daß du mich heute eingeladen hast.«

»Lea ...«

Lea legte Stan ihren Finger auf den Mund und gebot ihr zu schweigen. »Dafür, daß ich deine Bilder sehen durfte, daß du bist, wie du bist, daß du malst, als hinge dein Leben davon ab. Dafür, daß du allen, die deine Bilder betrachten, neue Welten erschließt, neue Sichtweisen auf die Dinge vermittelst.« Sie hatte mit solcher Eindringlichkeit und Vehemenz gesprochen, daß sie außer Atem war und sie ihren Herzschlag in jeder Faser ihres Körpers spüren konnte. Langsam kam sie zur Ruhe und strich sich zwei verirrte Strähnen aus dem Gesicht. »Ich liebe deine Bilder, Constanze. Sie sind ... wunderschön. Ich hoffe, du bist nicht beleidigt, wenn ich kein anderes Wort dafür finde. Wunderschön. Das ist alles, was ich sagen kann. Faszinierend, bunt, lebhaft. Wunderschön. Wenn ich Geld hätte, würde ich alle kaufen. Wenn ich Platz hätte, würde ich sie aufhängen, eins neben das andere, und würde jeden Tag so viel Zeit wie möglich davor verbringen. Vor allen Dingen deine Porträts sind absolut einzigartig.«

Stan hob langsam den Kopf. Sie hatte Lea zugehört, konnte aber mit derart viel Lob nicht umgehen, und blickte verlegen zu Boden. »Ich große Künstlerin, ich.«

»Ja, du große Künstlerin, du«, sagte Lea lächelnd und mit Nachdruck.

»Das ist für dich.« Stan gab Lea das kleinformatige Gemälde, das sie die ganze Zeit in der Hand gehalten hatte. Eine Momentaufnahme in dunklen Violett- und Blautönen, ein bißchen Rot, zartes Gelb, blasses Rosa. Eine flüchtige Erinnerung. Wiedererkennen. Der Eingang der Kneipe. Leas Gesicht, ihre Augen, groß und leuchtend in der sie umgebenden Dunkelheit, in dem Augenblick nach dem Kuß, kurz bevor sie sich abgewandt hatte, um Sophie zu folgen. Ihre Augen. Die Überraschung, die sich in ihnen zeigte, die Unsicherheit, die Verwirrung. Stan hatte nur Sekunden gebraucht, um zu sehen, alles zu sehen, Lea in die Seele und das Herz zu blicken und zu erkennen. Und Lea glaubte, Verlangen in ihren eigenen Augen aufblitzen zu sehen. Erschrocken senkte sie die Augen.

»Das kann ich nicht annehmen.« Sie stellte das Bild auf der Fensterbank ab, kreuzte ihre Arme vor der Brust und schaute aus dem Fenster.

»Bitte, Lea. Ich möchte es dir schenken.«

»Warum?« Ihre Blicke trafen sich.

Stan schüttelte langsam den Kopf. Sie mußte schlucken. »Nimm es einfach. Ich habe es für dich gemalt. Nicht für mich, nicht für irgendeine Ausstellung, nur für dich. Du würdest mich sehr glücklich machen, wenn du das Geschenk einfach akzeptieren könntest.«

»Also gut.« Lea lächelte schwach. Sie griff nach dem Bild und betrachtete es. »Es wird einen besonderen Platz in meiner Wohnung bekommen.«

»Darf ich dich etwas fragen?« Stan war zum Tisch zurückgegangen und nippte an ihrem Kaffee, der – nach ihrem Gesichtsausdruck zu urteilen – mittlerweile kalt sein mußte.

»Nur zu.«

»Würdest du mir Modell sitzen?« Die Frage kam zögerlich, als hätte Stan Angst davor, daß Lea die Bitte ablehnen könnte.

Lea schien verwirrt. »Aber du hast doch schon zwei Bilder von mir gemalt!«

»Ich würde aber sehr gern noch weitere malen.« Lea blickte sie fragend an. »Verstehst du denn nicht? Die zwei Bilder sind praktisch aus der Not entstanden. Ich wollte dich malen, hatte dich aber nicht vor mir. Nur Erinnerungen an dich in mir.«

»Ich verstehe nicht.«

»Manchmal schaue ich einen Menschen nur an und spüre die Farben, die diese Person in sich trägt, die sie umgeben. Bei dir ist das so. Aber deine Farben ändern sich, und ich möchte sie alle kennenlernen.« Sie blickte Lea erwartungsvoll an, aber scheinbar hatte sie sie noch nicht überzeugen können. »Ich versuche, die Personen, die ich male, nicht so zu malen, wie sie selbst sich sehen, sondern wie ich sie sehe. Ich versuche, sie zu verstehen, ihre guten wie auch ihre schlechten Seiten. Ich versuche, mich in sie hineinzuversetzen und zu fühlen, was sie empfinden. Ich möchte, daß sie sich mir öffnen, daß sie sich mir offenbaren. Mit allem, was sie ausmacht. Ich möchte ihre Seele sehen.«

Lea setzte sich zu Stan an den Tisch, ihre Hände im Schoß, und sah Stan direkt in die Augen. »Ich glaube, genau davor habe ich Angst.«

»Das mußt du nicht.«

»Vielleicht doch. Weißt du, vorgestern, als ich völlig unvorbereitet vor meinem Porträt stand, da hatte ich den Eindruck, mich selbst zu sehen – so wie kein anderer mich kennt. Und ich frage mich, wie du das geschafft hast, in der kurzen Zeit, in der wir uns in dieser kleinen Kneipe gesehen haben. Das war richtig unheimlich.«

»Vielleicht sehe ich einfach mehr als andere. Das kann durchaus sein. Was ist denn nun – würdest du mir Modell sitzen?«

Lea schwieg. Sie schien zu überlegen, und Stan spürte deutlich, daß sie ihr die Zeit für eine Entscheidung zugestehen mußte. Sie sah buchstäblich, wie die unterschiedlichen Gedanken über Leas Stirn huschten, sah, wie sich mal das Für und mal das Wider abzeichnete. Sie fand Lea unbeschreiblich schön. Ihre Locken schienen in dem schräg von hinten einfallenden Licht zu leuchten. Gelb und ein kräftiges Purpur waren die Farben, die sie in diesem Augenblick sah, dunkles, fast schwarzes Blau, mattes Olivgrün. Am liebsten hätte sie gleich mit einer Skizze angefangen.

»Ja, warum nicht.« Leas Worte fielen in die Stille, die sie umgab. Ihr Herz schlug so laut, daß sie glaubte, Stan müsse es hören. Doch diese nickte nur fast unmerklich und lächelte.

8

Sie brachte Sophie nicht um. Lea war kaum durch die Wohnungstür, als das Telefon klingelte.

»Du bist es!« Lea erkannte Sophies Nummer auf dem Display. »Daß du dich überhaupt traust, hier anzurufen!« Sie stellte das Bild so auf das Sideboard vor dem Fenster im Wohnzimmer, daß sie es betrachten konnte, ließ ihren Mantel auf die Sofalehne gleiten und setzte sich, die Füße auf dem niedrigen Beistelltisch, in den roten Sessel, den sie sonst nur zum Nachdenken und zur Inspiration bemühte.

»Lea-Schatz. Ich bin untröstlich, aber der Termin, den ich heute noch hatte, der ließ sich nicht verschieben.« Die Art und Weise, wie sie das Wort *Termin* betonte, sagte bereits alles. Sophies Worte waren ein süßer Singsang, und Lea sah buchstäblich das lächelnde und zufriedene Gesicht ihrer Freundin vor sich. Sie konnte sich durchaus vorstellen, daß der *Termin* Davide hieß.

»Es muß ja etwas wahrlich Wichtiges gewesen sein, daß du mich so hängenläßt!«

»War es denn schlimm?« Sophie ging nicht auf Leas Sticheleien ein. In ihrer Stimme klang ein Hauch Besorgnis mit.

»Nein, war es nicht. Ganz im Gegenteil. Wir haben uns gut unterhalten, ich habe einige ihrer Bilder gesehen, wir haben zusammen gefrühstückt, sie . . .« Lea stockte mitten im Satz. Sie betrachtete das Bild, das sich durch das schräg von hinten einfallende Sonnenlicht in seine Einzelteile aufzulösen schien. An manchen Stellen war die Farbschicht fast durchsichtig und zeigte die Struktur der Leinwand. An anderen Stellen wurden Linien sichtbar, die ohne das Gegenlicht zuvor nicht zu erkennen waren. Ein weiteres Bild entstand vor Leas Augen. Sie erkannte die Umrisse einer zweiten Person, sah blaßblaue Augen, dunkle Haare. Stan. Und ihre eigenen Umrisse waren zu sehen, allerdings etwas kleiner als im Original. Sie stand auf, griff sich das Bild und hielt es gegen die Sonne.

»Lea? Bist du noch dran?« Sophies Stimme drang in ihr Bewußtsein.

»Ja.« Die Antwort kam schleppend und fast automatisch. Mit ihren Gedanken war Lea bei dem Bild. Sie drehte es langsam, bis sie die Rückseite sehen konnte, aber die war unberührt. Stan mußte den eigentlichen Entwurf übermalt haben.

»Lea! Was ist los? Soll ich vorbeischauen? Möchtest du reden?«

»Nein, nein. Es ist alles in Ordnung. Sie hat mir ein Bild geschenkt.«

»Was für ein Bild?«

»Ein weiteres Porträt von mir. Viel kleiner als das in der Ausstellung. Aber mindestens genauso gut.« Die zwei Köpfe überschnitten sich – Lea im Vordergrund, Stan, als Beobachterin, im Hintergrund.

»Und du hast es angenommen?«

»Natürlich. Sie wäre sehr enttäuscht gewesen, wenn ich es abgelehnt hätte.«

»Und?«

»Sophie, sie ist gut. Sie ist brillant.« Leas Stimme wurde zu einem Flüstern. »Sie hält mir einen Spiegel vor.« Stan hatte sich etwas versetzt hinter Lea dargestellt. Sie blickte den Betrachter an, während Leas Kopf lediglich im Halbprofil zu sehen war. Ihre beiden Münder, auf gleicher Höhe gemalt, schienen sich zu berühren.

»Bist du sicher, daß es dir gut geht? Du klingst seltsam.« Jetzt war Sophie tatsächlich besorgt.

»Es ist fast schon beängstigend, wie genau sie beobachtet und wie intensiv sie Gefühle und Stimmungen zum Ausdruck bringen kann.« Lea betrachtete die übermalte Skizze und fuhr mit der Zunge über ihre Lippen. Sie schienen plötzlich wie ausgetrocknet.

»Lea, ich glaube, du interpretierst zuviel in ihre Bilder hinein. Sie sind vielleicht meisterlich gemalt und durchaus innovativ, aber ich glaube, du nimmst das alles etwas zu ernst.«

»Ist dein Artikel fertig?« Lea versuchte locker zu klingen.

»Ja, ist er. Er wird hoffentlich schon morgen erscheinen.« Sophie schwieg.

»Was ist? Ist er nicht gut geworden?«

»Ich habe ihre Bilder auch gesehen, Lea. Du hast recht, wenn du sagst, sie seien gut, aber sei vorsichtig mit deinen Interpretationen. Du hast viel zu viel Phantasie!«

»Ich weiß, was ich sehe, Sophie. Glaube mir.« *Ich weiß nur noch nicht, was ich fühle.* Lea versuchte diesen Gedanken abzuschütteln.

»Wie du meinst.« Sophie resignierte und ließ das Thema fallen. Sie kannte Lea lange genug, um zu wissen, wann es keinen Sinn mehr hatte, auf sie einzureden und ihre Meinung beeinflussen zu wollen. »Sehen wir uns nächste Woche? Vielleicht auf einen Kaffee?«

»Gern. Du weißt ja, wann ich Mittagspause habe. Melde dich doch kurz vorher.« Lea wollte das Gespräch schon beenden, als sie Sophies Stimme noch einmal hörte.

»Lea, bitte sei vorsichtig.«

»Wie meinst du das?«

»Einfach so. Ich habe kein gutes Gefühl bei der Sache.« Sophies Stimme war nicht mehr als ein stockendes Flüstern, als sei sie sich ihrer Worte unsicher.

»Von welcher *Sache* redest du, Sophie?« Die Ungeduld in Leas Stimme war nicht zu überhören.

»Wir sehen uns«, beeilte sich Sophie zu sagen und legte auf.

»Sophie!« Lea rief den Namen ihrer Freundin in den Hörer und wußte zugleich, daß niemand ihn hören würde. Das war wieder typisch. Ungesagte Dinge im Raum stehenzulassen. Andeutungen und keine Erklärungen. Wie sie das haßte. Aber was sollten sie auch weiter darüber sprechen? Sophie hatte deutlich gemacht, was sie von Leas Äußerungen hielt. Sie würde sich ihrer Freundin gegenüber zurücknehmen müssen, wenn es um Constanze ging. Gut, daß sie keine Gelegenheit hatte, ihr zu erzählen, daß sie ihr Modell sitzen würde. Sophie hätte wahrscheinlich versucht es ihr auszureden. Sie war sich selbst nicht mehr sicher, ob sie die richtige Entscheidung getroffen hatte. Egal. Sie würde es durchziehen. Versprochen war versprochen. Schließlich ging es ja nur um ein Porträt.

Sie brauchte dringend frische Luft. Sie warf sich ihren Mantel über, schnappte sich in der Küche eine Tüte alten Brots und lief über die Straße in den Park, wo sie sie Enten füttern würde. Das half immer. Es würde sie auf andere Gedanken bringen.

9

Sowohl am Montag als auch am Dienstag lehnte sie Sophies Einladung zu einem gemeinsamen Mittagessen ab. Sie gab vor, Kundengespräche zu haben, saß dann aber in einem Café oder dem kleinen Bistro an der Ecke und genoß es, ihren Gedanken nachzuhängen, in Ruhe die Zeitung zu lesen oder einfach nur den vorbeieilenden Menschen nachzuschauen und sich Geschichten über sie auszudenken.

Hatte der Mann im Trenchcoat und der Aktentasche ein Vorstellungsgespräch hinter sich, war er auf dem Weg zu einem Geschäftstermin, oder verbrachte er seine endlos langen Tage mit Herumlaufen in der Stadt, um seiner Frau nicht gestehen zu müssen, daß er seinen Arbeitsplatz verloren hatte? Wegrationiert. So müde und grau, wie er aussah, lag die letzte Möglichkeit wirklich nahe. Sogar seine Haut schien durchsichtig wie Pergament, jeglicher Farbe beraubt.

Oder die Frau mit den zwei Hunden, die zur Mittagszeit immer ihre Runde drehte, immer den gleichen Weg abging, immer eine Hand in ihrem Mantel, den Blick starr auf den Boden gerichtet, immer am Reden, im besten Falle mit den Hunden. Sie schenkte niemandem Aufmerksamkeit, auch nicht den zwei Obdachlosen, die an der Ecke der Bäckerei auf zerfledderten Stücken Pappe saßen und um Geld bettelten. Und was wiederum hatte diese beiden auf ihrem Weg ganz nach unten gebracht? Obwohl manche von ihnen behaupteten, daß sie das Leben auf der Straße freiwillig wählten, konnte Lea das nicht glauben. Sie konnte sich nicht vorstellen, daß es keine Gründe für ein solches Leben gab.

Oder die zwei Kinder, die gerade um die Ecke kamen und, auf ihrem Weg nach Hause, den Marktplatz überquerten, leicht vornübergebeugte, vorbeihuschende kleine Gestalten, die den Eindruck erweckten, jeden Augenblick unter dem Gewicht des Ranzens zusammenzubrechen. War sie selbst früher auch so beladen gewesen? Sie konnte sich nicht erinnern.

Nach dem Telefonat am Sonntag war sie nicht in der Lage, Sophie gegenüberzutreten. Sie wollte ihr nicht erzählen müssen, daß sie Stan Modell sitzen würde. Sie konnte auf den mit Sicherheit gut gemeinten Rat verzichten. Sie wollte nicht darüber nachdenken, was passieren könnte. Sie wollte es einfach ausprobieren. Die Herausforderung annehmen. Weiß man, was wird? Wäre es nicht schrecklich, in die Zukunft sehen zu können, so sehr man sich das manchmal auch wünschte? Die Spannung wäre dahin, das Fiebern auf den nächsten Moment, das Hoffen, das Wünschen, das Sehnen.

Nein. Sophie würde warten müssen, bis sie etwas Greifbares zu berichten hatte.

10

Bleib so! Die Position ist perfekt!«

Stan hatte sie gebeten, sich vor den großen Spiegel zu setzen, mit dem Rücken zur Leinwand und Blick in den Spiegel. Das Licht der starken Lampe beschien nur eine Gesichts- und Körperhälfte Leas und ließ die Übergänge zwischen Licht und Schatten graphisch hart erscheinen. Lea hatte den Oberkörper leicht gedreht und stützte sich mit einer Hand und durchgedrücktem Arm auf der Stuhlkante ab, so daß es aussah, als ob ihr Kopf auf ihrer Schulter ruhte. Sie beobachtete Stan in dem Spiegel, vor dem sie saß.

Diese stand an der Staffelei und betrachtete Lea, während die Farbe vom Pinsel tropfte. Ihr fiel auf, daß Leas Gesicht in diesem Licht sehr markante Züge trug und die gewohnte Weichheit vermissen ließ. Sie hielt den Kopf stolz erhoben, und Stan glaubte, einen Hauch trotziger Arroganz zu entdecken, die ganz offensichtlich ihre Unsicherheit und Nervosität überdecken sollte, die Angst vor der Blöße, die sie sich zu geben glaubte. Ihre Physiognomie war perfekt, ihr Gesicht fast vollkommen symmetrisch.

Sie war eine echte Schönheit. Die großen, dunklen Augen, der offene, herausfordernde Blick, der winzigkleine Höcker, der ihrer Nase Individualität verlieh, die stark konturierten, leicht geöffneten Lippen. Und ihre Locken, die wild und ungezähmt ihr Gesicht umspielten. Plötzlich lächelte sie.

»Möchtest du nicht endlich anfangen?«

»Wie?« Stan schloß kurz die Augen, als wolle sie in die Welt zurückkehren, aus der Lea sie gerissen hatte.

»Constanze! Wie wäre es mit Malen? Pinsel, Leinwand, Farbe, du weißt schon, das ganze Programm.« Lea lachte.

»Ja, natürlich. Entschuldige.« Sie zögerte nur einen kurzen Augenblick und begann dann ihre Pinselstriche zu setzen. Innerhalb kürzester Zeit schien sie nur noch Augen für das Bild zu haben, malte das Objekt ihrer Begierde wie in Trance. Hätte sie weiterhin auf die Frau geachtet, die sie begehrte, hätte sie keinen vernünftigen

Strich zustandegebracht. So konzentrierte sie sich auf Linien, Formen und Farben, fokussierte auf Licht und Schatten, versuchte den Ausdruck in Leas Gesicht zu deuten, ihre Gefühle in Farbe zu bannen.

Diese indirekte Konfrontation über den Spiegel gab ihr die Möglichkeit, sowohl Abstand zu Lea zu halten als auch herauszufinden, ob sie ihr vertraute. Jemand anderem den Rücken zuzuwenden, hieß stets, dieser Person auch Vertrauen zu schenken. Kontrolle über den Spiegel war möglich, aber der Blick zeigte eine seitenverkehrte Welt, in der nichts der Wirklichkeit entsprach und Interpretationen zuließ.

Lea beobachtete Stan immer dann, wenn diese ihre Aufmerksamkeit auf die Leinwand richtete oder auf ihrer Palette unzählige neue Farbvariationen entstehen ließ, die wie bunte Blumen aus dem Holz zu sprießen schienen. Wenn die Gefahr bestand, daß ihre Blicke sich trafen, konzentrierte sich Lea auf einen kleinen hellgelben Farbspritzer an der Rückwand des Ateliers.

Aber Stan schien die Welt um sich herum ohnehin nicht mehr wahrzunehmen. Ganz Kreativität und hektisches Schaffen, rührte sie immer wieder neue Farben an, quetschte sie aus Tuben direkt auf die Leinwand oder kratzte sie wieder ab, wenn sie offensichtlich nicht mehr in ihre Komposition paßten. Überall vertrockneten kleine Häufchen Farbe, die einfach vom Pinsel getropft oder mit dem Malspachtel am Holz der Staffelei abgestreift worden waren. Sie nahm keine Rücksicht auf ihre Kleidung, sie fuhr sich mit farbverschmierten Händen über das Gesicht und durch die Haare, klebte mit ihren Augen mal an dem, was unter ihren Händen entstand, mal ruhte ihr Blick auf Lea. Manchmal so lange und eindringlich, daß Lea kaum zu atmen wagte. Mit einem leichten Kopfschütteln riß sie sich dann vom Anblick Leas los und schien gerade erst Entstandenes zu übermalen und Neues entstehen zu lassen.

Lea kannte diese Prozesse des Entwerfens, Überdenkens, Neugestaltens, aber es war faszinierend, sie an Stan zu beobachten, zu sehen, wie sie zuweilen an der Unfähigkeit, das Gesehene umzusetzen, zu verzweifeln drohte. Sie konnte Stan so gut verstehen. Sie litt mit ihr und hoffte mit ihr. Stan war sich dessen nicht bewußt, doch ihre ganze Körpersprache, vor allen Dingen aber die Augen offenbarten, was sie fühlte, und erzählten von der unbändigen Freude über Gelungenes, von der Anstrengung, kreative Ideen in eine produktive Bahn zu lenken, von der Ungeduld, die allen Entstehungsprozessen innewohnt, weil man es kaum erwarten kann, das Ergebnis zu begutachten.

Gerade tauchte sie den Pinsel in eine Farbdose mit leuchtendem, kräftigem Gelb und setzte ihn vorsichtig auf die Leinwand, als wolle sie das bereits Gemalte nicht zerstören. Diese kurze Berührung von Pinsel und Leinwand zauberte ein Lächeln auf Stans Gesicht.

»So, das wäre es für heute.« Dieser kleine, so beiläufig geäußerte Satz erlöste sie selbst nach knapp zwei Stunden von ihrer intensiven Arbeit und Lea aus dem anstrengenden und ermüdenden Verweilen in der immer gleichen Position.

»Könntest du mich bitte kurz anstupsen? Ich weiß nicht, ob ich jemals wieder aus dieser Position herauskomme. Ich glaube, meine Schulter und mein Arm sind vollkommen gefühllos!«

Stan lachte leise vor sich hin, während sie die Pinsel in dem Waschbecken am Fenster auswusch. Sie beobachtete Lea aus dem Augenwinkel heraus, sah, wie sie sich streckte und durch diverse Armbewegungen versuchte die Blutzirkulation in ihren eingeschlafenen Gliedmaßen wieder anzuregen. Mit der roten Farbe, die aus den Pinselhaaren tropfte und das Waschbecken, aus dem kurz zuvor noch das Sonnengelb gestrahlt hatte, in den Ort eines blutigen Massakers verwandelte, wich die Künstlerin zurück, und Stan wurde zu der Frau, die Lea liebte, die sich nach ihren Berührungen sehnte, die sich verzweifelt zwang, nicht ständig daran zu denken, wie sie Lea verführte, wie sie sie liebte und von ihr geliebt wurde. Sie konnte nichts anderes tun als Lea anzustarren, in ihrer grauen Stoffhose und der weißen Hemdbluse, die sie so sehr nach Geschäftsfrau aussehen ließen und dennoch ihre weibliche, ungemein erotische Ausstrahlung betonten. Stan hätte sie nur zu gern dieser äußeren Hülle entledigt, die Lea jeden Morgen wie eine zweite Haut anlegte, als Schutzschild gegen die Widrigkeiten des Lebens.

In ihren Augen las sie, was die Kleidung verbarg. Es waren immer die Augen, die erzählten, die verrieten. Mimik und Gestik waren nur Weggefährten auf der Expedition, aber die Augen waren der Schlüssel, die Möglichkeit, eine Tür aufzustoßen in eine eigene, allen anderen fremde Welt.

Und das war es, was Stan an Porträts so liebte. Sie konnte alles malen, aber Porträts waren für sie die Erfüllung ihrer künstlerischen Träume. Sie liebte die Offenbarungen, die sie für sie bereithielten. Sie waren der Weg zu Erkenntnis, zu Verständnis, zu allem Menschlichen – ob gut oder böse, verwerflich oder moralisch und ethisch korrekt.

»Woran denkst du?« Leas Frage riß Stan aus ihren Gedanken.

»Ach, nichts. Wie wäre es mit einem kleinen Snack und einem Gläschen Wein? Ich habe Käse und Weißbrot gekauft.« Mit diesen

Worten wollte Stan Richtung Küche verschwinden.

»Ich möchte erst das Bild sehen!«

»Nein, bitte, es ist noch nicht fertig!«

»Das macht doch nichts. Man kann doch bestimmt schon etwas erkennen, oder?«

»Schon, aber . . .«

Lea trat vor die Leinwand und blickte sich selbst in die Augen. Sie sah nichts anderes als den Ausdruck darin und mußte schlucken. Wie war es möglich, so viel Leben in ein Augenpaar zu packen? Wie konnte Stan sehen, was allen anderen verborgen blieb? All die Gefühle, die sie vor dem Besuch und während der Sitzung hatte, die Gedanken, die ihr durch den Kopf geschossen waren, spiegelten sich in den zwei dunklen Pupillen wider, fanden ihre Entsprechung in den hochgezogenen Augenbrauen und der Form des Mundes. Hatte sie ihren Mund tatsächlich so gehalten, ihre Augenbrauen so weit hochgezogen? Zwei Stunden hatte sie sich im Spiegel beobachten können und dennoch fehlte ihr jegliche Erinnerung daran. Es waren eindeutig ihre Gesichtszüge, aber es war definitiv Stans Interpretation davon. Stan hatte hinter die Fassade geblickt, hatte Leas Unsicherheit entdeckt, ihre Verletzlichkeit, die Trauer, die ihr manchmal ohne ersichtlichen Grund auf der Seele lastete und sich wie ein dunkler Schleier über ihr Herz legte. Das alles lag in ihren Augen, und sie war sich dessen nicht bewußt gewesen. Wie sollte sie damit umgehen? Wie konnte sie Stan unter die Augen treten, wenn diese ständig einen solchen Seelenstrip mit ihr veranstaltete? Konnte sie es ertragen, vor einer anderen Person keine Geheimnisse mehr zu haben, nichts mehr verbergen zu können?

»Kommst du?« Stan balancierte einen Teller mit Käse, ein paar Scheiben Brot und zwei Gläser Rotwein auf einem Tablett und stand in der Tür zum Atelier.

»Nein, bedauerlicher Weise kann ich nicht bleiben. Morgen habe ich einen langen Tag vor mir, und ein paar Stunden Schlaf stünden mir gut.« Lea griff nach der Jacke ihres Hosenanzugs, nach ihrem Mantel und ihrer Tasche und verließ fluchtartig das Haus.

»Lea, warte! Sehe ich dich nächsten Mittwoch?«

Aber Lea war bereits in die Dunkelheit verschwunden, ihr Handy am Ohr, um sich ein Taxi zu rufen.

Stan bemühte sich erst gar nicht, das Licht im Wohnzimmer anzuschalten, sondern setzte sich mit angezogenen Beinen auf die niedrige Fensterbank, leerte nacheinander beide Gläser, lehnte ihre heiße Stirn an die kühlende Fensterscheibe, verfluchte sich und ihre Art zu malen und blickte in die Nacht hinaus.

11

Die großen Flügelfenster zum Park hin waren sperrangelweit geöffnet, und die kalte, klare Luft des späten Abends ließ die Wohnung innerhalb kürzester Zeit deutlich herunterkühlen. Wie unvernünftig angesichts der horrenden Heizungskosten, aber als Lea zehn Minuten zuvor ihre überheizte Wohnung betreten hatte, war ihr ein Schwall abgestandener Luft entgegengeschwappt, der ihr das Atmen fast unmöglich machte. Ohne auch nur den Mantel auszuziehen, war sie, die Luft anhaltend, zu den Fenstern gestürzt und hatte diese aufgerissen, die rettende Frischluft in tiefen Zügen inhalierend.

Nun gönnte sie sich, nach einem anstrengenden Tag in der Werkstatt, ein Gläschen Rotwein und gab dem Buch, das Sophie ihr zu Weihnachten geschenkt hatte, ein letzte Chance. Irgendein historischer Schinken, der sie so sehr in seinen Bann zog, daß sie in knapp drei Monaten lediglich einunddreißig Seiten hinter sich gebracht hatte. Ein letzter Versuch, und wenn sie dann immer noch keinen Zugang zu dem Buch finden würde, war dessen Schicksal besiegelt – Verbannung in die oberste Reihe ihres Regals gepaart mit langsamem, qualvollem Verstauben. Ein fast schon mitleidiger Zug legte sich bei dieser Vorstellung um ihren Mund, denn sie wußte, daß dem Buch, bei allem, was ihr momentan durch den Kopf ging, eigentlich keine reelle Chance gegeben war. Gerade als sie versuchte es sich in ihrem Sessel bequem zu machen, klingelte das Telefon.

»Ja?« Lea meldete sich zu Hause nie mit ihrem Namen. Das hatte sie sich nach einer Reihe obszöner Anrufe im vergangenen Sommer abgewöhnt.

»Es tut mir schrecklich leid.«

Sie erkannte die Stimme sofort. In der Nacht zuvor war sie noch lange wachgeblieben und hatte sich unruhig im Bett herumgewälzt. *Ärgerlich* war ihr erster Gedanke gewesen, *kindisch* der zweite. Wie hatte sie nur so überreagieren können. Sie hatte gewußt, zu was Stan in der Lage war, wenn es ums Malen ging. Und sie hatte sich darauf eingelassen. Nun war sie offensichtlich nicht in der Lage, damit umzugehen.

»Es gibt nichts, was dir leid tun sollte, nichts, wofür du dich entschuldigen solltest. Ich bin diejenige, die sich entschuldigen muß. Ich war wirklich nicht auf das gefaßt, was ich sah. Ich habe mich so ...«, Lea suchte nach den richtigen Worten, »so entblößt gefühlt. So nackt.«

»Lea, wenn du möchtest, kann ich das Bild übermalen. Nichts muß entstehen, was dich verletzt!«

»Bist du jetzt vollkommen übergeschnappt? Ich liebe das Bild. Es ist toll ... intensiv und aussagekräftig. Es hat mich schlicht umgehauen. Ich habe die halbe Nacht und den ganzen Tag darüber nachgedacht, warum ich so reagierte, und ich glaube, es war pure Panik. Ich wollte mir selbst nicht gegenübertreten müssen.«

»Lea ...«

»Nein, laß mich ausreden. Wir alle tragen so viele Masken, die das verbergen sollen, was uns wirklich ausmacht und die uns schützen sollen. Masken, die anderen eine Person vorgaukeln, die wir im Grunde nicht sind. Und wenn ich mich in deinen Bildern sehe, dann bedeutet das auch immer ein Entdecken, denn du reißt mir die Masken vom Gesicht. Vor dir und deinen Augen gibt es kein Verstekken. Und ohne Versteck, ohne Masken ist jeder verletzlich. Ich auch. Davor fürchte ich mich am meisten – verletzt zu werden.«

»Von mir?« Stan war entsetzt.

»Ich glaube, du kannst mich nicht tatsächlich verletzen. Du kannst mir aber meine Verletzlichkeit bewußt machen. Du kannst mir meine Ängste vor Augen führen, sie mir wie einen Spiegel vorhalten.«

»Das möchte ich aber nicht. Warum kann es nicht einfacher sein?«

»Weil du so malst, wie du eben malst. Weil du in der Lage bist, mehr zu sehen, Gefühle klarer zu erkennen und in Farbe umzusetzen als andere. Ich erkenne mich in deinen Bildern, und das kann auch ein ungemein heilender Prozeß sein. Ich muß nur anders an die Sache herangehen. Als voll pubertierende junge Frau habe ich meine Gedanken immer in einer Art fragmentarischem Tagebuch aufgeschrieben. Wenn ich es heute lesen würde, wären mir meine Aufzeichnungen sicherlich mehr als peinlich. Meine Gefühle waren manchmal in schmalzige und superkitschige Gedichte gebannt. Aber mit ihrer Hilfe konnte ich Abstand gewinnen zu den Stürmen, die in mir tobten. Sie halfen mir, meine Gedanken zu ordnen, mich selbst in einem anderen, klareren Licht zu sehen.« Die Erinnerung zeichnete Lea ein schwaches Lächeln auf das Gesicht. Sie seufzte. »Deine Bilder machen dasselbe. Sie helfen mir, mich neu zu definieren und Seiten an mir zu entdecken und zu akzeptieren, derer ich mir nicht mehr bewußt war.«

»Du kommst also wieder?«

»Aber natürlich! Ich habe es sehr genossen – wenn es auch anstrengender war, als ich erwartet hatte. Das Ergebnis entschädigt für alles.«

»Danke.« Stans Stimme war die Erleichterung anzuhören.

12

Die folgenden Wochen vergingen wie im Flug, so wie es immer ist, wenn die Tage hektisch und schnell gelebt werden und sogar die Zeit zum Durchatmen fehlt. Ein Auftrag reihte sich an den nächsten. Manchmal überschnitten sich mehrere Aufträge trotz der Bemühungen, sie zeitlich aufeinander folgen zu lassen. Das war anstrengend und überstieg manchmal sowohl Leas körperliche als auch ihre geistigen Kapazitäten. Da war kein Platz für Gedanken über die Zukunft, für das Schmieden von Plänen.

Es war ein Aneinanderreihen von scheinbar immer gleichen Tagen, in ihrem Ablauf so zum Verwechseln ähnlich, daß Lea Schwierigkeiten bekam, sie auseinanderzuhalten. Was blieb, waren Müdigkeit und Abgespanntheit.

Und die wenige Freizeit, die ihr zur Verfügung stand, verbrachte Lea zu Hause vor dem Fernseher, oder sie ging mit Sophie ins Kino oder zum Italiener um die Ecke. Für mehr reichte ihre Energie einfach nicht. Aber auch diese Unternehmungen wurden auf ein Minimum reduziert, weil Sophie ihre sogenannten temporären Prioritäten anderweitig setzte. Davide. Rein platonisch, wie Sophie ihr bestätigte, und nachdem Lea Davide kennenlernte, mußte sie ihr zustimmen. Er war süß, doch eindeutig nicht an Frauen interessiert. Umso seltsamer fand Lea Sophies Verhalten. Er war schließlich kein Kind mehr und hätte seinen Alltag im kalten Deutschland mit Sicherheit auch ohne Sophies Unterstützung bewältigen können.

»Wozu leben wir denn in einem vereinten Europa? Der Junge braucht meine Hilfe.« Lea war schon fast so weit gewesen, Sophie eine weiße Wollmütze mit einem großen, roten Kreuz zu schenken, die sie in einem der Ramschläden am Bahnhof entdeckte. Aber sie respektierte die Tatsache, daß Davide offensichtlich Sophies mütterliche Instinkte weckte. Es blieb ihr im Grunde auch nichts anderes übrig. Das halbe Jahr, in dem Davide als Volontär der Zeitung arbeitete, würde auch vorübergehen.

Hin und wieder versuchte sie den Akku aufzuladen, indem sie durch den Park joggte. Aber sie mußte feststellen, daß das nichts für sie war, es nie sein würde. Das wurde ihr schon nach den ersten Trainingseinheiten klar. Sie fütterte doch lieber die Enten oder saß einfach in der Sonne. Sobald es wärmer wäre, würde sie genau das tun – sich in die Sonne setzen und aufs Atmen konzentrieren.

Der einzige Tag der Woche, auf den sie sich zweifellos freute, war der Mittwoch. Sie hatte es sich zur Gewohnheit werden lassen, jeden Mittwoch nach der Arbeit Modell zu sitzen, und sogar damit begonnen es zu genießen.

Stans Arbeitsweise war bemerkenswert. Kaum daß Lea auf einem Stuhl oder der Ottomane saß, legte sie los – mit Skizzen und Zeichnungen auf Papier, Entwürfen und farbigen Ausgestaltungen auf Leinwand. Manchmal waren es Stunden ohne Pause, in denen Lea absolut stillsitzen mußte, manchmal durfte sie sich in der Zeit bewegen und änderte zwei-, dreimal die Position. Dann kamen meist auch mehrere Leinwände und Zeichenblöcke zum Einsatz. Manchmal sollte Lea sich in Zeitabständen von fünf bis zehn Minuten bewegen, manchmal ging sie ständig auf und ab, und Stan versuchte ihre Bewegungen einzufangen.

Immer aber war es so konzentriertes Arbeiten, daß Lea sich nicht die Mühe machte, Stan überhaupt anzusprechen, weil diese sie ohnehin nicht hörte. Sie schien in der glücklichen Lage zu sein, alles um sich herum ausblenden zu können, wenn sie sich auf ihre Arbeit konzentrierte. Lea beneidete sie darum.

An einem dieser Mittwochabende ließ sie Robert lange vor Ladenschluß allein im *Petit Roi d'Or* zurück. Sie hatten sich am Vormittag wieder einmal gestritten, nachdem Robert ihr offenbarte, daß Ina schwanger sei, er aber das Kind nicht unbedingt wolle. Nach dem Grund gefragt, blickte er Lea nur schweigend an, und an seinem Blick konnte sie erkennen, daß sie besser den Mund gehalten hätte. Während ihrer dreijährigen Beziehung hatte Robert kein anderes Thema als »Kinder« gekannt, und nun wollte er keins? Ina hatte ihr gesamtes Leben umgekrempelt, war aus einer anderen Stadt zu Robert gezogen, hatte ihren gut bezahlten Job aufgegeben und war seit vier Monaten auf der Suche nach einem neuen – eine Suche, die sie im Laufe der Schwangerschaft mit Sicherheit einstellen würde. Das war doch genau das, was er immer wollte. Eine Frau, die sich um die Kinder kümmerte, während er seine kleine Familie ernährte. Die lapidare Aussage *Mit dir wäre das etwas anderes gewesen!* brachte ihm eine schallende Ohrfeige ein, und Lea weigerte sich für den Rest des Tages, auch nur ein weiteres Wort mit ihm zu reden.

Als sie sich gegen halb sechs verabschiedete, fiel Roberts Protest entsprechend schwach aus. Wahrscheinlich war er froh, daß sie ging, ohne einen weiteren Kommentar zu ihrem Streit abzugeben. Ihre Ausrede, daß sie noch das ein oder andere kaufen müsse, um nicht zu verhungern, glaubte er ihr mit Sicherheit nicht. Egal. Sie konnte es kaum erwarten, den Tag hinter sich zu lassen und zu Stan und ihren Staffeleien zu kommen.

Sie verschwendete keine Zeit damit, nach Hause zu fahren und sich umzuziehen, sondern ließ sich von dem Taxi direkt vor Stans Haustür absetzen. Nun stand sie in ihrem lindgrünen Kostüm mit kurzem Rock und hochhackigen Schuhen im Hauseingang und zögerte kurz, bevor sie läutete. Sie war wirklich viel zu früh. Es dauerte eine Weile, bis Stan öffnete, ihr Haar zerzaust, die Hände wie fast immer voller Farbe.

Verwundert blickte sie Lea an. Die Sonnenbrille, modisch und überdimensional groß, stand Lea ausgesprochen gut, verdeckte aber ihre wunderbaren Augen. Ihre Hände umschlossen den Griff der braunen Lederhandtasche, und mit leicht in die Höhe gezogenen Schultern stand sie unschlüssig unter dem Vordach.

»Ist es schon halb acht?«

»Das ist aber eine nette Begrüßung. Aber um auf deine Frage zurückzukommen: nein, ist es nicht. Es ist gerade mal sechs. Ich konnte früher freimachen. Da bin ich.«

»Komm herein. Warte hier einen Moment.« Stan ging in ihr Atelier zurück und ließ die Tür einen Spaltbreit offenstehen. Lea wollte nicht neugierig sein, aber das Verbotene war einfach zu verlockend. Sie spähte vorsichtig in das Atelier und erhaschte einen Blick auf zwei Frauen, die kaum älter als sie selbst sein konnten. Beide waren nackt. Eine saß auf einem roten Tuch, das locker über die Ottomane gebreitet war und herrliche voluminöse Falten warf, die andere stand hinter ihr und hatte eine Hand auf die Schulter der vor ihr sitzenden gelegt – eine offensichtlich sehr vertraute Geste. Lea fühlte sich wie ein ungebetener Gast, wie eine Zeugin einer Szene, die sie im Grunde nichts anging; sie zog sich leise zurück, als sie sah, daß Stan zuerst mit den beiden sprach und kurz darauf auf die Tür zukam. »Wir brauchen noch eine halbe Stunde. Wenn du willst, kannst du dich zu uns setzen. Die beiden haben nichts dagegen.«

»Ich glaube, ich mache mir einen Kaffee und setze mich in den Garten. Ein bißchen Entspannung und frische Luft kann nichts schaden.«

»Wie du möchtest. Würdest du uns auch einen aufbrühen? Wir kommen dann zu dir nach draußen.«

Es stellte sich heraus, daß Sabine und Monika seit fast fünfzehn Jahren ein Paar waren. Sie hatten sich in der Schule kennengelernt und waren entgegen aller Vorhersagen und Unkenrufe ihrer Familien und Freunde immer noch zusammen. Sie wollten sich das Aktporträt zu ihrem Jubiläum schenken, und Stan blieben noch knapp drei Wochen, um es zu vollenden.

»Ich wußte nicht, daß du auch Auftragsarbeiten annimmst«, sagte Lea, nachdem sich die beiden anderen verabschiedet hatten.

»Natürlich! Das Geld kann ich immer gebrauchen. Drei Ausstellungen im Jahr und die Auftragsarbeiten. Damit komme ich über die Runden.«

»Irgendwie dachte ich, du seiest finanziell so weit unabhängig, daß kommen kann, was mag. Mir war nicht bewußt, daß auch du Geld verdienen mußt. Naiv, oder?«

»Ja, irgendwie schon. Aber süß!« Stan lächelte. »Komm, laß uns ins Haus zurückgehen und arbeiten. Du hast heute ein paar ungewöhnliche Farben um dich versammelt. Ist etwas passiert?«

Lea winkte ab. »Nichts wirklich Wichtiges.« Sie trugen ihre Tassen ins Atelier. Stan griff nach ihrer Palette und quetschte Farben aus unterschiedlichen Tuben auf das stumpfe Holz, und Lea machte es sich auf der Ottomane bequem, auf der eben noch Monika gesessen hatte.

»Würdest du deine Haare heute offen tragen? Ich hätte Lust auf was wirklich Verrücktes, Großformatiges.« Stan stellte, während sie sprach, eine riesige quadratische Leinwand auf eine der Staffeleien und rückte sie so zurecht, daß Lea im Profil zu sehen war. »Könntest du deine Arme auf die Rückenlehne legen und dann zu mir herüberschauen?« Lea wandte ihr Gesicht Stan zu und blickte sie ernst an. »Ja, genau. Bleib so. Super.«

Lea kannte Stan und ihre Arbeitsweise mittlerweile so gut, daß sie wußte, daß diese Worte für eine ganze Weile die letzten sein würden. Sie sah, wie Stan damit anfing, mit einem breiten Pinsel die Konturen auf die Leinwand zu werfen, beobachtete, wie sie die entstandenen Flächen mit Farben füllte und dabei vor lauter Konzentration die Augenbrauen so stark zusammenzog, daß sie aussah wie einer dieser chinesischen Faltenhunde. Lea hatte extreme Schwierigkeiten, bei dieser Vorstellung einen Lachanfall zu unterdrücken. Nur unter größter Körper- und Gesichtsbeherrschung blieb es bei einem schelmischen Grinsen.

»Nicht bewegen!« Stan ließ sich zu diesem Kommentar hinreißen, bevor sich ihre Zungenspitze wieder im Mundwinkel zeigte und die Augen sich so angestrengt und konzentriert zwischen Modell und Leinwand hin und her bewegten, daß es keinen Platz für andere Wahrnehmungen gab. Auch nicht dafür, daß Leas Magen sich bemerkbar machte. Sie bekam langsam Hunger. Das Frühstück lag Stunden zurück, und zu Mittag hatte sie auf ein Essen verzichtet und statt dessen gierig den Joghurt aus dem Kühlschrank verschlungen, dessen Verfallsdatum seit knapp zwei Wochen überschritten war.

Jetzt rumorte es so laut in ihrem Magen, daß es ihr fast peinlich war. Aber Stan hörte nichts von alldem.

Auch als Lea von ihrem Tag zu erzählen begann, von ihrer Arbeit, von der Auseinandersetzung mit Robert, erntete sie nur hin und wieder ein *Hmmm*, von dem sie wußte, daß es sich nicht auf das Gesagte bezog, sondern sie lediglich beruhigen und ihr den Eindruck vermitteln sollte, daß Stan nach wie vor zuhörte. Zum ersten Mal verstand sie, wie sich ihre Kundinnen fühlen mußten, wenn sie neben ihrer Werkbank saßen und auch aus Leas Mund nicht anderes kam. Sie nahm sich vor, mehr auf die Gespräche mit ihnen einzugehen.

Kurz vor zehn schien Stan endlich mit dem Ergebnis zufrieden zu sein und legte die Pinsel aus der Hand.

»So, ich glaube, für heute machen wir Schluß. Ich kann mich nicht mehr konzentrieren.« Lea wußte, daß das eigentlich hieß: *Du bist bestimmt müde,* denn Stan kannte keine Erschöpfungszustände. Lea war der festen Überzeugung, daß sie, wenn es sein mußte, ganze Nächte durcharbeiten könnte. Aber sie war ihr dankbar dafür, es so zu formulieren, und dehnte ihre steifen Glieder. »Kann ich dir noch etwas anbieten? Ein Glas Wein, etwas zu essen?«

»Wenn ich ehrlich sein darf, stehe ich kurz vorm Verhungern.«

»Perfekt. Ich habe nämlich eine Kleinigkeit vorbereitet. Gib mir zehn Minuten.« Damit lief sie aus dem Atelier, und Lea stand auf, um sich das Bild anzuschauen. »Wage es nicht, dir das Bild anzusehen«, ertönte Stans Stimme aus der Küche. »Es ist noch lange nicht fertig. Bitte. Ich möchte, daß du es erst siehst, wenn auch ich damit zufrieden bin!«

Unzählige Bilder hatte Stan von ihr entstehen lassen, und immer durfte Lea nur einen direkten ersten Blick auf die Kohle- und Bleistiftskizzen werfen. »Das sind Momentaufnahmen, unfertige Ideen für etwas Größeres. Vielleicht verwende ich sie, vielleicht aber auch nicht«, hatte Stan gesagt. Ihre Bilder aber waren mehr. Es waren ausdrucksstarke Farborgien voller Tiefe, voller Ideen und Gedanken, voller Eindrücke und Wahrnehmungen, die sich allesamt in unterschiedlichen Linien und Farben manifestierten. Sie waren voller Liebe, Respekt und Achtung, die Stan der dargestellten Person entgegenbrachte. Nicht locker und fast schon unbedacht hingeworfen wie die grauen Graphitlinien, sondern bewußt gesetzte Akzente und Schwerpunkte sowie sorgfältig gemischte Farbtöne. So schwer es Lea fiel, immer wieder darauf zu verzichten, direkt nach den Sitzungen auf die Leinwand zu blicken, so sehr konnte sie sich an ihre Reaktion auf das allererste Porträt erinnern. Und da sie ein solch peinliches Verhalten unbedingt vermeiden wollte, respektierte sie auch diesmal Stans Worte und folgte ihr in die Küche, wo sie im Türrahmen stehenblieb.

»Wann wird das sein?«

Stan blickte vom Herd auf, wo sie in unterschiedlichen Töpfen rührte. Es duftete verführerisch. Lea tippte auf Spaghetti mit Gemüsesoße. Eine Schüssel mit Salat stand schon auf dem Tisch.

»Das kann ich dir nicht sagen. Das weißt du doch.«

»Ich weiß auch, daß du daran weiterarbeiten wirst, sobald ich aus dem Haus bin. Also, wann wird es fertig sein?«

Stan grinste. »Nächste Woche vielleicht.«

13

Mit Verwunderung nahm Lea die Schnelligkeit der Veränderungen wahr. Übersät mit Millionen kleiner Gänseblümchen leuchtete der Rasen im Park in sattem Grün, die Blätter der Bäume rauschten wie flüsternde Stimmen in der kleinsten Brise, die Frühjahrsblüher, die Narzissen, Krokusse, Tulpen und Hyazinthen, machten den sommerlich gestalteten Beeten Platz. Da blühten Lilien, Phlox und Lavendel, Sonnenhut, Mädchenauge und Prachtspiere, Salbei, Iris und Herbstzeitlose, Margeriten und Lupinen, Hortensienbüsche und Fuchsien, Schwertlilien und riesige Kissen blauer Männertreu. Die Stadt hatte offensichtlich eine neue Gärtnerei mit der Gestaltung der Parkanlagen beauftragt, die ein eindeutig besseres Händchen für Farb- und Duftkombinationen zeigte als ihre Vorgängerin.

Leas Lieblingssitzbank stand inmitten alter, opulent wachsender englischer Rosen, deren Ranken unter der überbordenden Last der Blütenknospen bis tief hinunter zum Boden reichten. Mit jedem wärmenden Sonnenstrahl öffneten sich mehr Blüten und verströmten einen herrlich betörenden Duft. Lea genoß es, in jeder freien Minute dort zu sitzen, ein Buch zu lesen, den Spaziergängern zuzuschauen, den spielenden Kindern, den alten Herren, die die Enten fütterten. Sie liebte es, mit ihr unbekannten Menschen ein paar Worte zu wechseln, neue Bekanntschaften zu schließen.

Und an manchen Sonntagnachmittagen saß Constanze neben ihr.

Lea konnte sich nicht mehr daran erinnern, wann es angefangen hatte. Irgendwann wollte Stan wissen, was sie für den folgenden Sonntag plante, und Lea gestand ein, daß ihre Sonntage eigentlich immer gleich aussahen. Daß sie sie bei warmem Wetter am liebsten im Park vor ihrem Haus verbrachte. Mit Lesen, mit süßem Nichtstun, damit, ihr Gesicht einfach nur in die Sonne zu halten. Und als Stan wissen wollte, ob es ihr etwas ausmachen würde, wenn sie sie begleitete, verneinte sie.

Während Stan Menschen skizzierte – Küssende, Spielende, Lachende, Streitende, Spazierende, Sonnenbadende –, las Lea ihr aus der Zeitung vor, hin und wieder auch eine Geschichte oder ein Gedicht, das sie entdeckt hatte und das ihr nicht mehr aus dem Kopf ging. Sie saß schweigend neben Stan und las ein Buch oder beobachtete sie bei ihrem Tun. Die beiden redeten miteinander oder sie schwiegen. Mit Stan konnte Lea schweigen, ohne daß sie das Gefühl hatte, die Stille füllen zu müssen. Im Grunde war es ja auch nie vollkommen still. Selbst wenn sie die Geräusche der Stadt auszublenden vermochte, so blieb doch immer ihrer beider ruhiges Atmen, das kaum wahrnehmbare Rascheln und Knistern umgeblätterter Seiten und das leise Kratzen von Bleistift oder Feder über Papier.

Lea hatte gelernt, diese gemeinsamen Stunden zu genießen. Jeden Moment auszukosten. Sie fühlte sich unermeßlich wohl in Stans Gegenwart. Dann konnte sie loslassen, konnte sich entspannen, konnte Sonne tanken und den Streß im Laden vergessen.

Und Stan hatte gelernt, ihre Gefühle Lea gegenüber zu kontrollieren, hatte gelernt, das Verlangen nach Lea so weit in den Hintergrund zu drängen, daß sie die gemeinsamen Momente genießen konnte. Um nichts in der Welt wollte sie sie missen.

So war es mit einem Mal Juni geworden, ohne daß Lea groß darauf geachtet hätte, und die Hochzeit ihrer Schwester stand bevor. Sosehr ihre Mutter darauf hin gefiebert hatte, so wenig hatte sich Lea engagiert, nachdem Janine ihr versicherte, daß von seiten der Familie die Hilfe ihrer Mutter absolut ausreiche und daß sie keine zusätzliche Bevormundung durch ihre ältere Schwester benötige. Lea wollte widersprechen, aber Janine lachte nur.

»Lea, laß dich doch nicht so auf den Arm nehmen«, hatte sie gesagt. »Ich weiß doch, wie schwer du arbeitest, um den Laden am Laufen zu halten, und daß du kaum Zeit hast. Wir kommen schon klar. Solange du nur den Termin notierst und zu meiner Hochzeit erscheinst!« Lea konnte ihre Schwester lächeln sehen, und insgeheim war sie ihr unendlich dankbar. Nicht, daß sie ungern geholfen hätte, aber die Vorstellung, nach der Pfeife ihrer Mutter zu tanzen, war einfach zu schrecklich. Sie atmete erleichtert auf.

»Es ist also alles in trockenen Tüchern?« wollte Lea wissen.

»Na, hör mal, schließlich sind es nur noch vier Wochen. Was glaubst du denn, wann wir mit der Planung angefangen haben?«

»Und was ist mit euren Trauzeugen?«

»Zwei gute Freunde. Ich habe Karen gefragt. Sie arbeitet mit mir im Büro. Ich habe mich richtig gefreut, als sie direkt zusagte.«

»Du weißt, daß Mutter nicht begeistert ist. Sie behauptet, Karen sei . . . mit einer Frau zusammen.«

»Wo hat sie denn das schon wieder her?«

»Ist sie nicht?«

»Doch, ist sie. Ich hatte gehofft, Mutter würde es einfach ignorieren und darüber hinwegsehen. Da habe ich mich wohl getäuscht. Sie ist aber auch wirklich stur. Vielleicht ist es besser so. Karen kommt ja schließlich nicht allein. Jetzt, da Mutter es ohnehin weiß, wird sie hoffentlich keine Szene machen.«

»Das ist für dich in Ordnung?«

»Was? Daß Mutter keine Szene machen wird?«

»O Janine! Daß diese Karen mit einer Frau lebt natürlich.«

»Lern *diese* Karen erst einmal kennen. Sie ist ein wundervoller Mensch. Fröhlich, gut aufgelegt, immer ein flotter Spruch auf den Lippen. Wenn es Karen nicht gäbe, hätte ich meinen Job in der Firma schon längst an den Nagel gehängt.«

»Aber . . .«

»Was *aber*? Es ist okay! Sie ist erwachsen. Sie kann lieben, wen sie will! Wir haben das gleich am ersten Tag geklärt – daß wir nichts voneinander wollen, daß wir grundsätzlich unterschiedlich gepolt sind. Und das war alles. Sie ist wirklich eine meiner besten Freundinnen. Warum sollte sie nicht meine Trauzeugin sein?«

Lea schwieg.

»Lea, bist du noch dran?«

»Was sagt Peter dazu?«

»Was soll er sagen? Er kennt Karen und mag sie sehr. Außerdem haben wir ausgemacht, daß jeder einen Trauzeugen aussuchen darf. Seiner ist ein Kumpel aus Studientagen, Erik, der sein Penthouse mit Bunnies in jeglicher Form ausstaffiert hat. Das einzig sprechende ist seine Frau. Was soll ich dazu sagen?«

Lea mußte lachen.

Am Tag der Hochzeit war Lea eine der ersten, die neben ihrer Mutter in der vordersten Reihe Platz nahm. Auf der anderen Seite saßen Peters Eltern und seine zwei Brüder, der eine mit Frau, der andere allein. Lea beobachtete, wie sich die Kirche langsam füllte. Sie kannte, wenn überhaupt, nur knapp die Hälfte der Gäste und wunderte sich wieder einmal darüber, wie wenig sie doch über das Leben ihrer Schwester wußte. Nicht, daß knapp einhundert Kilometer heutzutage noch wirklich eine unüberwindbare Entfernung darstellten. Trotzdem sahen sie sich nur selten. Lea hatte ihr Leben, Janine das Leben mit Peter, der sie offensichtlich glücklich machte. Und das war die Hauptsache.

Peter stand bereits vor dem Altar, Erik direkt neben ihm. Er war knapp einen Kopf größer als Peter und sah aus, als ob er großen Wert auf sein Aussehen legte. Braungebrannt, als sei er frisch aus dem Urlaub zurück, mit zurückgekämmten halblangen Haaren und einem kleinen, zurechtgestutzten Designerbärtchen steckte er in einem maßgeschneiderten dunklen Anzug und einem weißen, enganliegenden Hemd, das keinen Zweifel daran ließ, daß sich darunter nicht nur ein Sixpack befand, sondern auch die dazugehörige Brustmuskulatur. Als sie die Hemdknöpfe in Form kleiner silberner Häschen und seine mit einem Paar goldener Hasenohren verzierte Krawattennadel sah, mußte sie lächeln.

Die Frau, die direkt hinter Peters Eltern in der zweiten Reihe saß, mußte Eriks Frau sein. Platinblonde dauergewellte Locken umgaben engelsgleich das blasse Gesicht mit den dunkelroten Lippen, den schwarz nachgezogenen Augenbrauen und der dunklen Wimperntusche. Sie war die einzige, die sich bereits mit einem Spitzentaschentuch vorsichtig die Augenpartie abtupfte, als seien die ersten Tränen der Rührung schon geflossen, bevor die Braut überhaupt die Kirche betreten hatte. Die rechte Augenbraue ihrer Mutter zog sich in einem riesigen Bogen bis fast zum Haaransatz, wo die Bewegung auf ihrer Stirn unvorteilhafte Falten aufwarf – ein Zeichen höchster Mißbilligung, wie Lea wußte.

Mit den ersten Takten des Hochzeitsmarsches wandte sich Peter zum Eingang der Kirche, und ein breites Grinsen stahl sich auf sein Gesicht, als er Janine an der Seite ihres Vaters den Mittelgang hinunterschreiten sah. In dem eierschalenfarbenen, schlicht geschnittenen Kleid, das sie zusammen mit Lea ausgesucht hatte, sah Janine wunderschön aus. Die vor Aufregung rosigen Wangen, die leuchtenden Augen und das nervöse Lächeln auf ihrem Gesicht ließen sie um Jahre jünger aussehen. Die freudige Erwartung sprach aus jeder kleinen Geste, und die Blicke, die sie den wartenden Freunden, der wartenden Familie zuwarf, schienen jedem versichern zu wollen, daß Janine fest entschlossen war, diesen Tag zum schönsten ihres bisherigen Lebens werden zu lassen.

Vor ihnen gingen Peters Neffen, der eine einen Korb mit Blütenblättern in der Hand, der andere das Kissen tragend, auf dem die Ringe lagen, die Lea für sie gefertigt hatte. Ihr Geschenk für die beiden – unterschiedlich breite, einfache Goldringe, grob mattiert.

Die Frau, die hinter Janine schritt, mußte Karen sein. Sie trug ein enganliegendes cremefarbenes Kleid, das kurz über ihren Knien endete und makellose Beine zeigte. Dunkelbraune hochhackige Schuhe machten sie knapp acht Zentimeter größer und damit fast so groß wie Janine. Ihre braunen Haare waren zu einem eleganten Knoten hochgesteckt. Sie trug kleine Perlenohrringe, eine Kette aus Perlen und ein ebensolches Armband. Sie sah mindestens so schön aus wie die Braut selbst.

Als sie an der Brautmutter vorbeikamen, lächelten sowohl Janine als auch Karen. Letztere allerdings an Lea und ihrer Mutter vorbei zu der Frau, die in der Bank hinter ihnen saß und das Lächeln erwiderte. Karens Freundin war nicht minder attraktiv. Sie schien etwas größer als Karen, war aber ungleich dünner und sah in dem dunkelbraunen, taillierten Anzug, unter dem sie ein beigefarbenes Hemd trug, sehr schlank aus. Ihre schwarzen Haare waren kurz geschnitten, und im Gegensatz zu Karen trug sie keinerlei Make-up, hatte aber von Natur aus so lange dunkle Wimpern, daß sie aussahen, als seien sie geschminkt. Die Augenbrauen waren zu einem hohen Bogen gezupft, der ihrem Gesicht einen sehr freundlichen, offenen Ausdruck verlieh. Ihre Augen leuchteten schwarz und fanden ihr Pendant in den rund geschliffenen Onyxsteinen der klassisch einfachen Kette, die sie trug.

Lea bemerkte, wie ihre Mutter obligatorisch die Augenbraue hob und leise mit der Zunge schnalzte. Sie hatte die Blicke sehr wohl bemerkt, sie aber keinesfalls als gut befunden, und schüttelte abschätzig den Kopf. Offensichtlich fühlte sie sich in dieser Gesellschaft mehr als unwohl. Ihren Vater kümmerte nichts. Er übergab Janine ihrem Bräutigam, ließ sich neben seiner Frau nieder und hatte für den Rest der Zeremonie nur Augen für seine wunderschöne Tochter.

Das offizielle Hochzeitsfoto wurde vor dem Hauptportal der Kirche geschossen, und unter dem Beifall der geladenen Gäste entstand eine Reihe weiterer schwungvoller Bilder des Brautpaares mit den Trauzeugen und deren Partnern, mit den Familien und nur mit den jeweiligen Elternpaaren, mit den Blumenkindern, mit dem Pfarrer, mit den Freunden, die sich zur Erinnerung zusammen mit Janine und Peter ablichten lassen wollten. Als Janine sich lachend zwischen

Karen und deren Freundin fotografieren ließ, wandte sich ihre Mutter ab und ging schweigend, aber forschen Schrittes auf ihr Auto zu, das direkt vor der Kirche geparkt war, und forderte ihren Mann mit einer unmißverständlichen Geste auf, ihr zu folgen.

Erst knapp eine Stunde nach der Trauung setzte sich der Autokorso hupend in Bewegung, das Brautpaar in einem opulent geschmückten und für diesen Anlaß mit Chauffeur angemieteten Bentley an der Spitze, die Antennen der folgenden Autos mit kleinen weißen Blumenarrangements und flatternden Bändchen geschmückt. Lea und ihre Eltern saßen gleich im zweiten Wagen, dem alten schwarzen Mercedes ihres Vaters. Frisch gewaschen und poliert, war dieses Fahrzeug ein echtes Juwel, und Lea mußte neidlos anerkennen, daß sich ihre Mutter tatsächlich etwas hatte einfallen lassen.

Das Landgut, auf dem die Feier stattfand, lag dreißig Kilometer außerhalb der Stadt, und Lea bereute schon nach den ersten zehn Fahrminuten, daß sie nicht an Ohrstöpsel gedacht hatte, nicht nur wegen der ständigen Huperei, der sich ihr Vater, der es sich nicht hatte nehmen lassen, den Mercedes selbst zu fahren, wie ein kleines aufgeregtes Kind inbrünstig hingab, sondern vor allem wegen ihrer Mutter, die sich, kaum, daß sie es sich auf den Rücksitzen bequem gemacht hatten, ausgiebig über Karen und ihre Freundin zu beschweren begann.

». . . dann kann man doch wenigstens ein bißchen Rücksicht auf die anderen nehmen!«

Lea, die versuchte, möglichst viel von dem, was ihre Mutter äußerte, einfach auszublenden, indem sie sich auf die vorbeirauschende Landschaft konzentrierte, wandte ihr Gesicht ihrer Mutter zu und bemühte sich, möglichst gleichgültig zu klingen. »Was hast du gesagt?«

»Hast du die Blicke gesehen, die sie austauschten? Und wie sie sich in der Kirche anlächelten? Das ist doch schließlich die Hochzeit deiner Schwester. Müssen sie sich unbedingt mit ihr fotografieren lassen? Können sie sich nicht ein bißchen zurücknehmen, Rücksicht auf deine Schwester nehmen? Es ist doch heute ihr Tag. Sie sollte im Mittelpunkt stehen, nicht diese . . . diese . . .« Ihre Mutter brach ab, weil ihr entweder die Luft ausging oder ihr nicht die passenden Worte einfielen.

»Ach Mutter, laß gut sein. Du bist die einzige, die sich darüber aufregt, oder hast du Janine weinen sehen, weil sie zwischen zwei schönen, gutgelaunten Frauen stand? Niemand stört sich an einem liebevollen Lächeln. Das bildest du dir ein!«

»Wie kannst du das nur so auf die leichte Schulter nehmen? Ich habe genau gesehen, wie die ein oder andere der anwesenden Damen die Nase gerümpft hat.«

»Namen, Mutter. Ich brauche Namen! Dann kann ich nachher auf der Feier losziehen und nachfragen, ob es wegen den beiden war oder wegen deines sauertöpfischen Gesichtsausdrucks.«

»Wie sprichst du denn mit deiner Mutter?«

»Ich habe es so satt. Ständig die gleiche Leier. Warum kannst du andere nicht einfach so akzeptieren, wie sie sind?«

»Wo kämen wir denn da hin?«

»Ja, das ist wahr. Wo kämen wir da hin.« Sie tippte ihrem Vater auf die Schulter und bat ihn, kurz anzuhalten. Ihr sei schlecht. In Ermangelung eines Seitenstreifens hielt er mit Warnblinklichtern mitten auf der Straße und brachte die nachfolgenden Autos ebenfalls zum Halten. Lea stieg aus und schloß die Tür. »Fahrt ohne mich weiter. Ich komme schon irgendwie hin.«

»Lea, du steigst sofort wieder ein. Auf der Stelle.« Die Stimme ihre Mutter war bedrohlich ruhig und dunkel, und der Blick, den sie Lea zuwarf, ließ keinen Zweifel daran, daß sie kurz davor war, ihrer Tochter die Pest ans Bein zu wünschen. Daß Lea den Rest der Strekke eventuell würde zu Fuß gehen müssen, falls sie in keinem der nachfolgenden Autos mehr Platz fand, störte ihre Mutter nicht. Daß Lea aber auf offener Strecke ausstieg und sich weigerte, mit ihren Eltern weiterzufahren, kam einem gesellschaftlichen Fiasko gleich. Ihre Mutter schäumte vor Wut.

Lea indes bat ihren Vater loszufahren, drehte sich um und stellte sich demonstrativ hinter dem Wagen an den Straßenrand, den Daumen mit einem breiten Grinsen in die Luft gestreckt.

»Ein wahrhaft gelungenes Fest.« Lea trat neben ihre Schwester und prostete ihr zu. Das Essen hatten sie erfolgreich hinter sich gebracht und gingen nun in den lockeren Teil über. Eine fünfköpfige Band spielte durchaus tanzbare Melodien, und der freie Platz zwischen niedriger Bühne und hufeisenförmig aufgestellten Tischen wurde als Tanzfläche genutzt.

»Da ist ja meine Lieblingsrebellin.« Janine umfaßte Leas Hüfte und lächelte verschmitzt. »Mir wurde zugetragen, daß du eine recht ungewöhnliche Herfahrt erlebt hast. Was war los?«

»Ungewöhnlich, na ja, ich weiß nicht. Unbequem vielleicht. Zwischen Peters streitenden Neffen eingeklemmt zu sein, ist auch kein wahres Vergnügen. Aber immerhin erträglicher, als den Monologen unserer Mutter zu lauschen.«

»Vom Regen in die Traufe, was?!« Janine blickte Lea mitleidig an.

»Egal. Schwamm drüber.« Sie verfolgten eine Weile schweigend das Geschehen auf der Tanzfläche. Eines der tanzenden Paare waren Karen und ihre Freundin.

»Unsere Tante Simone hätte ihre Freude an dem Anblick.« Lea deutete mit einem kaum merklichen Kopfnicken in die Richtung der beiden, und Janine verstand. »Was ist eigentlich mit Eva?«

»Sie war eine der ersten, die ich eingeladen habe. Sie hat abgesagt.«

»Einfach so?«

»Nein, natürlich nicht. Siehst du den Strauß dort auf dem Tisch mit den Geschenken?« Ein riesiger, wunderschön gebundener Strauß weißer Lilien stand inmitten unförmiger bunter Pakete und verbreitete seinen süßen, schweren Duft. »Den hat sie uns zukommen lassen. Mit den besten Wünschen für den heutigen Tag und unsere gemeinsame Zukunft.«

»Warum ist sie nicht gekommen?«

»Mutter.« Mehr mußte Janine nicht sagen. Lea nickte nur und schwieg. »Sie würde sich freuen, wenn eine von uns mal bei ihr vorbeischaut.«

»Das hat sie gesagt?«

»Ich glaube, sie vermißt vor allen Dingen dich. Du hast die beiden doch früher öfter besucht. Warst du nach Simones Tod noch einmal dort?«

»Nein.«

»Siehst du? Sie würde sich sicherlich freuen, dich zu sehen.«

»Janine?« Karen tauchte neben den beiden auf, Hand in Hand mit ihrer Freundin. »Darf ich dich zum Tanzen auffordern? Einen Tanz bist du deiner Trauzeugin schuldig. Hannah kann ja mit der hübschen Frau an deiner Seite tanzen.«

Janine lachte. »Darf ich euch meine Schwester vorstellen? Lea, das sind Karen und Hannah. Karen, Hannah, meine Schwester.«

»Freut mich, dich kennenzulernen. Janine hat mir schon viel von dir erzählt.« Sie legte ihren Zeigefinger auf die Lippen und tat, als denke sie angestrengt nach. »Du bist Goldschmiedin . . . und dir gehört das *Le Petit Roi d'Or*. Hast du nicht auch diese wunderschönen Ringe gefertigt, von denen deine Schwester einen an ihrem Finger trägt?« Damit ergriff sie Janines Hand und betrachtete bewundernd den Ring. Lea war baff. Das hatte sie nicht erwartet. »Ja, ja und nochmals ja. Alles korrekt.« Sie lächelte und ergriff Karens Hand, die ihr diese entgegenhielt. Sie fühlte sich enorm zart an und hatte dennoch einen angenehm festen Druck.

»Was ist denn nun, Janine, tanzen wir?«

»Gern.«

Lea und Hannah blieben zurück und beobachteten die zwei, wie sie gemeinsam zur Tanzfläche gingen. »Möchtest du tanzen?« Hannahs sanfte Stimme drang nur langsam zu Lea durch, die ihre Schwester dabei beobachtete, wie sie mit einer anderen Frau über die Tanzfläche glitt, als hätte sie noch nie etwas anderes getan.

»Bitte? Nein, eigentlich nicht. Ich würde lieber ein bißchen frische Luft schnappen. Die Luft hier drin ist zum Schneiden.«

»Darf ich dich begleiten?«

»Natürlich. Sehr gern.«

Sie verließen den Festsaal durch die rückwärtigen Flügeltüren, die direkt in den hinter dem Herrenhaus liegenden, parkähnlichen Garten führten. Mit dem großen Teich in der Mitte, den Wegen, die gewunden um Bäume und Büsche herumführten, und den Blumen, die verschwenderisch in allen erdenklichen Farben miteinander konkurrierten, war er eine Augenweide. Hier und da stand eine Bank, auf der man verweilen und den Anblick in aller Ruhe genießen konnte. Auf eine solche in der Nähe des Teichs setzten sich Lea und Hannah und betrachteten schweigend die Insekten, die in der einsetzenden Abenddämmerung einen letzten Flug durch den blühenden Garten wagten.

»Herrlich. Und dieses Licht ist traumhaft. Keine andere Tageszeit hat ein schöneres Licht als der späte Nachmittag und frühe Abend. Die Farben sind millionenfach nuanciert. Alles erscheint enorm plastisch. So überaus klar und differenziert. Ich liebe dieses Licht.« Hannah sog tief die Luft ein und schloß die Augen. Ihre Stimme war tief und strahlte eine angenehme Ruhe aus. Es war eine Stimme, deren Klang man auf Gedeih und Verderben verfallen, deren Reizen man schon nach den ersten Worten erliegen konnte.

»Du hast recht!«, gab Lea voller Erstaunen zu. »So hätte ich es nie ausdrücken können. Aber du hast tatsächlich recht.«

Hannah lächelte in sich hinein und breitete ihre Arme über die Rückenlehne der Bank aus, während sie ihre Beine übereinander schlug. Sie sah sehr entspannt aus. »Du bist also Goldschmiedin?«, fragte sie, den Blick auf die schwirrenden Libellen am Teich gerichtet, die in den kurzen magischen Augenblicken, in denen sich das Sonnenlicht in ihren Flügeln brach, dunkelblau aufleuchteten.

Lea nickte. »Und du?«

»Ich mache alles, was sich so ergibt. Studiert habe ich Kunstgeschichte und Sprachen.« Bevor Lea etwas erwidern konnte, fügte sie hinzu: »Ja, ja, ich weiß, eine seltsame Kombination. Aber sie paßt zu mir. Mein Geld verdiene ich hauptsächlich mit Übersetzungen aus dem Englischen und Italienischen.«

Als die Flügeltüren plötzlich aufgerissen wurden, blickten beide zum Haus hinüber und konnten einen Blick auf die Tanzfläche erhaschen. Mit dem Pärchen, das in den Garten hinaustrat, überflutete eine Woge aus Stimmengewirr, Lachen und lauter Musik die abendliche Stille des Gartens und verebbte über den Wiesen hinter dem Holzzaun, der den Garten umgab.

Lea lächelte. »Das stelle ich mir interessant vor und auch schwierig. Es erfordert bestimmt ein enormes Sprachgefühl. Eine Freundin hat mir mal gesagt, daß man eine Fremdsprache erst dann beherrscht, wenn man auch die Botschaften zwischen den Zeilen versteht – und wenn man anfängt, in der Sprache zu träumen.« Lea blickte Hannah an. »Träumst du in Englisch oder Italienisch?«

»Das kommt schon mal vor. Aber nur, wenn ich auf Reisen bin, wenn mich die Sprache umgibt und nicht mehr losläßt. Manchmal begleite ich meinen ehemaligen Professor auf kunstgeschichtliche Exkursionen nach Italien und spiele die Dolmetscherin. Oder ich doziere für ein paar Semester an einer Uni, die mich darum bittet. Solche Angebote lehne ich selten ab. Dann stehe ich neuen Herausforderungen gegenüber, höre neue Geschichten, erfahre von Schicksalen, lerne Menschen kennen, die sonst nie meinen Weg kreuzen würden. Hört sich für dich bestimmt ziemlich chaotisch an.«

»Vor allen Dingen faszinierend. Ich finde es toll, so unterschiedliche und abwechslungsreiche Wege zu gehen. Dir ist doch gewiß nie langweilig.«

»Selten«, gab sie achselzuckend zu. »Aber dein Job kann doch auch nicht unbedingt als monoton bezeichnet werden, oder? Die Arbeit mit unterschiedlichen Materialien, Kundengespräche, Schmuckmessen . . .«

»Na ja, ich weiß nicht. Ein bißchen Abwechslung könnte ich hin und wieder schon gebrauchen. Irgendwie erscheint mir alles zu festgefahren.« Wieso erzählte sie Hannah davon? Sie war schließlich eine wildfremde Frau! Wenn sie nicht aufpaßte, würde sie sich gleich in ihre Arme stürzen und ihr von Robert erzählen, von den unerträglichen Situationen, die sich häuften und einen Keil auch in ihre geschäftliche Beziehung trieben, die eine Kluft zwischen ihnen entstehen ließ, die unüberbrückbare Ausmaße anzunehmen schien. Oder sie würde ihr von Stan erzählen, von ihrer Künstlerin, in deren Gegenwart sie sich so wohl fühlte und deren Freundschaft sie nicht mehr missen wollte. Sie schluckte. »Das interessiert dich bestimmt nicht allzusehr.«

Hannah wandte ihren Kopf und sah Lea schweigend an. Das Licht der tiefstehenden Sonne brach sich in ihren Augen, und Lea bemerkte zum ersten Mal, daß Hannahs Pupillen nicht wirklich dunkel waren. Sie brauchten nur das richtige Licht, um zu leuchten. Sie sahen aus wie fein gesponnener Goldbrokat, als hätten sie Tausende kleiner Einschlüsse, in denen sich das Licht verfing, gebündelt und reflektiert wurde. Und diese Augen ruhten auf Lea, die sich nicht lösen konnte, nicht lösen wollte. Es ging eine erstaunliche Faszination von ihnen aus.

Constanze würde alles dafür geben, diese Augen malen zu dürfen, dachte sie und sah Stan buchstäblich vor sich, wie sie vor einer Leinwand stand und hektisch ihre Farben mischte, weil sie in wenigen Sekunden so viel mehr sah und empfand, als sie mit dem Pinsel auszudrükken vermochte. Die ungestüme Leichtigkeit ihrer Gedanken bildete einen deutlichen Gegensatz zur Trägheit der Masse.

Hannahs Stimme riß sie aus ihren Gedanken. »Ich interessiere mich für alle Geschichten, für jedes Leben, für jede Frau, die meinen Weg kreuzt. Ich bin eine Sammlerin, Lea. Keine Jägerin. Das läge mir fern, aber wenn ich eine Frau kennenlerne, die attraktiv und aufregend zu sein scheint, will ich alles über sie erfahren.«

»Und Männer sind für dich überhaupt nicht von Interesse?« Lea merkte an Hannahs Reaktion, daß sie dieses Ablenkungsmanöver durchschaute, aber sie ging ohne zu zögern darauf ein.

»Männer. Daß ich mit Karen zusammen bin, bedeutet nicht zwangsläufig, daß ich Männer verachte oder aus meinem Leben verbannt habe. Ganz im Gegenteil. Ich habe ein paar sehr gute Freunde, mit denen Karen und ich viel unternehmen. Es ist nur so, daß ich mich, was die Beziehungsebene angeht, für diese Spezies viel zu lange und vergeblich interessiert habe. Jetzt muß ich einiges aufholen.«

Lea blickte sie fragend an.

»Weißt du, ich möchte es mal so ausdrücken: Ich habe viele Frösche geküßt, aber irgendwie war nie ein Prinz darunter. Meine Beziehungen zu Männern haben nie lange angehalten. Vielleicht auch, weil ich zu impulsiv und dominant bin. Ich lasse mir nicht gern sagen, was ich zu tun oder zu lassen habe, und der ein oder andere Frosch hatte die Angewohnheit, genau dies zu tun. Das engte mich ein, nahm mir die Luft zum Atmen.«

»Das Gefühl kenne ich!« Lea seufzte.

»Manchmal denke ich, es hat halt nicht sollen sein – die Kombination Hannah/Mann. Es fehlte ein gewisses Grundverständnis, eine Vertrauensbasis, die nun mal fundamental zu jeder Beziehung dazugehört. Meine Wenigkeit und Männer – zwei Dinge, die einfach nicht kompatibel miteinander sind. Ich war mir dessen allerdings nicht bewußt.«

»Und das änderte sich mit Karen?«

»O ja!« Hannah beugte sich vor und stützte ihre Ellenbogen auf die Knie. Sie spielte mit dem breiten Silberring, den sie am Mittelfinger ihrer rechten Hand trug. »Mit Karen war alles anders. Alles war plötzlich so klar, so einfach.« Lea schwieg und dachte an Stan. »Es war wie ein Erdbeben, wie der Einschlag eines Meteoriten, der das Leben, wie ich es kannte, auslöschte und mir damit ungeahnte Möglichkeiten offenbarte. Ich verliebte mich in Bruchteilen von Sekunden und wußte mit einem Mal, war mir absolut sicher, daß ich nur noch mit dieser einen Frau zusammensein wollte. Das Kapitel *Männer* war definitiv abgeschlossen.« Sie fing Leas Blick auf und hielt ihn fest. »Weißt du, ich hatte eine Frisur, die deiner sehr ähnlich war. Vielleicht nicht ganz so lang, aber sehr dunkle, kaum zu bändigende Locken. Ich war immer sehr stolz auf meine Mähne, aber irgendwann wurde ich ihrer überdrüssig und entschied mich für den Schnitt, dem ich noch heute treu bin. Seltsamerweise fiel diese äußerliche Umgestaltung mit meiner Entscheidung für Karen zusammen.«

»Hast du diesen Schritt jemals bereut? Ich meine ... es war doch ... etwas Neues, etwas vollkommen anderes. Ich ...«

»Du kannst dir nicht vorstellen, daß eine solche Entscheidung so einfach zu treffen ist?« Lea schüttelte den Kopf. »Es war auch nicht einfach, aber es gab keinen anderen Weg. Ich hatte mich verliebt, und es war Karen, in die ich mich verliebte, nicht Michael oder Johannes oder Paul.« Sie fuhr sich mit ihrer feingliedrigen Hand durch die Haare. »Ich verlor meine Familie. Nicht, daß sie starben, aber sie waren mit meiner Entscheidung nie einverstanden. Nur mein jüngster Bruder hält zu mir. Er ist eine richtig treue Seele. Mit ihm kann ich reden, ihm kann ich mich anvertrauen, über ihn halte ich Kontakt zu den anderen.« Lea glaubte, eine Träne auf Hannahs Wange zu entdecken, die sie mit einer fahrigen, unwirschen Bewegung wegwischte, als sei sie über ihre eigene Reaktion erbost. »Auch ein paar Freunde haben sich von mir distanziert. Obwohl, richtige Freunde waren es wohl ohnehin nie gewesen. Meine wahren Freunde sind mir treu geblieben und haben mich akzeptiert, wie ich bin. Vielleicht wären die anderen Freundschaften ohnehin auseinandergegangen. Wer weiß? Manchmal trennen sich Lebenswege eben, führen wieder zusammen – oder auch nicht.«

»Das tut mir leid.«

»Muß es nicht.« Hannah schüttelte energisch den Kopf. »Und um auf deine eigentlich Frage zurückzukommen ... Nein, ich habe es nie bereut. Keine Sekunde, die ich nach dieser Entscheidung geatmet, keine Minute, die ich gelebt habe, keine Stunde, die ich mit Karen verbracht habe. Ich liebe sie sehr und hoffe, daß wir noch einen langen gemeinsamen Weg vor uns haben.«

Hannah schaute Lea lange und eindringlich an. Schließlich war sie es, die das Schweigen brach, das sich nach ihren letzten Worten ausgebreitet hatte. »Warum interessiert dich das alles so brennend?«

»Ich habe eine Künstlerin kennengelernt, der ich Modell sitze. Ich glaube, sie würde dafür sterben, auch dich zu porträtieren.«

»Das war aber jetzt nicht wirklich die Antwort auf meine Frage!?«

»Ich habe keine Antwort. Noch nicht.«

Lea schwieg und nahm für einen kurzen Moment fast schmerzlich den süßen, schweren Geruch wahr, den der Sommerflieder so intensiv verströmte. Als erinnere er sie an ein Erlebnis lang vergangener Tage, eine flüchtige Erinnerung, die festzuhalten für sie unmöglich war. Lavendel, Rosen, Jasmin – sie alle schienen wie auf Kommando fast gleichzeitig die Wärme des Tages auszuatmen, verschenkten ihre betörenden Düfte im Übermaß und ließen Hannah und Lea schweigend auf der Bank zurück, jede in ihre eigenen Gedanken vertieft.

14

Sie war das Gespräch mit Hannah immer wieder durchgegangen, konnte die Worte aus dem Gedächtnis abrufen, als seien sie gerade erst gesprochen worden, sah Hannahs Augen, die sie so prüfend angeschaut hatten, sah ihre schlanken Hände vor sich, hörte die leisen Zwischentöne, die von Verlust und Traurigkeit geprägt waren, und die überzeugenden, starken Worte, die von Liebe und Erfüllung sprachen, von Mut sowie der tiefen Überzeugung, das Richtige getan zu haben.

Hannah war eine wundervolle Frau, und das, was sie sagte, hatte in Lea eine Saite zum Schwingen gebracht, deren dunkler Grundton irgendwo in der Magengegend dumpf vibrierend seinen Anfang fand, sich durch den Körper ausbreitete und mit dem Aufstieg immer heller, leichter und schöner wurde. In Leas Kopf brachte er nur einen Gedanken zum Leuchten: *Constanze.*

Warum interessiert dich das alles so brennend? Die Frage schwirrte in ihrem Kopf herum, und auch hier blieb sie immer an einem Namen hängen: *Constanze*.

Konnte das sein? Hatte ihr Stan jemals zu verstehen gegeben, daß sie mehr als nur künstlerisches Interesse an ihr hatte, daß sie mehr von ihr wollte, als sie zu malen? Natürlich hatte sie. Der Kuß vor der Kneipe, die Einladung in ihr Haus, das Bild, das sie Lea schenkte und das seinen Platz am Fenster gefunden hatte, wo das einfallende Licht die Farben leuchten und je nach Tageszeit changieren ließ, die heimlichen Blicke beim Malen, die Nachmittage im Park, die zufälligen Berührungen, die jedesmal ein elektrisches Knistern zur Folge hatten. War das alles mehr, als Stan jeder anderen Freundin auch entgegenbringen würde?

Sophie war aus allen Wolken gefallen, als Lea ihr beichtete, daß sie Stan Modell saß – trotz der Bedenken, die Sophie geäußert hatte. »Wer hat denn gesagt, daß ihre Bilder in ihrer Ehrlichkeit und Intensität unheimlich sind? Warst nicht du es, die behauptet hat, daß ihr Modell zu sitzen einem Seelenstrip gleichkäme, dem du nicht gewachsen seiest? Daß sie all die Dinge sieht, die du zu verbergen suchst? Ich fasse es nicht!« Sophie redete sich in Rage, und Lea saß, von der Heftigkeit ihrer Worte überrumpelt, schweigend in ihrem roten Sessel, das Telefon am Ohr, und ließ die Fragen auf sich niederprasseln. »Fühlst du dich gut dabei? Was geht dir durch den Kopf, wenn du sie stundenlang anstarrst oder sie dich? Fühlt es sich gut an, von einer so begnadeten Künstlerin auserwählt worden zu sein? Ich kann nicht verstehen, daß du dich auf so etwas einläßt.«

»Verstehst du denn nicht? Es ist etwas Neues. Etwas, das mich aus meinem langweiligen Alltagstrott herausreißt.« Lea blickte starr aus dem Fenster, sorgfältig ihre nächsten Worte abwägend. »Es gefällt mir, mich durch die Augen einer anderen Person zu sehen. Ich entdecke Seiten an mir, derer ich mir nicht bewußt war. Sie erschafft mich neu.«

»Du spinnst. Du und deine Interpretationen!«

»Sophie, sie ist eine wunderbare Künstlerin. Es fasziniert mich, wie intensiv sie empfindet, wie tief sie sich in andere hineinversetzen kann. Kennst du jemanden, der Farben sieht, wenn er einen Menschen anschaut?

»Nein.« Ein Zugeständnis, das Sophie nur zögernd und widerwillig gab. »Und außerdem, was soll das überhaupt bedeuten, sie sähe Farben?!«

»Genau kann ich dir das auch nicht erklären. Ich weiß nur, daß sich Gefühle, Stimmungen und Gedanken für sie in Farben auszudrücken scheinen.«

Sophie seufzte übertrieben laut. »Lea-Schatz. Ich möchte dir nicht vorschreiben, was du zu tun und zu lassen hast. Ich habe sie ja auch kennengelernt, durfte mich für den Artikel mit ihr und ihrem Leben auseinandersetzen, und, ja, du hast recht, sie ist eine wundervolle Frau und Künstlerin. Aber, Lea, bitte, wenn sie dir etwas bedeutet, dann sei vorsichtig. Spiel nicht mit ihr und ihren Gefühlen. Es würde sie zerstören.«

»Was willst du damit sagen?«

»Sei doch nicht blind. Was glaubst du, warum sie dich mit zu dem Brunch eingeladen hat? Warum sie dich gebeten hat, ihr Modell zu sitzen? Warum sie dich sonntags hin und wieder in den Park begleitet? Sie sucht deine Nähe, möchte dich um sich haben, genießt wahrscheinlich jeden Augenblick mehr, als du dir vorstellen kannst.«

»Sophie, du bist doch nicht etwa eifersüchtig?« Lea lächelte müde.

»Das ist doch überhaupt nicht der Punkt! Sie ist lesbisch!«

»Das weiß ich. Na und?«

»Lea, wie kannst du nur so naiv sein? Sie liebt dich! Hat dich vom ersten Augenblick an geliebt.«

»Nein. Das glaube ich nicht. Das kann nicht sein!« Lea war fassungslos.

Nach diesem Telefonat hatte sie die folgende Nacht schlaflos verbracht, hatte sich im Bett herumgewälzt und immer wieder an Sophies letzte Sätze denken müssen, hatte sich in den darauffolgenden Tagen in die Arbeit gestürzt und erfolgreich abgelenkt, hatte Sophie zu verstehen gegeben, daß sie dieses Thema nicht vertiefen wolle, hatte es ansonsten vermieden, mit ihr zu sprechen, und war zu den Treffen mit Stan gegangen, ohne sich etwas von dieser Diskussion und den Gedanken, die seitdem immer wieder an die Oberfläche ihres Bewußtseins drängten, anmerken zu lassen.

Das Gespräch mit Hannah hatte das alles wieder hochkommen lassen, hatte Lea bewußt gemacht, daß sie sich der Situation nicht entziehen konnte, indem sie sie ignorierte. Sie würde handeln müssen. Doch wie, das war ihr noch unklar.

Nun saß sie auf der Ottomane in Stans Atelier, hatte ihren Kopf leicht nach hinten geworfen und die Arme durchgestreckt zwischen ihren Beinen abgestützt. Ihre weite Bluse, lediglich vom untersten Knopf zusammengehalten, entblößte ihre Schultern, den Hals und die Schlüsselbeine. Der Stoff bildete eine fast gerade Linie, die knapp über ihren Brüsten einen harten Schatten warf, und ließ den Blick auf ihren Bauchnabel zu.

Stan hatte sie darum gebeten.

»Das baut mehr Spannung auf«, hatte sie gesagt. »Deine Schlüsselbeine sind so prägnant, und dein Hals . . . irgendwie scheint das Porträt vollkommener, wenn man sieht, wo der Kopf herkommt.«

Sehr witzig. Lea schaute skeptisch. »Ich meine es ernst. Du wirst den Unterschied direkt bemerken. Glaube mir. Und außerdem bekommt das Porträt damit eine erotischere Ausstrahlung.« Stan zwinkerte ihr bei diesen Worten zu und versuchte damit, ihre eigene Nervosität zu überspielen.

»Gut. Warum nicht. Obwohl ich mir sicher bin, daß deine Farbwahl und die Darstellungsweise erotisch genug sind!«

Sie beobachtete Stan, folgte ihren Blicken und ihren Bewegungen, stellte verwundert und obwohl sie es schon Hunderte Male gesehen hatte, fest, daß selbst das Eintauchen des Pinsels in die zähflüssige Farbe ein wichtiger, sehr emotionaler Moment für Stan sein mußte. Manchmal schloß sie dabei für einen kurzen Moment die Augen, ließ sich Zeit, stellte sich wahrscheinlich vor, wie die Farbe wirken würde, tauchte langsam in sie hinein und zog den Pinsel farbtrunken wieder heraus. Dann wieder war sie so hektisch, daß keine Zeit für ein Abstreifen des Pinsels war, weshalb dieser tropfende Farbspuren auf Stans Kleidung und dem Boden des Ateliers hinterließ, bevor er so forciert auf die Leinwand gesetzt wurde, daß die Farbe nach allen Seiten wegspritzte.

Aber nicht an diesem Abend. Es war einer jener Abende, an denen Stan langsam malte, bedächtig jede Farbe auswählte, jeden Pinselstrich vorsichtig setzte, ihr Blick ständig zwischen Lea und der Leinwand hin und her schweifte, als wolle sie sich vergewissern, daß sie auch nichts übersah.

Durch ihre Beobachtungen abgelenkt, verging die Zeit wie im Flug. Aber irgendwann merkte Lea, daß sie an ihre körperlichen Grenzen stieß, daß ihre Kräfte nachließen. Sie spürte einen Krampf in ihrem Oberschenkel aufkommen. »Noch fünfzehn Minuten«, war alles, was sie auf ihre Frage, wie lange es noch dauern würde, zu hören bekam. Und Stan war sich dieser Worte noch nicht einmal wirklich bewußt. Ihr konzentrierter Blick schien nichts außer Lea und der Leinwand wahrzunehmen. »Erzähl mir lieber von der Hochzeit. Wie war sie?« murmelte sie.

»Sehr schön. Wir haben getanzt bis in die frühen Morgenstunden. Es waren einige begnadete Tänzer und Tänzerinnen dabei. Nachdem meine Eltern gegangen waren – ich glaube, das war so gegen Mitternacht –, wurde es richtig gut, weil meine Mutter nicht ständig Kommentare unter die Gäste streute oder tödliche Blicke in diverse Richtungen warf. Sie war so sehr darauf bedacht, die Hochzeit zum

Erfolg werden zu lassen, daß sie nicht merkte, wie sehr ihr eigenes Verhalten diesem Erfolg alles andere als zuträglich war.«

»So schlimm?«

»Ich weiß auch nicht, was mit ihr los ist. Sie ist so ... engstirnig und stur. Ihre Ansichten sind schrecklich altmodisch, und sie ist so voller Vorurteile und negativer Schwingungen. An allem und jedem hat sie etwas auszusetzen, nur an sich selbst natürlich nicht. Sie ist so verbittert, so hart. Ich weiß nicht, wie ich sie sonst beschreiben soll. Man hat fast den Eindruck, sie hätte keine Freude mehr am Leben.« Lea schüttelte den Kopf, und Stan blickte sie mißbilligend an. »Ja, ja, ich weiß! Nicht bewegen. Entschuldige.«

»Wie kommt dein Vater damit zurecht?«

»Ich habe keine Ahnung.« Lea verstummte, und Stan widmete sich mit Hingabe ihrer Leinwand. Schweigen breitete sich im Atelier aus. Man hätte eine Stecknadel fallen hören können. Statt dessen fielen Leas Worte in die Stille. »Karen, Janines Trauzeugin, kam mit ihrer Freundin Hannah.«

»Schön. Das hat bestimmt für Aufsehen gesorgt.« Stan klang gelassen.

»Eigentlich nur bei meiner Mutter.«

»Es hat sie gestört.«

»Gestört, aufgeregt, enttäuscht, entsetzt, aus der Fassung gebracht ... Und sie machte keinen Hehl daraus, daß sie die beiden für ihre Liebe verachtet.«

Stan, die immer wieder hinter der Staffelei verschwand, blickte nun an dieser vorbei und Lea direkt in die Augen. Ihre eigenen lagen im Schatten der Haare, die ihr in die Stirn fielen, und blitzten Lea dunkel und traurig an. »Das tut mir sehr leid. Für Janine, für deine Mutter und für dich.« *Und für mich natürlich auch,* fügte sie in Gedanken hinzu.

»Das muß es nicht. Zwischen meiner Mutter und mir herrscht momentan Funkstille.«

»Du hast ihr doch nicht etwa die Meinung gesagt?«

Lea lächelte kurz. »Nicht ganz. Ich konnte ihr nicht mehr länger zuhören und bin auf dem Weg zu dem Landgut, auf dem die Feier stattfand, auf offener Strecke ausgestiegen und per Anhalter weitergetrampt.«

»Nein!«

»Na ja, nicht wirklich getrampt. Die nächsten fünfundzwanzig Autos gehörten ja auch zur Hochzeitsgesellschaft, und Peters Bruder nahm mich schließlich mit. Aber meine Mutter kochte vor Wut. Ich hatte den ganzen Abend meine Ruhe. Peter änderte die Sitzordnung, bevor es auffiel, und einem Bekannten aus seiner Firma wurde die zweifelhafte Ehre zuteil, meine Mutter halbwegs bei Laune zu halten.«

»Und diese *Funkstille* ließ dich den Abend genießen!?«

»O ja! Das Essen war exzellent, die korrespondierenden Weine perfekt gewählt, die Musik im Hintergrund zuerst sehr dezent und dann, als wir zum lockeren Teil übergingen, durchaus tanzbar. Und Erik tanzt tatsächlich phänomenal.«

Stan schaute alarmiert von ihrer Leinwand auf. »Erik?«

»Peters Trauzeuge. Ein Bild von einem Mann, groß, braungebrannt, muskulös, intelligent.« Da war er – der Blick, der Lea in ihren Vermutungen bestätigte. Aufgerissene Augen voller ungläubigen Entsetzens und der Angst, Lea hätte sich neu verliebt. Da war mehr, als Stan preisgeben wollte, da waren Verlangen und Liebe. Lea senkte ihren Blick und beeilte sich hinzuzufügen: »Er ist vergeben. Und außerdem passe ich ohnehin nicht in sein Beuteschema. Er liebt Häschen in jedweder Form und platinblonde Frauen. Wahrscheinlich sogar in dieser Reihenfolge.«

Stan widerstand der Versuchung, den Pinsel nach Lea zu werfen, und schwieg.

»Mit Hannah hat es ohnehin viel mehr Spaß gemacht! Ich glaube, sie könnte neben all den anderen Dingen, mit denen sie ihr Geld verdient, auch noch Tanzlehrerin sein. Sie führt umwerfend.«

»Soso.« Stan lächelte in sich hinein.

Lea atmete hörbar aus. »Verzeih, Constanze, aber ich kann nicht mehr.« Sie ließ sich nach hinten auf die Ottomane fallen und hob gleichzeitig ihre langen Beine in die Höhe, die in einer weiten Stoffhose steckten, bewegte sie kurz, als ob sie durch eine laue Sommerbrise radelte, wobei die Hose bis auf die Oberschenkel hinunterrutschte, und ließ sie dann wieder sinken, leicht angewinkelt und zur Seite geneigt, was ihre Hüfte nach oben ragen ließ. Einen Arm hinter den Kopf gestreckt, den anderen neben ihrem Körper, lag sie entspannt da und schaute Stan an. Im Gegensatz zu Stan hatte sie selbst nicht bemerkt, daß ihre Bluse über den Arm nach unten gerutscht war und eine ihrer Brüste entblößte. Sie beobachte, wie Stan zu ihrem Zeichenblock griff, den Blick nicht von ihr abwendend, sah, wie sie sich schräg hinter ihren Kopf kniete und zu zeichnen begann. Erst als sie Stans gebanntem Blick folgte, bemerkte sie, daß ihre Brust zu sehen war. Mit hochrotem Kopf wollte sie sich aufrichten, um die Bluse wieder ordentlich anzuziehen und vor allen Dingen zu schließen.

»Bleib so!« Leise waren Stans Worte und doch deutlich vernehmbar in der Stille des Ateliers. »Bitte.« Diese eindringlich geflüsterten Worte ließen Lea in ihrer Bewegung innehalten, und sie blickte Stan kopfüber an. »Ja, genau so.« Stans Zunge spitzte zwischen ihren Lippen hervor – ein Zeichen höchster Konzentration –, und sie kritzelte wie besessen eine Zeichnung nach der anderen, bewegte sich langsam um Lea herum, zeichnete aus verschiedenen Positionen, ließ das Entstandene achtlos zu Boden gleiten.

Und Lea begann es zu genießen, räkelte sich auf der Ottomane, veränderte ihre Position immer wieder ein bißchen, bewegte mal die Hand, mal einen Arm oder ein Bein. Schloß mal die Augen, mal versuchte sie, Stans Blick aufzufangen. Sie wurde mutiger, freier, öffnete den letzten Knopf an ihrer Bluse, legte ihre Hand auf ihren Bauch, war sich des herunterrutschenden Stoffes bewußt und ließ es geschehen, streckte ihre Arme so weit hinter den Kopf, daß ihr Oberkörper sich wie ein zarter Bogen über den Stoff spannte, löste ihr Haar, war eine fließende Bewegung, eine Woge, die auf Stan zuschwappte, die sie gefangennahm und deren Anblick sich zunehmend in ihr Bewußtsein fraß.

Der Körper aus blassem Alabaster veränderte sich vor ihren Augen zu Fleisch und Blut. Eine Wandlung, die die Künstlerin auf der Strecke ließ und die Frau, die Stan war, so wuchtig und schmerzvoll traf, daß sie im Zeichnen innehielt und Lea wortlos anstarrte. Wie sehnte sie sich danach, diesen Körper zu berühren, ihn zu lieben, von ihm geliebt zu werden, von Lea geliebt zu werden. Sie schüttelte den Kopf.

»Was ist los?« Lea drehte sich herum, stützte sich auf einen Ellenbogen und blickte Stan mit ihren ruhigen dunklen Augen an.

»Ich mache uns einen Kaffee.« Stan legte ihren Block auf den Boden und verschwand fluchtartig Richtung Küche.

Ihre Künstlerin. Lea mußte lächeln. Sie richtete sich auf und zog ihre Bluse an, knöpfte sie brav zu und begann die Zeichnungen aufzuheben, die wild verstreut um die Ottomane lagen. Eine jede betrachtete sie eingehend, keine war wie die andere. Mal war Lea vollständig abgebildet, mal nur eine Hand oder ihr Kopf, mal die nackten Füße, mal nur ihr Oberkörper. Die Verkürzungen waren manchmal so extrem, daß sie fast unnatürlich aussahen. Eine der ersten Zeichnungen zeigte Leas verdrehten Körper, ein Gewusel aus verschlungenen Linien, als hätte Stan den Stift zu keiner Sekunde abgesetzt, und doch waren die Konturen deutlich zu erkennen, und die Genauigkeit, mit der sie Leas Körper abgebildet hatte, war wahnsinnig faszinierend. Manche Zeichnungen waren plastisch und detailverliebt, andere dagegen sehr schlicht gehalten, bestanden nur aus drei oder vier Linien, schienen einen nackten Körper zu zeigen, den kein Stoff mehr umhüllte.

Irgend etwas regte sich in Lea. Genau so wollte sie von Stan abgebildet werden. Sie hatten genug Porträts entstehen lassen. Jetzt würden sie gemeinsam Neues wagen. Ihr Entschluß stand fest. Sie war so in die Betrachtung der Zeichnungen vertieft, daß sie nicht bemerkte, wie Stan zurück in den Raum trat und sie, am Türrahmen lehnend, beobachtete.

»Wie findest du sie?« Sie stieß sich ab und kam mit zwei Tassen dampfenden Kaffees auf Lea zu.

»Sie sind großartig.« Lea entschied sich, in den Angriff überzugehen. »Am besten gefallen mir diese hier.« Sie deutete auf drei Zeichnungen, die vor ihr auf dem Boden lagen. Stan reichte ihr eine Tasse und setzte sich neben sie auf die Ottomane. Sie nahm ihren Duft wahr, spürte Leas Oberschenkel sanft an ihrem eigenen. Den Blick starr auf die Zeichnungen gerichtet, stellte sie sich vor, wie Lea sich vielleicht mit der Hand durch das offene Haar fuhr, wie sie die Tasse zum Mund führte und an ihrem Kaffee nippte, sich mit ihrer Zunge über die Lippen fuhr, um einen Tropfen Kaffee wegzulecken, der sich aus ihrem Mund gestohlen hatte. Sie schloß die Augen, bemüht, die Bilder aus ihrem Kopf zu verbannen, und führte ihre Tasse in einer fast schon mechanischen Bewegung zum Mund.

»Constanze?« Die Stimme Leas ließ Stan aus ihrer Starre fallen und hart in der Realität aufschlagen. »Was sagst du dazu?«

»Wozu?«

»Na, du bist mir eine. Da erzähle ich dir, daß ich dir gern Akt liegen würde, und du hörst nicht einmal zu.«

Stan blickte Lea entgeistert an. »Das kann ich nicht. Auf keinen Fall.«

Die Worte brauchten eine Weile, um in Leas Gehirn zu sickern und sich dort breitzumachen. »Du hast es doch gerade eben schon getan. Gut, ich hatte noch meine Hose an, aber was macht das für einen Unterschied?«

»Einen enormen, Lea. Ich kann keine Akte von dir malen.« Entschieden schüttelte sie den Kopf.

»Und was ist mit den zwei Frauen, die neulich Modell standen? Ich kann mich deutlich daran erinnern, daß sie splitterfasernackt waren!«

Aber keine von beiden verfolgt mich in meinen Träumen, keine der beiden weckt Verlangen in mir, keine der beiden begehre ich so, wie ich dich begehre.
»Das ist etwas anderes!«

»Tatsächlich?« Lea blätterte in dem Stapel Zeichnungen, der vor ihr lag, hin und wieder innehaltend und die ein oder andere intensiv betrachtend. »Warum?« fragte sie so beiläufig wie möglich.

»Das verstehst du nicht.«

»Dann erkläre es mir.«

»Lea, bitte. Können wir nicht einfach dort weitermachen, wo wir aufgehört haben?«

»Noch ein Porträt? Wie viele sollen es denn werden? Findest du nicht, daß wir mal etwas anderes ausprobieren sollten? Bitte, Stan. Einen einzigen Akt. Du hast meine Seele gemalt. Jetzt mußt du auch meinen Körper malen. Findest du nicht, daß du mir das schuldig bist?«

15

Zwei lange Wochen hatten sie sich nicht gesehen. Zwei Wochen, in denen Lea sich fragte, was sie falsch gemacht hatte. War sie mit der Bitte, für einen Akt Modell stehen zu dürfen, zu weit gegangen? Ohne Möglichkeit, mit Constanze zu sprechen, konnte sie es nicht herausfinden. Und diese Möglichkeit hatte sich einfach nicht ergeben. Zweimal hatte Stan sich gemeldet und die abendlichen Sitzungen abgesagt. Wortkarge Mitteilungen über wichtige Termine, die sich kurzfristig ergeben hätten, verpackt in kurze, prägnante Sätze, die keine Widerrede, kein Nachfragen zuließen. Und Lea hatte es einfach so akzeptiert. Was hätte sie auch tun können. Es zehrte an ihren Nerven, nicht zu wissen, was los war, und der Streß im Laden trug das seine dazu bei, sie vollständig ihrer Energie zu berauben. Sie fühlte sich unendlich müde.

Langsam und sorgfältig zog sie die schwere Holztür mit bunt verglastem Jugendstilfenster hinter sich zu, die mit einem leisen metallischen Klicken ins Schloß fiel. Lea war penibel darauf bedacht, das hektische Leben draußen zu lassen. Sie bewegte sich auf Zehenspitzen vorwärts, damit das Klacken ihrer Absätze nicht durch das Treppenhaus hallte. Sie wollte nur noch ihre Ruhe. Was für ein Tag! Am besten wäre sie gar nicht erst aufgestanden, aber Geld verdient sich nun mal nicht von selbst. Sie lehnte sich gegen die Reihe von Briefkästen, die neben der Haustür angebracht waren, und überprüfte den ihren. Keine Post. Auch gut. Sie schloß die Augen und wäre am liebsten an Ort und Stelle eingeschlafen. Nichts würde diesen Tag noch retten können.

Mit letzter Kraft schleppte sie sich die Treppen zu ihrer Wohnung hinauf, wo sie als erstes aus ihren Schuhen schlüpfte. Irgendwann würden sie diese Absätze noch umbringen. Dabei rutschte ihr die Handtasche von der Schulter und glitt auf den Boden. Sie ließ sie einfach liegen und warf die Jacke ihres Kostüms, das sie erst drei Tage zuvor gekauft hatte, achtlos über einen Haken ihrer Garderobe.

Ein Tee wäre vielleicht genau das richtige. Sie wußte, daß sie, wenn sie Wein wählen würde, nicht aufhören könnte, bis die Flasche geleert war. Und dann würde sie sich Vorwürfe machen, würde erwägen, sich bei den Anonymen Alkoholikern anzumelden, würde morgen mit einem dicken Kopf aufwachen, was sie am allerwenigsten wollte, und würde für den Rest des Abends und vielleicht die halbe Nacht in Selbstmitleid versinken. Nein, nein, nein.

Sie ging in die Küche und setzte Wasser auf. Sollte sie stehend am Herd einschlafen oder die Post der letzten Tage durchschauen, die sie achtlos neben das Telefon geworfen hatte, unfähig, auch nur einen Gedanken darauf zu verwenden? Wahrscheinlich waren es ohnehin nur Rechnungen. Also gut. Eine Rechnung, noch eine und ein Werbeprospekt vom Autohaus um die Ecke. Überaus passend für jemanden, der keinen Führerschein besaß. Sie entdeckte eine Postkarte von Janine und Peter, die ihre Flitterwochen auf Bali verbrachten – eine Reise, die sie von ihren Eltern geschenkt bekommen hatten. Wahrscheinlich sponserte ihre Mutter den Flug in der Hoffnung auf eine mögliche Zeugung des ersehnten Enkelkindes in gelockerter Südseeatmosphäre. Lea seufzte und steckte die Karte zu den wenigen anderen in den Rahmen des Spiegels neben der Garderobe.

Auf halbem Weg zurück in die Küche klingelte es. Sie wollte niemanden sehen. Sollte die verdammte Klingel doch läuten, so lange sie wollte.

»Ich bin nicht da«, murmelte sie. »Bin für niemanden zu sprechen. Laßt mich in Ruhe!« Sie setzte ihren Weg fort, war aber keine zwei Schritte weitergekommen, als es an die Tür klopfte und die sonore Stimme ihres Nachbarn ertönte.

»Frau Rothenbaum! Ich weiß, daß Sie da sind. Würden Sie bitte aufmachen. Ich habe ein Paket für Sie.«

Herr Müller, der den ganzen Tag nichts anderes zu tun hatte, als aus dem Fenster zu blicken und Falschparker bei der Polizei anzuschwärzen! Er mußte sie gesehen haben, als sie nach Hause gekommen war. Da gab es wohl kein Entrinnen.

Sie öffnete die Tür gerade so weit, daß sie ihn mitsamt seiner Ladung sehen konnte. Irgendwie erschien er ihr grauer als sonst. Ihm haftete ein seltsamer Duft nach Mikrowellenessen und ungelüfteter

Wohnung an, der sie sonst nicht allzusehr störte, ihr aber in diesem Augenblick die Tränen in die Augen trieb und einen fast unerträglichen Brechreiz verursachte.

Kurz angebunden nahm sie das Paket in Empfang und bedankte sich, wohlwissend, daß Herr Müller zu gern bei ihr geblieben wäre, um zu sehen, was in dem Paket mit dem ungewöhnlichen Format steckte.

»Eine junge Frau hat es mir anvertraut, und ich mußte ihr hoch und heilig versprechen, es Ihnen persönlich zu übergeben.«

»Das haben Sie ja jetzt getan. Schönen Abend noch.« Damit schloß sie die Tür und lauschte auf die schlürfenden Geräusche, die seine Hausschlappen auf dem Steinfußboden erzeugten, merkte, wie sie leiser wurden, je weiter er sich von ihrer Tür entfernte, war im Grunde traurig, weil Herrn Müller diese Aura von Einsamkeit umgab, auf die er als Rentner wohl ein Anrecht hatte. Aber sie war nicht in der Stimmung, ihm etwas anzubieten, nicht in der Verfassung für belanglose Gespräche, konnte keine Gesellschaft ertragen.

Das Paket hatte in etwa die Größe der Wohnungstür und war ungewöhnlich leicht. Auf rein weißes Packpapier war ein rotes Band mit einer Schleife gemalt, und in der oberen rechten Ecke klebte ein Brief. Lediglich *Lea* stand auf dem schweren Büttenpapier, und auf der linken Seite zog sich ein breiter, roter Streifen in zwei Zentimeter Abstand zum Rand unregelmäßig über den Umschlag.

Lea trug das Paket ins Wohnzimmer, lehnte es vorsichtig an die Couch und hastete so schnell sie konnte zurück in die Küche, in der das Pfeifen des Wasserkessels schon einen aufdringlich lauten Dauerton angenommen hatte. Sie änderte ihre Meinung, goß sich eine heiße Schokolade auf, die keine acht Minuten würde ziehen müssen, und kehrte langsam ins Wohnzimmer zurück.

Ein bißchen Musik, gedämpftes Licht und die Füße hochlegen. Wunderbar. Sie schloß die Augen und dachte einen kurzen Augenblick an gar nichts. Sie lauschte in sich hinein und konnte nur vollkommene Erschöpfung wahrnehmen. Ansonsten hallte ihr eine tiefe Leere entgegen, die sie erschreckend und zugleich beängstigend fand. Sie brauchte eine Auszeit. Von dem Job, von Robert, von ihrer Familie, von allem. Bald!

Sie nippte vorsichtig an dem heißen Kakao und fing endlich an, sich zu entspannen. Ihr Blick fiel auf das Paket. Constanze. Endlich ein Lebenszeichen, eine Nachricht von ihr. Eine erstaunlich große. Lea lächelte. Irgendwie paßte das zu ihr. Alles andere wäre ungewöhnlich gewesen.

Mit einem Mal konnte sie es kaum noch erwarten, das Paket zu öffnen. Sie richtete sich ruckartig auf, entfernte mit vor Nervosität zittrigen Fingern den Umschlag und riß das Packpapier mit einer heftigen, ungeduldigen Bewegung von der Leinwand, die sie darunter vermutete. Sie behielt Recht.

Es war der Akt, den sie sich gewünscht hatte. Erdige, braunrote Töne leuchteten ihr entgegen, mal durch ein zartes Violett oder ein nachtschwarzes Blau abgedunkelt, mal mit hartem Weiß oder leuchtendem Gelb aufgehellt. Sie drehte das Bild so, daß es auf der Längsseite zu stehen kam, und lehnte es gegen den Sessel, um es besser betrachten zu können. Nun erkannte sie in dem Bild auch die Skizze, die ihr so gut gefallen hatte.

Sie sah sich auf der Ottomane liegen, blaß gegen das dunkle Polster und doch so voller Spannung, die durch die Drehung im Oberkörper nur noch verstärkt wurde. Einer ihrer Arme hing schlaff zu Boden, den anderen hatte sie hinter den Kopf gelegt. Ihre offenen Haare umspielten ihr Gesicht, die Augen, die sie auf Stan gerichtet hatte, blickten ihr nun ernst und vertraut entgegen. Die weite Stoffhose, die kräftige Falten warf, die heruntergerutschte Bluse – genau so hatte sie die Szene in Erinnerung.

Sie streckte ihre Hand aus und berührte die Leinwand, zögernd, als könne sie mit ihrer Berührung etwas zerstören. Sie fuhr die Armbeuge entlang, streichelte sich über den Bauch, berührte ihr gemaltes Gesicht, ertastete ihre Augen, ihren Mund, ihre Brüste – die Brustwarzen nicht mehr als kleine, dunkle Inseln in einem wogenden Meer fast weißer Farbe.

Die Leinwand fühlte sich rauh an, und verwundert stellte sie fest, daß es Sand war, der dem Bild diese außergewöhnliche Oberflächenstruktur verlieh. *Sandgeborene. Windgeborene. Erdgeborene.* Ihr kam ein Gedicht in den Sinn, das sie Stan an einem der Sonntagnachmittage vorgelesen hatte. *Der Traum.* Sie selbst fand es durchaus erotisch und hatte versucht die Worte und Sätze dementsprechend zu betonen, erntete damit aber nur ein Lächeln, von dem sie nicht wußte, ob es ihrer Vorlesekunst, dem Inhalt des Gedichts oder der Zeichnung galt, an der Stan arbeitete. Obwohl Lea damals nicht den Eindruck gehabt hatte, schien Stan sich offensichtlich jedes Wort gemerkt und diese Erinnerungen in den Akt eingearbeitet zu haben.

Gleiches zu Gleichem. Sie wagte kaum zu atmen und merkte, wie die Tränen zu fließen begannen, ohne daß sie sie hätte zurückhalten können. Es war ein so ausnehmend schönes, sinnliches Bild. Es strahlte eine bemerkenswerte Ruhe und Gelassenheit aus.

Sie hatte das Telefon schon in der Hand und die ersten Zahlen von Stans Nummer eingetippt, als ihr der Brief einfiel. Sie wischte sich die Tränen von den Wangen und schneuzte sich geräuschvoll in ein Taschentuch, das die Initialen ihrer Großmutter trug. Der Brief. Sie hatte ihn völlig vergessen. Nach einigem Suchen fand sie ihn unter dem Einpackpapier, das sie achtlos hatte zu Boden fallen lassen, und riß das Kuvert hektisch mit dem Zeigefinger auf. Zwischen Fetzen von Papier zog sie eine Doppelkarte heraus, und als sie diese öffnete, fiel ein beschriebenes Stück Papier heraus, segelte auf den Boden und von dort mit einem letzten Schwung unter das Sofa.

Lea seufzte.

Die Karte war eine Einladung zu einer Vernissage. *Faces of Women*. Als sie die Einladung sinken ließ, fiel ihr Blick auf das Porträt auf der Vorderseite. Sie sog scharf die Luft ein. Hätte Stan sie in ihrem momentanen Zustand gesehen, hätte sie ein solches Bild nicht malen können. Ihr blickte eine Lea entgegen, die sie kaum wiedererkannte. Es war eins der ersten Bilder, die Stan von ihr gemalt hatte, und es schien Jahre her zu sein! Jetzt bückte sie sich doch nach dem Zettel.

Für mein Lieblingsmodell. Lea mußte unwillkürlich schmunzeln. *Ich hole dich vom Flughafen ab, und wenn du willst, könnten wir danach noch Granny besuchen. Sie brennt darauf, dich kennenzulernen. Vielleicht kannst du dir ja freimachen. Würde mich auf jeden Fall freuen. Deine Dir ergebene Künstlerin.*

Was für ein Flughafen? Und ihre Großmutter wohnte doch überhaupt nicht in Deutschland. Lea richtete sich auf und schaute noch einmal auf die Einladung. Edinburgh. In zwei Wochen. Nun war sie doch bereit für ein Glas Wein. Das war alles zuviel. Sie hatte sich so auf einen ruhigen Abend gefreut, und kaum, daß sie die Tür zu ihrem letzten und liebsten Refugium, ihrer Wohnung, geschlossen hatte, überschlugen sich die Ereignisse. Nichts Geringeres als Sicherheit, Ruhe und Geborgenheit erwartend, hatte sie die Welt ausgeschlossen und sich in ihr eigenes kleines Universum zurückgezogen, wollte nichts mehr denken, nichts mehr fühlen, nichts mehr tun müssen.

Und nun war mit einem Mal so viel Neues in ihre vermeintlich sichere Zeitkapsel eingedrungen, daß sie nicht wußte, wo ihr der Kopf stand. Die Müdigkeit, die ihr wie ein schwerer Mantel auf ihren Schultern lastete, ließ sie kraftlos zurück, machte sie wehrlos gegenüber den Gedanken und Gefühlen, die auf sie einstürmten.

Sie griff zum Telefon und wählte Constanzes Nummer. Wenn sie sie jetzt nicht anrief, würde sie es nie tun – zumindest nicht in nächster Zeit.

»Ja?«

Lea lächelte. Wie vertraut ihr diese Stimme war. »Ich unterhalte mich grundsätzlich nicht mit einem Ja, aber hier will ich mal eine Ausnahme machen!« Sie sank in das Sofa zurück und nippte an ihrem Wein.

Stan schwieg.

»Dein Bild ist . . .« Leas Stimme kippte. Sie betrachtete das Gemälde, und wieder kamen die Tränen. Sie wollte nicht weinen, doch umso mehr sie sich dagegen sträubte, desto schlimmer wurde es.

»Du klingst erschöpft.« Stans besorgte Stimme war kaum mehr als ein Flüstern. »Geht es dir gut?!«

»Bis vor ein paar Minuten war ich eigentlich der Meinung, daß sich auch der heutige Tag sang- und klanglos in die Reihe ereignisloser, ermüdender Tage einreihen würde. Und dann übergab mir Herr Müller das Paket, das eine junge Frau für mich abgegeben hatte!«

»Dir gefällt das Bild?«

»Du hättest mir keine größere Freude bereiten können. Es ist phantastisch. Ich habe keine Ahnung, wie ich das wieder gutmachen kann.«

»Ich hätte da eine Idee.« Stan zögerte. »Wie wäre es, wenn du mich auf eine Vernissage begleiten würdest?«

»Das grenzt ja an Erpressung. Ein solch kriminelles Potential hätte ich dir gar nicht zugetraut!«

»Keine Erpressung, ein interessantes Angebot vielleicht.«

»Ja, das stimmt. Ich war noch nie in Edinburgh!«

»Du kommst also?« Stan versuchte ihre Aufregung zu unterdrükken.

»Das weiß ich noch nicht. Ich würde sehr gern, aber ich weiß nicht, ob ich mir freimachen kann.«

»Na ja, ich dachte . . . es wäre eine nette Idee. Und du warst in letzter Zeit so angespannt. Da dachte ich . . . ach, ich weiß auch nicht.«

»Nein, das stimmt schon. Eine Pause könnte ich in der Tat brauchen. Mir hängt momentan alles zum Hals raus. Ich habe es satt, mich mit Robert zu streiten. Die so unnötigen Auseinandersetzungen mit meiner Mutter sind unendlich nervenaufreibend, und mit Sophie war ich in letzter Zeit auch nicht immer einer Meinung. Mir wächst das alles über den Kopf.« Wieder war Lea den Tränen nahe. Sie kam sich schrecklich wehleidig vor. »Ich kann nicht mehr.«

»Dann laß doch einfach alles stehen und liegen und komm mit nach Schottland. Ich würde mich unwahrscheinlich freuen. Die Galerie ist klein, aber fein und liegt mitten in der Stadt. Ein perfekter Ausstellungsort für die Bilder von dir.«

Lea griff nach dem Strohhalm, den Stan ihr hingeworfen hatte, und wechselte bereitwillig das Thema. »Apropos Bilder. Wie viele stellst du aus? Und vor allen Dingen welche?«

»Den Titel hast du ja gelesen. Es werden also Frauenporträts sein. Und deine werden natürlich auch gezeigt.« Stan zögerte kurz. »Alle, die ich von dir gemalt habe.«

»Nein!« Leas Entsetzen war echt. »Dann komme ich auf keinen Fall! Die Bilder erzählen alles über mich. Alles! Nichts bleibt verborgen. Meine wohlgehüteten Geheimnisse offenbart in deinen Bildern. Und dann soll ich mich einfach so unter die Leute mischen, als sei es nichts Besonderes, mich an jeder Wand wie in einem Spiegel betrachten zu können? Das halte ich nicht aus.«

»Jetzt überschüttest du mich aber mit Lob, das ich so nicht verdiene.«

»Du weißt genau, wie gut deine Bilder sind. Und wie ehrlich. Es ist wie eine Offenbarung, der ich mich nicht entziehen kann. Und wenn ich aufrichtig bin, ist das eine sehr wertvolle, heilsame Erfahrung für mich. Ich sehe mich in einem ganz anderen Licht.« Lea zögerte. »Du . . . du hast Seiten an mir entdeckt, die ich nicht zu haben glaubte.« Am anderen Ende war es still. »Stan, bist du noch dran?«

»Ja.«

»Ist das alles? *Ja?* Mehr hast du nicht zu sagen?«

»Lea, die Bilder zeigen dich, wie du bist. Wenn du das nicht gewußt hast, dann hast du noch nie richtig in den Spiegel geschaut. Es ist immer da. Ich halte es nur fest. Das ist alles.«

»O nein, du machst viel mehr. Wenn ich deine Bilder anschaue, dann ist das Leben plötzlich bunt, dann wird mein grauer Alltag nachkoloriert – wie ein alter Schwarzweißfilm . . .«

». . . bei dem sich die Geister streiten, ob das Kolorieren nicht den Film kaputtmacht.«

»Du machst nichts kaputt. Du hilfst, tröstest, heilst.«

»Ach, Lea.«

»Doch, doch. In deinen Bildern liegt eine solche Kraft! Manchmal wünschte ich, ich spürte diese Kraft in mir.« Lea stieß so kräftig die Luft aus, daß Stan den Eindruck hatte, in ihrem Telefonhörer wüte ein Orkan.

»Ich kenne kaum jemanden, der kraftvoller ist als du«, sagte Stan leise. »Vielleicht nicht in diesem Augenblick, aber grundsätzlich muß es so sein. Ich kann doch nicht etwas malen, was ich nicht auch sehe.«

»Stan, können wir das Gespräch ein andermal fortsetzen. Ich bin so müde. Ich glaube, ich muß ins Bett.«

»Kommst du nun zur Vernissage?«

»Laß uns morgen darüber reden, ja? Ich muß eine Nacht darüber schlafen. Wie wäre es mit dem *Mayday*? Auf einen Salat? So gegen zwölf?«

»Ja.«

»Gut, du Ja-Sagerin. Also um zwölf. Ich bewundere dich! Gute Nacht und süße Träume.«

Und ich liebe dich. »Gute Nacht.«

16

Lea saß bereits im *Mayday*, als Stan das kleine Restaurant betrat. Sie hatte beobachtet, wie Stan die Straße überquerte und fast von einem Fahrradkurier über den Haufen gefahren worden wäre. Sie war erst zusammengezuckt, als seine Tasche sie am Arm berührte und er ihr wütend etwas für Lea Unverständliches zurief. Stan war mit den Gedanken offensichtlich ganz woanders und hatte nicht gemerkt, daß sie sich mitten auf der Straße befand und diese zu überqueren versuchte, ohne auf den Verkehr zu achten und nach links oder rechts zu schauen. Sie trug eine weiße, weite Stoffhose und die kurze, schwarze Jacke, die Lea so sehr an ihr mochte. Ihr bunter Seidenschal leuchtete um ihren Hals, und die selbstgenähte Tasche war wie immer so über die Schulter geworfen, daß der Trageriemen quer über Stans Brust verlief. Ihre Hände steckten in den Jackentaschen, und ihre Haare wurden von der riesigen Sonnenbrille zurückgehalten, die sie auf dem Kopf trug.

»Hallo.« Stan lächelte, als sie Lea sah, und ihre Wangen röteten sich fast augenblicklich. Lea trug eine helle Seidenbluse und ein graues Kostüm, in dem sie richtig sexy aussah. Sie umarmten sich, und Stan schloß kurz die Augen, als Leas Haare ihre Nase umspielten und sie den dezenten Duft ihres Parfüms wahrnahm. »Du siehst bezaubernd aus«, flüsterte sie.

»Stan!« Lea löste sich aus der Umarmung und deutete verlegen auf ihr Wasser. »Ich habe mir schon ein Getränk bestellt.« Die deprimierende Stimmung des Vortages schien sie abgelegt zu haben.

»Wartest du schon lange?«

»Vielleicht fünf Minuten. Ich habe nicht auf die Uhr geschaut.« Sie beugte sich über den Tisch. »Wie war dein Vormittag?«

»Na ja, eigentlich habe ich nicht allzuviel gemacht. Die Bilder sind seit gestern per Spedition Richtung Edinburgh unterwegs, und da habe ich mir gedacht, ich könnte mir heute das Flugticket besorgen. Hat alles geklappt. In vier Tagen geht es los.«

»In vier Tagen schon?« fragte Lea überrascht. »Die Vernissage ist doch erst in zwei Wochen.«

»Ich weiß. Aber ich wollte unbedingt beim Aufhängen der Bilder anwesend sein. Wenn sie erst einmal an der Wand angebracht sind, läßt sich meistens nichts mehr ändern, und wenn dann die falschen nebeneinander hängen oder das Licht nicht so besonders ist, dann ist es oft zu spät. Wenn ich dabeibin, kann ich wenigstens noch Einfluß nehmen.« Sie schaute Lea an. »Geht es dir besser?«

»Ja, ich denke schon. Ich bin unter einem neuen Bild eingeschlafen, das mir eine Freundin geschenkt hat.« Sie lächelte Stan an.

»Du hast es noch aufgehängt?«

»Über meinem Bett. Wahrscheinlich habe ich das halbe Haus aufgeweckt, als ich den Nagel in die Wand schlug, aber ich konnte es doch nicht einfach im Wohnzimmer stehenlassen! Ich hätte kein Auge zumachen können. So wußte ich dich in meiner Nähe.«

»Haben Sie schon gewählt?« Die Bedienung trat neben ihren Tisch und balancierte ein mit leeren Gläsern vollbeladenes Tablett in der Linken, während sie mit der Rechten den Tisch auf Stans Seite kurz abwischte und ein zweites Papierset vor ihr ausbreitete.

Stan riß sich von Leas Anblick los. »Ich nehme eine Cola und einen Nizzasalat.«

Lea war mit Stans Getränkewahl alles andere als einverstanden und konnte sich einen entsprechenden Kommentar nicht verkneifen. »Du weißt, daß Cola nicht gut für dich ist?« An die Bedienung gewandt sagte sie: »Ich nehme den Chefsalat, aber bitte ohne Oliven!« Die Bedienung verschwand mit einem Kopfnicken.

»Na, der Chefsalat paßt ja zu dir. Immer willst du alles besser wissen. Die Cola ist genau das, wonach mir gelüstet. Daß sie nicht die beste Wahl ist, weiß ich auch. Aber Lust, Lea! Ich habe Lust, eine Cola zu trinken!«

»Ist ja schon gut. Entschuldige bitte. Ich habe ja nur an deine Gesundheit gedacht!« Lea schüttelte leicht irritiert den Kopf und blickte aus dem Fenster.

»Laß uns nicht streiten, okay? War die ruhige Nacht unter dem Bild wenigstens einer positiven Entscheidung zuträglich?«

»Entscheidung?«

»Ja, ob du zur Vernissage kommst.«

»Ach ja, die Vernissage.« Lea stülpte die Unterlippe vor und schien zu überlegen.

»Und?«

»Ja.«

»Was ja? Heißt das, du nimmst dir frei?«

»Ja.« Lea lächelte Stan an, die kaum glauben konnte, was sie hörte.

»Und du bist dir sicher, all die Bilder von dir sehen und die Kommentare der Besucher ertragen zu können?«

»Ja.« Lea schob zur Bestätigung trotzig ihr Kinn nach vorn, und Stan fand sie einfach nur süß.

»Jetzt laß dir doch nicht alles aus der Nase ziehen. Erzähl!«

»Eigentlich war ich mir bis vor zwei Stunden noch gar nicht sicher, ob ich das tatsächlich wollte. Aber dann kam Robert mit seiner ständig selben Leier von wegen seine schwangere Freundin sei mit ihren unberechenbaren Stimmungen unerträglich, daß sie kein Vergleich zu mir sei, daß wir es noch einmal miteinander versuchen sollten, ob ich jemand neues hätte und wenn nicht, dann . . . na, du weißt schon. Seit Wochen der gleiche Tenor. Und da bin ich einfach ausgerastet, habe ihn angeschrieen, er solle mich endlich damit in Ruhe lassen, ich könne das Arbeitsklima in dem Laden nicht mehr ertragen, wenn das so weiterginge, blablabla.« Sie winkte ab, griff nach ihrem Wasserglas und nahm einen großen Schluck. Ihr Mund schien ausgetrocknet, und allein die Erinnerung an den Vormittag schnürte ihr die Kehle zu.

»Was hat er gesagt?« wollte Stan wissen.

»Nichts! Er hat sich in seinem Stuhl herumgedreht und einfach weitergearbeitet, als sei nichts geschehen. Irgendwelchen Papierkram.«

»Und du?«

»Ich habe gesagt, daß ich eine Auszeit bräuchte, habe meine Tasche geschnappt, ein paar Arbeitsunterlagen und bin gegangen. Seitdem sitze ich hier.«

»Seit fünf Minuten.«

»Genaugenommen seit fast zwei Stunden.«

»Warum hast du mich nicht angerufen? Ich wäre doch früher gekommen, wenn ich das gewußt hätte.«

»Ist schon in Ordnung. Ich brauchte etwas Ruhe. Zum Entspannen und um Abstand zu gewinnen.« Lea spielte mit ihrem Wasserglas und vermied es, Stan in die Augen zu blicken. »Und um mich für Schottland zu entscheiden. Das wollte ich allein schaffen – ohne deine Hilfe und dein mögliches Insistieren.«

»Ach, Lea. Ich hätte dich schon nicht gedrängt. Umso mehr freut es mich, daß du kommst.« Sie fuhr sich mit der Hand durch die Haare. »Und wie lange kannst du bleiben?«

»Was steht denn noch auf dem Programm?

»Nun, natürlich die Vernissage. Wenn du Edinburgh noch ein bißchen kennenlernen möchtest, können wir gern ein, zwei Tage dort verbringen. Und dann könnten wir zu meiner Großmutter fahren. Für eine Woche, für zwei. Sie würde sich auf jeden Fall freuen, dich kennenzulernen. Ich habe ihr schon viel von dir erzählt.«

Lea blickte erstaunt auf. »Du hast ihr von mir erzählt?«

»Natürlich. Ich habe ihr Fotos der Bilder geschickt, weil sie doch nach der Ausstellung fragte, und sie hat gleich nachgehakt, wer die Frau sei, die mich so offensichtlich in ihren Bann gezogen hat.« Stan mußte bei dem Gedanken an ihre Großmutter lächeln. Der Anruf kam gegen elf Uhr nachts, und ihre Großmutter war ganz aufgeregt, fragte, ob sie eine neue Liebe gefunden hätte, wie die Frau auf den Bildern hieße, wann sie sie kennenlernen würde. Tausend Fragen und nur die Hälfte an Antworten, wenn überhaupt.

»Gäbe es einen besseren Grund, sie zu besuchen?«

»Mach dich nur lustig!«

»Nein, ich meine es ernst. Wo wohnt sie?

»Nun, das ist ein Stück von Edinburgh entfernt, auf der anderen Seite von Schottland – in den Highlands in der Nähe von Skye. Es würde dir dort gefallen. Glaube mir! Eine herrliche Landschaft. Wir könnten wandern gehen, Tagesausflüge machen, die Insel Skye erkunden. Es gibt tausend Dinge, und es würde bestimmt nicht langweilig werden.« Ihre Salate kamen, und sie begannen hungrig zu essen. »Wir können auch einfach nur faulenzen und im Garten meiner Großmutter gemütliche Stunden verbringen, sie auf ihre Bridgeabende begleiten, im Pub Bingo spielen, Live-Musik hören oder eine halbes Hähnchen mit Pommes und einem Salatblatt genießen.«

»Mit vollem Mund spricht man nicht!«

»Ja, Frau Lehrerin!« In gespielter Wut trat Stan unter dem Tisch sanft an Leas Schienbein. Lea konnte es einfach nicht lassen, sie zurechtzuweisen, und Stan liebte es. Diese kleinen Neckereien waren zur Gewohnheit geworden, ein Spiel, das beide gern spielten, manchmal sogar herausforderten. »Also, wie lange möchtest du bleiben?«

»Wie wäre es, wenn wir das vor Ort ad hoc entscheiden? Am liebsten würde ich überhaupt nicht mehr wiederkommen. Wie lange hast du denn Zeit?«

»Eine neue Ausstellung ist erst für den nächsten Sommer geplant. Ich kann mich also vollkommen nach dir richten.«

»Also gut. Dann laß uns die Zeit auf maximal zwei Wochen beschränken. Mal sehen, wie es läuft.«

»Gut.« Stan war überglücklich bei der Aussicht, zwei Wochen mit Lea verbringen zu dürfen, tat aber alles, damit Lea diese Gefühle nicht mitbekam. Es lief alles so gut zwischen ihnen, und Stan hatte sich fast schon damit abgefunden, Lea einfach nur als Freundin zu akzeptieren, mit der sie reden konnte, die sie malen durfte, die sie vielleicht hin und wieder in einer kleinen, kurzen Bewegung berührte, die sie wirklich und wahrhaftig liebte, und zwar von jenem ersten Augenblick an, als sie sie in der Kneipe gesehen und zum Tanz aufgefordert hatte. Sie atmete hörbar aus und versuchte sich auf ihren Salat zu konzentrieren, langsam und bedächtig zu essen und das eben Gehörte zu verarbeiten.

Plötzlich ergriff Lea ihre Hand und schaute ihr tief in die Augen. »Ich möchte dir von ganzem Herzen für das Bild danken, Constanze. Ich weiß nicht, was ich dazu sagen soll. Mir fehlen die Worte. Es ist ein so unfaßbar großzügiges Geschenk. Und dann die Einladung. Eine wunderbare Idee – und wahrscheinlich meine Rettung.« Sie lächelte. Was sie aber in Stans blauen Augen las, die Liebe, das Verlangen, die Leidenschaft, ließ sie erzittern. Sie spürte ein Kribbeln, das sich durch ihren ganzen Körper zog und sich in ihrer Magengrube einzunisten schien. Fast augenblicklich gab sie Stans Hand wieder frei und senkte den Blick. »Ich bin tatsächlich kurz davor, alles hinzuwerfen. Vielleicht hilft mir diese Pause, neue Energie zu tanken. Vielleicht.«

17

Soso, wir fahren also nach England!« Sophie stand in Leas Küche und versuchte über deren Schulter hinweg ein Stück Karotte von dem Schneidebrett zu stibitzen, auf dem Lea das Gemüse für den Auflauf zerkleinerte.

»Von dir war keine Rede!« fauchte Lea. »Und außerdem ist es Schottland!«

Sophie seufzte. »Mein Gott, wie kannst du nur alles so wörtlich nehmen! Sind WIR heute gereizt!«

»Ach, vergiß es. Entschuldige. Ich bin einfach reif für ein paar Urlaubstage, in denen ich mal abschalten und den ganzen Streß hier vergessen kann. Warum sollte ich also Constanzes Einladung ablehnen? Ich bin auf die Vernissage in Edinburgh gespannt, freue mich auf die Tage an der Westküste, kann es kaum erwarten, ihre Großmutter kennenzulernen. Ich freue mich einfach auf alles! Ich war schließlich noch nie in Schottland. Es wird bestimmt schön.«

»Und außerdem ist es ja nicht das erste Mal, daß du deinen Urlaub mit einer Frau verbringst!«

»Wie recht du hast!« Lea fuhr sich durch ihre Haare und nippte gedankenverloren an ihrem Weinglas.

»Ich hoffe, du weißt, auf was du dich einläßt.« Sophie klang besorgt und beugte sich zu ihrer Freundin, strich ihr eine störrische Haarsträhne aus dem Gesicht. Lea wußte genau, worauf Sophie anspielte, und dennoch weigerte sie sich, es zu akzeptieren und sich gedanklich damit auseinanderzusetzen. Sie blickte Sophie fragend an. »Stan liebt dich abgöttisch, Lea. Das sieht jeder Blinde. Und schau dir die Bilder an, die sie von dir malt. Eine einzige große Liebeserklärung.«

Lea schüttelte den Kopf. »Alle ihre Bilder sind gut. Sie ist einfach eine außergewöhnliche Malerin. Das ist alles.« Sie legte das Messer zur Seite, trat mit ihrem Weinglas ans Fenster und blickte hinaus auf den Park. Die Blätter einzelner Bäume und Büsche begannen bereits, sich zart zu verfärben. Eindeutig zu früh für diese Jahreszeit. Der Herbst konnte es anscheinend kaum erwarten, seinen farbigen Pinsel über das Land zu schwingen.

Lea wußte, daß Sophie recht hatte. Stans Bilder waren wirklich einmalig, aber die Porträts, die sie von ihr malte ... sie schienen noch ein Stück besser und vollkommener, schienen beseelt und lebendig zu sein, zeigten Lea mit all ihren kontroversen Gefühlen. Stan besaß das untrügliche Talent, Lea so zu positionieren, daß die Botschaft des Bildes unmißverständlich war. Verletzlichkeit und Unsicherheit offenbarten sich in der dargestellten Mimik und Gestik, sprachen aus ihren gemalten Augen und dem Blick, den sie dem Betrachter zuwarf. Unterschwellige Wut zeigte sich in Stürmen von Rot und dunklem Violett. Die luftig und leicht hingeworfenen Linien und die warm leuchtenden, hellen Farben mancher Bilder zeugten von der ungestümen Freude, die Lea empfand, wenn sie ein Projekt erfolgreich abgeschlossen hatte oder wenn sie Stan Modell saß und es kaum erwarten konnte, das Ergebnis zu sehen, sich selbst durch Stans Augen wahrzunehmen.

»Lea!?« Sophie trat neben sie und legte ihre Hand auf Leas Arm. »Egal, wie außergewöhnlich Constanze sein mag, als Mensch oder als Malerin, du kannst ihre Liebe nicht einfach ignorieren! Auch wenn du es nicht möchtest, du mußt dich damit auseinandersetzen. Das bist du ihr und auch dir selbst schuldig.«

»Kannst du mir sagen, warum du immer Bedenken geäußert hast? Warum du im Grunde dagegen warst, daß ich Modell sitze? Warum du mich ständig ermahnt hast, nicht das Falsche zu tun? Und nun drängst du mich buchstäblich dazu zu handeln!«

Sophie blickte sie lange an, bevor sie antwortete. »Im Gegensatz zu dir war ich nie blind, naiv, blauäugig – nenne es, wie du willst. Mir war nach eurer ersten Begegnung schon klar, daß es für Constanze mehr war als eine einmalige Sache.« Lea blieb stumm. »Du hast es doch auch gespürt. Der Kuß, ihre Blicke. Das war nicht zu übersehen, selbst von dir nicht! Und da du nie ein Wort darüber verloren, nie auch nur angedeutet hast, daß du ihre Gefühle erwidern würdest . . .«

»Du wolltest sie schützen?«

»Lea, ich weiß, was es heißt, unglücklich verliebt zu sein und wie schmerzvoll es ist, wenn diese Liebe keine Erwiderung findet.«

»Davide?«

»Quatsch. Davide ist schwul! Uns verbindet lediglich eine intensive Freundschaft. Aber . . . kannst du dich an Philipp erinnern?«

»Den arroganten Schnösel von der Uni?« fragte Lea erstaunt.

»Er war nicht arrogant. Er war verständnisvoll, großzügig, freundlich und sehr attraktiv. Und ich war in ihn verliebt. Wie sagt man so schön? Über beide Ohren!« Sophie lächelte verbittert. »Bis ich merkte, daß er meine Nähe nur suchte, um sich an eine Studienkollegin heranzumachen, mit der ich damals gut befreundet war.«

»Sarah!«

»Genau. Und als sie ihn abblitzen ließ, verschwand er – aus ihrem und auch aus meinem Leben. Das hat weh getan.«

»Du hast mir davon nie etwas erzählt!«

»Daß ich in einen Schnösel, einen Lackaffen, einen arroganten Macho verliebt war?« Sophie knuffte Lea in die Seite.

»So habe ich ihn genannt?«

»Ja, hast du.«

»Das tut mir leid.«

»Ein bißchen spät. Damals hätte ich dich dringender gebraucht. Aber darum geht es nicht. Verstehst du? Mit Constanze ist es dasselbe. Sie liebt dich. Tu ihr nicht weh. Wenn aus eurer Freundschaft keine Beziehung werden sollte, dann rede wenigstens mit ihr und erkläre ihr, warum du dich dagegen entschieden hast. Verschwinde nicht so einfach aus ihrem Leben, wie Philipp das bei mir getan hat.«

»Das habe ich nicht vor.«

»Ich hoffe, ich war nicht zu direkt.« Sophie lächelte sie an. »Ich bin deine beste Freundin, und das werde ich auch bleiben – egal, was passiert.«

»Danke, Sophie. Ich weiß das echt zu schätzen.« Lea blickte in Sophies dunkelblaue Augen und wunderte sich wieder einmal über die Zuneigung, die sie darin sah. Sophie war eine wunderbare Freundin.

»Liebst du sie?« Sophie wagte es, sie auszusprechen, diese eigentlich unvermeidliche Frage, der Lea so lange ausgewichen war. Kurz und knapp und doch so weitreichend und im Grunde existentiell, daß Lea sich nicht in der Lage fühlte, darauf zu antworten. Aber Sophie ließ nicht locker. »Du kannst es mir ruhig sagen, Lea. Liebst du Constanze?«

»Ich weiß es doch selbst nicht so genau!«

»Wie kannst du nicht genau wissen, ob du jemanden liebst oder nicht?« fragte Sophie überrascht. »Ich glaube, du weißt vielleicht nicht, ob du mit den Konsequenzen, eine Frau zu lieben, umgehen kannst. Aber du mußt dir doch im klaren darüber sein, ob du sie liebst.«

»Meine weise Freundin.« Lea lächelte schwach. »Wie einfach ist es doch, einem armen verwirrten Menschen solche Wahrheiten vor die Füße zu werfen. Und ich darf jetzt sehen, wie ich damit umgehe.« Lea lehnte ihren Kopf an die kühlende Fensterscheibe und spürte, wie Sophie ihre Hüfte umfaßte und den Kopf an ihre Schulter lehnte. »Im Grunde hast du recht. Wenn ich meine Gefühle und Gedanken auf diese Weise differenziere, Herz und Verstand voneinander trenne, erscheint vieles in einem vollkommen neuen Licht, ist klarer und weniger verworren.«

»Und . . .?« Sophie blickte Lea fragend an.

»Ach, Sophie. Ich habe das Gefühl, daß ich in ihrer Gegenwart ein anderer Mensch bin. Freier, ungebundener, selbstbewußter, mutiger. Ich weiß nicht, wie ich das erklären soll. Sie tut mir gut.«

»Und sie ist eine attraktive Frau . . .«

»Ja, das ist sie.«

». . . voll kreativer Energie . . .«

»Da hast du recht.«

». . . die dich offensichtlich bedingungslos liebt.«

Lea nickte.

»Lea, schau mich an!« Sophie berührte Leas Wange und zwang sie sanft, aber unerbittlich, ihr in die Augen zu schauen. »WAS IST MIT DIR?« Jedes dieser Worte war mit solchem Nachdruck ausgesprochen, daß Lea bei jeder Silbe zwinkerte, als träfe sie ein Windstoß, vor dem sie ihre Augen schützen mußte. Sie wollte sich abwenden, aber Sophie hielt sie fest. »Lea, was ist mit dir?«

»Ich . . . ich beobachte sie, wenn sie malt, so konzentriert und voller Hingabe.«

»So arbeitest du auch, wenn dich ein Schmuckstück in seinen Bann gezogen hat. Ich arbeite auch so – manchmal jedenfalls!« Sophie verdrehte die Augen, und Lea konnte sich ein Lächeln nicht verkneifen.

»Aber sie ist eins mit ihrem Tun. Es ist faszinierend zu beobachten, wie sie alles um sich herum vergißt, einfach ausblendet. Und manchmal . . .«

»Manchmal . . .?« Sophie blickte sie aufmunternd an.

»Ich wünschte, sie würde mich nicht als Modell wahrnehmen, sondern als Frau.«

»Vielleicht braucht sie diese Distanz, um überhaupt arbeiten zu können.«

»Ja, vielleicht. Dennoch wünschte ich, sie würde, statt den Pinsel über die Leinwand zu ziehen und mich neu zu erschaffen, mich einfach lassen, wie ich bin, und nur berühren – all die Stellen meines Gesichts, meines Körpers, die sie nachzeichnet, berühren, mit den Fingern Linien auf meine Haut ziehen, ihr Verlangen nicht nur mit ihren Blicken auf mich projizieren, sondern es Realität werden lassen.«

»Lea . . . ich weiß nicht, was ich sagen soll.«

Lea begann zu weinen.

»Komm her.« Sophie nahm Lea in den Arm und wiegte sie sanft hin und her. »Laß mich das Ganze rekapitulieren. Du magst sie sehr.«

Lea zögerte nur kurz, bevor sie zustimmend nickte.

»Du sehnst dich nach ihren Berührungen.«

Wieder ein schwaches Nicken.

»Du könntest dir vorstellen, mehr Zeit mit ihr zu verbringen, dein Leben mit ihr zu teilen, hast aber Angst vor den Folgen, die eine solche Entscheidung mit sich bringen könnte.«

Lea zog die Schultern hoch und ließ sie resigniert wieder sinken. Sophie streichelte ihr über die feuchte Wange.

»Siehst du, das war doch gar nicht so schwer. Der Anfang ist gemacht. Laß dir Zeit. Ich werde dich immer lieben und deine Entscheidungen akzeptieren. Du mußt keine Angst haben. Wir werden das gemeinsam durchstehen und, wenn es sein muß, gegen Windmühlen kämpfen.« Sie spürte, wie Lea leise zu zittern begann, und nahm sie noch fester in den Arm. Lea schmiegte sich an ihre Schulter und ließ es zu, daß die Tränen ungehemmt flossen. Sie vergrub ihren Kopf in Sophies Haaren, nahm ihren vertrauten Duft wahr und erkannte in diesem Augenblick, daß ihr nichts passieren konnte, weil Sophie immer für sie dasein würde, und sie war ihr unendlich dankbar dafür.

Nach einer kleinen Ewigkeit, wie ihr schien, zog sie sich aus Sophies Armen zurück und ging in die Küche, um sich die Schachtel mit Papiertaschentüchern zu holen. Sich schneuzend, kehrte sie ins Wohnzimmer zurück, wo Sophie auf dem Sofa saß und einladend auf den Platz neben sich klopfte. Lea versank im Polster und lehnte sich in Sophies Arm, den Kopf auf ihrer Schulter.

»Mein Sancho Panza!«

»Das ist wieder mal typisch!« Gespielte Entrüstung triefte aus Sophies Stimme. »Für dich hast du die Rolle des Don Quichotte ausgesucht, und ich bin nur Statistin!«

»O nein, Sophie, du bist viel mehr. Das mußt du mir glauben.« Lea putzte sich verlegen die Nase. »Ich danke dir so sehr.«

»Wofür?«

»Daß du da bist für mich. Daß du auf mich aufpaßt. Daß ich mich auf dich verlassen kann. Daß ich ehrlich zu dir sein darf und trotzdem weiß, daß du mich nicht verurteilen wirst. Daß du . . .«

»Ist ja schon gut! Das reicht. Ich weiß, daß ich ein kolossal guter Mensch bin!« Sie drückte Lea an sich und schien sie nicht mehr loslassen zu wollen.

»Du darfst das nicht ins Lächerliche ziehen. Ich meine es ehrlich!«

»Das weiß ich, Lea. Das weiß ich.« Sie saßen schweigend auf dem Sofa, und jede hing ihren Gedanken nach. Sophie war die erste, die das Schweigen brach. »Du liebst sie tatsächlich. Wer hätte das gedacht?« Sophie sprach mehr zu sich selbst als zu Lea, und die Verwunderung über diese nun offensichtlich unumstößliche Tatsache war ihrer Stimme anzumerken.

»*Liebe*, Sophie, das ist ein so großes Wort, ein so allumfassender Begriff.« Lea schüttelte leicht den Kopf und seufzte. »Ich genieße ihre Nähe, habe gelernt, ihr in die Augen zu blicken, ohne mich dabei aufzulösen. Ich liebe es, ihr Geschichten vorzulesen, während sie das Leben in Zeichnungen und Skizzen festhält. Ihr Blick jagt mir Schauer über den Rücken, wenn sie sich beim Malen so sehr auf das Sehen konzentriert, daß sie nichts mehr wahrnimmt außer ihren Farben und der Leinwand. Sie empfindet beeindruckend intensiv, ist gedanklich und körperlich immer präsent, schaut mich manchmal so eindringlich und so leidenschaftlich an, daß ich nicht weiß, wie ich reagieren, wohin ich schauen soll. Sie macht mich unsagbar nervös, und doch wird mein Sehnen nach ihr immer stärker.« Lea atmete tief ein und hörbar wieder aus. »Ich war mir meiner Gefühle noch nie so im unklaren«, flüsterte sie.

»Und warum?«

»Sie ist eine Frau, Sophie. Eine Frau!«

»Na und?«

»Sophie! Kannst du dir die Reaktion meiner Mutter vorstellen? Glaubst du, daß meine Kunden das einfach so hinnehmen? Was ist mit Robert?«

»Und was ist mit dir? Warum denkst du immer nur an die anderen? Es geht um dich. Und um Constanze. Du mußt entscheiden, was und wen du willst. Und dann gibt es nur eine Richtung – nach vorn. Deine Kunden werden dir treu bleiben. Sie lieben deine Kreativität und den Schmuck, den du ihnen auf den Körper zauberst. Robert hat Ina, er wird Vater – selbst er besitzt funktionierende Gehirnzellen, die deine Entscheidung vielleicht nicht verstehen, aber doch akzeptieren werden. Ansonsten müßt ihr euch eben auch geschäftlich trennen.«

»Und meine Eltern?«

»Dein Vater liebt dich, Lea. Er will, daß du glücklich bist, und wenn deine Wahl auf eine Frau fällt, dann wird er das akzeptieren. Und sobald er Constanze erst einmal kennengelernt hat, werden ohnehin alle Zweifel beseitigt sein. Sie wird keine zwei Minuten brauchen, um ihn mit ihrer Art zu verzaubern. Von ihren Augen ganz zu schweigen!«

»Bleibt also nur noch meine Mutter.« Wieder ein tiefer Seufzer.

»Ich befürchte, sie ist ein hoffnungsloser Fall.« Sophie reichte Lea ein weiteres Papiertaschentuch, als sie spürte, daß diese wieder zu weinen begann. »Aber du kannst doch dein Leben nicht von den Wünschen, Werten und Vorstellungen deiner Mutter abhängig machen, Lea. Verstehst du? Geht das in deinen Kopf? Du wirst sie nicht ändern können. Denk an deine ersten Monate mit Robert. Was wetterte sie gegen ihn, schimpfte über dich und deine Entscheidung, ihn mit in den Laden zu nehmen. Hättest du damals auf sie gehört . . .«

». . . wäre mir viel erspart geblieben!«

»Das stimmt doch so nicht. Ihr wart ein schönes und glückliches Paar und habt euch einfach auseinandergelebt. So etwas passiert nun mal. Und das Geschäft hat von Roberts Ideen durchaus profitiert. Es läuft doch alles sehr erfolgreich. Eure Streitereien in letzter Zeit tragen natürlich wenig zu einer guten Arbeitsatmosphäre bei, aber rein geschäftlich gesehen seid ihr doch auf einem guten Weg.«

»Du hast recht. Wie immer.«

»Natürlich! Und was deine Mutter angeht, Lea, gibt es nur zwei Möglichkeiten: Entweder sie akzeptiert deine Entscheidungen, oder sie akzeptiert sie nicht. Das ist ganz allein ihr Problem, und du solltest dich davon nicht beeinflussen lassen.« Sie drückte Lea einen Kuß auf die Stirn. »Liebe, wen du möchtest, und werde glücklich. Das ist so viel wichtiger als alles andere im Leben. Das Glück und die Liebe.«

»Ach, Sophie, wenn du das sagst, klingt alles so einfach und vernünftig. Ich drehe mich seit Wochen im Kreis.«

»Und genau da liegt der Fehler.« Lea spürte Sophies Zeigefinger an ihre Stirn tippen. »Du denkst einfach zuviel. Du kannst alle möglichen oder wahrscheinlichen, vollkommen abstrusen oder an den Haaren herbeigezogenen Szenarien durchspielen, so oft du willst. Es wird dir nicht helfen, denn letztendlich wird nur die Realität, das gelebte Leben, dir Antworten geben. Vielleicht wird es so, vielleicht aber auch anders, vielleicht wird es überhaupt nichts. Wir können nicht in die Zukunft blicken. Wir müssen sie uns erarbeiten, und wie heißt es so schön: ein jeder ist seines Glückes Schmied!«

»Das werde ich mir merken müssen.« Lea schneuzte sich.

»Schreib es auf Zettel. Einen hängst du an den Kühlschrank, einen an den Spiegel im Bad, einen legst du unter dein Kopfkissen, einen klebst du in die Mitte des Fernsehers. Wir werden Lesezeichen und Weinflaschenetiketten drucken lassen, Brottüten und Klopapierrollen bedrucken, Papiertaschentücher und Kosmetiktücher. Und wenn mir weitere kluge Sprüche einfallen, werden wir das Sortiment erweitern. Postkarten, Servietten, Bleistiftspitzer, Visitenkarten, Busfahrkarten, Flugblätter, Plakatwände, Litfaßsäulen, Banner, die von Flugzeugen gezogen werden, Konfetti, das dich erschlägt, wenn es dich trifft . . .« Das Geräusch, das die Luft machte, als sie in Sophies – mit Sicherheit schmerzende – Lungenflügel strömte, war so laut, daß Lea zusammenzuckte.

»Ist schon gut«, sagte sie lachend, bevor ihre Freundin weiterschwadronieren konnte. »Ich habe verstanden.«

»Und ich habe Hunger. Wir bestellen jetzt eine Pizza. Mit dem Auflauf wird es heute sowieso nichts mehr.« Lea wollte aufstehen, aber Sophie drückte sie zurück in die Kissen. »Du bleibst, wo du bist, und überlegst dir, wie du mir erklären wirst, daß du eine Frau liebst. Die Argumente kannst du dir dann für das Gespräch mit deiner Mutter notieren.« Sie drückte Lea die Schachtel mit den Papiertaschentüchern in die Hand und reichte ihr ein frisch gefülltes Weinglas. »Ich bin gleich wieder da.«

Während Sophie in der Küche herumhantierte und die Bestellung aufgab, schloß Lea die Augen und lehnte den Kopf gegen die hohe Sofalehne. Liebte sie Stan wirklich? Sie fühlte sich ungemein wohl in ihrer Gegenwart. Aber das tat sie in Sophies Gegenwart auch. Dennoch, bei Stan war es etwas anderes. Wenn Stan neben ihr auf der Bank im Park saß und sie sich flüchtig berührten, wenn Stan sie am Arm oder an der Schulter berührte, um sie richtig vor der Leinwand zu positionieren, oder wenn sie sie anschaute mit ihren mal geheimnisvoll dunkel, mal freundlich hell leuchtenden blauen Augen, dann spürte Lea ein Verlangen nach körperlicher Nähe, das ihr fast schon unheimlich war. Und sie wußte, daß Stan bereit war, ihr diese Nähe zu geben, daß sie förmlich auf ein Zeichen Leas wartete. Aber sie konnte ihr dieses Zeichen noch nicht geben. Sie war noch nicht so weit. Sie wollte Stan nicht verletzen. Sie wollte ihr nichts versprechen, was sie am Ende möglicherweise nicht halten konnte.

Lea lächelte, als sie daran dachte, wie Stan sich gewehrt hatte, einen Akt von ihr zu malen. Mit Händen und Füßen. Und mittlerweile war Lea auch klar, was sie von Stan verlangt hatte, wie schrecklich es für sie gewesen wäre, die Frau, die sie begehrte, nackt vor sich liegen zu sehen. Wie unsensibel von ihr. Dabei spürte sie immer deutlicher, wie schwer es Stan manchmal fiel, neutral zu bleiben und den Sicherheitsabstand einzuhalten, den sie sich offensichtlich auferlegt hatte.

Auch Lea selbst wollte diesen Abstand nicht mehr. Sie wollte von Stan berührt werden. Nicht nur mit Blicken, die sie manchmal so intensiv zu liebkosen schienen, daß sie auf jedem Quadratzentimeter ihrer Haut, über den sie wanderten, eine Gänsehaut hinterließen. Sie wollte Stans Lippen auf ihrer Haut spüren, wollte ihre Küsse erwidern, wollte . . .

»Ist dir kalt?« Sophie hatte ihre Aufräumorgie offenbar beendet und stand mit zwei Sets und dem Besteck in der Hand vor dem Sofa und blickte besorgt auf Lea hinunter.

»Nein. Es geht mir gut. Ich dachte nur gerade an Constanze.«

»Tatsächlich?!« Sophie grinste süffisant, ganz so, als könne sie Leas Gedanken lesen. Sie breitete die Sets auf dem niedrigen Couchtisch aus, schlug das Besteck sorgfältig in zwei dunkelrote Servietten ein und nahm auf dem Sessel gegenüber dem Sofa Platz, ihr Weinglas in der Hand. »An was genau hast du gedacht?«

»Nichts Besonderes.«

»Das glaube ich dir nicht. Aber egal. Du wirst mir ohnehin alles erzählen, wenn ich dich nur lange genug quäle!« Gerade als sie ihr Glas an den Mund führen wollte, klingelte es an der Tür. »Ich gehe! Du bleibst sitzen. Ich hatte mich doch deutlich ausgedrückt, oder?«

»Yes, Sir!« Lea richtete sich auf und tippte sich mit ihren Fingerspitzen an die Schläfe.

»Yes, Ma'am – wenn überhaupt.« Lea hörte, wie Sophie auf den Türöffner drückte, und keine zwei Minuten später mischte sich eine dunkle Männerstimme mit Sophies fröhlich heller. Konnte es sein, daß sie flirtete? Sie war unglaublich!

Ein herrlicher Duft strömte plötzlich aus der Küche, und Lea merkte, daß sie hungrig war. Wie von Zauberhand öffnete sich die Küchentür, und Sophie trat mit zwei Tellern ins Wohnzimmer, die sie vorsichtig auf dem Tisch abstellte. »Et voilà, eine Pizza Marinara für dich und eine Pizza Sophia Loren für mich.« Als sie das sagte, faßte sich Sophie an ihre nicht unbedingt kleine Oberweite, als wolle sie den Sitz ihres BHs überprüfen, und Lea mußte lachen.

»Sophie, du bist unverbesserlich. Hör auf herumzuhampeln, und setz dich, sonst wird die Pizza noch kalt.«

»Und, hast du dir ein paar Argumente zurechtgelegt?« fragte Sophie kauend.

»Nein. Das mache ich erst, wenn es so weit ist. Jetzt konzentriere ich mich auf meine Pizza und genieße den Augenblick.«

»Und wie stellst du dir euren gemeinsamen Urlaub vor?!« Sophie hatte sich festgebissen. »Kommt ihr als Paar zurück?«

»Keine Ahnung! Wirklich nicht! Ich bin mir mittlerweile gar nicht mehr so sicher, ob ich überhaupt fahren soll! Vielleicht sollte ich die Reise einfach absagen.«

»O nein. Das wäre völlig falsch. Du würdest es bereuen. Wenn du eine Entscheidung fällen kannst, dann dort, fernab von allem, was dich hier beeinflußt. Außerdem ist dein Flugticket doch schon gekauft, die Taschen sind gepackt. Natürlich fährst du.« Lea schwieg nachdenklich. »Lea-Schatz, Stan wartet doch auf dich. Sie wäre bestimmt sehr enttäuscht, wenn du nicht kommen würdest.«

»Ich weiß.«

Sophie blickte von ihrer Pizza auf. »Wo also liegt das Problem?«

»Was ist, wenn ich ihr nicht geben kann, wonach sie sich sehnt?«

»Aber du spürst es doch auch! Laß es zu!«

»Ich weiß nicht, ob ich das so einfach kann. Was ist, wenn ich sie enttäusche, ihre Gefühle verletze?«

»Womit? Sprich mit ihr. Sie ist eine erwachsene Frau. Zu einer Beziehung gehören immer zwei. Vielleicht kann sie dir helfen, eine Entscheidung zu fällen. Ihrer Liebe kannst du dir sicher sein, und das ist doch wunderbar!«

»Sie ist mir aber viel zu wichtig geworden, um ihr mit irgendwelchen Experimenten weh zu tun.«

»Ganz oder gar nicht also.« Sophie stand auf und fing an, im Raum hin und her zu laufen und eine Haarsträhne um den Zeigefinger ihrer rechten Hand zu wickeln, wie sie das immer tat, wenn sie angestrengt nachzudenken versuchte.

»Darauf läuft es wohl hinaus. Und ich habe verdammt noch mal Angst vor beidem. Vor dem *ganz* mit all seinen Konsequenzen, und auch vor dem *gar nicht*.«

18

Lea hatte gerade die letzten Kugel- und Riefenanken mit den dazu passenden Punzen an ihren Platz zurückgelegt und den Metallstaub auf ihrem Arbeitstisch in das darunter befestigte Fell gefegt, als das Telefon klingelte und Janine sie zu einem Dia-Abend im Haus ihrer Eltern einlud. Da Lea nach dem Streit auf Janines Hochzeit versucht hatte, ihrer Mutter, soweit dies möglich war, aus dem Weg zu gehen, hielt sich ihre Begeisterung in Grenzen. Dennoch sagte sie zu.

Nun stand sie unsicher und mit gemischten Gefühlen im Vorgarten ihres Elternhauses. Noch war Zeit, einfach wieder zu gehen. Aber das konnte sie Janine nicht antun. Sie hätte Sophies Angebot annehmen und sie mitbringen sollen. Sie hätte die geplante Diashow sicherlich genossen.

In den Wochen nach der Hochzeit hatten sich die Wogen langsam geglättet – nicht, weil Lea und ihre Mutter sich ausgesprochen hatten, sondern weil nur über das Nötigste gesprochen worden war. Beide hatten versucht sich einander wieder anzunähern, aber weder war ihr Streit am Tag der Hochzeitsfeier mit auch nur einem Wort noch einmal erwähnt worden, noch war ein klärendes Wort über die Dickköpfigkeit und Ignoranz ihrer Mutter gefallen. Ihre kurzen Gespräche hielten sie in einem deutlich neutralen Ton, der sowohl Lea als auch ihrer Mutter die Möglichkeit gab, sich leidlich vernünftig miteinander zu unterhalten, wobei es sich allerdings immer um nicht allzu weltbewegende Themen drehte.

Obwohl die Haustür keine drei Meter von Lea entfernt war, schien sie wie paralysiert, unfähig, die wenigen Schritte zu gehen und einfach zu klingeln. Im Schatten des niedrigen Vordachs kam Lea der Eingang des Hauses wie ein dunkles, bedrohliches Loch vor, das sie verschlucken würde, wenn sie sich zu sehr näherte.

Sie hatte das Haus noch nie gemocht, hatte es als aberwitzig häßlich empfunden. Ihre Eltern hatten die Jugendstilvilla, in der Lea und ihre Schwester aufgewachsen waren, verkauft, als die Kinder aus dem Haus waren und sich diesen funktionalen Flachdachbungalow zugelegt – eine der städtischen Bausünden der Siebzigerjahre.

Das Haus ist für uns beide zu groß. Ich hoffe, ihr versteht das. Die Worte ihrer Mutter klangen noch in Leas Ohren. Für sie selbst war der Verkauf ihres Elternhauses der größte Verrat, den ihr Vater und ihre Mutter hatten begehen können, denn mit dem Haus waren auch die Erinnerungen an ihre Kindheit verkauft worden. Die geheimen Verstecke im Keller und auf dem Speicher, der Duft, der aus der Küche strömte, wenn die vier Frauen des Hauses an Weihnachten Plätzchen backten, die Picknickimprovisationen im Garten unter dem alten Apfelbaum, der kühlenden Schatten bot nach der sommerlichen Hitze des Tages, das alles war verloren. Lea hatte ihren Eltern nie verziehen.

Sie seufzte und blickte auf den Steingarten mit seinen Beeten aus unterschiedlich hellen Kieselsteinen, seinen Wegen aus dunklen, einbetonierten Porphyrplatten und seinen kitschigen Steingußskulpturen. Die hochgezüchteten und immer wieder zurechtgestutzten Riesenbonsaibäumchen waren die einzigen grünen Flecken in diesem »Steinbruch«, der ja *so wenig Arbeit machte*, und warfen im Licht der tiefer stehenden Sonne lange, bizarre Schatten, sahen aus wie Ungetüme, die ihre verrenkten Gliedmaße zum Himmel streckten. Lea schloß kurz die Augen, um den Anblick abzuschütteln und sich innerlich für einen wahrscheinlich fürchterlichen Abend zu wappnen.

Gerade als sie den Finger auf die Klingel drücken wollte, wurde die Tür aufgerissen, und eine bis zum kleinen Finger gestylte Mittsechzigerin blickte ihr rotwangig und mit geöffneten Armen entgegen. »Lea, Schatz. Da bist du ja endlich!« Damit zog sie Lea in ihre Arme und gab ihr einen Kuß auf die Wange. Sie hatte sich für den Abend scheinbar einiges vorgenommen. Übertriebene Freundlichkeit stand auch auf dem Programm. »Ist Robert nicht mitgekommen?« fragte sie nach einem kurzen prüfenden Blick in die einsetzende Dunkelheit hinter Lea. Diese traute ihren Ohren nicht. Sie preßte ihre Lippen fest zusammen, damit nichts herauskam, was sie im nächsten Moment vielleicht schon wieder bereuen könnte. Allerdings schien mit den provozierenden Worten ihrer Mutter der kürzeste Waffenstillstand der Weltgeschichte kurz vor seinem Ende zu stehen. »Na dann, komm erst einmal herein. Laß dich anschauen.

Gut siehst du aus. Ein bißchen dünn vielleicht.«

Als Antwort hielt ihr Lea das Gebinde mit den zwei Papageienblumen entgegen, bunt, farbenfroh und lebendig – ganz das Gegenteil ihrer Mutter.

»Oh, wie wunderschön.« Sie nahm den Strauß mit ihrer Rechten entgegen, streichelte Lea kurz mit der Linken über die Wange und entschwebte auf der Suche nach einer passenden Vase Richtung Wohnzimmer. Lea schloß seufzend die Augen, schlüpfte aus ihrer Jacke und hängte sie an die Designergarderobe, die ihre Eltern von einem Künstler hatten anfertigen lassen. Nicht Leas Geschmack, aber in dem integrierten Spiegel sah sie, daß der Kuß ihrer Mutter Spuren hinterlassen hatte, und sie kramte in ihrer Handtasche nach einem Papiertaschentuch, um den roten Fleck zu entfernen.

»Wie wäre es mit einer Begrüßung?« Ihr Vater stand in der Küche am Herd und hatte die Worte in keine bestimmte Richtung gerufen. Lea lächelte, als sie seinen über diverse Töpfe und Pfannen gebeugten Rücken sah. Es duftete himmlisch.

»Hallo.«

»Wie, ist das schon alles?« Ihr Vater drehte sich zu ihr um und zwinkerte, seine Lesebrille auf der Nasenspitze, einen Kochlöffel in der Hand, seine schwarze Schürze mit den Worten *Hier kocht der Chef* umgebunden.

»Hallo, Papa.« Lea ging auf ihn zu und versank in seinen Armen. Er roch nach Bratensoße und dem Aftershave, das er benutzte, so lange sich Lea erinnern konnte. Lea fühlte sich endlich zu Hause und hätte den Abend in den Armen ihres Vaters verbringen können.

»Da ist ja mein Schwesterherz endlich! Besser spät als nie!« Janine war im Durchgang zum Eßzimmer erschienen, lehnte locker im Türrahmen und lächelte Lea an. Gut sah sie aus. Jeans, weißes Hemd, schwarzer, enganliegender Pullunder, schwarze Schuhe, pechschwarz gefärbte lange glatte Haare, rote Brille. Das Weinglas, das sie in der Hand hielt, war bereits fast leer. Lea löste sich aus der Umarmung ihres Vaters und begrüßte ihre Schwester.

»Schön, dich zu sehen. Wo ist dein Göttergatte?«

»Peter zeigt unserer Mutter gerade, wie man eine E-Mail-Adresse einrichtet und E-Mails verschickt.«

»Wozu braucht sie das denn?«

»Eure Mutter will auf dem Laufenden bleiben. Außerdem ist sie der Meinung, E-Mails seien viel günstiger als Briefe!«

»Schon. Man muß aber auch Menschen kennen, die einen Computer besitzen, mit dem sie die E-Mails dann öffnen und lesen können!«

»Du willst doch nicht etwa andeuten, daß deine Eltern und ihre Freunde zum alten Eisen gehören? Dann mußt du ohne Nachtisch ins Bett!« Ihr Vater lächelte breit und drohte Lea mit dem Kochlöffel. Diese setzte ein unschuldiges Gesicht auf.

»Vielleicht sucht sie ja nur neue Kontakte – www.ich-bin-ja-so-einsam.de oder sonst was. An deiner Stelle wäre ich da ein bißchen vorsichtiger.«

»O Lea, Schatz, ich bin deiner Mutter bedingungslos ergeben. So jemanden wie mich findet sie nie wieder, und das weiß sie ganz genau. Der Computer ist nur ein neues Hobby, ein Versuch, mit der Zeit Schritt zu halten, up to date zu sein. Sie fühlt sich zehn Jahre jünger, wenn sie ihren Freundinnen mit einem USB-Stick vor der Nase herumwedelt.«

»Wissen die überhaupt, was das ist?«

»Laß sie.«

Lea hob abwehrend die Hände. »Ich sage ja gar nichts. Wenn es sie glücklich macht.« Sie griff sich ein Weinglas aus dem Schrank und folgte Janine ins Wohnzimmer, wo sie sich auf der Couch niederließ und ein Glas Rotwein einschenkte.

»Und, wie geht es euch?«

»Noch kein Enkelkind in Sicht.«

»Da wird Mutter aber enttäuscht sein!« Lea lächelte. »Nein, wirklich, geht es euch gut?«

»Ja, ich denke schon. Peter wurde befördert. Er ist jetzt zwar ständig auf Dienstreise, verdient aber eine horrende Summe monatlich und meint, es sei an der Zeit, daß ich aufhöre zu arbeiten und mich darauf konzentriere, schwanger zu werden.«

»Willst du das denn?«

»Ich glaube schon. Ich hätte wirklich gern Kinder. Ich weiß nur nicht, ob mir die Aufteilung Ernährer-Hausmütterchen gefällt.«

»Robert hatte ähnliche Vorstellungen. Aber ich bin nicht bereit, für Kinder alles aufzugeben. Ich habe zuviel investiert, um dort zu sein, wo ich bin. Das gebe ich nicht einfach auf.«

»War das der Grund, warum ihr euch getrennt habt?«

»Du weißt es also?«

»Na, hör mal. Du bist allein zur Hochzeit erschienen und redest am Telefon nur in der Ich- und nicht mehr in der Wir-Form. Da schien mir eine Trennung doch naheliegend.«

»Warum hast du nie nachgefragt, nie angerufen?«

»Ich dachte mir, daß du erzählen wirst, sobald du dazu bereit bist. Mit etwas Abstand. Ich weiß auch nicht. Das meiste habe ich ohnehin von Mutter erfahren.«

»Von Mutter?« Lea war sprachlos. »Warum verhält sie sich mir gegenüber, als wüßte sie von nichts, und treibt mich damit in den Wahnsinn? Will sie mir ein schlechtes Gewissen einreden?«

»Du weißt doch, wie sie ist. Die Hoffnung stirbt zuletzt. Vielleicht bildet sie sich ein, daß euch ihre Ignoranz wieder zusammenkommen läßt.«

»Das ist absolut lächerlich, und sie ist zu alt, um sich so kindisch zu benehmen.«

»Warum habt ihr euch denn nun getrennt?«

»Es ging einfach nicht mehr. Unsere Lebensentwürfe waren nicht miteinander vereinbar, und da Robert von mir verlangte, meinen zu ändern, ohne sich selbst auch nur einen Zentimeter zu bewegen, blieb mir keine andere Wahl.«

»Wow.« Janine nickte anerkennend. »Das war bestimmt nicht einfach für dich. Ihr arbeitet aber noch zusammen?«

»Natürlich. Schließlich sind wir nach wie vor Partner. Rein geschäftlich natürlich. Es ist für keinen von uns beiden einfach, aber wir arrangieren uns. Er hat auch schon eine neue Freundin.«

»Und du?«

Lea zögerte. »Sophie und ich unternehmen viel miteinander.«

»Sophie. Die Journalistin?«

»Genau. Du hast sie doch kennengelernt, als ich meinen Dreißigsten gefeiert habe.«

»Das ist ja schon vier Jahre her!«

»Mußt du mir das unter die Nase reiben?«

»Entschuldige. Auf jeden Fall kann ich mich an die Frau erinnern. Wer könnte das nicht. Nachdem sie auf der Party erschienen war, mutierte jeder andere zur Zweitbesetzung. Das Geburtstagskind inklusive.«

»So ist sie eben. Laut und manchmal ein bißchen zu schrill. Aber herzensgut und eine wahrhaft treue, verständnisvolle Freundin. Ohne sie könnte . . .«

»Hey, da ist ja meine Lieblingsschwägerin.« Peter war unbemerkt in den Raum getreten, seine Schwiegermutter selig lächelnd am Arm. »Wie geht es dir, meine Süße?« Der Kuß auf Leas Wange wurde im Vorbeigehen hingehaucht, oberflächlich, wie Peter war, und Lea bemühte sich nicht, die Frage zu beantworten. Galant führte er ihre Mutter zum Sessel, der schräg neben der Couch stand. »Darf ich dir etwas zu trinken bringen?« *Schleimer!*

»Ein Glas Rotwein wäre jetzt wunderbar, danke.«

»Und? Hat alles geklappt mit deinem neuen Hobby?« Lea konnte einen Schuß Sarkasmus nicht verbergen.

»Ja, ich habe sogar schon eine E-Mail verschickt. An dich. Eine Test-E-Mail, und ich wäre dir zu Dank verpflichtet, Kind, wenn ich gleich morgen eine Antwort bekäme.« Die rechte Augenbraue hochgezogen, blickte sie Lea an und erwartete im Grunde keine Widerrede.

»Ist der Computer noch an? Dann schicke ich dir gleich die passende Antwort.«

»Du kannst das von hier aus machen?« Die Überraschung war Leas Mutter ins Gesicht geschrieben, und weder Lea noch Janine konnte ein Lachen unterdrücken.

»O Mutter, du hast wirklich noch viel zu lernen!« Gott sei Dank war es Janine, die das sagte. Lea hätte gleich eine Retourkutsche erhalten, Janine erhielt lediglich einen Blick, der zugegebenermaßen töten konnte.

»Lea, Liebes. Wo hast du heute abend Robert gelassen?« Sie konnte es einfach nicht lassen.

»Mutter, bitte. Du weißt genau, daß Lea und Robert sich getrennt haben. Was soll diese Schauspielerei?« Janine war richtig wütend, und Lea dankte ihr mit einem entsprechenden Blick, stand auf und schenkte sich Rotwein nach. Ohne Alkohol würde der Abend unerträglich werden.

»Ich weiß gar nicht warum. Robert ist so ein netter Mann.« Ihre Mutter seufzte.

»Du hast doch gar keine Ahnung, Mutter. Es ist mein Leben, und ich treffe meine Entscheidungen. Du kannst damit leben – oder auch nicht. Das ist deine Sache. Wenn du es nicht können solltest, wird das nichts daran ändern. Akzeptiere das endlich und laß mich in Ruhe.« Lea lehnte an der geschlossenen Wohnzimmertür, hörte das entspannte Lachen der Männer in der Küche und wünschte sich weit weg.

»Und, gibt es jemand neuen?« Ihre Mutter ließ nicht locker.

»Weißt du, ich glaube, ich bleibe erst einmal Single. Vielleicht werde ich auch einfach eine alte Jungfer, die ihr einsames Leben ohne Mann an ihrer Seite fristet, die keine Kinderschar hinter sich her zieht, wegen der sie den erlernten Beruf an den Nagel hängen muß, die vielleicht glücklicher ist, als es sich ihre kleinkarierte Mutter in den kühnsten Träumen für ihre Tochter ausmalen kann.«

»Lea, laß gut sein.« Janine stand auf, legte ihren Arm um Leas Schulter und gab ihr einen Kuß auf die Wange. »Ich bin mir sicher, daß Mutter es begriffen hat, oder?« Janine gab ihrer Mutter unmißverständlich zu verstehen, daß es an ihr war, einzulenken, aber ihre Mutter schob lediglich das Kinn trotzig nach vorn und schwieg. Offensichtlich waren die beiden weit davon entfernt, auch nur einen Schritt aufeinander zuzugehen.

»Ist schon gut, Janine. Laß nur. Wir können nichts ...« In diesem Augenblick flog die Tür zum Eßzimmer auf, und ihr Vater rief: »Das Essen ist serviert!« Er breitete die Arme aus, als wolle er die ganze Welt umarmen, drehte sich um seine eigene Achse und verschwand wieder Richtung Küche, um letzte Hand an die mit Sicherheit wunderbar dekorierten Teller zu legen. Lea war dankbar für die Unterbrechung und ging schweigend davon, gefolgt von ihrer Schwester und einer Mutter, die sich nur mühsam aus dem Sessel erhob, in den letzten Minuten um Jahre gealtert, so daß man hinter das Make-up sehen und die alte Frau erkennen konnte, die sie wirklich war.

»Vater hat sich wieder einmal selbst übertroffen. Findest du nicht auch?« Janine trat neben Lea auf die Terrasse, die über eine kleine dreistufige Treppe mit dem Garten verbunden war. Aus der Küche hörten sie die Stimme ihrer Mutter und das Lachen der Männer, die sich dem Abwasch widmeten. Ihre Mutter und ihr Vater, weil sie das immer gemeinsam taten, Peter weil er wohl Punkte bei seinen Schwiegereltern sammeln wollte.

»Lea?«

Lea fuhr zusammen. Sie war mit ihren Gedanken offensichtlich weit weg gewesen. »Entschuldige, was hast du gesagt?«

»Vergiß es. Wie geht es dir tatsächlich, Lea?«

»Was meinst du?« Lea blickte in den nächtlichen Himmel und versuchte Interesse für diverse, ihr unbekannte Sternbilder zu heucheln.

»Du weißt, wie ich das meine. Du hast dich von Robert getrennt. Das ist mir klar, aber er ist nicht der erste Mann, von dem du dich getrennt hast. Und bei den anderen warst du nicht so schnippisch, so ungeduldig und ruhelos. Dein Leben, deine Entscheidungen! Daß dich Mutter momentan ziemlich nervt, ist verständlich, aber mußtest du sie dermaßen anfahren? Du warst so aggressiv. So kenne ich dich überhaupt nicht. Das ist doch nicht deine Art. Also, was ist los?« Janine stand mit dem Rücken zum Garten an das niedrige Geländer gelehnt, hatte ihre Hand auf Leas Arm gelegt und versuchte ihr direkt in die Augen zu blicken.

»Warum will sie nicht verstehen, daß es aus ist zwischen Robert und mir? Warum muß sie ständig auf dem neuesten Stand sein, was meine Beziehungen angeht? Warum muß sie immer so neugierig sein? Warum?« Lea hatte sich in Rage geredet und wild gestikulierend fast ihr Weinglas vom Geländer gekippt.

»Ah, ein Geheimnis also. Jetzt wird es interessant. Raus damit!« Janine gab ihr einen Klaps auf den Po.

»Laß das.« Lea versuchte Janines Hand wegzuschlagen, traf aber ins Leere. »Ich kann noch nicht darüber reden. Es ist alles noch so diffus und überhaupt nicht greifbar.« Lea schüttelte den Kopf, als wolle sie eine Erinnerung loswerden.

»Dann mußt du sogar darüber reden. Das Aussprechen sortiert die Gedanken. So schlimm kann es doch nicht sein, oder? Du bist doch nicht schwanger?« Janine knuffte Lea in die Seite, und Lea rang sich ein müdes Lächeln ab.

»Jetzt fängst du schon an wie Mutter.« Sie strich sich eine Haarsträhne aus dem Gesicht und rieb sich über die Augen. »Ich bin nicht schwanger, nein.«

»Was ist es dann? Na, komm schon!«

»Du Nervensäge!« Lea nippte an ihrem Wein.

»Lenk nicht ab. Sprich!« Janine setzte ihren Blick Marke *Treuer Hund* auf, dem Lea noch nie hatte widerstehen können. »Mir kannst du alles beichten, Schwesterlein.«

»Versprich aber, Mutter nichts zu sagen. Das muß ich selbst tun, wenn ich mir sicher bin.«

»Großes Indianerehrenwort!« Janine hob feierlich die rechte Hand.

»Also . . .«

»Ja?«

»Ich glaube, ich bin verliebt.« Lea blickte Janine an, ihre Augen glänzten in dem schwachen Licht, das aus dem Wohnzimmerfenster nach außen drang. Sie sah sehr zart und zerbrechlich aus.

»Aber das ist doch toll! Wer ist der Glückliche?«

»Stan.«

»Stan, ist das alles?«

»Constanze. Die Malerin, der ich Modell sitze.«

»Eine Frau?« rief Janine und rückte überrascht von Lea ab.

»Psst! Nicht so laut!« Lea legte den Finger über ihre Lippen und blickte Janine mit großen Augen an.

»Eine Frau! Wer hätte das gedacht.« Janine schüttelte den Kopf. »Du bist wirklich für so einige Überraschungen gut!«

»Ausgesucht habe ich mir das nicht. Es ist einfach passiert. Ich weiß auch nicht wann und wieso und . . .«

»Du versuchst dich doch wohl nicht zu rechtfertigen, Lea? Das mußt du nicht. Nicht mir gegenüber. Du bist meine Schwester, und ich werde dich lieben, was immer geschieht.« Sie nahm Lea in den Arm und küßte sie sanft auf die Schläfe. »Und daß du wieder liebst, finde ich toll. Ist es eben eine Frau. Und? Karen und Hannah sind doch auch glücklich. Und Simone war es auch.«

»Ja, Simone, das schwarze Schaf der Familie. Wie hat Mutter sie dafür verabscheut, daß sie mit Eva zusammen war. Nie hat sie ein gutes Wort über sie verloren. Und all die Lügen, die sie verbreitete. Mir wird schlecht, wenn ich daran denke.«

»Du hast Angst. Angst, daß dich Mutter ablehnt, verachtet, mit ihrer Ungnade verletzt.« Lea nickte zaghaft an Janines Schulter und begann leise zu weinen. »Es tut mir so leid, daß du so empfindest.«

»Daß ich Stan liebe?«

»Nein, du Dummerchen. Daß du solche Angst vor den Konsequenzen Mutter gegenüber hast.«

»Aber du kannst mich verstehen, oder? Was mache ich, wenn sie mich dafür haßt, wenn sie mich nicht mehr an sich heranläßt, aus ihrem Leben einfach streicht? Wir verstehen uns momentan ja wirklich nicht so besonders gut, aber das könnte ich nicht ertragen.« Lea löste sich aus der Umarmung, griff nach ihrem Glas und nahm einen großen Schluck. Janine kramte ein Taschentuch aus ihrer Hose, nahm Leas Gesicht in ihre Hände und versuchte die verlaufene Schminke wieder halbwegs in Form zu bringen.

»Wie ernst ist es dir denn mit ihr?«

»Wenn ich das wüßte.« Lea hob die Schultern. »Wir werden gemeinsam ein paar Tage in Schottland verbringen, und ich hoffe, daß sich dort einiges klären wird.« Sie schaute Janine direkt in die Augen. »Ich weiß, daß sie mich liebt. Das spricht aus den Bildern, die sie von mir malt, aus ihren Gesten, ihren Blicken. Gesagt hat sie es noch nie. Aber ich weiß es. Ich habe noch nie einen Menschen getroffen, der mich so bedingungslos liebt.«

»Das klingt wunderbar.«

»Wenn es nur keine Frau wäre.« Lea massierte ihre Nasenwurzel, von wo sich ein leichter Kopfschmerz auszubreiten drohte.

»Was redest du denn da? Mach doch das, was ihr beide empfindet, nicht so schlecht. Für mich hört sich das wie Liebe an, und das ist wunderbar.«

»Danke.«

»Wofür?«

»Für die Absolution!«

»Lea, du bist sagenhaft. Daß du vielleicht – wahrscheinlich bestimmt – eine Frau liebst, macht doch keinen anderen Menschen aus dir. Du bleibst Lea, mit all deinen liebenswürdigen Macken, mit deinen Träumen und Wünschen. Da ändert sich doch nichts dran.«

»Ach, Janine, wenn das alles so einfach wäre. Ich weiß nicht, ob ich alldem gewachsen bin.«

»Wenn ... wie war ihr Name?«

»Stan.«

»Wenn Stan dir wichtig ist, dann mußt du kämpfen. Für sie, für dich, für eure Liebe.«

»Ich weiß nicht.«

»Aber ich. Fahr doch mal bei Eva vorbei und rede mit ihr.«

»Das kann ich nicht.« Lea wandte sich ab.

»Warum nicht? Sie kann dir bestimmt weiterhelfen.« Janine zog Lea wieder herum, so daß sie sich gegenüberstanden.

»Weißt du, wie lange Simone schon tot ist?« Lea blickte ihre Schwester fragend an.

»Vier Jahre.«

»Und wie oft hast du dich bei Eva gemeldet, mal angerufen, mal eine Karte aus dem Urlaub geschickt, sie wissen lassen, daß sie trotz Simones Tod noch ein Mitglied der Familie ist? Mal abgesehen von der Einladung zu deiner Hochzeit, die sie wegen Mutter ablehnte.«

»Ich weiß. Dennoch. Sie wird dich nicht wegschicken. Und ein Gespräch mit ihr wird dir bestimmt guttun. Versuch es doch einfach mal. Wir können auch gemeinsam hingehen«, bot Janine an.

»Nein. Das ist ganz allein meine Entscheidung. Da muß ich allein durch. Aber daß du zu mir stehst, hilft ungemein. Ich liebe dich, kleine Schwester.« Lea prostete ihr zu.

»Ich dich auch.« Sie blickten gemeinsam in den sternenklaren Nachthimmel und sahen ihren Atem fließen.

»Wir könnten ...« Gleichzeitig hatten sie zu reden begonnen und lachend abgebrochen.

»Kinder«, ertönte die Stimme ihres Vaters aus dem Wohnzimmer. »Ihr könnt wieder reinkommen. Die Küche ist aufgeräumt, und wir wären bereit für einen kleinen Absacker, bevor es mit der Show losgeht!«

Sie blickten sich lächelnd an und gingen gemeinsam zurück in die Wärme des Hauses. Die Cognacgläser waren bereits gefüllt, und sie setzten sich zu den anderen dreien in die Sofaecke. Janine neben ihren Mann auf das Zweiersofa, Lea in den Fernsehsessel ihres Vaters, der neben seiner Frau auf der großen Couch saß und seinen Töchtern zuprostete.

»Cheerio!« rief er fröhlich in die Runde, seine Wangen gerötet von der Aufregung des Tages und zufrieden mit sich und der Welt.

»Cheerio!« hallte es vierstimmig zurück.

19

Durchatmen, Augen offenhalten (für alles Neue), reden (Sophie versprochen), genießen, mich treiben lassen, reden (unbedingt!), ehrlich sein, überraschen (lassen), reden (wie weiter?) . . .

Die To-do-Liste war lang. Lea hatte in einem verzweifelten Versuch, Ordnung in ihr gedankliches Chaos zu bringen, die Flugzeit ausgenutzt, um das Wichtigste festzuhalten, und war sich trotzdem sicher, daß mindestens die Hälfte fehlte. Sie hatte sich kaum konzentrieren können – wo sie doch von ihrem Fensterplatz bei herrlichem Sonnenschein und wolkenlosem Himmel halb Europa unter sich vorbeiziehen sah.

Sie konnte es kaum erwarten. Freute sich, Stan zu sehen, freute sich auf die freien Tage, freute sich auf Schottland. Egal, was auf sie zukam oder wie das Ganze ausgehen würde. Sie freute sich.

Und als sie nun durch jene Tür trat, die alle Reisenden ausspuckte, die mit unterschiedlichen Maschinen aus den verschiedensten Himmelsrichtungen am Flughafen von Edinburgh landeten und ihr Gepäck bereits in Händen hielten, sah sie Stan in der Gruppe Wartender stehen und ihr zuwinken.

Lea lächelte. Mit dem Rollkoffer in der einen und der Reisetasche in der anderen, hatte sie noch nicht einmal eine Hand frei, um zurückzuwinken. Sie kam sich vor wie ein Packesel. Der kleine, mit Dingen, ohne die sie nicht auszukommen glaubte, vollgepackte Rucksack, der ihr immer wieder von der Schulter zu rutschen drohte, machte das Vorankommen nicht gerade einfacher. Wie hatte sie nur so viel mitnehmen können? Schließlich waren nur zwei Wochen geplant. Und Waschmaschinen gab es in Schottland mit Sicherheit auch. Sie seufzte. In ihrer hellen weiten Stoffhose, den festen braunen Schuhen und dem beigefarbenen Oberteil fühlte sie sich, als wolle sie zu einer Expedition in ihr unbekannte Regionen aufbrechen. Sie versuchte diesen Gedanken abzuschütteln, aber genaugenommen tat sie genau das – in unbekannte Regionen aufbrechen. Ihre Haare waren zu einem Knoten hochgesteckt, und der blaßgrüne Seidenschal um ihren Hals wehte sanft in der leichten Brise, die in diesem Teil des Flughafens durch sich öffnende und schließende Türen immer vorhanden war.

»Da bist du ja endlich!« rief Stan ihr aufgeregt entgegen, umarmte sie stürmisch und gab ihr einen Kuß auf die Wange, der deutlich mehr war als nur hingehauchte Höflichkeit. Sie war glücklich, Lea zu sehen. »Ich konnte es kaum noch erwarten. Alles ist vorbereitet.

Sally wartet draußen. Sie wird uns in die Stadt fahren. Du wirst begeistert sein. Und das Wetter spielt auch mit! Wenn Engel reisen. Ich ...« Sie hatte Lea hin und her gewiegt und in keiner Sekunde losgelassen. Diese stand immer noch mit ihrem Gepäck in den Händen wie an einen Pfahl gebunden da, konnte ihre Arme nicht bewegen, die wie unbrauchbare Greifer an ihrem Körper herabhingen.

»Stan!« Lea versuchte den Redeschwall zu unterbrechen, mußte aber ein zweites Mal ansetzen. »Constanze, bitte, ich bekomme keine Luft mehr!«

»Oh, entschuldige.« Sie löste sich von Lea und griff nach ihrer Tasche. »Die sieht schwer aus. Laß mich sie nehmen. Bitte. Und jetzt komm«, damit drängte sie Lea Richtung Ausgang. »Wir haben keinen Parkplatz in der Nähe bekommen. Es ist wahnsinnig viel Verkehr. Ich hoffe, es macht dir nichts aus, ein Stückchen zu gehen. Ich bin etwas nervös, entschuldige. Wegen heute abend und überhaupt. Es tut mir leid.«

»Jetzt hör endlich auf, dich ständig zu entschuldigen! Frag lieber, wie mein Flug war.«

»Entschuldige«, erschrocken blickte Stan auf. »Entschuldige.« Sie schüttelte den Kopf und konnte ein Schmunzeln nicht unterdrükken. Mitten in dem Fluß der Reisenden blieb sie stehen und schaute Lea an. »Wie war dein Flug?«

»Danke der Nachfrage.« Lea setzte den Weg fort. »Zu kurz. Wir hatten herrliches Wetter, und die Zeit flog nur so dahin – im wahrsten Sinne des Wortes.«

»Du siehst auch gar nicht mitgenommen aus. Ich hasse das Fliegen«, sagte Stan mit Nachdruck. »Wann immer ich es mir erlauben kann, nehme ich das Auto oder ein anderes Verkehrsmittel.«

»Der Flug war vollkommen ruhig. Nicht eine Turbulenz.«

»Wenn man das immer so genau wüßte. Ich habe auch schon in einer Maschine gesessen, in der ich zum Glauben zurückfand ...« Stan richtete ihren Blick andächtig gen Himmel.

»Du Ärmste!« sagte Lea bedauernd und schaute Stan von der Seite an. Die Aufregung zauberte eine zarte Röte auf ihre Wangen, und Lea störte es wenig, daß Stan sie kaum zu Wort kommen ließ. Sie fand es amüsant, wie sie von ihren Flugerlebnissen erzählte, wie sie kaum Luft zu holen schien und die dramatischsten Stellen mit der entsprechenden Mimik und Gestik untermalte. Sie trug Flip-Flops, ausgewaschene Jeans und eines ihrer poppig bunten T-Shirts. *This side up* stand in gelben Buchstaben auf einem leuchtenden Blau, ergänzt von einem dicken Pfeil nach unten, was immer das zu bedeuten hatte.

»... du kannst dir das nicht vorstellen! Der Flug war einfach fürchterlich, und als wir endlich landeten, hatte ich Schwierigkeiten, meine verkrampften Finger von der Sitzlehne zu lösen, um in das erleichterte Klatschen der anderen Passagiere einzustimmen. Ich kann dir sagen! Ich hatte mit meinem Leben abgeschlossen!«

Lea lächelte und beobachtete eine Möwe, die sich auf einem der Zaunpfosten entlang des Fußweges niederließ und offensichtlich auf Zuwendungen der Passanten wartete. Ihr Schrei übertönte alles andere, und plötzlich glaubte Lea, den salzigen Geruch des Meeres wahrzunehmen. Die Sonne besaß noch enorme Kraft, obwohl der Herbst vor der Tür stand, und der leichte Wind hielt die Luft angenehm frisch. Es war ein klarer, warmer Spätsommertag. Wenn das so bliebe, würden es herrliche Tage werden.

»Wir sind da«, sagte Stan und riß Lea aus ihren Gedanken. Sie standen vor einem bordeauxfarbenen Rolls-Royce, dessen schwarzes Dach farblich vom Rest des Autos abgesetzt war. Eine Frau, die Lea auf Mitte vierzig schätzte, stand lässig an den linken Kotflügel gelehnt, die Arme vor der Brust gekreuzt. Sie trug einen dunklen Hosenanzug, und ihre weiße Bluse stand so weit offen, daß Lea der Ansatz ihrer nicht gerade geringen Oberweite fast schon aufdringlich ins Auge sprang. Ihre mittellangen rotbraunen Haare wehten im Wind, und die dunkle Sonnenbrille schien für ihr schmales Gesicht etwas zu groß. Der Schmuck, den sie trug, bestand aus einer silbernen Kette mit einem großen, schwarzen Anhänger aus Ebenholz und einem breiten silbernen Ring am Zeigefinger ihrer rechten Hand. Diese streckte sie Lea nun zur Begrüßung entgegen.

»Darf ich vorstellen?« sagte Stan. »Sally Lowright, die Besitzerin der Galerie, in der ich ausstelle.« Und an Sally gewandt sagte sie: »Lea Rothenbaum, mein Lieblingsmodell!«

»Freut mich, Sie endlich einmal kennenzulernen. Constanze hat mir schon so viel von Ihnen erzählt, und die Bilder, die sie mitgebracht hat ...« Sie nickte anerkennend. Ihre Stimme klang übertrieben freundlich und ihr nasales, pointiertes Englisch leicht affektiert. Ihr Lächeln starb kurz hinter den Mundwinkeln, und als sie beim Sprechen ihre Sonnenbrille auszog, offenbarte sie ein paar stechend grüne Augen, die Lea zu durchbohren schienen und Sally zwar äußerst attraktiv, ihren Blick aber keineswegs angenehm machten. Lea fühlte sich irritiert und unsicher und hoffte, daß ihr Lächeln offen genug war, um ihre Gefühle zu verbergen. Sally war ihr auf Anhieb unsympathisch.

»Dankeschön. Ganz meinerseits.« Mehr war nicht zu sagen, und die Pause, die eintrat, hüllte die drei Frauen in betretenes Schweigen, das Stan als erste brach.

»Dann laßt uns mal losziehen.« Mit diesen Worten griff sie nach Leas Gepäck und verstaute es in dem Kofferraum, bevor sie ihr galant die Vordertür des Wagens aufhielt.

»Wenn es dir nichts ausmacht, würde ich lieber im Fond sitzen.« Dabei deutete sie mit den Augen auf Sally und flüsterte Stan zu: »Ich weiß nicht, worüber ich mich mit ihr unterhalten soll. Geh du nach vorn!« Damit öffnete sie die hintere Tür und schob sich auf den Rücksitz, ohne auf Stans Antwort zu warten.

Von dort versuchte sie, dem Gespräch der beiden zu folgen, so gut es eben ging. Da ihr Englisch aber wesentlich schlechter war als das von Stan, gab sie es nach einer Weile auf und blickte hinaus, betrachtete die Häuser der Vorstadt, die an ihrem Fenster vorbeizogen, zwei- und dreistöckige Reihenhäuser, die sich zum Verwechseln ähnlich sahen. Nur die teilweise farbigen Tür- und Fensterrahmen und die unterschiedlich gestalteten winzig kleinen Vorgärten – nicht mehr als schmale Streifen dreckigen Grüns, auf denen hier ein Rad, dort ein Kinderwagen oder ein paar bunt bepflanzte Kübel standen – durchbrachen die graue Eintönigkeit. Je näher sie dem Stadtzentrum kamen, desto geschäftiger wurde das Leben auf den Straßen. Kleine Restaurants, Geschäfte, Buchläden, Cafés sowie Gemüse- und Obstläden schienen dem Andrang der Kundschaft kaum Herr zu werden. Das schöne Wetter lockte die Menschen auf die Straße. Sie saßen auf den Stühlen vor den Pubs, auf Kirchentreppen, auf Bänken im Park, gingen spazieren, flanierten die Straßen entlang, joggten oder führten ihre Hunde aus. An fast jeder Straßenecke konnte Lea Scharen von Menschen beobachten, die sich spontan um Dudelsackspieler, Jongleure, Zauberer und andere Straßenkünstler versammelten und aufmerksam der Musik lauschten oder den Kunststücken frenetisch Beifall spendeten. So lebhaft und quirlig hatte sie sich Edinburgh nicht vorgestellt.

Stan drehte sich zu Lea um, als hätte sie ihre Gedanken lesen können, und sagte: »Die Stadt ist seit Tagen im Ausnahmezustand. Das Festival ist in vollem Gange. Drei Wochen vollgepackt mit Events, die in der ganzen Stadt stattfinden und natürlich auch Tausende von Touristen anziehen. Es ist nicht zu glauben.« Lea beugte sich nach vorn, um Stan besser verstehen zu können, und hielt sich mit ihren Händen an der Kopfstütze des Vordersitzes fest. Sie spürte Stans warmen Atem, als diese mit leuchtenden Augen ihre Erlebnisse schilderte. »Gestern habe ich vor einem Pub gesessen, ein Bier getrunken und einfach nur dem bunten Treiben zugeschaut, habe beobachtet, Eindrücke gesammelt, Düfte wahrgenommen, habe Menschen bei Gesprächen belauscht, die ich nicht verstand, habe fremde Sprachen gehört, die überhaupt nichts mit Deutsch oder Englisch gemein hatten, habe gespürt, wie das Leben pulsiert, wie es durch die Straßen fließt, die die Stadt wie feine Adern durchziehen. Ein schier endloser Strom an nicht enden wollender Energie.«

»Und du hast gezeichnet!?«

»Ein bißchen.«

»Ich möchte sie alle sehen, deine Zeichnungen.« Lea konnte nur erahnen, was Stan unter *ein bißchen* verstand. Wahrscheinlich waren es mehr Zeichnungen, als manch anderer in einer Woche zustandebrachte.

»Gern.« Stan grinste. »Sally meinte, daß dies ein perfekter Zeitpunkt für eine Vernissage sei.«

»Da könnte sie recht haben.«

»Ich hoffe es sehr. Auf jeden Fall ist alles vorbereitet. Sie bringt uns erst einmal zum Hotel, und wenn du willst, können wir noch einen kleinen Stadtbummel machen, bevor es ernst wird. Schließlich geht es morgen früh schon wieder weiter, und in Edinburgh zu sein, ohne etwas von der Stadt gesehen zu haben, ist eine Sünde.«

»Ich muß mich aber noch frischmachen, kurz duschen.«

Stan deutete schräg an Sally vorbei aus dem Fenster. »Da, schau, die Burg. Ist sie nicht imposant? Das berühmteste Wahrzeichen der Stadt. Egal, aus welcher Richtung du dich dem Zentrum näherst, es sind immer der Castle Hill und die Burg, die du als erstes siehst. Viele der Veranstaltungen finden auf und vor der Burg selbst statt, und die Galerie liegt direkt am Fuß des Hügels in einer kleinen Nebenstraße in der Nähe des Haymarket.« Als Lea sie fragend anschaute, fügte sie hinzu: »Wenn du einen netten Abend in Edinburgh verbringen möchtest, ohne dir dabei die Füße wundzulaufen, dann ist der Haymarket der richtige Ort dafür. Ich glaube, es gibt kein anderes Viertel hier in der Stadt, in dem so viele Kneipen und Restaurants so dicht nebeneinander liegen. Nach der Vernissage werden wir dort in einem gemütlichen Restaurant, das Sally für uns angemietet hat, mit ein paar ihrer Bekannten und Freunde meinen Erfolg feiern. So es denn einer werden sollte.«

Wie auf Kommando bog Sally, als sie ihren Namen hörte, in eine schmale Seitenstraße ein und hielt vor einem Hotel, das einen sehr guten und gemütlichen Eindruck machte. Neben den gläsernen Eingangstüren standen zwei riesige Kübel mit Palmen – ein seltsamer Anblick in einer so weit im Norden gelegenen Stadt. Nachdem sie ausgestiegen waren, sich von Sally verabschiedet und die Taschen aus dem Kofferraum genommen hatten, fuhr diese winkend davon – mit einem lauten und fröhlichen *See you later*, das genauso gekünstelt klang, wie ihr Lächeln aussah.

»Ich hoffe, du verstehst das jetzt nicht falsch, aber sie ist mir unsympathisch. Ihre Augen machen mich nervös.« Lea griff sich den Rollkoffer und ihren Rucksack und ging auf die Türen zu, die sich geräuschlos vor ihr öffneten.

»Das kann ich mir vorstellen. Mir erging es bei unserer ersten Begegnung auch nicht anders. Sally ist aber eine der erfolgreichsten Galeristinnen Schottlands. Was sie anpackt, wird gewöhnlich zum Erfolg. Das läßt mich für heute abend hoffen. Es ist das erste Mal, daß ich in ihrer Galerie ausstelle.«

»Wo habt ihr euch kennengelernt?

»In Paris. Eine meiner Studienkolleginnen hat dort eine Professur für abstrakte Malerei, und bei einer ihrer Ausstellungseröffnungen war auch Sally anwesend. Nachdem Petra mich in den höchsten Tönen gelobt hatte, besuchte mich Sally kurz vor Weihnachten zu Hause und schaute sich die Bilder an. Sie gefielen ihr ausgesprochen gut, und damit war die Ausstellung hier praktisch beschlossene Sache. Eines der schönsten Geschenke zum letzten Fest.«

»Du versprichst dir viel von heute abend!«

»Na ja. Diese Ausstellung ist schon wichtig für mich. Es ist immer gut, einen Fuß in der Tür zu haben. In diesem Fall die Tür zum britischen Markt. Wer weiß, was sich daraus ergibt.«

Die Dame an der Rezeption begrüßte Stan so herzlich, als sei sie eine alte Stammkundin des Hauses. Es fehlte nur noch der rote Teppich. Und da Lea in ihrer Begleitung war, wurde auch sie sehr freundlich empfangen. Ohne jegliche Formalitäten bekam sie ihren Schlüssel ausgehändigt mit dem Hinweis, ihr Zimmer liege in der obersten Etage. Als sie Leas Gepäck nehmen und auf ihr Zimmer bringen wollte, bedeutete ihr Stan, daß sie das selbst tun würde, und zog Lea Richtung Fahrstuhl davon.

»Irgendwie hat Sally dem Personal glaubhaft vermittelt, daß es sich bei mir um eine renommierte Künstlerin handelt, die den entsprechenden Komfort gewohnt ist und eine VIP-Behandlung verdient«, raunte sie Lea entschuldigend zu. »Ich zeige dir dein Zimmer. Es liegt auf der gleichen Etage wie meins, und ich habe keine Ahnung, wie Sally dieses Juwel an Hotel entdeckt hat oder was sie für die Zimmer zahlt.«

»Sie zahlt auch mein Zimmer? Das kommt überhaupt nicht in Frage!«

»Beruhige dich. Es trifft mit Sicherheit keine arme Frau. Sie lädt uns beide ein. Ist doch toll. Also genieße den Ausblick! Er ist phänomenal.«

Der Fahrstuhl war sehr eng, und die beiden paßten mit dem Gepäck gerade so hinein. Ächzend begann er seine wackelige Fahrt nach oben. Stan mußte lächeln, als sie Leas besorgtes Gesicht sah. »Ein Dinosaurier unter den Aufzügen. Mit Sicherheit eines der ersten Modelle, die überhaupt gebaut wurden. Warum sollte er gerade heute seinen Dienst einstellen?« Wie auf Befehl kam er abrupt und quietschend zum Stehen.

»Gegenfrage. Warum nicht? Stecken wir fest?« Lea schaute sich fast schon panisch in der kleinen Kabine nach einem Notschalter um.

»Nein, wir sind da.« Mit etwas Mühe öffnete Stan erst die innere Gittertür und dann die äußere Stahltür, und fast augenblicklich mußte Lea ihre Augen schließen, weil das einfallende Licht so gleißend hell war. Am Ende des kleinen, etwa fünf Meter langen Flurs befand sich ein riesiges Panoramafenster, das einen atemberaubenden Blick auf die Burg freigab. Zwischen diversen Grünpflanzen standen zwei Korbliegestühle mit jeweils einem kleinen Beistelltisch und einem Stapel Zeitungen und Zeitschriften, denen mit Sicherheit niemand Beachtung schenkte, der als Alternative eine solche Aussicht genießen konnte.

»Habe ich dir zuviel versprochen? Du mußt zwar jedes Mal, wenn du aus dem schwachen Dämmerlicht des Aufzugs trittst, die Augen schließen, um nicht zu erblinden, aber wenn du dich erst einmal daran gewöhnt hast, ist die Aussicht doch wirklich großartig.« Lea nickte sprachlos, während Stan eine Tür aufschloß, die von wilden Ranken der Pflanzen umrahmt war. »Bitteschön. Das ist dein Zimmer. Meins liegt genau gegenüber. Wie lange wirst du brauchen?«

»Ich beeile mich.« Lea hatte ihre Sprache wiedergefunden. »Eine halbe Stunde vielleicht.«

»Klopf einfach an, wenn du so weit bist.«

»Mach ich.«

Ihr Zimmer besaß zwei riesige Fenster, die den gleichen Anblick boten, und das Doppelbett war an der gegenüberliegenden Wand so positioniert, daß sie selbst beim Einschlafen einen ungehinderten Blick auf die Burg haben würde. Sally mußte ein Vermögen für die zwei Zimmer zahlen.

Die Einrichtung war eher funktional und nüchtern. Ein Fernseher, ein Schrank, ein Korbsessel mit Beistelltisch, in einer Wandnische am Fuß eines hohen Spiegels der obligatorische Wasserkocher mit einer Auswahl an Instantkaffees und unterschiedlichen Teesorten und eine niedrige Kommode, auf der ein herrlich duftender Strauß zartgelber englischer Rosen stand. Die Karte zeigte das Emblem des Hotels, aber als sie diese öffnete, las sie die Worte: »Schön, daß du da bist! Stan.« Lea lächelte und strich sanft über die geschriebenen Buchstaben. *Ja, ich freue mich auch*, dachte sie und stieß die Tür zum Badezimmer auf.

Knapp eine Stunde später hatten sie den Castle Hill bezwungen und standen an einem der Aussichtspunkte auf der Burgmauer. Die Stadt lag ihnen zu Füßen, und die Sicht war so gut, daß sie über den Firth of Forth hinweg die Ufer von Fife sehen konnten. Stan deutete auf einige der Bauwerke und erklärte Lea, um was es sich handelte. Sie schauten sich gemeinsam die Kronjuwelen an, die Lea natürlich besonders interessierten, schlenderten an den Ständen vorbei, die im Innenhof der Burg aufgebaut waren und in denen Händler ihre Waren feilboten, warfen einem Feuerschlucker ein paar Münzen in den Hut und beobachteten staunend die Tricks eines Zauberkünstlers, um den etwa vierzig Schulkinder auf dem Boden saßen, in ihren Uniformen einen Halbkreis bildend, und ihm mal staunende, atemlose Stille und dann wieder lautes Lachen und jubelnden Beifall spendeten. Ein besseres Publikum hätte er sich nicht wünschen können.

Als sie hungrig wurden, stiegen sie hinunter zum Grassmarket, wo es in den Pubs und Restaurants allerdings kaum einen freien Platz mehr gab. Sie entschieden sich für eine Portion Fish and Chips, die sie an einer kleinen, nicht gerade vertrauenswürdig aussehenden Bude kauften. Die Schlange der Wartenden war lang, und da es sich augenscheinlich um Einheimische handelte, sprachen sie dem jungen Mann mit der vor Fett triefenden Schürze ihr Vertrauen aus und wurden nicht enttäuscht. Auf einer Bank unter einer alten Platane sitzend, aßen sie ihre riesigen Portionen, und Stan meinte, es seien die besten Fish and Chips, die sie je gegessen hätte.

Sie nahmen ein Taxi zur Princess Street, wo sie sich die Auslagen in den Geschäften und Juwelierläden anschauten und in einem Tea Room einen Earl Grey tranken. Zum Abschluß des kleinen Rundgangs ließen sie sich zum Carlton Hill fahren, von wo sie einen herrlichen Blick auf die Stadt und den Castle Hill hatten. Die Sonne stand schon recht tief und tauchte den grauen Naturstein der herrschaftlichen Häuser so lange in ihr warmes Licht, bis dieser kupferfarben zu leuchten begann.

Lea atmete hörbar ein und wieder aus. »Es ist wunderschön hier oben. So fern von aller Hektik und doch mittendrin im Geschehen.« Sie lehnte entspannt am Geländer der kleinen Aussichtsplattform, drehte ihren Kopf zur Sonne und schloß genießerisch die Augen. Stan hatte den Eindruck, daß sich das späte Licht der Sonne in Leas Locken verfing und sie in Brand setzte. Sie war versucht hineinzugreifen und das Feuer zu löschen, aber Lea schien die Hitze nichts auszumachen. Stan senkte ihre Hand und ließ sie in ihrer Hosentasche verschwinden. Dort war sie sicher. Sie wollte sich nicht verbrennen an einem Feuer, das ohnehin nicht mehr gelöscht werden konnte.

20

Herein!« Stan lag auf dem Bett und blätterte in einem Kunstmagazin. Ihr blieb noch über eine Stunde bis zur Vernissage, und sie wollte jede Minute nutzen, um sich nach dem Stadtrundgang noch ein bißchen zu entspannen. Der Sekt, den sie bestellt hatte, würde das seine dazu beitragen. »Stellen Sie die Flasche bitte auf den kleinen Tisch am Fenster«, sagte sie ohne aufzublicken. Jemand räusperte sich.

»Ich bin es.« Lea lugte um die Ecke. »Darf ich dich stören?«

»Lea!« Stan sprang aus dem Bett und zog die Bettdecke glatt. »Du mußt die Unordnung entschuldigen, aber ich dachte, es sei sinnvoller, mich noch ein wenig auszuruhen als aufzuräumen. Ich habe auch nicht mehr mit Besuch gerechnet.« Während sie sprach, zog sie diverse Kleidungsstücke von den Stühlen und warf sie achtlos in den Schrank. »Möchtest du auch ein Glas Sekt? Ich habe eine Flasche bestellt, die gleich da sein müßte – und ein zweites Glas ist schnell besorgt.« Sie deutete auf einen der Stühle. »Setz dich doch.«

»Nein, nein. Ich möchte nicht lange stören.« Lea sah zart und unsicher aus und hatte vor Aufregung gerötete Wangen.

»Du störst nicht.«

»Ich habe etwas, das ich dir schenken möchte. Einen Glücksbringer sozusagen. Nicht, daß du das bräuchtest, aber . . .« Sie hielt Stan ein kleines, quadratisches schwarzes Päckchen entgegen, das mit einer Schleife aus unterschiedlich bunten Bastfäden verziert war. Als Stan es ihr aus der Hand nehmen wollte und sich ihre Finger berührten, glaubte Lea, einen schwachen Stromschlag zu spüren, ganz so, als sei es zu einer elektrischen Entladung gekommen. Es kribbelte. Sie sah Stan an, und für einen kurzen Augenblick wollte keine der beiden loslassen. Weder das Päckchen noch den Blick der anderen.

Stan fing an zu lächeln. »Du mußt es schon freigeben. Sonst kann ich es ja nicht öffnen.«

»Verzeih. Wie töricht von mir.« Lea zog ihre Hand zurück und beobachtete Stan dabei, wie sie die Bastfäden einzeln löste und nach einer kleinen Ewigkeit endlich den Deckel abhob. Sie zog ein Armband heraus und betrachtete es eingehend. Es bestand aus bunten, unterschiedlich großen Glasperlen. Jede hatte ihre eigene, individuelle Form und Farbzusammensetzung. Keine war wie die andere, jede war einzigartig, jede ein kleines Kunstwerk. »Ich dachte, das paßt zu dir und deinen Bildern.«

»Es ist wunderschön!«

»Muranoglas.« Lea fuhr sich nervös durch die Haare. »Ich habe die Perlen vor Jahren auf einer Reise nach Venedig erstanden. Ich brauchte eine Ewigkeit, bis ich jede einzelne ausgesucht hatte. Irgendwann wollte ich etwas Besonderes daraus machen.«

»Das hast du getan.« Stan trat an ihren Nachttisch und hielt das Armband so in das fast schon blendend helle Licht der Lampe, daß es sich in den Glasperlen brach und bunte Lichtreflektionen auf die mittlerweile in Dunkelheit gehüllten Zimmerwände zauberte. »Schau!« sagte sie lachend. »Ist das nicht faszinierend? Ich liebe es, Lea.« Sie drehte sich zu Lea um, die lächelnd und mit leicht geöffnetem Mund die nur für sie inszenierten Lichtspiele verfolgte, ging in zwei großen Schritten auf sie zu und umarmte sie. »Ich danke dir. Ich weiß nicht, ob ich jemals etwas Schöneres geschenkt bekommen habe.« Sie küßte Lea sanft auf die Wange. »Dankeschön!« Als sie sich von Lea lösen und zurück ans Fenster treten wollte, hielt diese sie am Arm zurück.

»Constanze.« Lea schaute sie direkt an. Ihr Blick flackerte vor Nervosität. Sie strich mit der freien Hand sanft über Stans Wange. »Meine Künstlerin«, sagte sie mit einem warmen Lächeln. »Ich wünsche dir viel Glück für heute abend. Mögen deine Hoffnungen in Erfüllung gehen.«

Stan ergriff ihre Hand, und ohne den Blick von Leas Augen zu lösen, küßte sie Leas Handinnenfläche. Ihre Augen glänzten, und Lea schrak zurück – nicht so sehr vor dem, was sie sah, sondern vor dem, was sie fühlte. Sie mußte weg. Sofort. Sie war noch nicht bereit, sich ihren Gefühlen zu stellen. Sie zog hastig ihre Hand zurück und bewegte sich Richtung Zimmertür, die immer noch offenstand.

»Ich muß gehen. Wir sehen uns dann unten im Foyer!« rief sie, ohne sich noch einmal umzudrehen. »In einer halben Stunde.« *Feigling*, dachte sie und wäre in ihrer Hektik beinahe mit dem Zimmerkellner zusammengerauscht, der entsetzt zur Seite sprang und dabei fast das Tablett mit der Flasche Sekt und dem leeren Glas fallenließ. Nur mit Geschick und einiger Mühe gelang es ihm, das Ganze auszubalancieren und den Fluch so leise auszustoßen, daß selbst Lea, die sich direkt an ihm vorbeizwängte, nicht verstand, was er sagte.

»Wunderschön siehst du aus.« Stan hatte sich entschlossen, den Vorfall auf ihrem Zimmer mit keinem Wort zu erwähnen. Sie spürte überdeutlich, daß Lea mit Gefühlen zu kämpfen hatte, die ihr in dieser Form wohl vollkommen unbekannt waren. Nur zu gern hätte sie ihr in diesem Kampf helfend zur Seite gestanden, aber sie ahnte auch die darin lauernde Gefahr. Wie leicht würde sie alles zerstören können. Stan wollte nichts falsch machen, nichts überstürzen. Lea mußte ihren Weg selbst finden, und wenn sie dazu noch Zeit brauchte, würde ihr Stan diese zugestehen. Außerdem sollte es ihr eigener, ganz besonderer Abend werden, und wenn sie ihn halbwegs erfolgreich gestalten wollte, mußte sie sämtliche Energien darauf verwenden, konzentriert bei der Sache zu sein. Für alles andere blieb noch genug Zeit. Nun stand sie lächelnd an der Rezeption des kleinen Hotels und sah Lea entgegen, als diese aus dem Fahrstuhl trat.

Lea breitete die Arme aus und drehte sich einmal um sich selbst. »Nimmst du mich so mit?« Sie trug ein gebrochen weißes, schulterfreies Baumwollkleid, das kurz über den Knien endete, und dazu flache, helle Wildlederschuhe. Ihr Perlenschmuck, bestehend aus einer Kette und den dazu passenden Ohrringen, war sehr dezent, und als sie lächelte, wußte Stan nicht, wo sie zuerst hinblicken sollte. Sie entschied sich für Leas Mund. Ihr Lächeln stellte ohnehin alles andere in den Schatten.

»Du könntest einen Kartoffelsack tragen und ich würde dich mitnehmen.« Als sie Leas enttäuschten Blick sah, beeilte sie sich hinzuzufügen: »Natürlich ist diese Variante jeder anderen vorzuziehen.« Stan war leger und ganz in Schwarz gekleidet. Sie trug eine Stoffhose, Lederturnschuhe, ein Hemd mit spitzem Kragen und eine halblange Lederjacke. Einzige Farbflecken waren ihre Lippen, die rote, locker um den Hals gebundene Krawatte und Leas Armband, das sie um ihr linkes Handgelenk gelegt hatte. »Sollen wir zu Fuß gehen oder ein Taxi rufen? Die Galerie ist nur drei Straßen entfernt.«

»Dann laß uns laufen. Der Abend ist so mild, das müssen wir ausnutzen. Die frische Luft wird uns guttun.«

»Bist du nervös?« fragte Stan, als sie auf die Straße hinaustraten und sich unter die unzähligen Nachtschwärmer mischten.

»Na hör mal. Natürlich!« Lea hakte sich bei Stan unter und legte ihre freie Hand auf deren Arm. »Jeder wird mich als die Frau erkennen, die ihnen von den Bildern entgegenblickt! Ich habe noch keine Ahnung, wie ich damit umgehen soll.«

»Das wird schon. Sei du selbst. Beantworte Fragen, wenn es welche geben sollte, und falls du dazu nicht in der Lage bist, dann schick die Leute einfach zu mir. Wir schaffen das.«

»Dein Wort in Gottes Ohr.« Lea lächelte verkrampft, versuchte aber, Zuversicht auszustrahlen. Sie sah der Vernissage mit sehr gemischten Gefühlen entgegen. Sie war stolz darauf, daß Stan sie als Modell gewählt hatte, stolz auf die Bilder, die entstanden waren, aber sie wußte auch, daß diese so viel von ihr preisgaben, daß sie sich genausogut nackt unter die Menge hätte mischen können. Die Vorstellung ließ sie lächeln.

Die Galerie war keine zehn Minuten entfernt – ein unscheinbares, zweistöckiges Gebäude in einem Karree teils renovierter, teils heruntergekommener Bauten gleichen Baustils. Mit dem schmalen Eingang und dem kleinen Fenster auf Straßenebene sah sie eigentlich wenig vielversprechend aus. Lea war von dem Anblick enttäuscht und konnte sich kaum vorstellen, daß sich der ganze Aufwand tatsächlich lohnte. Als sie aber in den Ausstellungsraum traten, wurde Lea eines Besseren belehrt. Das Gebäude war offensichtlich komplett entkernt und nur die von außen sichtbare Fassade von der ursprünglichen Substanz erhalten worden. Sowohl das Haus selbst als auch der dazugehörige Teil des Innenhofs schienen in die Neugestaltung einbezogen.

Die weißen Wände und die kühle Stahlkonstruktion, die beide Stockwerke überspannte, boten immer wieder neue Perspektiven und Einblicke in den Innenraum. Auf halber Höhe zog sich ein Band aus rechteckigen Stahlelementen an den Wänden entlang, in die mattierte Glasplatten eingelassen waren. Das System ruhte auf einer Reihe von in den seitlichen Wänden verankerten Stahlträgern und war über einen schmalen Treppenaufgang erreichbar. Damit blieb die Mitte des Gebäudes vom Boden bis zu der verglasten Decke offener Raum, der Platz für zusätzliche Ausstellungsflächen bot. Sally hatte sich für ungleich lange Stoffbahnen entschieden, die auf unterschiedlicher Höhe und in ungleichmäßig großen Winkeln zueinander von der Decke hingen, was den dort angebrachten Bildern eine schwebende Leichtigkeit verlieh. Lea konnte sich vorstellen, wie die großen Oberlichter das Gebäude tagsüber mit Sonnenlicht fluteten. Nun, da es dunkel war, sorgte ein ausgeklügeltes Belichtungssystem für eine taghelle Ausleuchtung des Raums. Sally mußte ein Vermögen investiert haben, um das Gebäude in dieser Form umgestalten und die Galerie entstehen zu lassen.

Der Raum war bereits voller Menschen, die sich auf den beiden Etagen an den Bildern vorbei bewegten und sich leise unterhielten. In dieser kalten und fast sterilen Umgebung wirkten Stans Bilder wie Farborgasmen, an denen man sich von Höhepunkt zu Höhepunkt hangeln konnte. Die hellen Wände hatten den Farben nichts entgegenzusetzen, und die Leute, die die Bilder betrachteten, waren dem Ansturm auf ihre Sinne hilflos ausgeliefert. Obwohl fast zum Bersten gefüllt, war es entsprechend still in dem Raum. Fast schon andächtig still. Es gab auch nicht wirklich viel zu sagen. Die meisten hingen ihren eigenen Gedanken nach, schlüpften in Geschichten, die ihnen die Bilder erzählten, wurden zur dargestellten Figur, fanden sich selbst in deren Augen wieder, in dem Zug um den Mund, in einem Lächeln. Von den Bildern ging pure Magie aus, die all jene, die sich darauf einließen, unweigerlich in einen Strudel unterschiedlichster Empfindungen zog und als neue Menschen wieder ausspuckte.

Als Sally die beiden sah, nickte sie Lea lächelnd zu, gab Stan zur Begrüßung einen Kuß auf jede Wange und führte sie in den hinteren Teil des Raums. Ihr grünes Kostüm stach aus der eher dunkel gekleideten Masse heraus, und Lea kam sich in ihrem hellen Kleid plötzlich farblos vor. Hätte sie es darauf angelegt, sie wäre vermutlich mit den Wänden in der Galerie verschmolzen.

Während Sally alle Blicke auf sich versammelte, einführende Worte sprach, Stan vorstellte, das ein oder andere Gemälde hervorhob und den Besuchern einen angenehmen Abend wünschte, schaute sich Lea um.

Stan hatte nicht übertrieben. An fast allen Wänden hingen ihre Porträts, lächelte Lea ihr eigener Mund entgegen, blickten sie ihre eigenen Augen an. Aber auch Selbstbildnisse waren vorhanden, von deren Existenz Lea nicht die leiseste Ahnung hatte. Wie leicht es doch war, sie immer wieder zu überraschen.

Sie blieb vor einem dieser Selbstbildnisse stehen, das fast vollständig in dunklen Farben gehalten war. Bordeauxrot, dunkles Violett, Gelborange, fast schwarzes Blau. Hier ein bißchen Weiß, dort helles Grün oder Gelb. Stan war deutlich zu erkennen, und doch stellte es nicht die Frau dar, die Lea kannte – die energiegeladene, unermüdliche, selbstsichere Künstlerin. Es war ein dunkles, schüchternes, zerbrechliches Wesen, das der Welt zwar entgegenblickte, gleichzeitig aber Angst hatte, von ihr verletzt zu werden. Die Augen lagen tief im Schatten ihrer Höhlen. Bleischwer und doch weit aufgerissen sahen sie aus wie leuchtender Onyx und bohrten sich mit ihrem durchdringenden Blick direkt in das Bewußtsein des Betrachters. Lea schloß die Augen und stützte sich an einem der Stahlpfeiler ab. Noch nie hatte ihr Stan in solchem Maß Einblicke in ihre Seele gewährt, und Lea stellte verwundert fest, daß sie mit sich selbst genauso kritisch, unnachgiebig und farblich exzessiv umging wie mit anderen Menschen.

Sie wandte sich betroffen ab, nur um sich einem weiteren Bild gegenüber zu sehen, das sie schon einmal vollkommen aus der Fassung gebracht hatte – damals, vor einer kleinen Ewigkeit, bei ihrem ersten Besuch in Stans Atelier. An der gegenüberliegenden Wand entdeckte sie das Porträt von Klara. Stan hatte mit keinem Wort erwähnt, daß sie weiter daran arbeitete, und nun erkannte Lea, daß die Vorzeichnung zu einem Gemälde unglaublicher Intensität und Eindringlichkeit geworden war. Sie überkam das Gefühl, daß Klaras klare, stechende Augen quer durch den Raum und über die Köpfe der Menschen hinweg nur auf sie gerichtet waren. Anmut und Gelassenheit lagen in dem Blick, vielleicht sah Lea darin sogar einen Funken Weisheit, die das Alter mit sich brachte, vor allem aber ließ er Lea eine tief empfundene Liebe für alles Menschliche spüren.

Bisher war es ihr immer ein Rätsel gewesen, warum eine ihr fremde Person eines ihrer Porträts hätte aufhängen wollen. Doch nun, da sie in Klaras Augen blickte, wurde ihr bewußt, daß die dargestellte Person nicht mehr sie selbst war – genauso wenig wie es Klara war, die ihr entgegenblickte, oder Stan, die ihre Zerbrechlichkeit offenbarte. Es war die Botschaft. Allein sie zählte und machte die Bilder zu zeitlosen Darstellungen, die weder ein Gestern noch ein Morgen kannten. Obwohl sie sich in jedem der Bilder unschwer erkennen konnte, waren sie lediglich wie Abziehbilder ihrer selbst, die Stan neu interpretierte und damit auch mit neuem Leben füllte. Sie entstanden in jenen kurzen, ganz individuellen Augenblicken, in denen sie vor Stan saß, in denen sie ihre Gefühle und Gedanken offenbarte, die Stan dann in allgemeingültige und auf jeden Menschen zutreffende Aussagen verpackte. Ihr Gesicht gehörte nicht mehr ihr. Es war zu einer Art Informationsträger geworden.

Dieser Gedanke gefiel ihr. Und sie wußte, daß es genau dieser Gedanke war, der ihr helfen würde, den Abend zu überstehen, der es ihr ermöglichte, die Ausstellung zu besuchen und sich nicht gleichzeitig zu wünschen, einfach im Boden zu versinken. Sie mußte sich des Dargestellten nicht mehr schämen, auch dann nicht, wenn es ihre negativen, unsicheren Seiten offenbarte. Sie mußte keine Angst mehr haben vor den Blicken der anderen, die das Bild mit dem Original verglichen. Sie verstanden nicht. Die Bilder zeigten nicht mehr sie, sondern Liebe, Verlangen, Lust, Angst, Verzweiflung, Mut, Enttäuschung, Wut. Es waren Bilder, die man einfach lieben mußte.

Ihr war es egal, ob Stan erfolgreich war oder noch werden würde, ihr war egal, ob COBI einen Wert bei Sammlern hatte. Sie verstand nun, um was es ging. Es war das Haben-Wollen, die Schönheit, das Herz, das Unvergleichbare.

Lea stand auf einem der Stahlgitter in der oberen Etage und beobachtete das Treiben unter sich. Die Veranstaltung war in vollem Gange, es wurden Getränke und Snacks gereicht, die Menschen standen in Gruppen zusammen und unterhielten sich oder liefen durch die Galerie und schauten sich die Bilder an. Einige standen vor dem Eingang und rauchten. Wie immer war es ein gesellschaftlicher Event, zu dem viele einfach nur erschienen, um zu sehen und gesehen zu werden. Etwas, das Lea im Grunde mißfiel und bei dem sie sich grundsätzlich unwohl fühlte. Aber heute ging es um Stan, ihre Künstlerin, die eindeutig Mittelpunkt der Veranstaltung war – und das hätte Lea auf keinen Fall missen wollen.

Stan schien buchstäblich durch den Ausstellungsraum zu schweben, hatte immer wieder wechselnde Gesprächspartner, wurde mit ihren Bildern fotografiert, von denen die meisten bereits rote Punkte trugen, lächelte in die Kameras, als hätte sie noch nie etwas anderes getan, trank ein Glas Sekt nach dem anderen, und hin und wieder schien sie nach Lea Ausschau zu halten. Würde sie einmal nach oben blicken, könnte Lea ihr ein Zeichen geben – daß sie noch lebte, daß es ihr gut ging, daß sie bisher lediglich eine Handvoll Fragen beantworten mußte, daß nur drei Fotos mit ihr und einem ihrer Porträts geschossen wurden und daß sie lediglich acht Autogramme auf Ausstellungskataloge hatte geben müssen. Sie lächelte. Es ging ihr definitiv gut. Sie nippte an ihrem Orangensaft.

»Sie sehen gut aus heute abend.« Sally trat neben sie an das Geländer und blickte Lea an. »Ich kann Constanze verstehen.«

»Wie meinen Sie das?«

»Constanzes Modelle sind immer exquisit. Aber Sie sind wirklich sehr attraktiv. Sie sind eine wahre Schönheit.« Sally schob sich an Lea heran, strich ihr mit dem Zeigefinger langsam über den Arm und senkte ihre Stimme. »Warum stehen Sie ihr Modell?«

Lea war irritiert von dieser aufdringlichen Nähe. »Sie hat mich darum gebeten.«

»Und Sie haben zugestimmt? Einfach so? Was für ein Glück für die Kunstwelt.«

»Ihnen gefallen die Bilder also?« Lea blickte Sally verlegen an und merkte, wie sie errötete.

»Sonst würde ich sie nicht ausstellen. Aber sie sind so . . . unpolitisch. Das bin ich von Constanze überhaupt nicht gewohnt. Nicht, daß es ihr primäres Ansinnen wäre, politisch zu sein, aber ein bißchen Gesellschaftskritik war in den Bildern, die ich bisher von ihr gesehen habe, immer vorhanden.«

»Sie halten sie also nicht für gut?«

»Nein, was das angeht, sind es in der Tat nicht ihre besten Bilder.« Sally sah die Enttäuschung in Leas Augen und kniff ihr in die Wange. »Aber es sind die schönsten, die ich je von ihr gesehen habe.« Lea verstand nicht und blickte Sally ratlos an. »Sie sind mit einer solchen Liebe gemalt, daß es einem den Atem nimmt, wenn man sie betrachtet.«

Lea blickte starr auf das Bild, vor dem sie standen, und versuchte zu verbergen, mit welcher Wucht sie diese Worte trafen. Ihr traten Tränen in die Augen, und Sally war die letzte, der sie dies zeigen wollte.

21

Der Zug fuhr pünktlich um sechs Uhr dreiunddreißig ab, und Stan und Lea erreichten ihn gerade noch rechtzeitig. Sie ließen sich erschöpft und vollbepackt in ihre reservierten Plätze fallen.

»Das war knapp«, meinte Lea und versuchte vergeblich, sich eine Strähne aus dem Gesicht zu pusten, beide Hände noch voller Gepäck. Sie waren vom Eingang des Bahnhofs bis zu ihrem Gleis gerannt, und ihr Gesicht war leicht gerötet. Sie sah richtig jung aus, und das erschöpfte Lächeln stand ihr gut.

»Komm, gib mir deine Taschen. Deine Jacke kannst du ja hinter dir an den Haken hängen.« Stan stand auf, griff nach Leas Reisetaschen und hievte sie mit etwas Mühe in das Gepäcknetz über den Sitzen, gleich neben ihre eigene. Sie glitt in den Sitz neben Lea zurück. »Geschafft!« preßte sie zwischen ihren Lippen hervor und fuhr sich mit beiden Händen durch ihr Haar, das sie mittlerweile etwas länger trug. Immer wenn sie den Kopf nach vorn neigte, fielen ihr die längeren Strähnen ins Gesicht, während sie im Nacken nach wie vor sehr kurz geschnitten waren.

Lea mußte sich eingestehen, daß ihr diese Frisur gefiel und daß sie sehr gut zu Stan paßte. Sie gähnte ausgiebig und schaute Stan mit einem entschuldigenden Lächeln und glasigen Augen an. Beide hatten kaum zwei Stunden geschlafen, und Lea fühlte sich wie gerädert. Die Feier im kleinsten Kreis hatte sich als mittelgroße Massenveranstaltung in einem italienischen Restaurant entpuppt, das Sally für den Abend angemietet hatte. »Geschlossene Gesellschaft« stand auf dem Schild am Eingang, und es saßen tatsächlich nur geladene Gäste an den Tischen. Freunde von Sally, Künstlerkollegen, Sammler, Galeristen, Honoratioren. Einige schien auch Stan zu kennen. Bis in die frühen Morgenstunden wurde gegessen, diskutiert, fotografiert, getanzt und gefeiert. Fast alle Bilder hatten einen Käufer gefunden, und Sally war in Hochstimmung gewesen. Noch bevor die Vernissage selbst beendet und der Galerieraum verlassen und abgesperrt war, hatte sie mit Stan den nächsten Ausstellungstermin besprochen. Lea war ungemein stolz auf ihre Künstlerin und freute sich, daß alles so gut für Constanze gelaufen war.

»So, jetzt geht der Urlaub erst richtig los. Endlich. Freust du dich darauf?« Stan lächelte Lea an.

»Und wie!« Lea knetete ihre Hände und versuchte neues Leben in ihre vom Gewicht des Gepäcks abgeschnürten, blassen Finger zu bringen. »Deine Vernissage war sicherlich ein unvergeßliches Erlebnis, und auch der Tag in Edinburgh – aber die Highlands! Da wollte ich schon immer mal hin.« Sie schaute kurz aus dem Fenster und auf den beleuchteten Bahnsteig, als wolle sie sich davon überzeugen, daß sie tatsächlich im Zug saßen. »Die Gegend soll ja herrlich sein.«

»Ist sie. Es wird dir gefallen – wenn das Wetter mitspielt! Ich habe schon erlebt, daß der Nebel so dicht war, daß man die eigene Hand vor den Augen nicht mehr sehen konnte. Und das nicht nur einen Tag, sondern eine ganze Woche lang. Ich fand das damals sehr deprimierend. Aber die Wettervorhersage für die nächsten Tage verheißt nur Gutes!«

»Schön. Ich hoffe, wir können uns ein paar Dinge anschauen, ein bißchen herumfahren und die Gegend erkunden.«

»Alles schon abgeklärt. Wir bekommen eines der Autos meiner Großmutter. Je nach Wetterlage dürfen wir zwischen dem Cabrio und der geschlossenen Variante entscheiden.«

»Deine Großmutter hat mehrere Autos?«

»Momentan nur noch drei. Ihr verstorbener Mann war ein großer Autofan. Vor allen Dingen Oldtimer hatten es ihm angetan. Aber Großmutter ist mittlerweile fast neunzig, und was will eine alte Lady wie sie mit zwölf Autos. Also hat sie alle bis auf drei verkauft. Da ihr Mann nur auf Hochglanz polierte Autos hatte, gingen sie weg wie warme Semmeln, und meine geschäftstüchtige Großmutter bekam für alle den Preis, den sie sich erhofft hatte.«

»Sie lebt allein?«

»Nein. Jacob lebt in einem kleinen Seitentrakt des Gebäudes.«

»Jacob?«

»Ihr Butler. Oder besser gesagt Mädchen für alles. Er kümmert sich um die Autos, das Haus, den Garten und meine Großmutter. Er war schon da, als ihr Mann noch lebte, und ich schätze, daß er mittlerweile mindestens achtzig ist. Weißt du, er gehört zu den Menschen, die sich über Jahre nicht verändern, die ohne Alter sind. Er hat Jahrzehnte auf See verbracht und war schon vor zwanzig Jahren grauhaarig und voller Falten. Seine Haut ist dunkel und wettergegerbt. Ungeheuer faszinierend. Sie sieht aus wie altes Leder.«

»Wie kommt ein solcher Seebär zu deiner Großmutter?«

»Ich glaube, ihr Mann hat ihn kennengelernt, als Jacob seine Werft besuchte. Er war Reeder, und der Frachter, auf dem Jacob fuhr, sollte generalüberholt werden. Irgendwie entwickelte sich daraus eine Freundschaft, und als Jacob es aufgab, die Weltmeere zu befahren, fing er mit dem Job bei meiner Großmutter an.«

»Seltsam, wie sich manche Lebenswege kreuzen und dann gemeinsam in eine Richtung verlaufen.« Lea blickte aus dem Fenster und merkte nicht, wie Stan sie nachdenklich von der Seite anschaute.

»Ja, nicht wahr. Das Schöne ist, daß man zu Beginn nie wissen kann, was sich ergibt. Das Leben hält viele Überraschungen bereit. Man muß sich nur darauf einlassen.« Als sie das sagte, drehte sich Lea langsam zu ihr um.

»Da kannst du recht haben.« Ihre Worte kamen vorsichtig, und ihr Blick war fragend auf Stan gerichtet.

»Mit Sicherheit. Ich habe immer recht, wenn es um solch philosophische Dinge geht.«

Lea knuffte sie in die Seite und wandte sich wieder den vorbeirauschenden Häusern der Vororte zu, blaß beleuchtet von Reihen weit auseinander stehender Straßenlaternen. Düster und unheimlich sahen sie aus in dem trüben gelben Licht, fast schon wie Geisterstädte. Hin und wieder fuhr ein Auto die Straße entlang, oder es huschten einzelne Passanten über die Bürgersteige. Aber anstatt die jeweilige Szene lebendiger werden zu lassen, verstärkten sie nur das Gefühl von Leere und Einsamkeit. Wenn Lea die Augen so weit schloß, daß das Gesehene seine Konturen verlor und nur noch aus unscharfen, langgezogenen Lichtreflexen bestand, hatte sie den Eindruck, Geister zu sehen. Ihre Phantasie spielte ihr einen Streich. Sie war hundemüde und doch zu aufgeregt, nur ein Auge zu schließen. Sie kniff Stan sanft in den Oberschenkel, ohne dabei ihr visuell reizvolles Spiel, das eine eigenartige Faszination auf sie ausübte, zu unterbrechen.

»Schau dir das an!« flüsterte sie. »Du mußt aber deine Augen fast ganz schließen. Und ... ist das nicht faszinierend? Constanze?« Sie bekam keine Antwort, und als sie sich zu Stan umdrehte, sah sie, daß diese, tief in den Sitz gesunken, eingeschlafen war.

»Stan, wach auf!« Lea rüttelte sie unsanft an der Schulter, und es dauerte eine Weile, bis ihre Bemühungen erfolgreich waren.

»Wo sind wir?« Stan rieb sich die Augen und gähnte.

»Deinen Schlaf möchte ich haben! Sagenhaft. Wir sind kurz vor Perth.«

»Müssen wir da nicht umsteigen?!«

»Na, da ist aber eine auf Zack!« Lea stand im Gang, hatte bereits ihre Jacke an und den Schal umgebunden. Sie stieß Stan mit ihrem Knie gegen den Oberschenkel. »Komm schon, du Schlafmütze. Steh auf. Wir müssen uns beeilen. Unser Zug hat Verspätung, und uns bleiben keine drei Minuten zum Umsteigen.«

»Das ist wieder typisch! Kaum steht mal ein Schaf auf den Gleisen, wird der gesamte Fahrplan über den Haufen geworfen – und wir dürfen es ausbaden. Ich hoffe, daß der Anschlußzug wartet. Schließlich wissen die doch, wo wir hin wollen.« Sie griff nach den Taschen und riß sie unsanft aus dem Gepäcknetz. »Au! Jetzt habe ich mir den Finger verstaucht!«

»Jammer nicht. Gib mir meine Tasche und folge mir unauffällig.«

»Yes, Ma'am!« Stan liebte es, wenn Lea die Regie übernahm. Sie war dann so voller Energie, kaum zu bremsen, unbesiegbar. Außerdem konnte Stan in ihrem Zustand ohnehin nicht denken, geschweige denn Entscheidungen fällen. Selbst eine scheinbar unwichtige wie die, ob sie sich nach dem Aussteigen nach links oder rechts wenden mußten, hätte ihr schier Unmögliches abverlangt. So folgte sie Lea, die zielstrebig den Bahnsteig entlangging und in einen bereits wartenden Zug stieg, genau an dem Eingang, der ihren reservierten Plätzen am nächsten lag. Als sie ihre Sitze gefunden und es sich bequem gemacht hatten, blickte Stan Lea von ihrem Fensterplatz aus bewundernd an.

»Jetzt schau nicht so! Ich habe mich informiert. Wir hatten einen sehr netten Schaffner, der mir alles genau beschrieben hat. Da konnte überhaupt nichts schiefgehen.«

Sie hörten den Pfiff des Schaffners, dem das laute Schließen der

Türen folgte, und dann setzte sich der Zug ruckend und quietschend in Bewegung. Hier und da standen Menschen am Bahngleis, einzeln oder in Gruppen, und schwenkten Tücher, winkten oder riefen Abschiedsworte, die aus den offenen Fenstern der Nachbarabteile erwidert wurden. Lea lächelte und winkte zurück, obwohl sie niemanden kannte. Der wolkenlose Himmel hinter dem Bahnhofsgebäude färbte sich bereits in ein kräftiges Rotorange, das das dunkle Blau und die Schwärze der Nacht vertrieb und einen herrlichen Sonnenaufgang ankündigte.

»Ich habe Hunger.« Stan streckte sich.

»Schade, daß wir keine Zeit hatten, am Bahnhof etwas zu kaufen.«

»Das stimmt.«

»Du hättest ja auch etwas frühstücken können, anstatt mit der Frau am Empfang zu flirten. Der Tisch war schließlich extra für uns gedeckt, und irgendwie hat deine Galeristin es sogar fertiggebracht, daß uns zu dieser unchristlichen Zeit eine Servicekraft zur Verfügung stand!«

»Jemand mußte uns doch auschecken. Und außerdem bringe ich so früh ohnehin nichts runter.« Stan zog sich mit verschränkten Armen in ihren Sitz zurück und blickte trotzig aus dem Fenster. Lea hatte natürlich recht, und das ärgerte sie noch mehr. »Du bist immer so vernünftig!«

»Dafür muß ich dann auch nicht verhungern.«

»Ist ja schon gut. Das habe ich verstanden. Ich habe trotzdem noch Hunger.«

»Na, dann ist es ja gut, daß ich nicht nur vernünftig, sondern auch verantwortungsvoll und vorausschauend bin.« Lächelnd griff Lea nach ihrem Rucksack, stellte ihn zwischen sich und Stan und begann zuerst eine Thermoskanne und dann diverse Überraschungspakete hervorzuzaubern, sorgfältig in weiße Servietten eingewickelt, die den Namenszug des Hotels trugen.

»Wow. Das sieht ja aus, als wäre Christo zu Gast gewesen. Sehr kunstvoll!«

»Extra für dich. Wenn es dir nicht paßt, verschwindet das Ganze wieder.«

»Spinnst du? Das war ein Kompliment! Ich fange mit den Broten an und höre mit der Banane auf!« Lächelnd hielt sie Lea ein langes, leicht gebogenes, rundes Päckchen vors Gesicht. »Was ist in der Kanne?«

»Das wird dir nicht schmecken. Laut Bedienung ist es Kaffee, aber es schmeckt und sieht eher nach schwarzem Tee aus.«

»Egal. Hauptsache warm.« Gierig griff Stan nach der Kanne,

schraubte erst den Deckel und dann den Verschluß ab und goß sich die hellbraune, fast durchsichtige, aber dampfende Flüssigkeit ein. »Du möchtest nichts?«

Lea schüttelte den Kopf. Sie beobachtete Stan, wie sie bedächtig in das Brot biß und jedes Stückchen genoß, wie sie ihre Hände um den Becher schloß und gedankenverloren an dem heißen Tee nippte, kurz zurückzuckte und den Mund verzog, als hätte sie sich verbrannt, wie sie sich beim Kauen in den Sitz zurücklehnte und aus dem Fenster blickte, wie sie sich wieder aufrichtete und Lea dankbar ansah. Sie mit ihren blauen Augen ansah.

»Ist was?«

Lea fühlte sich ertappt. »Ich hoffe, es schmeckt dir.«

»Hmmmm. Du hast mein Leben gerettet.«

»War mir ein Vergnügen.«

Kurz hinter Perth, dort wo die Ausläufer der sanften Hügelketten der Grampians ihren Anfang fanden, ging die Sonne auf. Sie tauchte das kleine Sechserabteil, das Stan und Lea ganz für sich allein hatten, in ihr warmes Licht, gab den grau konturierten Dingen ihre Identität zurück, ließ sie zu einzeln stehenden Häusern, Ortschaften, Zäunen und Mauern, Bäumen, Kühen und Schafen werden, als vollziehe sich die Schöpfung jeden Morgen aufs Neue.

»Ich werde dir meinen Lieblingsfelsen zeigen.« Stan blickte in die Sonne und mußte blinzeln. »Er ist nur fünf Minuten vom Haus meiner Großmutter entfernt. Der Ausblick von dort ist sagenhaft. Du kannst den Loch Duich sehen, die Five Sisters of Kintail, und wenn du Glück hast und es nicht zu diesig ist, sogar die Isle of Skye. Du wirst es lieben!«

Es blieb still. Nur die eintönigen Geräusche des über die Schienen gleitenden Zuges waren zu hören und das leise, unverständliche Gemurmel der anderen Passagiere, die durch eine dünne Wand von ihrem Abteil getrennt waren. Stan drehte sich zu Lea um und mußte lächeln. Sie war eingeschlafen, und ihr Körper bewegte sich sanft im Rhythmus des hin und her wackelnden Zuges. Nur die leicht abgewinkelte Kopflehne des Sitzes verhinderte, daß sie zur Seite kippte. Ihr Mund war leicht geöffnet, und ihr Atem ging gleichmäßig.

Wie schön sie war. Das Licht der aufgehenden Sonne lag auf ihren ebenmäßigen Zügen, die der Schlaf entspannte, und ließ ihre Haut so zart und weich wie die eines Kindes aussehen. Ein heller Flaum überzog die Wangen- und Kinnpartie. Leas Hände ruhten entspannt in ihrem Schoß, das linke Bein war über das rechte geschlagen, die Karte, auf der sie sich kurz zuvor noch den Streckenverlauf angesehen hatte, war unbemerkt zu Boden gerutscht.

Nur mit Mühe widerstand Stan der Versuchung, Lea über die Wange zu streicheln und sie zu küssen. Statt dessen bückte sie sich nach der Karte, wobei sie sich so ungeschickt abstützte, daß Leas Pullover zwischen den Sitzen eingeklemmt wurde und sich die entstehende Spannung des Stoffes nur dadurch abbauen konnte, daß sich Leas Oberkörper zur Seite zu neigen begann. In Zeitlupe kippte sie, ohne aufzuwachen, auf Stans Schoß, senkte den Kopf auf Stans Beine, eine Hand auf ihr linkes Knie und schlief weiter.

»Ich werde dir alle meine Lieblingsplätze zeigen, meine Schöne«, flüsterte Stan. Ihre linke Hand ruhte auf Leas Hüfte, während die rechte eine Haarsträhne aus ihrem Gesicht strich. »Und meine Großmutter wird begeistert von dir sein. Sie wird dich lieben.« Vorsichtig zog sie mit ihrem Zeigefinger Leas Augenbrauen nach, strich ihr über den Haaransatz, fuhr ihr sanft über die Wange und ertastete die Kontur ihres Mundes. Zärtlich strich sie Lea die Haare hinter das Ohr und seufzte. »Ich . . . ich liebe dich!« Die Worte waren so leise gesprochen, daß selbst Stan nicht wußte, ob sie sie wirklich gesagt oder nur gedacht hatte. Im Grunde war das ohnehin egal. Sie legte ihre Hand auf Leas Haare und blickte mit Tränen in den Augen auf eine Landschaft, die knapp vierzig Minuten vor Inverness absolut unspektakulär war. Vorbeiziehende Häuser, Wiesen mit weidenden Schafen, hier und da ein kurzer Blick auf eine kleine Bucht. Nichts, wofür man die Augen offenhalten mußte, und so schlief auch Stan ein, Lea in ihren Armen haltend und leise hin und her gerüttelt von dem monotonen Rattern des Zuges.

Sie zuckten beide zusammen, als die laute sonore Stimme des Schaffners durch das Abteil dröhnte: »Endstation, bitte aussteigen!« Sie waren in Inverness, wo der Zug endete, sie aber ein weiteres Mal umsteigen mußten. Knapp dreißig Minuten Aufenthalt und dann noch zweieinhalb Stunden durch die südlichen Highlands. Erst dann wären sie endgültig am Ziel ihrer Reise. Kyle of Lochalsh.

Lea gähnte, rieb sich verlegen den Schlaf aus den Augen und richtete sich auf. »Ich muß wohl eingeschlafen sein.«

»Dito.« Stan lächelte und streckte sich so weit nach oben, daß sie fast das Gepäcknetz berührte. Sie brauchte dringend Sauerstoff. »Diese Sitze entsprechen keiner Menschenrechtskonvention. Sie können definitiv töten. Ich bin total verspannt! Wer weiß, was passiert wäre, wenn wir noch länger hier hätten sitzen müssen. Wahrscheinlich wären wir mit den Sitzen verwachsen.« Während sie sprach, zog Stan ihre Jacke an und reichte Lea deren Taschen aus dem Gepäcknetz, bevor sie ihre eigene hinunterhob. »Komm, laß uns ein bißchen frische Luft tanken. Es ist herrliches Wetter!« Eilig lief sie zur Tür und sprang fast übermütig aus dem Zug. Vom Bahnsteig aus forderte sie Lea, die deutlich weniger schnell in die Gänge kam, ungeduldig und wild mit den Händen gestikulierend auf, sich zu beeilen.

»Wie kann man in einer Sekunde schlafen und in der nächsten schon auf hundertachtzig sein? Das ist mir absolut unverständlich«, murmelte Lea, mehr zu sich selbst als zu jemand anderem, und schüttelte fassungslos den Kopf. Dennoch bemühte sie sich, Stans Aufforderungen nachzukommen, knotete sich hastig ihre Haare mit einem breiten Band zusammen, schnappte sich ihre Taschen, warf einen letzten Blick zurück zu ihren Sitzen, um zu kontrollieren, ob sie auch nichts vergessen hatten, und bewegte sich leise fluchend Richtung Ausgang. In jeder Hand eine sperrige Reisetasche, schienen ihr die Sitzreihen förmlich in den Weg zu springen. An jeder zweiten eckte sie an, blieb immer wieder stecken und konnte sich nur mit viel Geschick durch den schmalen Gang zwängen.

Als sie am Ausgang erschien, wurde ihr eine Hand entgegengestreckt. »Darf ich dir behilflich sein?«

»Danke, aber das ist jetzt auch nicht mehr nötig!«

»Oh là là, wenn es nicht schon fast halb elf wäre, würde ich sagen: Morgenmuffel.«

»Sehr witzig! Wie kann man die Sachen für eine, vielleicht zwei Wochen in eine solch kleine Tasche packen?«

»Das ist ganz einfach. Ein paar der Dinge, die ich brauchen werde, warten schon auf mich. Das hier«, und damit deutete sie auf ihre Tasche, »ist sozusagen nur ein Notköfferchen.«

»Du machst es dir einfach!«

»Laß mich dir helfen.«

Lea warf eine ihrer Taschen aus dem Zug, und Stan fing sie auf.

»Geht doch! Und jetzt: lächeln!«

Sie verbrachten die zwanzigminütige Pause auf dem Bahnsteig, saßen in der Sonne und schlurften einen dampfend heißen Kaffee, den Stan in einem Coffeeshop im Bahnhofsgebäude besorgt hatte. Er war noch nicht einmal so schlecht.

»Ist das nicht herrlich?« Stan genoß sichtlich die frische Luft, hatte ihre Beine weit von sich gestreckt und ihr Gesicht der Sonne zugewandt.

»Ja. Und so voller Flair!« Leas Stimme triefte vor Sarkasmus. Sie betrachtete die vor sich hin rostenden, unkrautüberwucherten Schienenstränge und überfüllten Mülleimer, beobachtete die Vögel, die darauf hofften, daß in der morgendlichen Betriebsamkeit auch für sie etwas abfallen würde, und bemitleidete die Pendler, die hektisch von einem Bahngleis zum nächsten hechteten, immer in der Hoffnung, den Anschlußzug noch zu bekommen.

»Es könnte auch regnen und kalt sein und windig.«

»So gesehen sollten wir es genießen. Ansonsten würde ich fast jeden anderen Ort vorziehen, an dem gerade die Sonne scheint.«

»Du mußt das Positive sehen. Immer das Positive. Alles andere ist zwecklos. Du regst dich nur auf, und es bringt nicht viel. Ändern wird sich nichts.«

»Du hast ja recht. Der Tag gestern war einfach anstrengend und so voll mit neuen und ungewohnten Eindrücken. Das alles kann ich gar nicht so schnell verarbeiten. Irgendwann blockiere ich dann einfach, werde still, möchte nicht mehr nachdenken müssen.«

»Dafür wirst du bald ausreichend Zeit haben. Du wirst sehen.«

»Ich kann es kaum erwarten.«

Die letzten hundertdreißig Kilometer führten quer durch die Highlands. Kaum daß sie Inverness verlassen hatten und langsam, aber beständig eine Anhöhe nach der anderen überwanden, wurden die Zeichen der Zivilisation rarer. Straßen verschwanden ganz, Häuser leuchteten mal kurz auf und waren doch nicht mehr als vorbeihuschende Schatten.

Lea kam aus dem Staunen nicht heraus. Daß die Landschaft so atemberaubend schön sein würde, hätte sie nie zu träumen gewagt. Stan half ihr, Moore von Heidelandschaft zu unterscheiden, zeigte auf einzeln stehende Bäume und kannte ihre Namen, lächelte Lea an, wenn diese sich wie ein Kind darüber freute, einen Raubvogel entdeckt zu haben, oder anfing, weidende Schafe zu zählen, eine statistische Erhebung über die Bevölkerungsdichte der Highlands vortäuschend.

Und dann schwiegen sie plötzlich andächtig, weil sich ein weites Tal öffnete, weil schroffe Felsen sich in sanfte Hügel verwandelten, weil sich ein lebhafter kleiner Bach durch sein Bett schlängelte, weil die unwegsame und ruppige Landschaft so malerisch wild vor ihnen lag, weil diese unbeschreibliche Weite dem Blick keinen Halt mehr bot und der schier endlose Himmel fast wolkenlos die sanften Hügel mit einem tiefen Blau überspannte.

Hin und wieder stoppte der Zug, um Fahrgäste zu entlassen oder aufzunehmen. Die Bahnhöfe bestanden oft nur aus einem einzigen, einsam in der Landschaft stehenden Haus, und wenn man auf der falschen Seite hinausschaute, konnte man sich des Gefühls nicht erwehren, auf offener Strecke im Nirgendwo zu halten. Nach der Fahrzeit gefragt, antworteten Schaffner und Ortskundige nur ausweichend. Sie ließe sich für diese Strecke nie vorhersagen, meinten sie achselzuckend. Man könne nie wissen, an welchen und wie vielen Stationen auf Wunsch gehalten würde. Manchmal passiere das an jeder, dann wieder an keiner. Wenn also niemand ausstieg, rollte der Zug einfach weiter.

Sie passierten Orte, deren unaussprechliche Namen auf kleinen Schildern vorbeirauschten. Sie glaubten, Lochluichart, Achanalt oder Duirinish gelesen zu haben, aber keine von beiden wagte, diese Namen laut auszusprechen. Flache Seenlandschaften wechselten mit hoch aufragenden Bergen, wilde kleine Flüsse gruben ihr Bett in die Landschaft, noch nicht einmal Feldwege waren zu sehen. Am Loch Carron entlang, einer Bucht, die das ständige Auf und Ab der Gezeiten wie eine gierig leckende Zunge tief ins Landesinnere gegraben hatte, schlängelte sich die Eisenbahntrasse an abenteuerlichen Steilhängen entlang, immer Richtung Atlantik, und Lea stockte mehr als einmal der Atem bei dem Blick in den Abgrund, der sich an manchen Stellen auftat, während auf der anderen Seite die steilen, felsigen Berghänge dem Zug so gefährlich nahe kamen, als wollten sie ihn von den Schienen stoßen.

Mit nur zwanzig Minuten Verspätung erreichten sie Kyle. Das Wetter meinte es gut mit ihnen. Sie wurden von einem wolkenlosen, blauen Himmel empfangen, und es wehte eine angenehm warme Brise. Lea hörte die Schreie der Möwen und nahm den salzigen Geruch des Meeres wahr. Sie schloß die Augen und hielt einen Moment inne. Endlich. Endlich waren sie am Ziel, endlich konnte der Urlaub beginnen, konnte sie Energie tanken und einfach nur genießen.

»Kommst du?« Stan sah sie mit ihren großen Augen geduldig und abwartend an. Auch für sie gab es keine Eile mehr. Auch sie würde zur Ruhe kommen, den Streß und die Aufregung der letzten Tage vergessen können.

Lea atmete tief ein und langsam wieder aus. »Ja«, sagte sie mit Nachdruck, ergriff ihre Taschen, und gemeinsam traten sie aus dem Bahnhofsgebäude, vor dem mehrere Autos auf die Ankömmlinge warteten. Stan beschleunigte ihre Schritte und steuerte zielstrebig auf einen Rolls-Royce zu, der Sallys Auto zum Verwechseln ähnlich sah. Irgendwie schien jeder, den Constanze hier in Schottland kannte, ein solches Auto zu fahren. Allerdings gab es zwischen Sally und dem Fahrer, der Stan lachend und mit ausgebreiteten Armen entgegentrat, keinerlei Ähnlichkeiten. Sie ließ ihre Tasche fallen und warf sich übermütig in die Arme des Fremden, wobei sie ihn fast zu Fall brachte. Ein ehemals offensichtlich sehr stattlicher Mann, dem sein fortgeschrittenes Alter deutlich anzusehen war. Er hielt den Oberkörper leicht vornübergebeugt, die Hose und das Hemd, das er trug, waren ihm mindestens zwei Nummern zu groß, und als er die Chauffeurkappe zu Leas Begrüßung vom Kopf zog, entblößte er einen fast kahlen Kopf, den nur noch ein schmaler Kranz weißer Haare zierte.

»Constanze, my darling!« Jacob hielt sie auf Armeslänge von sich. »Wie geht es dir? Du siehst wunderbar aus. Glücklich.« Er grinste und warf einen verstohlenen Blick auf Lea.

Stan lachte ihn an. Ihre Augen leuchteten. »Entschuldige, Jacob, wie unhöflich von mir. Darf ich dir Lea vorstellen? Lea, das ist Jacob. Er wird uns nach Hause fahren.« Als sie Leas bestürztes Gesicht sah, fügte Stan ein »hoffentlich sicher« hinzu und zwinkerte ihr aufmunternd zu.

»Freut mich, Sie endlich einmal persönlich kennenzulernen. Constanze hat ihrer Großmutter schon so viel von Ihnen erzählt.«

»So, hat sie das?« Lea schaute Stan an. Zu gern hätte sie gewußt, welche Worte gefallen waren.

»Ja, hat sie.« Jacob gab ihr die Hand, und aus seinen kleinen, von Schlupflidern fast gänzlich verdeckten Augen blitzte ihr die reine Freude entgegen, sowohl Stan als auch sie empfangen zu dürfen. Als er sie anlachte, zeigten sich zwei Reihen makelloser Zähne, wobei Lea für den Bruchteil einer Sekunde den Eindruck hatte, daß die obere Reihe ein bißchen ins Wanken kam, als sich seine Oberlippe zu sehr darüber spannte. Sein Lächeln aber war so herzlich, daß Lea ihn auf Anhieb in ihr Herz schloß, wenn sie ihm auch nicht zutraute, ein wirklich sicherer Fahrer zu sein.

Sie verstauten ihr Gepäck im Kofferraum des Wagens, und Jacob, der sich mit der linken Hand an der Tür festhielt, verbeugte sich zwar zittrig, aber galant und deutete mit einer einladenden Geste der rechten Hand Richtung Wageninneres. »Ladies«, sagte er, und sie setzten sich, seiner Aufforderung folgend, auf den Rücksitz.

»Das erwartet er von uns«, raunte Stan Lea zu. »Ich würde ihm ja vorn Gesellschaft leisten, aber er muß sich zu sehr auf die Straße und das Fahren konzentrieren. Wir dürfen ihn auf keinen Fall ansprechen.«

Als Jacob geräuschvoll den Gang einlegte und das Auto sich darüber zu beschweren schien, erstarb Leas Lächeln und Besorgnis gewann die Überhand. Stan klopfte ihr beruhigend auf den Oberschenkel.

»Vertrau ihm. Er bekommt das schon hin.«

Das Auto setzte sich tatsächlich in Bewegung, wobei das nur an den langsam vorbeiziehenden Häusern festzustellen war. Ein Beschleunigungsgeräusch war nicht zu hören, und Jacob schaltete nur noch ein einziges Mal. So rollten sie mit etwa vierzig Stundenkilometern auf die Straße, die sich am Loch Duich entlangschlängelte, und wären da nicht die ständig überholenden und hupenden Autos gewesen, hätte Lea die Fahrt durchaus genießen können.

22

Jacob ließ sie vor dem Haus aussteigen und fuhr den Wagen in die Garage. Er würde auch ihre Taschen auf die Zimmer bringen.

»Und, wie findest du es?« fragte Stan und deutete auf das massive, dreistöckige Haus, das sich, obwohl es aus mächtigen grauen Steinen gebaut war, schutzsuchend an die schroffe, steile Felswand schmiegte, aus der es herausgeschlagen schien. Die Fenster aus massivem, hellem Holz saßen in unterschiedlichen Abständen in der Mauer, was die Fassade ungemein auflockerte, und die Klappläden, aus einfachen, groben Holzbrettern gezimmert, waren in einem leuchtenden Blau lackiert. An der von zwei hohen Metallfackeln flankierten Eingangstür hing ein großer Kranz aus einem Gewirr aus Zweigen und Ästen, in die dunkelrote Rosen mit einem zarten Band aus Kunstperlen eingeflochten waren, und ein niedriger weißer Holzzaun grenzte den Vorgarten von der Straße ab.

»Ich bin sprachlos! Was für ein tolles Haus!« Leas Bewunderung war echt.

»Warte, bis du die Rückseite siehst!« rief Stan und verschwand um die Ecke. Ihre Schritte knirschten auf dem schmalen Kiesweg, der sich um das gesamte Haus zu ziehen schien, und Lea beeilte sich, ihr zu folgen.

Die Rückseite des Hauses bestand nur aus Holz und Glas. Riesige Fensterfronten zogen sich vom Boden bis zum Dach hinauf. Lea konnte sich vorstellen, wie hell es in den Räumen sein mußte, denn das Haus war so ausgerichtet, daß es den ganzen Tag Sonne hatte.

Der sich anschließende Garten war ungemein groß, und der Rasen sah aus, als sei er mit einer Nagelschere gestutzt – ein Grashalm schien exakt so lang wie der andere. Entlang des Holzzauns, der auch hier die Grenze des Grundstücks markierte, waren Beete abgestochen, die die unterschiedlichsten Pflanzen beheimateten. Niedrige Büsche und Ziersträucher lockerten in ungleichen Abständen die Regelmäßigkeit der Beete etwas auf. Bäume gab es nur zwei. Der eine stand am hinteren Ende des Grundstücks neben einem niedrigen, in den Zaun eingelassenen Tor. Er schien abgestorben und dennoch auf eine faszinierende Art lebendig, denn es rankten sich unterschiedlich farbige Rosen bis hinauf in die niedrige Krone und ließen ihn erblühen.

Den anderen hatte der ständige Wind zu einem äußerst bizarren Wuchs gezwungen. Er befand sich an der Südseite des Hauses neben dem Sonnendeck, das die komplette Rückseite des Hauses umlief. Ein knorriger alter Baum, dessen verkrüppelte Krone im Sommer Schatten spendete und jetzt im Herbst genug Schutz gegen den Wind bot, um den Nachmittag noch in seiner Nähe zu verbringen.

Dort fanden sie Stans Großmutter, die, in eine Decke eingewikkelt, ihren Mittagsschlaf hielt. Ihr Gesicht, obwohl entspannt im Schlaf, war so faltig, daß es den Anschein hatte, es verwachse mit dem Baumstamm im Hintergrund. Eine ihrer Hände hatte sich aus der Decke gelöst und berührte, da der Arm schlaff über die Lehne hing, fast den Boden. Sie erinnerte Lea an eine knorrige Wurzel, die der Erde entgegenwuchs.

Lea dachte an ihre eigene Großmutter, von der sie die Goldschmiede geerbt hatte und die Jahre zuvor gestorben war. So lange sie denken konnte, hatte sie sie immer wieder in dem Laden besucht und dabei zugeschaut, wie aus glänzendem, unförmigem Metall wunderschöne Schmuckstücke entstanden, hatte Fragen gestellt und Antworten bekommen, hatte beobachtet und gelernt.

Später dann, als ihre Großmutter sich zurückgezogen und Lea die Geschäfte überlassen hatte, waren sie oft gemeinsam spazierengegangen, ihre Großmutter tief über den Stock gebeugt, langsam, bedächtig, jeden Schritt und seine mögliche Gefährlichkeit für alte Knochen abwägend. Lea sah die Hände ihrer Großmutter vor sich, die sie aufmerksam und neugierig beobachtete – wie sie den Stock hielten und sich die zarte, durchscheinende, altersfleckige Haut spannte, als sei sie kurz davor zu reißen. Wie sie die Kaffeetasse zum Mund hob und sich die zartgliedrigen Finger um den Griff fügten, der Rest der Hand entspannt und faltig wie ein altes Stück Holz, das über Monate oder vielleicht Jahre dem Wetter hatte trotzen können, ausgelaugt, gebleicht von der Sonne, faserig aufgespalten von Regen und Wind. Wie diese Hände in ihrem Schoß ruhten, scheinbar leicht und unbekümmert wie gefallenes, welkes Laub, das der Wind hierhin und dorthin wehte in einem unbändigen und wilden

Spiel, das beiden zu gefallen schien. Ihre Großmutter. Lea mußte unwillkürlich lächeln.

»Woran denkst du?« flüsterte Stan, die sanft den Arm ihrer Großmutter unter die Decke hob. Diese seufzte leise, wachte aber nicht auf.

»Das ist ja ein wahres Paradies hier oben!« flüsterte Lea zurück. »Damit habe ich echt nicht gerechnet. Das Haus ist ein Juwel, und der Garten . . . einfach wunderschön.«

»Großmutters zweiter Mann hat ihn angelegt. Du weißt schon, der Autofan und Reedereibesitzer, von dem ich dir erzählt habe. Es war sein Steckenpferd. Und als er in Rente ging, wurde der Garten zu einer wahren Obsession. Der Boden hier oben ist karg und schwierig zu kultivieren. Er verbrachte Tage und Wochen auf diversen Gartenausstellungen, redete mit Züchtern, Gärtnern, Experten für Gartenanlagen. Ich glaube, meine Großmutter hatte in der Zeit extreme Zweifel an seiner Treue.« Stan führte Lea über den schmalen Gehweg Richtung Haus. »Bis sie anfing, ihn zu begleiten und auch Feuer fing. Sie planten gemeinsam, kauften gemeinsam, pflanzten gemeinsam und schufen diesen Garten gemeinsam. Sie ließen Tonnen von Muttererde anliefern, bevor sie das erste Blümchen pflanzten, und niemand traute ihnen wirklich zu, das alles hier praktisch aus dem Nichts erschaffen zu können. Manchmal braucht man eben Visionen und muß auch an sich glauben!«

»Herrlich. Hier läßt es sich aushalten.«

»Ja, nicht wahr?« Sie erreichten das Sonnendeck, dessen breite Holzblanken so ausgebleicht waren, daß sie fast grau erschienen. Es lag deutlich höher als der Rest des Gartens, und man hatte einen herrlichen Blick auf die umliegende Landschaft, die noch beeindrukkender war als das Anwesen selbst. Eine kleine Teaksitzgruppe mit Tisch und vier Stühlen stand im Schatten der heruntergelassenen Markise, und Lea ließ sich seufzend auf einen der bequemen Stühle nieder.

»Bist du müde?« Stan schenkte ihr Tee ein. Auf einem kleinen Silbertablett hatte Jacob zwei Tassen und eine Kanne zusammen mit etwas Gebäck für sie bereitgestellt.

»Nein. Oder doch, ja, vielleicht ein bißchen. Aber eigentlich bin ich nur überwältigt. Von dem Haus, dem Garten, von dieser grandiosen Landschaft, die wir vom Zug aus gesehen haben, von . . . einfach allem.« Sie blickte Stan über den Rand der Teetasse an, die wider Erwarten kein geblümtes Exemplar mit geschwungenem Rand war, sondern eine klassisch einfache weiße Tasse, die eher an japanische Teezeremonien erinnerte als an jene Vorstellung der englischen

Teatime, die sich in ihrem Kopf festgesetzt hatte. »Ich möchte dir danken.«

Stan schüttelte den Kopf. »Nicht doch. Ich bin sehr froh, daß du mich begleitest. Wenn man die Eindrücke mit jemandem teilen kann, macht das Reisen gleich doppelt so viel Spaß.«

»Das stimmt. Und trotzdem. Ohne dich säße ich jetzt an meinem Werktisch, würde Aufträge bearbeiten, mit Kundinnen über Entwürfe diskutieren . . .«

». . . und mit Robert streiten.«

»Ja, wahrscheinlich auch mit ihm. Auf jeden Fall wäre ich nicht hier. So fernab von allem, was mich in letzter Zeit gestreßt hat. Ohne dich hätte ich mich niemals auf Reisen begeben. Irgendwie wartet man immer auf den richtigen Zeitpunkt, der dann entweder nie kommt oder schon vorbei ist, wenn man glaubt, ihn gefunden zu haben. Verpaßte Möglichkeiten.« Lea blickte auf die blauen Hügel in der Ferne, die fast mit dem Horizont zu verschmelzen schienen, lehnte sich bequem in den Stuhl zurück und sog tief die klare Luft des Nachmittags ein. Dabei schloß sie die Augen, und für einen kurzen Augenblick sah Stan die Farben, die Lea umgaben. Keine blassen, zarten Pastelltöne, sondern ein sattes, dunkles Rot, ein tiefes, fast nachtschwarzes Blauviolett, ein leuchtendes, warmes Sonnengelb.

23

Deine Großmutter ist eine bemerkenswerte Frau.« Lea nahm Stans Hand, die sie ihr über die Steinmauer entgegenhielt, und kletterte über die ausgetretenen, unebenen Steine, die auf beiden Seiten der Mauer drei Stufen bildeten.

»Sie ist alt geworden.« Stan führte Lea über einen kleinen gewundenen Pfad ins Tal hinunter. »Ich hatte sie viel rüstiger und fideler in Erinnerung. Was ein Jahr ausmachen kann . . .«

»Wie alt ist sie?«

»Sie wird Ende des Jahres neunundachtzig.«

»Mein Gott, wenn ich in dem Alter noch so rüstig wäre!«

Der Loch Duich breitete sich unter ihnen aus, so weit sie blicken konnten. Das gegenüberliegende Ufer war in der einbrechenden Dunkelheit nur als schemenhafter Umriß zu erkennen, der sich fast schwarz gegen den dunkelblauen Himmel abhob. Die Häuser, die im Tageslicht wie einzelne, in den Hang gebaute weißgetünchte Schwalbennester aussahen, verschmolzen mit den steil abfallenden Hängen, nur noch erkennbar an den teilweise erleuchteten Fenstern, die wie kleine Irrlichter flackerten, die mit jedem Schalter, der umgelegt wurde, erloschen oder wieder aufflammten.

»Schau, da unten ist der Pub. Wir sind gleich da.« Stan deutete auf eine Reihe von Lichtern direkt an der Straße. Etwa zehn Autos standen bereits vor dem Gebäude und wurden von einer Reihe milchig gelber Lichtkegel schwach beleuchtet. »Johns selbstgebaute Flutlichtanlage ist auch schon ein paar Jahre alt.«

»Und deiner Großmutter macht es absolut nichts aus, daß wir heute abend nicht da sind? Sie hat sich doch bestimmt auf deinen Besuch gefreut!«

»Auf unseren«, korrigierte Stan. »Aber ich glaube, die ganze Aufregung über unser Kommen und die Vorbereitungen für unseren Besuch haben Kraft gekostet.«

»Ist dir der Ausdruck in ihren Augen aufgefallen, als du von deiner Vernissage berichtet hast? Sie leuchteten! Ich glaube, sie ist sehr stolz auf dich.« Lea lächelte, als sie an Ruth dachte und wie aufmerksam sie den Schilderungen über Edinburgh und die Vernissage gefolgt war, wie sie Zwischenfragen stellte, Jacob die Gläser mit dem für diesen Anlaß gekauften Champagner immer wieder auffüllen ließ und den *Kindern*, wie sie die beiden nannte, Käsegebäck anbot, das Jacob am Vormittag frisch gebacken hatte und das besser schmeckte als alles, was Lea jemals probieren durfte.

Sie hatten im Wohnzimmer auf der dunklen Ledergarnitur gesessen, Jacob und Ruth in zwei Sesseln, in denen sie fast versanken, Lea und Stan auf der Couch gegenüber dem offenen Kamin, in dem ein Feuer für eine behagliche Atmosphäre sorgte. Die Fotos, die Stan schon Wochen vor der Vernissage geschickt hatte, lagen vor Ruth auf dem niedrigen Couchtisch, und immer wieder schaute sie erst Lea und dann eins der Bilder an, und ihr Blick sprach Bände. In ihren Augen lag bewundernde Anerkennung, und sie wußte nur zu gut um die Macht der Bilder, die ihre Enkelin malte. Sie selbst besaß einige imposante Exemplare, die in der unteren Etage neben dem Kamin und im anschließenden Eßzimmer hingen und den Treppenaufgang schmückten, der zur mittleren und oberen Etage hinaufführte, wo sich die Gästezimmer befanden, in denen Stan und Lea untergebracht waren.

Doch so gern Ruth ihren begeisterten Schilderungen auch gefolgt war, so sehr zerfiel sie buchstäblich vor ihren Augen und wurde zusehends von einer tiefen Müdigkeit befallen, die sie ständig gähnen ließ. Noch vor acht entschuldigte sie sich für ihr ungebührendes Verhalten und ging zu Bett.

»... die beiden ein Verhältnis haben?«

»Was hast du gesagt?« Der Pfad war zu schmal, um nebeneinander zu laufen, und Lea war mit ihren Gedanken weit weg.

»Glaubst du, daß die beiden ein Verhältnis haben? Diese Frage stelle ich mir seit Jahren! Jacob ist immer so besorgt um meine Großmutter, und er weicht nur selten von ihrer Seite. Eigentlich kann ich mich nicht daran erinnern, die beiden in den letzten Jahren einmal nicht miteinander erlebt zu haben. Und wie er ihr vorhin zur Seite gesprungen ist und ihr aufgeholfen hat. Ich weiß nicht.« Stan schüttelte bedächtig ihren Kopf.

»Meinst du nicht, sie sind ein bißchen zu alt dafür? Und außerdem, ist das so wichtig? Könntest du dir deine Großmutter allein hier oben vorstellen? Keinen Ansprechpartner, niemanden, der sie durch die Gegend chauffiert, der sich um sie kümmert, der ihr hilft, Haus und Garten zu versorgen? Ich glaube, sie haben sich arrangiert, wie immer dieses Arrangement auch aussehen mag. Und sie scheinen sich perfekt zu ergänzen. Also, warum .. niiiiiicht ..« Lea schrie plötzlich auf und griff hektisch nach Stans Schulter, als sie auf einem großen, feuchten Stein ausrutschte und nur mit Mühe ihr Gleichgewicht wiederfand.

»Paß auf, wo du hintrittst. Wenn wir an diesem Hang ins Rollen kommen, endet das mit einem Bad im Wasser – und das ist um diese Jahreszeit schon eiskalt!«

Lea sah Stan in der Dunkelheit grinsen. »Sehr witzig! Ich hätte mir den Fuß brechen können!«

»Für den Rückweg nehmen wir die Straße. Das ist zwar ein kleiner Umweg, aber ein geteerter!«

Der Pub war brechend voll. Es war Samstagabend, und die Tische in dem kleinen Raum waren alle besetzt. Stan und Lea setzten sich auf zwei freie Barhocker an den hinteren Teil der Theke. Vielleicht würde ja noch ein Tisch freiwerden.

»John? Hallo? Wie geht es dir?« begrüßte Stan beiläufig den Wirt. Ihr Englisch hörte sich perfekt an. John, ein großer, stämmiger Mann Mitte fünfzig mit dunklem Vollbart und Halbglatze, blickte von dem Becken auf, in dem er die Biergläser spülte, und schaute Stan an.

»Was darf es denn ...« John war die Überraschung anzusehen, als er Stan erkannte. Sein offener Mund verzog sich zu einem breiten Grinsen, und er schoß mit einer Wendigkeit, die Lea ihm niemals zugetraut hätte, hinter seiner Theke hervor und umarmte Stan so stürmisch, daß sie beide fast das Gleichgewicht verloren und nach hinten auf einen neben ihnen stehenden Tisch gekippt wären.

»O Constanze, es ist so toll, dich mal wieder zu sehen. Ich wußte gar nicht, daß du in der Gegend bist. Wie lange bleibst du? Wie geht es dir?« Er hielt Stan auf Armeslänge von sich weg, nur um sie direkt wieder in die Arme zu schließen. »Du siehst phantastisch aus!« Die Worte und Sätze kamen so schnell aus ihm herausgeschossen, daß Lea Probleme hatte, ihm zu folgen. Sein tiefer Baß dröhnte durch den Pub, und die Art und Weise, wie er ihren Namen aussprach, erinnerte Lea stark an eine einsetzende Sirene – »Constanziiiii!« Sie mußte ein Lächeln unterdrücken.

»Mary!« rief er in die Richtung, in der Lea die Küche vermutete, »schau, was uns der Wind in die gute Stube geweht hat!«

Der Satz war noch nicht zu Ende, da erschien eine kleine, untersetzte Frau mit hochrotem, erhitztem Gesicht in der Tür, ein Handtuch über der linken Schulter, an dem sie sich die Hände abtrocknete. Als sie Stan in Johns Armen sah, hob sie ermahnend den Zeigefinger und rief: »Laß die Finger von meinem Mann. Der gehört mir!« Stan zwinkerte Mary zu, befreite sich aus Johns Umklammerung und ging ihr entgegen. »Komm in meine Arme, Kind. Es tut so gut, dich zu sehen!«

Lea war von dieser innigen Geste gerührt, und sie fragte sich zum wiederholten Male, wie oft Stan sie eigentlich noch überraschen wollte.

»Mary, John, darf ich euch Lea vorstellen. Sie ist mein momentanes Lieblingsmodell!«

John blickte von Stan zu Lea und wieder zurück, hob eine Augenbraue und lächelte. »Gute Wahl!« Stan stieß ihm ihren Ellenbogen in die Rippen, und John krümmte sich unter gespielten Schmerzen. Stan sah Lea entschuldigend an.

»Laßt das, ihr zwei. Schaut euch das arme Kind an. Sie weiß überhaupt nicht, was sie machen soll. Ihr bringt sie noch in Verlegenheit.« Mary kam auf Lea zu, gab ihr die Hand und küßte sie auf beide Wangen. »Herzlich willkommen!« Sie zog Lea zu sich hinunter und flüsterte ihr ins Ohr: »Die Einsamkeit hier oben läßt die Menschen seltsam werden. Das liegt wohl an der frischen Luft!« Lea lächelte unsicher.

»Jetzt laß mich auch mal ran, Weib.« Mit einladender Geste kam John auf Lea zu, und ehe sie wußte, wie ihr geschah, versank sie in seinen riesigen Armen und hielt die Luft an, da an Atmen ohnehin nicht zu denken war. Und sie wußte nicht mit Bestimmtheit, ob

John sie wieder loslassen würde. Der Sauerstoffvorrat mußte also ausreichen.

»John, du erdrückst sie ja. Schau lieber, daß die zwei was zu trinken bekommen. Sie sehen ganz durstig aus.« Mary drängte ihren Mann auf seinen Platz hinter der Theke zurück, hob sich mit einiger Mühe auf den freien Barhocker neben Stan, legte ihre fleischige Hand auf ihren Unterarm und sagte: »Nun, erzähl, wie geht es dir? Was treibt dich in unsere Gefilde? Wie geht es deiner Großmutter?«

»Ich hatte gestern eine kleine Vernissage in Edinburgh, und nun machen wir ein paar Tage Urlaub hier. Und meiner Großmutter geht es gut. Danke der Nachfrage. Ein bißchen wackeliger ist sie geworden. Aber bei ihrem Alter ist das ja wohl nicht verwunderlich.«

»Recht hast du, Kind. Wahrscheinlich werde ich gar nicht so alt!« Sie zupfte sich eine Strähne aus dem Gesicht, und als sie verzweifelt versuchte sie zurück in den Haarknoten zu stopfen, sah sie mit einem Mal richtig alt aus. »Glaub mir, ich fühle mich jetzt schon wie hundert. Jeden Tag hier im Pub, das schlaucht ganz schön. Aber kann man sich das aussuchen?« Zu Lea gewandt, sagte sie: »Ich werde euch beiden jetzt erst einmal etwas zu essen machen. Ihr seht ausgehungert aus. Was darf es denn sein?«

»Wir lassen uns überraschen!« Stan hatte ihre Hand auf Marys fleischigen Oberschenkel gelegt, und über die Theke hinweg rief sie John zu: »Wo bleibt denn unser Bier?«

»Kommt sofort!« riefen beide wie aus einem Mund und mußten lachen. Wenn man so lange Jahre verheiratet und sein Leben gemeinsam verbracht hat, konnte das schon mal vorkommen. Mary zwickte erst Stan in die Wange, dann tätschelte sie Lea die Schulter und hievte sich schwerfällig vom Barhocker. »Kinder, ich werde sehen, was meine Küche hergibt. Vielleicht finde ich ja noch ein paar Reste von gestern.« Als sie Leas bestürztes Gesicht sah, mußte sie grinsen. »Constanze, deine Freundin versteht wohl keinen Spaß?!« Mit hochrotem Kopf, der ein deutliches Zeichen ihres Bluthochdrucks war, verschwand sie durch die Schwingtür neben der Bar und winkte ihnen mit einem dreckig-fleckigen Handtuch zu, ohne sich noch einmal umzudrehen.

»Ist sie die Köchin?« fragte Lea ungläubig.

»Ja, ist sie. Seit bestimmt dreißig Jahren. Mary, die Herrin der Töpfe und Gebieterin über Leben und Tod in diesem kleinen Teil der Welt. Man erzählt sich, daß sie schon Menschen mit einer Handvoll getrockneter Kräuter geheilt oder ins Jenseits befördert hat, je nach Wunsch ihrer Angehörigen.« John stellte zwei riesige, bis zum Rand gefüllte Gläser vor ihnen ab und eilte zurück zu seinen Zapfhähnen, wo zwei andere Gäste schon auf ihn warteten.

»Du nimmst mich auf den Arm.«

Stan prostete Lea zu und nahm einen kräftigen Schluck. »Ja! Entschuldige, aber es macht einfach zuviel Spaß!«

»Du bist unmöglich.«

»Spaß beiseite. Mary kocht für schottische Verhältnisse wirklich gut. Ich hoffe, sie macht uns ihre gefüllte Hähnchenbrust auf Kräuterbett mit Pommes Dauphin und Gemüse der Saison.« Lea blickte sie sprachlos an. »Schon gut. Erwischt. Ihr Hähnchen ist nicht schlecht. Aber britisch eben.« Stans Grinsen fiel etwas schief aus.

Gerade, als sie den Satz beendete, schwang die Tür zur Küche auf, und Mary erschien mit zwei großen Tellern, die sie vor den beiden auf die Theke stellte. »Kinder, laßt es euch schmecken!« sagte sie und schob ihnen eine Glasschüssel mit Fertigsoßen hin, jede separat in kleinen Plastiknäpfchen verpackt. »John, zwei Bier!« Sie zeigte auf die fast leeren Gläser und schnippte mit den Fingern. John deutete mit gespitzten Lippen einen Kuß an und zwinkerte ihr zu. »Der Mann macht mich noch verrückt. Seine Gelassenheit möchte ich haben. Nur für einen einzigen Tag, und nur, um zu sehen, wie es ist, sich von nichts aus der Ruhe bringen zu lassen.« Sie tupfte sich mit dem Handtuch Schweißperlen von der Stirn. »Ihr eßt ja gar nicht! Ich habe eine neue Gewürzmischung ausprobiert, und ihr müßt mir sagen, wie sie euch schmeckt.« Damit marschierte sie wieder in ihre Küche, die Zettel mit den nächsten Bestellungen von einem kleinen Brett neben dem Eingang reißend.

Als Stan Leas Gesicht sah und den kritischen Blick, den sie dem Hähnchen mit der Spezialgewürzmischung zuwarf, mußte sie so schallend lachen, daß sich die anderen Gäste nach ihr umdrehten, und als dann noch Marys Gesicht in dem Bullauge der Küchentür erschien, das eine Auge durch den Aufkleber *Hell's kitchen* verdeckt, der an dem Glas klebte, war es auch um Leas Selbstbeherrschung geschehen. Sie lachte, bis ihr die Tränen die Wange hinunterliefen.

Das Hähnchen schmeckte vorzüglich, und mit etwas Essig beträufelt schaffte Lea sogar die Hälfte der Pommes frites, die Mary ihnen auf den Teller gehäuft hatte. Die Erbsen, die in ihrem kurzen, bescheidenen Leben noch nicht einmal Salz oder Pfeffer aus der Nähe gesehen hatten, waren zu einem einsamen Tod auf dem Teller verdammt.

»Darf ich der Köchin ausrichten, daß es euch geschmeckt hat?« John brachte ihnen das dritte Pint und räumte die Teller ab.

Stan nickte. »Beim nächsten Mal könnte es etwas mehr sein! Die

Portionen werden auch immer kleiner.«

»Werde ich ausrichten!«

»Untersteh dich!« rief Stan und warf ihm die zerknüllte Serviette hinterher, die wie eine fette Schneeflocke auf den Boden hinter der Bar segelte und John um Längen verfehlte.

»Ich kann nicht mehr!« Lea stöhnte auf. »So viel habe ich schon lange nicht mehr gegessen. Wenn es nicht das Gewürz ist, das mich umbringt, dann die unglaubliche Menge. Hoffentlich komme ich den Berg noch hoch.«

»Ich glaube, ich habe eine bessere Lösung.« Stan rutschte von dem Hocker und ging auf einen jungen Mann zu, der an der Theke stand und im Begriff war, ein Bier zu bezahlen, seinen Mantel über dem Arm. Sie sprach ein paar Worte mit ihm, er prostete ihr zu und wandte sich zwei anderen Männern zu, die neben ihm standen. »Unser Taxi ist organisiert! Jamie wohnt zwei Häuser weiter und wird uns mitnehmen. In zwanzig Minuten.«

»Deine Großmutter hat Nachbarn? Ich habe aber keine Häuser gesehen.«

»Nachbar ist vielleicht übertrieben. Er muß noch um den ganzen Hügel herum, bis er vor seiner Tür steht. Fünf Kilometer, würde ich schätzen.«

»Nachbarn. Ich verstehe.« Lea lächelte in ihr Glas.

»Darf ich dich für ein paar Minuten alleinlassen? Ich muß noch kurz mit John sprechen.« Stan verschwand hinter der Theke, und Lea beobachtete die beiden, wie sie sich angeregt miteinander unterhielten und wild gestikulierend zu einer Übereinkunft kamen, denn sie gaben sich die Hand, und Stan drückte John einen Kuß auf die Wange, ganz so, als wolle sie sich für etwas bedanken.

»Um was ging es denn?« fragte Lea, als Stan zu ihrem Barhocker zurückkehrte.

»Überraschung! Komm, laß uns gehen. Ich glaube, da will jemand nach Hause.« Sie deutete auf Jamie, der bereits seinen Mantel angezogen hatte, und winkte John zu. »Gib Mary einen Kuß von mir.« Damit zog sie Lea zur Tür und in die frische, feuchte Nachtluft hinaus.

24

Es war ein herrlicher Morgen. Die zurückgezogenen Vorhänge gaben den Blick auf einen Garten frei, der ruhig und ungestört im Licht einer blassen, herbstlichen Sonne lag, das ihn in zarte Pastelltöne tauchte. Der Nebel, der sich im Laufe der Nacht gebildet hatte, war fast gänzlich verschwunden und hatte sich in die Niederungen zurückgezogen. Vom Loch Duich war kaum etwas zu sehen.

Die Küche, deren Panoramafenster nach Osten hin den Blick freigaben auf die Five Sisters of Kintail, war lichtdurchflutet, und es roch nach köstlichem Kaffee und selbstgemachten Pfannkuchen. An dem runden Tisch saßen Stan und Ruth, beide in die Zeitung vertieft, Ruth bereits angekleidet, Stan barfüßig und noch in ihrem Schlafanzug. Jacob machte sich an dem Herd zu schaffen, ein Küchenhandtuch über die Schulter geworfen, an dem er sich hin und wieder die Hände abtrocknete. Lea selbst nur in Nachthemd und Morgenmantel, blieb im Türrahmen stehen und betrachtete diese Szene. Sie fühlte sich wirklich wohl, und der Streß und die Unruhe, die sie noch vor ein paar Tagen gespürt hatte, schienen verflogen. Stan blickte von ihrer Zeitung auf, als würde sie Leas Anwesenheit spüren, und lächelte in deren Richtung.

»Na, du Langschläferin! Endlich wach?«

»Es ist gerade mal neun. Seit wann seid ihr denn auf?« fragte Lea neugierig und ging zu der Kaffeemaschine, um sich einen Kaffee in die Tasse zu gießen, die für sie bereitstand.

»Kind, in meinem Alter genießt man jede Stunde, die einem noch geschenkt wird. Ich bin jeden Morgen froh, den Sonnenaufgang noch einmal erleben zu dürfen.« Ruth seufzte.

»Ach, Granny. Du bist schrecklich. Wie kannst du so etwas nur sagen?« Stan stand auf und gab ihrer Großmutter im Vorbeigehen einen Kuß auf die Wange. »Gibt es noch einen dieser köstlichen Pfannkuchen?« Sie hielt Jacob einen leeren Teller hin und schaute ihn mit einem Augenaufschlag an, der ihn buchstäblich dahinschmelzen ließ.

»Wie kann ich dir widerstehen? Aber erst ist Lea an der Reihe!«

»Yes, Sir.« Stan deutete mit einer Hand an der Stirn und einem Zusammenschlagen ihrer Fersen, das mit nackten Füßen keinerlei Geräusch erzeugte, Gehorsam an und stellte sich neben Lea an die Kaffeemaschine. »Jetzt muß ich schon in der eigenen Küche Schlange stehen.«

»In meiner Küche, Kind. Noch ist es meine!« Ihre Großmutter

legte die Zeitung zur Seite und untersuchte sorgfältig den Rand des gerade geöffneten Marmeladenglases. Scheinbar hatte sie diverse Flusen und Fusseln daran entdeckt, die sie mit dem Zeigefinger wegzuschnippen versuchte, die Lesebrille schief auf der Nase. »Und Jacob hat recht. Lea muß ausgehungert sein! Habt ihr im Pub letzte Nacht etwas gegessen?«

»John und Mary haben uns gefüttert, als hinge ihr Leben davon ab, und ich bin ehrlich gesagt immer noch satt. Aber diese Pfannkuchen sind einfach zu gut.«

»Dann werde ich das jetzt mal testen«, sagte Lea und nahm den Teller, den Jacob ihr reichte, sah die zwei duftenden Pfannkuchen und konnte es plötzlich nicht erwarten, sich an den Tisch zu setzen und sie zu probieren. Sie waren köstlich, und Lea schloß genüßlich die Augen. »O Jacob, das sind die besten Pfannkuchen, die ich jemals gegessen habe. Einfach köstlich!«

Jacob lächelte verschmitzt, und seine Ohren nahmen einen gesunden Rotton an, während er die nächste Portion Teig in die Pfanne fließen ließ und Stan ihren Teller aus der Hand nahm.

»So, was habt ihr zwei denn für heute geplant?«

»Noch nichts, glaube ich.« Lea blickte Stan an, die mit den Schultern zuckte. »Nach der letzten Nacht ist es wohl das Beste, heute einfach alles auf uns zukommen zu lassen. Ich werde vielleicht ein bißchen lesen, spazierengehen, noch einen Pfannkuchen essen. Mal sehen.«

»Hört sich super an.« Stan setzte sich mit ihrer dritten Portion an den Tisch. »Ich werde zu den Felsen hinausgehen und malen. Es ist ein herrlicher Tag. So was muß man ausnutzen. Das Licht ist großartig.«

»Was für eine geniale Idee, Kind. Laß dich inspirieren!« Ruth faltete die Zeitung zusammen und trank einen Schluck Tee. »Ich werde den Vormittag mit den Damen aus der Kirchengemeinde verbringen. Wir haben ein Vorbereitungstreffen für den Weihnachtsbasar. Danach werden wir gemeinsam zu Mittag essen. Elisabeth hat mich gebeten, in der Bibliothek vorbeizuschauen und mit ihr die Liste neu anzuschaffender Bücher durchzugehen. Wir werden auch gemeinsam unseren Tee einnehmen. Sie und ihr Mann haben mich zum Abendessen eingeladen. Wenn ihr wollt, sage ich das ab, aber der Termin steht schon so lange fest. Da wußte ich noch nichts von euren Plänen, mich hier zu besuchen.« Sie streichelte Stan zärtlich über die Wange. »Ich hoffe, es macht euch nichts aus.«

»Wir werden den Nachmittag schon irgendwie totschlagen.« Stan konnte ein Grinsen nicht unterdrücken. »Vielleicht werden wir runter zu Kay's fahren und dort zu Abend essen. Ich habe gehört, sie hätten einen neuen Koch, einen Franzosen.«

»Ja, das stimmt. Ich muß euch allerdings davon abraten, eine Hauptspeise zu bestellen. Wenn ihr richtig gut essen wollt, dann bestellt euch zwei Vorspeisen und eine Nachspeise.«

Lea lächelte. »Das hört sich aber sehr ungewöhnlich an.«

»Ist aber nur logisch, wenn man weiß, daß die Hauptspeisen auf den Inselgeschmack abgestimmt sind. Ich war vor zwei Wochen mit Betsy dort und hatte mir eine Meeresfrüchteplatte bestellt – französischer Koch, Erinnerungen an den Urlaub in der Normandie, da hatte ich bestimmte Vorstellungen!« Sie schloß seufzend die Augen. »Und was soll ich sagen? Ich bekam einen Teller, gefüllt mit unterschiedlich großen, unförmigen, fritierten Kügelchen. Man hätte sie in ein Labor schicken müssen, um herauszufinden, welchen Fisch oder ob sie überhaupt Fisch enthielten!« Ruth mußte bei dem Gedanken herzhaft lachen, und Stan stimmte in ihr Gelächter mit ein. Lea blickte von einer zur anderen und genoß diese Vertrautheit zwischen ihnen, wünschte sich jemanden an ihrer Seite, mit dem sie genauso vertraut war. Sophie kam dieser Vorstellung wohl am nächsten.

Lea spürte eine warme Hand auf ihrem Unterarm.

»Willst du uns sagen, woran du denkst?« Stan blickte sie mit ihren blauen Augen fragend an, und Lea mußte sich eingestehen, daß sie diese Augen aufregender fand als alles, was ihr bisher begegnet war. Sie fühlte sich magisch von ihnen angezogen und wäre liebend gern in ihnen versunken. Sie mußte sich zwingen, den Blick abzuwenden.

»Ach, unwichtig.« Sie trank den letzten Schluck ihres Kaffees und stand auf. »Ich schau mal, was ich zum Anziehen finde, und dann werde ich wohl spazierengehen. Kommst du mit?« Fragend blickte sie Stan an, und diese beeilte sich, ihr zuzunicken.

»Ja, gern. Ich helfe nur kurz, hier ein bißchen Ordnung zu schaffen, dann komme ich hoch.« Sie hatte bereits die Teller in der Hand und war auf dem Weg zur Spüle.

»Laß nur, Constanze, ich werde dieser Unordnung schon allein Herr.« Jacob nahm ihr die Teller aus der Hand. »Geht und genießt den Tag!« Mit einer Spülbürste bewaffnet, machte er sich an den Abwasch.

»Du entschuldigst uns, Granny?«

»Ja, ja, geht nur Kinder! Ich muß ohnehin bald los. Jacob wird mich fahren, und wir sind den ganzen Tag unterwegs. Wenn ihr auf eine Spritztour gehen wollt, dann nehmt den MG oder den Jaguar.« An Stan gewandt, sagte sie: »Du weißt ja, wo die Schlüssel sind.« Sie gab ihrer Enkelin einen Kuß und steuerte auf die Tür zu. »Jacob, können wir in etwa dreißig Minuten los?«

»Yes, Madam. Ich werde vor dem Haus auf Sie warten.«

Ruth drückte Leas Oberarm im Hinausgehen und lächelte sie an. »Viel Spaß, ihr beiden. Genießt den Tag.«

Stan und Lea verließen das Haus auf der Rückseite und schlenderten durch den Garten auf das kleine Tor zu, das in die offene Landschaft führte. Das Gras war noch feucht von Tau, und Leas Leinenschuhe waren im Nu durchnäßt. Seufzend mußte sie sich eingestehen, daß Stans weniger topmodische Gummischuhe für dieses Wetter wesentlich besser geeignet waren.

»Großmutter mag dich sehr.« Stan hatte ihren Zeichenblock unter den Arm geklemmt und trug einen Lederrucksack, der wahrscheinlich vollgepackt war mit Malutensilien jeglicher Art.

»Ich sie auch. Sie ist eine sehr nette Lady, locker und unkonventionell. Für Damen in ihrem Alter ist das durchaus ungewöhnlich. Und sie ist noch so fit. Darum beneide ich sie. Ich merke ja jetzt schon, wie mir manchmal die Kraft schwindet. Mein Beruf ist keineswegs streßfrei.«

»Das kann ich mir vorstellen.« Stan öffnete das Tor mit einem Schlüssel, den sie aus der Hosentasche zog, ließ Lea hindurchgehen, folgte ihr und schloß wieder ab.

»Wirklich? Ich beneide dich so sehr darum, daß du nicht arbeiten mußt!«

»Aber Kunst ist Arbeit.« Stan blickte Lea mit gespielter Entrüstung an. Wie oft hatte sie schon diese Diskussion geführt, und wie schwierig war es gewesen, ihren Standpunkt klarzumachen. »Viel Arbeit sogar! Ständige Auseinandersetzung mit anderen und vor allen Dingen mit sich selbst.«

»Bist du gern Künstlerin?« Lea vermied es, Stan bei dieser Frage in die Augen zu schauen. Sie wußte die Antwort.

»Atmest du gern? Nein?! Aber du brauchst die Luft zum Leben, und deshalb mußt du atmen. Und ich muß malen! Ich brauche meine Kunst zum Leben – sie ist mein Leben. Nicht Künstlerin zu sein, ist für mich unvorstellbar. Ich habe schon immer gemalt – so lange ich denken kann. Wenn Granny nicht wäre, müßte auch ich arbeiten. Von Kunst allein läßt sich selten leben.«

»Eine großzügige Frau, deine Großmutter.«

»O ja! Ich bin aber auch ihre einzige Enkelin, und wir lieben uns.« Sie hatten den Felsen erreicht, der keine zehn Minuten vom Haus entfernt lag und eine herrliche Aussicht bot. Nach Osten das Haus und der Garten, im Hintergrund die Berge, nach Süden die Hänge auf der anderen Seite des Loch Duich mit ihren kleinen geweißelten Häuschen, nach Westen das Meer, das nur zu erahnen war. Was man sehen konnte, waren die Berge von Skye, die fast so blau waren wie der Horizont selbst und nur durch eine hauchdünne Linie von diesem zu unterscheiden. Das Wasser des Loch glitzerte in der Sonne.

»Das ist meine Lieblingsstelle. Ist der Blick nicht atemberaubend?« Stan zauberte eine Decke aus ihrem Rucksack, warf sie über die nackten Felsen, setzte sich und deutete Lea mit einer einladenden Handbewegung an, neben ihr Platz zu nehmen. »Dir hat es ja die Sprache verschlagen!« Stan mußte lächeln.

»Ja, das hat es. Es ist atemberaubend.« Lea ließ sich neben Stan auf der Decke nieder und genoß die Aussicht. »Wunderschön. Danke.«

»Wofür?«

»Dafür, daß ich hier sein und das alles mit dir teilen darf. Danke.« Sie stupste Stan mit ihrer Schulter an und ließ ihre Augen über die Landschaft wandern. Stan tat es ihr gleich, und so saßen sie eine ganze Zeitlang schweigend nebeneinander und genossen die Sonne, den Wind, die Einsamkeit und die Stille.

In der Ferne tauchten die Segel zweier Boote auf, die den Wind nutzten, um sich langsam und scheinbar ohne ein bestimmtes Ziel über das Wasser zu bewegen. Direkt unter ihrem Felsen tummelten sich drei Delphine, die auf dem Weg zurück ins offene Meer waren.

»Da, schau. So etwas habe ich noch nie gesehen!« Lea deutete auf die ruhig dahingleitenden Tiere und war so aufgeregt, daß sie fast von dem Felsen stürzte. Ihre Hand schützend über die Augen haltend, versuchte sie, die Delphine zu verfolgen, bis sie um den Felsen herum und außer Sichtweite waren. Dann ließ sie sich entspannt zurück auf die Decke fallen, stützte sich mit ihren Armen ab und wandte ihr Gesicht mit geschlossenen Augen der Sonne zu.

Stan hörte auf, Gras zu zupfen, nahm den Block, kramte ihre Stifte aus dem Rucksack hervor und begann zu zeichnen. Schnell hingeworfene Striche, Skizzen, die sie für Bilder verwenden wollte. Lea, wie sie dasaß und die Sonne genoß, wie sie sich im Sitzen aufrichtete und ihren Rücken straffte, wie sie sich hinlegte, das Gesicht fast in Stans Schoß, wie ihre Zunge die vom Wind getrockneten Lippen befeuchtete, wie sie den Kopf leicht zur Seite neigte und in sich hinein lächelte.

»Stan! Warum zeichnest du immer nur mich? Hier gibt es tausend

Motive. Schau dich um. Ist das nicht alles wunderschön?« Dabei breitete sie ihre Arme in der Luft aus, als sei das alles ihr Reich und als ob sie es Stan zum Geschenk machen wollte.

Du bist wunderschön, dachte Stan und blickte von ihrem Block auf. »Ja, du hast recht. Wunderschön! Manchmal frage ich mich, ob wir in unserer ganzen menschlichen Unzulänglichkeit eine solche Schönheit wirklich verdient haben! Sie läßt uns so klein und unwichtig erscheinen, und gleichzeitig macht uns ihr Anblick unendlich reich.«

»Mmmmh.« Lea drehte sich auf die Seite und blickte Stan an, den Kopf auf ihren angewinkelten Arm gestützt. Die ansteigenden und abfallenden Linien von Schulter, Hüfte und Po fanden sich in den Hügelketten des Hintergrunds wieder. Stan sah sofort das Potential dieser Szene und griff nach ihrem Stift.

»Bleib so. Das ist wunderbar!«

Lea knuffte sie mit ihrer freien Hand in die Seite. »Jetzt laß das doch mal. Genieße lieber ein bißchen die Aussicht, so lange das Wetter noch mitspielt.« Sie robbte näher an Stan heran, die im Schneidersitz dasaß, nahm ihr den Block aus den Händen und betrachtete die Skizzen. Eine nach der anderen. Jede war schön, auf jeder war Lea zu erkennen. Nicht am Gesicht, sondern an der Körperhaltung, die Stan mit ein paar Strichen so perfekt festgehalten hatte. Bemerkenswert.

»Du magst Frauen.«

Stan schüttelte den Kopf. »So würde ich das nicht sagen, Lea.« Sie schaute auf die entfernten Hügelketten und fuhr sich mit den Händen durch die Haare. »Ich liebe Frauen. Aber das habe ich dir doch schon erzählt.«

»Ich weiß, es geht mich nichts an, aber ... Weiß deine Großmutter, daß du ..., daß du ...?«

»Daß ich lesbisch bin?« Stan fand es amüsant, daß Lea das Wort noch nicht einmal aussprechen konnte. »Aber natürlich! Sie weiß es, seit ich es herausgefunden habe.«

»Und wann war das?«

»Mit vierzehn. Da war ich in meine Mathelehrerin verliebt! Tierisch verliebt! Ich habe sie angehimmelt, daß es schon peinlich war. Meine Freunde faßten sich nur an die Stirn und erklärten mich für unzurechnungsfähig!«

Lea mußte bei dem Gedanken lächeln und blickte in den Himmel, wo zwei Raubvögel ihre Kreise zogen.

»Amüsiert dich das etwa?«

»Ein bißchen. Vor allen Dingen mußte ich aber an meine erste große Liebe denken. Ein Referendar, der frisch von der Uni kam und uns Teenies vollkommen ausgeliefert war. Ein männliches Wesen! Frischfleisch! Und das an einer reinen Mädchenschule! Uaahhhh!« Lea hob beschwörend die Hände, riß die Augen weit auf, und ihr Grinsen wurde immer breiter. Stan liebte die Lachfältchen, die sich dabei um Leas Augen bildeten. Verlegen blickte Lea zu Boden. »Wir brachten ihn mit unseren Äußerungen und Annäherungsversuchen so oft in Verlegenheit, daß er sich letztendlich sowohl weigerte, in unserer Klasse zu unterrichten, als auch eine Lehrprobe zu halten. Nach einem halben Jahr verabschiedete er sich ganz – er meinte, der Lehrerberuf sei wohl doch nicht das Richtige für ihn.«

»Der Ärmste!« seufzte Stan mit geheucheltem Bedauern.

»So arm nun auch wieder nicht. Er ging zurück an die Uni und promovierte in Archäologie. Er ist jetzt irgendwo in Asien Expeditionsleiter einer Ausgrabung. Das stelle ich mir schon interessanter und vor allen Dingen entspannender vor, als vor einer Klasse aufgeregter Hühner zu stehen!«

»Da könntest du recht haben.«

»Hast du je mit einem Mann geschlafen?« Die Frage kam so überraschend, daß Stan zusammenzuckte und es Lea sofort leid tat, sie überhaupt gestellt zu haben.

»Ja, ein paar Male. An der Uni. Irgendwie habe ich mir versucht einzureden, ich sei genauso *normal* wie alle anderen. Ich war damals noch sehr unerfahren, kannte kaum andere Lesben und dachte, daß mein Verlangen nach Frauen vielleicht nachlassen würde, wenn ich mit Männern schlafe.«

»Und, tat es das?«

Stan sah Lea an und lächelte. »Nein, tat es nicht. Ganz im Gegenteil. Es wurde nur größer! Mit jedem Mann, mit dem ich schlief, wurde mir mehr und mehr bewußt, daß ich mein Leben mit Frauen verbringen wollte! Abends neben einer Frau einschlafen und morgens neben ihr aufwachen. Alles teilen, alles gemeinsam und intensiv durchleben, eins sein. Mir wurde klar, daß das mit einem Mann niemals möglich sein würde. Männer und Frauen sind zu verschieden.«

»Findest du?« Lea schüttelte leicht den Kopf.

Stan nickte bestätigend. »Wenn ich mit einer Frau schlafe, dann ist es, als ob ich mich selbst jedes Mal wieder neu entdecke. Ich weiß nicht, wie ich es beschreiben soll, aber es ist wie ein Gefühl von Heimat. Als sei ich angekommen, als sei alles so, wie es sein muß. Das klingt ziemlich abgedreht, oder?«

»Nein, überhaupt nicht. Mit Robert ging es mir auch manchmal so, wenn ich in seinen Armen lag. Manchmal. Und vor allen Dingen bevor er anfing, mir seine Vorstellungen von Familie mitzuteilen, die so gar nichts mit dem zu tun hatten, was ich mit meiner Zukunft verband.«

»Und, wie sieht die aus, deine Zukunft?«

»Zumindest mal nicht als Heimchen am Herd. Ich habe zuviel dafür gearbeitet, dort zu sein, wo ich jetzt bin.«

»War Robert dein erster Freund?«

»Nein. Es hat ein paar vorher gegeben, aber nichts Festes. Robert war der erste, mit dem ich glaubte, es aushalten zu können. Aber die Chemie stimmte letztendlich nicht.«

»O ja, die Chemie. Du bist vielleicht einfach noch nicht der Person begegnet, die dein Puzzle vervollständigt.« Lea blickte sie fragend an. »Na ja, ist es nicht manchmal so, daß man vor sich hin lebt und weiß, daß das nicht alles sein kann, daß noch etwas fehlt? Und dann sieht man etwas, nimmt einen Geruch wahr, läßt eine lang vergessene Erinnerung aufleben, trifft einen Menschen, und plötzlich fällt alles an seinen Platz, ergibt alles Sinn, und man weiß plötzlich, daß das Bild fertig und vollkommen ist.«

»Du Künstlerin! Wo hast du nur all diese Weisheiten her?« Lea lächelte.

»Das Leben, die Liebe, wer weiß?« Stan warf einen Stein über den Rand des Felsens und lauschte, bis ein leise klatschendes Geräusch sein Aufschlagen auf die Wasseroberfläche bezeugte.

»Laß uns zurückgehen«, sagte Lea, gab Stan ihren Skizzenblock zurück und wollte aufstehen, aber Stan hielt sie zurück.

»Warte! Was ist mit dir?« Sie blickte Lea an, sagte aber weiter nichts. Die Frage, die ihr auf der Zunge lag, wollte nicht über ihre Lippen. *Hast du schon einmal mit einer Frau geschlafen? Kannst du dir vorstellen, mit mir zu schlafen?*

Lea sah, wie Stan mit ihren Gefühlen kämpfte, wie sich die Angst vor der möglichen Antwort breitmachte. *Frag mich doch endlich,* dachte sie, sagte aber kein Wort und blickte Stan nur an, ihre Augen mit Tränen gefüllt.

Stan wich Leas Blick aus und schaute hinaus auf den Loch, wo Millionen kleiner Wellen das Sonnenlicht brachen und so intensiv reflektierten, daß sie die Augen schließen mußte. Sie atmete bewußt und tief ein und langsam wieder aus. »Ja, laß uns gehen. Ich habe noch eine Überraschung für dich.«

25

Der Jaguar hielt mit quietschenden Reifen auf dem Kies eines kleinen, mit Gras überwachsenen Parkplatzes neben dem Pier. Nur ein einziges weiteres Auto stand da, ein alter Pick-up, so schlammverdreckt und voller Beulen und Schrammen, daß die Originalfarbe kaum mehr zu erkennen war. Obwohl die Bucht windgeschützt schien, nahm Lea deutlich die klatschenden Geräusche wahr, die das Wasser erzeugte, wenn sich die Wellen an den Booten brachen, die vor Anker lagen, sowie den schwachen Fischgeruch, der offensichtlich immer über diesem Ort lag, an dem Fischernetze zum Trocknen über Leinen hingen und ganze Stapel von Hummerkörben und Hunderte algenbewachsener Bojen auf ihren nächsten Einsatz warteten.

»Wir gehen angeln?« fragte Lea aufgeregt. »Ich war noch nie angeln.«

»Ich auch nicht, und dabei wird es wohl auch bleiben.« Stan deutete mit einem Kopfnicken auf das knallrote Wasserflugzeug, das sich langsam aus einem Hangar hinausbewegte, den Lea für ein einfaches Bootshaus gehalten hatte. Aus der Pilotenkanzel winkte ihnen ein lachender John entgegen, kaum zu erkennen hinter seiner dunklen Fliegerbrille und unter der Lederkappe, die er trug.

»O nein, da steige ich nicht ein. Das kannst du nicht von mir verlangen!« Lea spürte eine Panikattacke in sich aufsteigen.

»Jetzt komm schon, sei kein Angsthase. John hat seit über zwanzig Jahren den Pilotenschein, und die Maschine ist sein ein und alles. Es gibt in dieser Gegend kein besser gewartetes Flugzeug. Schau ihn dir an, er wäre beleidigt, wenn du nicht fliegen würdest.«

»Damit kann ich leben! Und außerdem: Wer hat denn hier Angst vorm Fliegen? Hast du mir nicht erzählt, daß du bei jeder Gelegenheit ein Auto jedem Flieger vorziehst?!«

»Das hier ist etwas anderes. Glaub mir! Schau dir doch das Flugzeug wenigstens mal an.«

»Diese Kiste nennst du Flugzeug?! Ein Haufen hauchdünnes Blech, der zufällig einem Flugzeug ähnelt.«

»Lea, bitte. Er fliegt uns an der Küste entlang. Wenn es dir nicht gefällt, werden wir gleich wieder landen.«

»Falls wir überhaupt hochkommen und nicht gleich auf der Wasseroberfläche zerschellen. Ich will noch nicht sterben!«

»Ich glaube, du hast zu viele schlechte Filme gesehen. Wahrscheinlich siehst du die Schlagzeile schon vor deinem geistigen Auge:

Sportflugzeug vor der schottischen Küste abgestürzt.«

»Mach dich bitte nicht über mich lustig. Ich meine es ernst, ich werde auf keinen Fall in dieses Ding steigen.«

In diesem Augenblick sah sie John mit einem breiten Grinsen auf sie zukommen. Er hatte sich aus seinem Flugzeug geschält und es am äußersten Ende des Piers vertäut.

»Ladies! Na endlich, ich dachte schon, der Mut hätte euch verlassen. Willkommen. Darf ich vorstellen: meine Bertha.« Voller Stolz stand er vor ihnen und breitete seine Arme aus, deren Spannweite durch die perspektivische Verkürzung genauso groß schien wie seine Bertha lang. Lea schluckte. »Wir können gleich los. Der Wind ist gut, der Wellengang perfekt! Kommt, kommt, kommt!« Er klatschte in die Hände, drehte sich, ohne auf eine Antwort zu warten, um und ging zu dem Flugzeug zurück.

»Tu es.« Stan legte ihren Arm auf Leas Schulter und blickte ihr tief in die Augen. »Mir zuliebe.«

»Sterben? Ich habe vor der Reise kein Testament geschrieben, so viele Entwürfe warten noch auf ihre Ausführung, meine Lebensversicherung wird erst in dreiundzwanzig Jahren ausgezahlt, ich ...«

»Lea, bitte!« Stan trat vor sie hin und nahm ihr Gesicht in beide Hände. In diesem Augenblick startete John den Motor und ließ ihn im Leerlauf auf Volltouren warmlaufen, so daß Lea kein Wort von dem verstand, was Stan ihr sagte. Aber sie spürte den Kuß, den sie ihr zärtlich auf den Mund gab, ließ es zu, daß Stan den Arm um ihre Hüfte legte und sie langsam, aber sicheren Schrittes zum Flugzeug führte, und ehe sie sich's versah, saß sie auf dem hinteren Sitz, während Stan neben John Platz nahm. Dieser verteilte Kopfhörer, an denen kleine Mikrofone angebracht waren, über die sie in Kontakt bleiben würden. Er schnallte sich an, bedeutete den beiden, es ihm gleichzutun, und reckte den Daumen nach oben – ein untrügliches Zeichen dafür, daß alles bereit war –, legte einige Schalter um, bewegte das Ruder und steuerte das Flugzeug langsam auf das offene Wasser zu. Lea schloß die Augen und ergab sich ihrem Schicksal.

Nach einigen Manövern, bei denen John offensichtlich Wasser- und Windverhältnisse testete, stellte er das Flugzeug gegen den Wind und erhöhte die Motorleistung. Es machte einen Höllenlärm, und die Wellen, die gegen die Schwimmkörper schlugen, hörten sich an, als wolle ein erzürnter Neptun ihren Flug mit Hammerschlägen sabotieren. Leas Finger krallten sich in das Sitzpolster, und sie preßte ihre Augen so fest zusammen, daß es begann weh zu tun.

Seltsamerweise war es schon nach wenigen Sekunden deutlich leiser, und auch das Ruckeln und Zuckeln hörte auf. Sie hoben ab, und die einzigen Geräusche waren das Surren des Motors und Leas Herz, das ihr bis zum Hals schlug. Jemand legte seine Hand auf ihr Bein, und in das atmosphärische Rauschen ihrer Kopfhörer mischte sich Stans verzerrte Stimme.

»Hier spricht die Copilotin. Start erfolgreich vollzogen. Flughöhe: 400 Meter, ansteigend. Wir möchten alle Passagiere bitten, die Augen zu öffnen und den Blick zu genießen.« Lea lächelte, ließ die Augen aber geschlossen. »Lea, nun mach schon, du weißt nicht, was dir entgeht!«

Stan hatte nicht zuviel versprochen. Als Lea endlich bereit war, die Augen zu öffnen, vergaß sie in Sekundenbruchteilen, daß ihr Körper nur durch eine hauchdünne Metallschicht von der Luft und dem Himmel getrennt war, denn die Landschaft, die unter ihnen dahinflog, war atemberaubend schön. Fjorde reihten sich aneinander, begrenzt von sanft abfallenden, grasbewachsenen Hängen hier und schroffen Felswänden dort, weidende Schafe, weit verstreut stehende Häuser, deren Anordnung keinerlei System erkennen ließ, Straßen, die sich wie dunkle, teerige Zungen an den Seen und Fjorden vorbeizogen oder ihre abenteuerlich verschlungenen Bahnen an den Hängen hinauf suchten, kleine Ortschaften, wo Straßen sich kreuzten oder Buchten Schutz boten vor Wind und Wetter.

Sie flogen an der zerklüfteten Küste entlang mit ihren Seevogelkolonien und den einsamen Sandstränden, den Ruinen von Häusern, die vor langer Zeit aufgegeben worden waren, und den zerfallenen Steinmäuerchen, die in der Einsamkeit jegliche Funktion verloren hatten. Hin und wieder blitzten die Gleise der Bahnstrecke zwischen den Felsen auf, die sie erst gestern nach Kyle gebracht hatte. Lea kamen die Tage in Schottland wie kleine Ewigkeiten vor, so vollgepackt mit Eindrücken und Erlebnissen, daß sie das Gefühl für Zeit vollkommen zu verlieren schien.

»Der Inner Sound«, ertönte Johns abgehackte Stimme. »Rechts seht ihr die Halbinsel Applecross, links Raasay und Skye!« Er bewegte das Höhenruder, und das Flugzeug reagierte sofort, indem es einen Schwenk nach links flog, auf die Hügel von Skye zu. Ein kleiner Schwenk nach rechts, und sie flogen an der Ostküste Skyes vorbei, so dicht, daß Lea die Schafe und Highlandrinder hätte zählen können, die unter ihr im Gras lagen oder dieses vermutlich genüßlich zwischen ihren malmenden Gebissen verschwinden ließen. Nicht eines blickte auf, als Bertha über sie hinwegflog. »Old Man of Storr, Kilt Rock, Dunvegan Castle, Lewis, Harris, Uist, die Äußeren Hebriden, Armadale Castle.« Die Kopfhörer rauschten und knackten, aber John ließ es sich nicht nehmen, die schönsten Sehenswürdigkeiten dieses Fleckchens Erde hervorzuheben, das heute nur ihm gehörte, ihm und seiner Bertha, und das er seinen Gästen wie eine fürstliche Speise auf einem Silbertablett servierte.

»Noch fünfzehn Minuten!« Lea sah, wie Stan ihm mit ihrer linken Hand das Okay-Zeichen gab. Daumen und Zeigefinger bildeten ein O, die anderen Finger blieben gestreckt. Sie nickte John mit einem verschwörerischen Blick zu, und dieser betätigte einen Schalter, der außerhalb von Leas Sichtfeld lag. Die Wirkung war allerdings nicht zu überhören, denn plötzlich wurde es ganz still, und nur das pfeifende Geräusch des Windes war zu hören, das sich in den Tragflächen und ihrer Aufhängung verfing. Eine friedvolle Stille legte sich über sie, und sie glitten scheinbar schwerelos über das Wasser hinweg – ein kleiner, fast unsichtbarer Punkt am Himmel über all der Schönheit, die sich ihnen offenbarte. Der Verrückte hatte den Motor ausgeschaltet. Keine Minute, aber für Lea ein schier unendlich langer Augenblick, in dem ihr Herz stillzustehen schien.

Stan drehte sich zu ihr um und ergriff ihre Hand. »Ist das nicht überwältigend?« Lea nickte nur, denn trotz der Angst, die sie erfüllte und die ihr unerbittlich die Kehle zuschnürte, fühlte sie sich leicht wie eine Feder, fühlte sich wie ein Vogel, den der Wind zu seinem Spielgefährten erkoren hatte. Überglücklich war sie und zugleich tief enttäuscht, als der Motor stotternd wieder ansprang und mit seinem ohrenbetäubenden Getöse die Stille einfach zerriß, die sich wie ein seidenes Tuch besänftigend über Leas klopfendes Herz gelegt hatte. Sie erwiderte Stans Händedruck und fing wieder an zu atmen.

»So, ihr zwei. Ich hoffe, es hat euch gefallen.« John war sicher gelandet und hatte das Flugzeug direkt in den Hangar manövriert. Nun lief er zwischen Stan und Lea und hatte seine Arme um sie gelegt, als seien sie zwei kleine Kinder, denen er die Welt erklärte. Er war mindestens einen Kopf größer. »Mary wartet auf uns. Ich mußte ihr hoch und heilig versprechen, euch zum Abendessen mitzubringen. Sie kocht einen Lammeintopf für uns.«

»Das hört sich köstlich an, aber eigentlich wollten wir zu Kay's.« Stans Einwand kam zaghaft. Sie wußte, daß er genaugenommen zwecklos war. Wie konnte sie Johns Einladung ablehnen, nachdem er extra für sie seine Bertha bemüht hatte, an dem einzigen Tag der Woche, den er frei hatte?

»Ach was, das kann man doch nicht essen, was die dort anbieten! Und außerdem ist es viel zu teuer. Haute Cuisine!« Er verdrehte verächtlich die Augen. »Ihr zahlt mehr für die Luft über dem Teller als für das, was draufliegt!« Sie waren an den Autos angekommen, und John stieg in seinen Pick-up, warf heulend den Motor an und rief durch das heruntergelassene Fenster: »Folgt mir einfach!« Die durchdrehenden Reifen hinterließen dunkle Spuren im hellen Kies.

Lea schaute Stan an und zuckte mit den Schultern. »Er hätte ohnehin kein *Nein* akzeptiert, und wer kann einer solch herzlichen Einladung schon widerstehen?« Lachend stiegen sie in den Sportwagen, den sie sich von Ruth geliehen hatten, und Stan bemühte sich, den Pick-up nicht aus den Augen zu verlieren, was sich als recht einfach herausstellte, da ohnehin nur diese eine, wenn auch sehr kurvenreiche Strecke in den Hang gefräst war, auf einer Seite von schroffen, steil aufragenden Felsen gesäumt, auf der anderen nur durch ein niedriges und keineswegs vertrauenerweckendes Steinmäuerchen, das stellenweise große Lücken aufwies, von dem fast senkrecht zu einem kleinen Fluß abfallenden Hang getrennt.

Erst als die Autos zum Stehen kamen, öffnete Lea wieder ihre Augen und versuchte mit tiefen, gleichmäßigen Atemzügen, ihren Herzschlag zu normalisieren. »Ihr seid beide verrückt. Absolut verrückt!«

In diesem Augenblick öffnete sich die Autotür, und Mary blickte in den Wagen. »Du meine Güte, Kind. Du siehst ja aus, als sei dir der Tod begegnet. Schneeweiß! Was habt ihr gemacht?« Sie fuchtelte mit erhobenem Zeigefinger vor der Nase ihres Mannes herum und warf Stan einen mißbilligenden Blick zu. »Das Kind zittert ja am ganzen Körper.« Sie half Lea aus dem Wagen und führte sie durch ein rosenberanktes Tor in den kleinen Garten, wo sie sie auf die selbstgezimmerte, massive Holzbank vor der weißgetünchten Hauswand drückte und ihr ein Gläschen mit einer farblosen Flüssigkeit reichte. »Hier. Das wird helfen. Es hilft immer. Selbstgebrannt!« Sie goß sich selbst ein Gläschen ein und prostete Lea zu. Ihren Mann und Stan würdigte sie keines Blickes. Sie setzte sich neben Lea und ergriff ihre Hand. »Geht es dir besser?«

Lea nickte. »Was immer das ist, es bewirkt Wunder. Dankeschön.«

»Hat euch der Flug gefallen?«

Stan setzte sich auf die andere Seite der Bank neben Lea, wollte ihre Nähe spüren und sich davon überzeugen, daß es ihr gutging. »Entschuldige«, flüsterte sie ihr zu, bevor sie Marys Frage beantwortete. »Es war toll. John beherrscht sein Flugzeug wie kein Zweiter.«

»Ja, das stimmt«, bestätigte Lea, legte ihre Hand auf Stans Oberschenkel und blickte sie lächelnd an. Sie hatte ihr verziehen. »Meine

Bedenken waren enorm. Ich habe noch nie in einem so kleinen Flugzeug gesessen. Stan mußte mich fast zwingen, aber als wir in der Luft waren und sich diese herrliche Landschaft unter uns ausbreitete wie ein kunstvoll gewebter Teppich, da waren alle Zweifel weggewischt!« Sie blickte Mary an. »Es war ein Erlebnis, das ich nicht missen möchte.«

Mary nickte. »John war gestern abend ganz begeistert von der Idee. Ihm fällt so was ja nicht im Traum ein, aber als Constanze ihn fragte, war er Feuer und Flamme. Er ist heute morgen schon ganz früh zum Hangar gefahren und hat Bertha durchgecheckt, aufgetankt und mit Sicherheit auch ein bißchen aufpoliert. Schließlich fliegt er nicht ständig Gäste durch die Gegend.«

John erschien mit vier Gläsern Bier und setzte sich auf den Baumstamm neben der Bank. »Ladies«, damit reichte er jeder ein Pint, und sie stießen gemeinsam auf diesen herrlichen Tag an, lehnten sich zurück an die Wand, blickten in die tiefstehende Sonne und schauten den Hügeln von Skye dabei zu, wie sie in der Ferne in einem dunkel glühenden Streifen aus Licht versanken.

26

Marys Lammeintopf war phänomenal. Sie servierte ihn mit Rosmarinkartoffeln und Bohnengemüse in dem Raum, der gleichzeitig als Küche, Eßzimmer und Wohnzimmer diente und von dem eine schmale, ausgetretene Holztreppe in die obere Etage führte. Sehr spartanisch und einfach eingerichtet, war er doch gemütlich, hatte einen offenen Kamin, vor dem zwei Sessel und ein Schaukelstuhl standen, einen großen Holztisch, an dem sie zu viert saßen, der aber doppelt so viel Platz bot, und vor dem Fenster, durch das sie auf die Bucht hinausschauen konnten, stand eine Sammlung bunter Glasflaschen. Stan und Lea tranken stilles Wasser zum Hauptgang, während John und Mary sich ein Bier nach dem anderen gönnten, immer beschwipster und fröhlicher wurden, Geschichten aus dem Pub erzählten, Neuigkeiten breittraten, die es wahrscheinlich nie in die Nachrichten schaffen würden, und über jeden Bewohner der Hügel Einzelheiten parat hatten, die Lea die Röte ins Gesicht trieben. Stan lächelte nur vor sich hin und genoß den unbeschwerten Abend, genoß es, mal nicht im Mittelpunkt zu stehen, sondern einfach nur zuhören zu dürfen. Lea sah ihr an, wie wohl sie sich fühlte, und lachte, wenn alle lachten, nickte selbst dann zustimmend, wenn sie das schnelle Englisch, das John und Mary sprachen, nicht genau verstand. Um nichts in der Welt hätte sie Stan bitten wollen, für sie zu übersetzen. Die Eigendynamik, die der Abend entwickelte, wäre zerstört worden.

Erst gegen zehn machten sie sich auf den Heimweg, nicht ohne Mary versprechen zu müssen, noch einmal im Pub vorbeizuschauen, bevor sie nach Deutschland aufbrechen würden. Bis zur ersten Kurve sahen sie ihre beiden Gastgeber Arm in Arm in der hell beleuchteten Haustür stehen, dann war das Haus verschwunden und mit ihm jegliche Lichtquelle außer den beiden Kegeln ihrer Scheinwerfer, die die zwanzig Meter Straße vor ihnen in taghelles Licht tauchten. Um sie herum war es so schwarz, daß Lea das Gefühl hatte, erblindet zu sein und nur ihren Arm aus dem Fenster strecken zu müssen, um eine Stück Dunkelheit in Händen zu halten. Erst als sich ihre Augen an die Abwesenheit von hellem Licht gewöhnt hatten, begann sie, diffuse Umrisse zu erkennen, sah sie Sterne, die ihr Licht matt in die Nacht warfen, bemerkte sie das sanfte Glühen des Meeres, das sich von dem dunklen mattschwarzen Horizont deutlich abhob.

»Könntest du irgendwo anhalten? In einer dieser Ausweichbuchten? Oder auch mitten auf der Straße, wenn du willst. Wer sollte uns hier schon entgegenkommen, am Ende der Welt?«

»Ist dir nicht gut?« Stan klang besorgt, blickte aber weiterhin geradeaus und konzentrierte sich auf die Straße. Sie fuhr deutlich langsamer als am Nachmittag.

»Halt einfach an. Bitte!«

Lea stieg sofort aus, als der Wagen zum Stehen kam, schloß die Tür hinter sich und lehnte sich dagegen. Stan trat vor sie hin, die Hände in ihren Hosentaschen. »Lea, was ist los?«

Lea zog sie an sich und drehte sie um, so daß Stan vor ihr stand, legte ihre Arme um sie und ihren Kopf auf ihre Schulter. Ihren Mund neben Stans Ohr, flüsterte sie: »Ich wollte nicht, daß du diesen Anblick verpaßt.« Jetzt, da der Motor des Wagens aus war, konnten sie das leise Anbranden der Wellen in den entfernten Buchten hören, die Geräusche der Nacht, die über die Felder getragen wurden, den Wind, der die Gräser erzittern ließ. »Ist das nicht einmalig schön?« Sie spürte Stan an ihrer Schulter nicken. »Ich möchte dir für den Tag danken. Schon wieder. Ich hoffe, das wird dir nicht lästig.« Stan befreite sich aus der Umarmung, wandte sich Lea zu und streichelte ihr zärtlich über die Wange.

»Ich würde alles dafür tun, dich glücklich zu sehen.«

»Constanze, ich ...« Lea hielt mitten im Satz inne und blickte verlegen zu Boden. Sie wollte nicht, daß Stan sah, wie gerührt sie war und wie glücklich über diese Worte. Sie war aber auch nicht in der Lage, es ihr zu sagen, ihr einzugestehen, wie wohl sie sich in ihrer Gegenwart fühlte und wie sehr sie die Zeit mit ihr genoß. Sie standen direkt voreinander, so dicht, daß Lea Stans Atem spürte. Ohne aufzublicken, wußte sie, daß Stans Augen erwartungsvoll auf ihr ruhten und sie darauf wartete, daß Lea den Satz beendete. Aber Lea hob die Schultern, als wolle sie sich für etwas entschuldigen, und schüttelte den Kopf, unfähig, die richtigen Worte zu finden.

»Wir sollten los. Es ist schon spät.« Mit diesen Worten wandte Stan sich ab, stieg zurück in den Wagen und startete den Motor. Lea setzte sich wortlos neben sie, und so fuhren sie nach Hause, beide tief in ihre eigenen Gedanken versunken.

Als sie ankamen, leuchtete lediglich das Licht über der Eingangstür. Ansonsten verschmolz das Haus mit der Dunkelheit. Stan schloß leise die Haustür auf und ließ sie hinter ihnen genauso leise ins Schloß fallen.

»Möchtest du noch einen Drink?« fragte Stan, ohne wirklich eine positive Antwort zu erwarten.

»Ich glaube, ich muß gleich ins Bett.« Lea versuchte ein Gähnen zu unterdrücken. »Schließlich haben wir morgen auch einen langen Tag vor uns.«

»Das stimmt allerdings. Ich schaue hier unten trotzdem noch nach dem Rechten. Geh nur schon voraus. Gute Nacht.«

»Ja, gute Nacht.«

Lea schlich auf Zehenspitzen an Ruths Etage vorbei bis unter das Dach und versuchte so wenig Lärm zu machen, wie es eben ging. Nachdem sie einmal angefangen hatte, gähnte sie ununterbrochen. So viel Aufregung an einem einzigen Tag! Sie war müde und erschöpft, und dennoch konnte sie kein Auge zumachen. Zuviel ging ihr durch den Kopf. Sie spürte eine innere Unruhe, die sie nicht schlafen ließ. Als sie gegen Mitternacht endlich das Licht löschte, lag sie mit offenen Augen im Bett und beobachtete die tanzenden Schatten, die das Mondlicht mit dem im leichten Wind wehenden Vorhang auf die Wände zauberte. Sie hatte das Fenster geöffnet, um die Nachtluft einzulassen. Diese war in den letzten Stunden deutlich abgekühlt, und es schien Lea, als könne sie den eisigen Hauch des beginnenden Herbstes spüren. Auf den Hügeln am Meer war ihr das nicht aufgefallen, aber aus diesem windgeschützten, kultivierten Garten drang sein Duft schon bis zu ihrem Zimmer hinauf – dieser süße, schwere, erdige Geruch, der Lea immer wieder an ihre Kindheit erinnerte, in der sie ihre Ferien regelmäßig im Landhaus ihrer Eltern verbracht hatte.

Sie konnte sich gut an jene leichten, unbeschwerten Tage und Wochen erinnern, in denen sie und ihre beiden Schwestern die umliegenden Wiesen und Wälder erkundeten, von Feen, Gnomen und Waldgeistern träumten und unzählige Luftschlösser bauten. Mit dem Tod von Tanja, ihrer jüngsten Schwester, gingen diese Zeit und ihre Kindheit abrupt zu Ende.

Lea wälzte sich unruhig im Bett herum. Warum mußte sie gerade jetzt daran denken? Warum? Der Tag war so außergewöhnlich gewesen, sie hatte ihn so genossen, und jetzt diese Gedanken. Warum konnten sie sie nicht in Ruhe lassen, warum kehrten sie in den unmöglichsten Augenblicken immer wieder zu ihr zurück? Warum war es ihr nicht möglich, ihre Schwester einfach gehen zu lassen?

Lea, die älteste der Schwestern, war noch keine zwölf Jahre alt, als es geschah. Bei einem ihrer Räuber- und Gendarmspiele verschwand Tanja im Wald und kam nicht wieder. Drei Wochen später fand man sie sechzig Kilometer entfernt an einer Autobahnabfahrt. Ihre Eltern hatten versucht ihren beiden anderen Töchtern die Wahrheit über Tanjas Verschwinden behutsam beizubringen, und erst Jahre später erfuhr Lea, daß man ihre Schwester nackt, mißbraucht und grausam zerstückelt in einem alten, braunen Lederkoffer gefunden hatte. Ihr Mörder wurde nie gefaßt.

Sie stand auf und ging zum Fenster, an Schlaf war ohnehin nicht mehr zu denken. An den hölzernen Rahmen gelehnt, sog sie die kühle Luft in sich auf und schloß die Augen, die sich mit Tränen gefüllt hatten. Sie würde über diesen Verlust nie hinwegkommen. Immer wenn sie an jenen Herbst dachte, spürte sie einen Schmerz in sich aufflammen, der sie wohl niemals verlassen würde. Sie seufzte tief und blickte in den nächtlichen Garten. Die Tränen liefen ihr die Wangen hinunter, und sie weinte leise ob der Vergänglichkeit, die in allem ruhte.

Der Mond stand tief und blaß am Himmel und beleuchtete den Garten mit seinem fahlen Licht. Leas Augen, die sich an die Dunkelheit gewöhnt hatten, konnten durch den Tränenschleier die Umrisse der Bäume und Hecken erkennen, Jacobs Gemüsebeet im hinteren Teil des Gartens, die Rosenrabatten an der Terrasse und die Rasenfläche mit den zwei Liegestühlen, die Jacob für sie aufgestellt hatte, und dem Sonnenschirm, der, geöffnet und windschief, grotesk in die Gartenlandschaft ragte.

Alles schien einsam und ruhig in dieser kalten, fast wolkenlosen

Nacht, und doch glaubte Lea, eine Bewegung wahrzunehmen – so flüchtig und kurz, daß sie es fast schon für Einbildung hielt. Aber da war es wieder, und Lea versuchte zu erkennen, woher die Bewegung kam. Auf die Entfernung war es schlecht auszumachen, aber es schien, als ob es sich jemand auf der Liege unter dem Sonnenschirm bequem gemacht hätte. Sie glaubte, eine Hand zu erkennen, die langsam ein Glas auf dem niedrigen Beistelltischchen absetzte.

Stan, dachte sie. Wer sonst sollte es sein!?

Sie zog sich rasch den Morgenmantel über, schlüpfte barfuß in ihre Schuhe und lief leise die Treppe hinunter. Sie verließ das Haus durch die große Glasschiebetür im Wohnzimmer. Das Gras war feucht, und die Tautropfen glitzerten im Mondlicht. Fast lautlos bewegte sie sich hinüber zu den Liegestühlen und konnte nun deutlich Bewegungen erkennen. Ihre Augen waren noch rot und verquollen vom Weinen, und sie mußte leise schniefen.

Plötzlich lugten unter dem Schirm zwei Augen hervor, zu denen sich ein Lächeln gesellte. Stan lag dick eingewickelt in eine Decke auf der Liege und genoß einen Whisky on the rocks. Die Eiswürfel klirrten bei jeder Bewegung ihrer Hand und ließen Lea die Kühle der Nacht noch deutlicher spüren. Stan mußte den Verstand verloren haben. Dennoch setzte sich Lea auf die andere Liege.

»Was machst du hier draußen? Willst du dir eine Lungenentzündung einfangen?« fragte Lea vorwurfsvoll.

Ich versuche, meinen Liebeskummer zu ertränken. Stan seufzte. »Ich konnte nicht schlafen. Außerdem liebe ich es, hier zu sitzen und einfach nur zu lauschen, still zu sein. Riechst du den Herbst? Ein unvergleichlicher Duft. Jedes Mal, wenn ich ausatme, kann ich sehen, daß ich lebe! Ich genieße das sehr! Und der Whisky wärmt von innen.« Stans Augen musterten Lea. Dunkel lagen sie im Schatten ihrer Augenbrauen und funkelten, ihrem leuchtenden Blau beraubt, Lea fast schwarz entgegen.

Lea senkte den Blick. Ihre bequeme Haltung hatte sie aufgegeben und saß verkrampft und vornübergebeugt auf dem Stuhl, der Kälte den geringsten Widerstand bietend. In dem wenig erfolgreichen Versuch, sich selbst zu wärmen, so gut es eben ging, hatte sie die Arme um sich geschlungen. Beim Anblick des nachtschwarzen und doch mondhellen Sternenhimmels spürte sie, wie ihre Zähne anfingen zu klappern, ohne daß sie es verhindern konnte. Das Zittern kam aus ihrem Innersten, als sei ihr ganzer Körper erschöpft und mit einem Mal völlig ausgekühlt. Sie hätte einfach in ihrem Bett bleiben sollen!

»Ist dir kalt?« Stans besorgter Blick nahm jetzt auch die Ringe unter Leas geröteten Augen wahr. Sie mußte geweint haben! »Komm doch zu mir unter die Decke. Hier ist Platz für zwei. Ich beiße nicht. Versprochen!«

Lea lächelte und zögerte nur kurz. Sie fror tatsächlich erbärmlich, und etwas Nähe könnte ihr jetzt guttun. Sie setzte sich mit dem Rücken zwischen Stans Beine und lehnte sich an ihren Oberkörper. Sofort sprang die Wärme über, und als Stan auch noch die angewärmte Decke über sie breitete, war die Kälte wie verflogen.

»Besser?« Lea nickte stumm. Stan nahm den Duft ihrer Haare wahr, spürte Leas angespannten Körper und bemühte sich verzweifelt, dem Drang zu widerstehen, ihn zu berühren. Ihr Verlangen nach Lea war so präsent, daß ihr der Atem stockte.

Lea hingegen spürte die Wärme, die von Stan ausging, spürte, wie sie ihren eigenen Körper langsam eroberte und die Kälte zurückdrängte. Sie lehnte sich zurück, schmiegte sich in Stans Arme, ihr Kopf an Stans Schulter gelehnt, und begann sich allmählich zu entspannen, loszulassen.

»Was ist denn mit dir?« flüsterte Stan.

»Nichts.« Lea schloß die Augen, als wolle sie die Welt aus ihrer Wahrnehmung streichen, als könne sie damit die Erinnerungen löschen, die sich tief in ihr Herz gefressen hatten.

»Ach, komm schon, Lea, ich habe doch gesehen, daß du geweint hast! Du kannst es mir ruhig erzählen!«

»O nein, du hast keine Ahnung. Ich . . . ich kann nicht! Es ist so schrecklich. Ich kann nicht darüber reden!«

Stan hielt Lea fest umschlungen und küßte sie zärtlich auf die Schläfe. »Du kannst mir alles erzählen«, flüsterte sie. »Hab keine Angst!«

Lea fühlte sich in ihren Armen sicher, atmete den Duft ein, den sie verströmte, spürte, daß sie Stan vertrauen konnte. Und so begann sie zu erzählen. Erzählte von ihrer Schwester, von jenem Tag, an dem sie nicht mehr zurückkehrte, von den Wochen und Monaten danach, in denen ihre Eltern versuchten alles von ihr fernzuhalten, in denen aber die vielen unbeantworteten Fragen Kummer und Leid nur intensivierten, von dem Schmerz, der so tief in ihr wurzelte, daß er sie, wann immer er aufbrach, lähmte und sie an nichts anderes mehr denken konnte, daß sie dieser Schmerz dann vollständig und machtvoll ausfüllte und ihr die Luft zum Atmen raubte.

Während sie sprach, liefen ihr die Tränen über die Wangen, und Stan versuchte sie sanft wegzuwischen. Sie weinte mit ihr, strich ihr liebevoll durchs Haar, küßte sie sanft in den Nacken und auf die Schulter. Sie wiegte sie in ihren Armen und versuchte sie zu trösten, wo es keinen Trost mehr gab. Und sie wußte, daß Lea ihr, so fürchterlich diese Geschichte auch war, mit dem Vertrauen, das sie ihr entgegenbrachte, kein größeres Geschenk hätte machen können.

Irgendwann, sie hatten die Zeit völlig aus den Augen verloren, gingen sie auf ihre Zimmer. Stan gab Lea einen Kuß auf die Wange und umarmte sie ein letztes Mal, bevor sie sie gehen ließ. Sie hatte ihr angeboten, bei ihr zu bleiben und zu reden, aber Lea war müde und wollte allein sein. Sie war es nicht gewohnt, über solch intime Erinnerungen zu sprechen. Sie hatte schon mehr als genug gesagt. Noch nicht einmal Sophie wußte all die Einzelheiten, die sie Stan erzählt hatte.

Sie warf sich noch lange unruhig im Bett hin und her, bevor sie letztendlich doch einschlafen konnte, und als sie hochschreckte, hatte sie das Gefühl, kaum geschlafen zu haben. Sie fragte sich, was sie geweckt hatte, und schaute sich verwirrt im Zimmer um, ohne etwas entdecken zu können. Sie war sich nicht mehr sicher, überhaupt etwas gehört zu haben. Sie versuchte wieder einzuschlafen, aber keine zehn Minuten später gab sie es auf, kämpfte sich aus dem warmen Bett und zog die schweren Vorhänge aus grobem Leinengewebe zurück.

Der Nebel türmte sich vor ihr auf wie eine weiße Wand, wie eine lautlose Ohrfeige, und mit einem Mal war ihr bewußt, daß es kein Geräusch war, das sie geweckt hatte, sondern das genaue Gegenteil. Es war die absolute Stille, die herrschte. Der Morgennebel war so dicht, daß sie die Bäume und Büsche des Gartens, der vor ihr liegen mußte, noch nicht einmal als schemenhafte Umrisse wahrnehmen konnte. Sie öffnete das Fenster, spürte die kühle und feuchte Luft des frühen Morgens auf ihrem warmen Gesicht, und als sie den Arm hinausstreckte, wurde dieser einfach verschluckt.

Sie wich zurück und schloß das Fenster. Eilig zog sie sich warme Hosen, einen Pullover und festes Schuhwerk an, wickelte sich ihren Schal um den Hals, ging leise nach unten und trat hinaus aus dem Haus in den Garten.

Wie in Watte gehüllt, bewegte sie sich fast unsichtbar durch den Garten, und nur am leisen Knirschen des Kieses unter ihren Füßen konnte sie erkennen, daß sie noch auf dem richtigen Weg war. Die feuchte Luft legte sich auf ihre Lungen, und sie fühlte sich jung und stark. Die Geister der vergangenen Nacht schienen vertrieben. Ihr Haar fühlte sich klamm an, und auch ihre Kleidung hüllte sich in einen Nebel feinster Wassertropfen.

Sie ging schnell und zielstrebig auf einen unsichtbaren Punkt zu, an dem sie das Ende des Gartens und den Beginn der Hügel und Felsen über dem Loch vermutete. Ein zarter orangefarbener Schimmer kündigte das Aufgehen der Sonne an und versprach einen herrlichen, wolkenlosen Herbsttag.

Die allgegenwärtige Stille umfing sie. Der Nebel schien jedes Geräusch in ihrer näheren Umgebung einfach zu schlucken. Mit dem heller werdenden Tag bekamen auch die niedrigen Büsche, der Zaun, Jacobs Bohnenstangen, der Rosenbaum neben dem Törchen und die aufragenden Felsen hinter dem Haus wieder blasse Formen und Linien, die Landschaft erhielt ihr Eigentum zurück, und Leas Schritte wurden mit zunehmender Orientierung immer sicherer. Wer hätte gedacht, daß auf eine sternenklare, wenn auch kalte Nacht ein solch nebelverhangener Morgen folgen würde?

Das Gespräch der letzten Nacht hallte in ihr nach. Sie hörte sich ihre Gedanken zum Tod ihrer Schwester aussprechen, hörte sich weinen, ihr Herz ausschütten und spürte Constanze, die sie festhielt, die sie wärmte und die versuchte sie zu trösten, ihren Schmerz zu lindern, der so tief saß, daß er Lea in so mancher schlaflosen Nächten umtreiben konnte und sie dann zu zerspringen drohte.

Robert hatte nie etwas mitbekommen von Leas Verzweiflung und Trauer, hatte sich höchstens mal umgedreht und dann weitergeschlafen, während sie sich im Wohnzimmer auf dem Sofa mit einer Tasse Tee zusammenkauerte und leise vor sich hin weinte. Immer ließ er sie mit dem Gefühl der Ohnmacht allein, der Ohnmacht, die sie spürte, wenn sie daran dachte, daß das Verbrechen an ihrer Schwester niemals aufgeklärt werden würde und wie wenig sie dazu beitragen konnte.

Nie hatte sie jemandem so detailliert davon erzählt. Stan war die erste.

Sie schrak zusammen, als plötzlich neben ihr ein großer Vogel aufstieg, den sie offensichtlich aufgeschreckt hatte. Sie wußte nicht, was es war – nur ein Flattern, ein großer Schatten, ein kurzes Krächzen und dann wieder Stille.

Jetzt mußte sie gleich an die Stelle kommen, an der sie mit Stan gesessen hatte, sich über die ehemaligen Freunde und Freundinnen unterhaltend, ihre ersten Lieben. War das erst gestern morgen gewesen? Irgendwie hatte sich eine tiefe Vertrautheit zwischen ihnen entwickelt, die sehr intensiv war und vielleicht stärker als alles, was sie bisher in einer ihrer Freundschaften erlebt hatte. *Aber nein! Gestehe es dir endlich ein! Es ist viel mehr als nur Freundschaft. Du liebst sie. Laß es zu!* Sie blieb stehen und blickte sich um. Hatte sie die Worte laut gesprochen? Sie konnte nicht leugnen, daß sie sich zu Stan hingezogen fühlte. Es bereitete ihr Freude, Stan glücklich zu sehen, und sie genoß es, in ihren Armen zu liegen und sich beschützt und sicher zu fühlen. Aber hatten sie und Stan die gleichen Vorstellungen und Erwartungen? Wie sollte sie ihr geben können, was sie verlangte, wenn sie sich ihrer eigenen Gefühle nicht wirklich sicher war? Sie würde auf keinen Fall den ersten Schritt tun. Das war alles zu neu und ungewohnt für sie.

Sie kletterte bis zu dem kleinen Felsvorsprung, von dem man gestern noch einen herrlichen Blick in das Tal hatte, und konnte ihren schweren Atem fließen sehen. Der Nebel hatte sich gelichtet. Am östlichen Horizont erschien ein gigantischer, in der Atmosphäre wie eine Fata Morgana leicht wabernder Feuerball, der durch die dünnen Nebelschleier fast weiß erschien und sein kaltes, mattes Licht über die Dinge warf. Wie immer wehte ein leichter Wind, und Lea merkte, wie kalt und gespannt ihre Haut war. Sie fühlte sich phantastisch, breitete die Arme aus und hob ihr Gesicht der Sonne entgegen.

So stand sie, wie ihr schien, eine kleine Ewigkeit, in der kein Gedanke gedacht, kein Gefühl gespürt, keine Angst gelebt wurde. Alles war reines Empfinden, reiner Genuß, und ihr Herz wurde leicht und unbekümmert wie das eines Kindes. Sie weinte – leise, glückliche Tränen. Ihr war, als könne sie sich erheben wie ein Vogel, könne ihre Schwingen ausbreiten und vom Wind getragen friedlich über die sanften, uralten Hügel ziehen.

»Geht es dir gut?«

Sie fuhr so erschrocken zusammen, daß sie auf den feuchten Felsen fast den Halt verlor und nur mit Mühe und unter Zuhilfenahme ihrer wild fuchtelnden Arme ihr Gleichgewicht wiederfand. Sie drehte sich um und sah Stan vor sich stehen, nur in Jeans und T-Shirt, die Arme frierend vor der Brust gekreuzt, die Haare vom Schlaf noch zerzaust und in alle Richtungen von ihrem Kopf abstehend, sah ihren fragenden Blick aus übermüdeten, roten Augen, nahm den besorgten Unterton wahr und liebte sie in diesem Augenblick mehr als irgend einen anderen Menschen auf der Welt. Sie kletterte von den Felsen hinunter, umarmte Stan und gab ihr einen Kuß auf die Wange.

»Ja«, sagte sie laut und bestimmt und wischte sich die Tränen aus dem Gesicht, »mir ging es nie besser. Laß uns zurückgehen und frühstücken.« Sie band der verdutzten Stan ihren Schal um den Hals, hakte sie unter und zog sie zurück Richtung Haus und warmer Küche. »Du holst dir ja den Tod!«

27

Wieder war es Jacob, der das Frühstück zubereitete, und wieder übertraf er sich selbst. Dieses Mal gab es Eier mit knusprig gebratenem Speck, einer aufgeschnittenen, angedünsteten Tomate und Toastbrot. Da sie eine lange Fahrt vor sich hatten, war er wohl der Meinung, daß eine angemessene Zahl an Kalorien her mußte, damit sie, falls notwendig, ohne Pause bis Oban durchhalten konnten.

»Wie sehen eure Pläne für die nächsten Tage aus?« wollte Ruth wissen, als Stan und Lea mit von der Kälte geröteten Händen und Wangen in die Küche traten und ausgehungert über die Köstlichkeiten herfielen. Sie selbst hatte ihr Frühstück bereits beendet und blickte eine nach der anderen an, die Zeitung in der Hand und die Lesebrille so auf der Nasenspitze plaziert, daß man sich zurückhalten mußte, um sie nicht eigenmächtig zurückzuschieben und so vor dem Absturz zu bewahren. Egal, was Ruth vorbrachte, dieser Blick über den Brillenrand war immer forschend und durchdringend. Selbst wenn man nichts getan hatte, fühlte man sich ertappt.

»Mal schauen. Erst einmal fahren wir bis Oban, und dann werden wir sehen, was sich ergibt. Ich denke, mit drei Tagen kommen wir hin.« Stan blickte Lea an, die nur mit den Schultern zuckte.

»Ich muß in knapp einer Woche zurück sein. Es bleibt also genug Zeit. Mein Flieger geht erst am Montag.« Stans Blick bei diesen Worten wußte Lea nur zu gut zu deuten. Bedauern.

»Schon am Montag?! Dann müssen wir uns aber ranhalten und in den nächsten Tagen einfach ein bißchen schneller leben.«

»Kind, laß dir von einer alten Frau etwas sagen.« Ruth legte Stan beruhigend eine Hand auf den Arm. »Schneller zu leben ist nicht immer die Lösung. So viel in Tage zu packen, daß sie zum Bersten voll sind, auch nicht.« Sie fing Stans Blick auf und hielt ihn fest, schaute ihr fragend in die Augen und sah offensichtlich, was sie zu finden hoffte. »Bewußt leben. Intensiv. Das ist es. Sich an den kurzen Augenblicken vollkommenen Glücks erfreuen. Zuviel Glück kann ohnehin niemand ertragen.« Sie seufzte. »Mal Pause machen und durchatmen. Vergessen, um Platz für Neues zu haben. Erinnern, um Altes aufleben zu lassen. Take it easy.«

Sie tätschelte Stans Hand, blickte Lea mit einer hochgezogenen Augenbraue an und widmete sich wieder ihrer Zeitung, ohne auf eine Antwort zu warten.

Stan schüttelte den Kopf. »Danke, Großmutter. Aber ich weiß

schon, was ich tue.« Sie schob sich den letzten Bissen Ei in den Mund und spülte mit einem Schluck Kaffee nach.

»Das will ich hoffen«, murmelte Ruth hinter ihrer Zeitung.

»Laß uns aufbrechen.« Stan stellte ihren Teller in die Spüle und drehte sich zu Lea um. »Sonst ist es dunkel, bevor wir in Oban ankommen.«

»Und das wollen wir auf keinen Fall?« fragte Lea, während sie sich ein weiteres Glas frisch gepreßten Orangensaft einschenkte.

»Richtig. Die Gegend ist viel zu schön, um bei Dunkelheit durchfahren zu werden.«

»Ich muß aber noch zu Ende frühstücken, duschen, mich umziehen, meine Sachen packen und . . .«

»Schon gut, schon gut. Reicht dir eine halbe Stunde?«

»Ja, ich denke schon.«

»Prima, ich werde vor dem Haus auf dich warten. Bis gleich – und zieh dir etwas Warmes an.« Sie legte Lea kurz ihre Hand auf die Schulter, bevor sie die Küche verließ und nach oben rannte, deutlich hörbar immer zwei Stufen nehmend und die Tür zu ihrem Zimmer zuschlagend.

Lea schüttelte den Kopf. »Manchmal ist sie so nervös und hektisch, und alles muß dann immer hopplahopp gehen. Ich weiß auch nicht. Diese Ruhelosigkeit kann ich überhaupt nicht verstehen.« Lea klaubte die Reste ihres Frühstücks vom Teller und spülte sie mit einem kräftigen Schluck Saft hinunter.

»Sie liebt. Wer kann es ihr verdenken.« Ruth schaute hinter ihrer Zeitung hervor, und Lea, die ihren prüfenden Blick durchaus spürte, wagte nicht, ihn zu erwidern. Sie zählte verzweifelt die Brotkrumen neben ihrem Teller und arrangierte ihr Besteck neu.

»Ich muß los.« Als sie aufsprang, kippte der Stuhl nach hinten und schlug hart auf dem gefliesten Boden auf. »Entschuldige.« Die Verwirrung war Lea anzusehen. Fahrig versuchte sie mit einer raschen Bewegung, die Haare zurückzustreichen, die ihr beim Bücken nach dem Stuhl ins Gesicht gefallen waren. Als sie an Ruth vorbeilief, griff diese nach ihrer Hand.

»Bitte, Lea. Verletze Constanze nicht.«

Lea starrte sie entgeistert an. »Das habe ich nicht vor.«

»Ich hoffe, du weißt, was du tust.« Sie löste ihren Griff, und Lea nutzte die Gelegenheit, fluchtartig die Küche zu verlassen. »Kinder, Kinder!« Ruth warf Jacob, der am Spülbecken lehnte und mit Sicherheit alles genauestens beobachtet hatte, einen bedeutungsvollen Blick zu und widmete sich wieder ihrer Zeitung.

Als sich die Zimmertür hinter ihr schloß, lehnte Lea sich atemlos dagegen. *Verdammt, verdammt, verdammt. Weiß ich wirklich, was ich tue?* dachte sie und trat vor den riesigen Spiegel, der am Kleiderschrank angebracht war. Eingehend betrachtete sie ihr Ebenbild. Hatte sie die ganze Situation falsch eingeschätzt? Stan liebte sie. Und sie wußte nicht, wie sie dem begegnen sollte. Sie lehnte ihre Stirn an das kalte Glas und versuchte ihre Gedanken zu ordnen. Stans Großmutter hatte ins Schwarze getroffen. Sie mußte vorsichtig sein. Sie wollte Stan nicht verletzen. Wäre Sophie nur hier. Dann könnte sie mit ihr reden, könnte sie um Rat fragen. Aber hatte sie das nicht schon getan? Und hatte Sophie ihr nicht zu verstehen gegeben, daß sie ihren Gefühlen folgen sollte, ihrem Herz? Stans grenzenlose Phantasie zog sie in ihren Bann. Sie bewunderte ihren unbeugsamen Willen, beneidete sie um ihre schier unerschöpfliche Energie, und sie begann, ganz zweifellos, sich auch nach ihren Berührungen und ihrer Wärme zu sehnen, fühlte sich von ihrem Körper angezogen. In der letzten Nacht wußte sie sich aufgehoben, verstanden und geliebt. Und sie hatte es genossen. Aber war sie dazu in der Lage, Stan wirklich zu lieben? Eine Frau zu lieben? Wie gern würde sie Simone all die Fragen stellen, die ihr auf der Seele lagen. Doch das war nicht mehr möglich. Eine Entscheidung mußte sie ohnehin allein treffen. Die würde ihr niemand abnehmen. Sie nickte sich selbst aufmunternd zu und atmete ein paarmal tief ein und wieder aus. Die nächsten drei Tage hatten sie zusammen geplant und würden sie nun auch gemeinsam verbringen. Sie schlug sich kurz links und rechts auf die Wange und versuchte zu lächeln. »Reiß dich zusammen. Das wird schon«, sagte sie laut zu sich selbst. »Du wirst schon sehen. Schließlich sind wir erwachsene Frauen.«

In diesem Augenblick knallte etwas gegen die Scheibe, und sie blickte hinunter in den Garten. Stan stand breitbeinig vor dem Rosenbeet und grinste nach oben.

»Kommst du?« Ihre Hände steckten in den Hosentaschen, und sie malte mit dem Fuß kleine Muster in die trockene Erde.

»Ich bin schon unterwegs.« Lea entschied sich in Anbetracht der kurzen Zeit, die ihr für die Kleiderwahl zur Verfügung stand, für Schwarz. Jeans, Rollkragenpullover, Jacke, Schuhe, alles in Schwarz. So mußte sie sich keine Gedanken darüber machen, ob etwas farblich nicht zusammenpaßte. Sie warf schnell ein paar Kleidungsstücke, die sie sich wahllos aus dem Schrank griff, in ihre Reisetasche. Das Necessaire lag unter dem Spiegel im Bad, ein zweites Paar Schuhe wäre auch gut. Die Dusche mußte warten. Auch gut.

Knapp fünf Minuten später stand sie außer Atem, aber abfahrbereit vor der Eingangstür, wo Stan schon auf sie wartete. Sie hatte den MG Roadster vorgefahren, einen niedrigen Sportwagen, dessen Faltdach aufgeklappt war. Stan trug eine braune Lederhose, eine halblange, gefütterte Lederjacke, um die Hüfte mit einem Gürtel zugebunden, eine lederne Kappe, die unter dem Kinn mit einem Schnappverschluß befestigt wurde, einen dunklen Schal und eine zugdichte, kreisrunde, schwarz getönte Brille, die sie aussehen ließ wie eine riesige, grinsende Stubenfliege, die sich auf einen Tag in Freiheit freute. Lea mußte bei dem Anblick lächeln. Stan erinnerte sie zu sehr an eine jener Flugpionierinnen, die sich in einer Zeit, in der eine Frau am Herd zu stehen hatte, anmaßten, den Himmel zu erobern.

»Glaubst du nicht, du übertreibst ein bißchen?« Sie wuchtete ihre Reisetasche in den offenstehenden Kofferraum, in den keine Maus mehr paßte, und schloß ihn geräuschvoll.

»Nicht so kräftig zuschlagen, bitte. Dies ist ein Oldtimer, und wir wollen doch nicht, daß er in der ersten Kurve schon auseinanderfällt.« Stan stand auf der Beifahrerseite und hielt Lea galant die Tür auf. »Hier, für dich. Damit du die Fahrt gesund überstehst.« Sie reichte Lea einen dunkelroten Schal und eine weitere Brille, die ihrer eigenen erstaunlich ähnlich sah.

»O nein. Die werde ich auf keinen Fall aufsetzen. Ich habe meine eigene dabei.« Damit griff sie nach dem breiten Schal, den sie sich zuerst über den Kopf warf und dann um den Hals festband, ihre Haare, die sie offen trug, unter dem Knoten versteckend, was sie sehr elegant aussehen ließ. Als sie auch noch ihre große, dunkle Sonnenbrille aufsetzte, schnalzte Stan anerkennend mit der Zunge.

»Wow, die steht dir echt ausgezeichnet. Wenn du aber auf mein Angebot zurückkommen willst, aus welchen Gründen auch immer, dann nur zu.« Sie ließ Lea einsteigen und schloß die Tür mit einem sanften Klick, ehe sie selbst auf dem Fahrersitz Platz nahm und den Motor startete. Sofort erklang ein dunkles Dröhnen, und das Auto wurde von sanften Vibrationen geschüttelt.

»Das ist ein Sound, oder? Den habe ich schrecklich vermißt.« Stan lächelte Lea an, die zurücknickte und dann geradeaus sah.

»Dann laß uns mal losfahren. Zeig mir dein Schottland. Ich bin gespannt!« Sie hielt sich mit einer behandschuhten Hand seitlich am Rahmen der Windschutzscheibe fest, während die andere entspannt in ihrem Schoß lag. In Stan blitzte kurz das Verlangen auf, mit Leas Hand zu tauschen. Sie ließ die Kupplung so schnell kommen, daß das Auto einen Ruck tat und abrupt zum Stehen kam, keine zehn Zentimeter weiter.

»Wir sind schon da?« Leas Lächeln zog sich über ihr ganzes Gesicht und entblößte ihre makellosen Zähne. »Das ging schnell. Eine sehr kurzweilige Fahrt.«

Stans Gesicht zeigte eine blasse Röte. »Das würde dir so gefallen!« Sie startete den Motor neu und fuhr so schwungvoll die Auffahrt hinunter, daß die durchdrehenden Reifen das Kiesbett ungleichmäßig in den umliegenden Beeten verteilten. Sie lachte laut auf. Lea blickte sie über den Rand ihrer Sonnenbrille an und gab ihr einen rügenden Klaps auf den Oberschenkel, bevor sie in das Lachen einstimmte.

Stans Großmutter beobachtete das Ganze durch eines der Fenster und schüttelte nur den Kopf.

Sie entschieden sich für die längere, aber laut Stan landschaftlich schönere Strecke über die Insel Skye, die sie mit der kleinen Fähre nach Kylerhea erreichten. Die Insel schien von den Cuillin Hills beherrscht. Egal, in welche Richtung sie fuhren, sie brauchten nur den Kopf zu wenden und sahen das Bergmassiv. Die ein oder andere Sehenswürdigkeit hätte es mit Sicherheit auf der Insel gegeben, aber es lag noch ein langer Weg vor ihnen, und keine dreißig Minuten später befanden sie sich auf der nächsten Fähre, diesmal wieder Richtung Festland. Mallaig und die Halbinsel Morar lagen vor ihnen.

Bis zum späten Vormittag passierten sie unzählige einsame, aber wunderschöne Buchten, befuhren Straßen, auf denen zwei Autos nur an Stellen mit Ausweichbuchten aneinander vorbei paßten, oder erklommen Anhöhen, von denen sich immer wieder herrliche Ausblicke boten – auf die vor dem Festland liegenden Inneren Hebriden und die zerklüftete Küste, deren unterschiedlich große Landzungen wie gierige Finger in die schäumende Brandung griffen.

Während sie am Loch Sunart entlangfuhren, aßen sie die Brote, die Jacob ihnen eingepackt hatte, und tranken dankbar den starken Kaffee. Er hielt sie wach. Je weiter sie ins Landesinnere vordrangen und mit jedem Kilometer, den sie zurücklegten, änderte sich auch die Landschaft. Wo zuvor Steilküsten und Buchten die Landschaft bestimmten, lagen nun grüne, mit Farn bewachsene Täler vor ihnen und hoch aufragende, mit Heidekraut und Gras bedeckte Berge, an denen sich die Straße wie ein träges, graues Reptil entlangschlängelte. Vereinzelt stehende Steinhäuser am Straßenrand waren die einzigen Anzeichen von Zivilisation. Manche schienen schon seit Jahren unbewohnt und dem Verfall überlassen.

Sie näherten sich dem Loch Linnhe über sanft zur Bucht abfallende karge Hügel, nur spärlich von Gras bewachsen, das sich leise im

Wind bewegte und in dem Flocken von Schafswolle vor sich hin zitterten. Über das Wasser hinweg waren die Hügel von Lorn zu sehen, und irgendwo im Dunst Richtung Westen lag auch ihr Ziel – Oban.

Bei Corran überquerten sie den Loch Linnhe mit einer kleinen Autofähre, und kurz hinter Ballachulish bog Stan von der Straße ab, die direkt am Wasser vorbeiführte.

»Das ist aber nicht der Weg nach Oban!« Lea blickte von ihrer Karte auf. »Du bist falsch abgebogen. Wir müssen wenden und bis zur Abfahrt zurück.«

Stan lächelte. »Später.«

»Was hast du vor?«

»Laß dich überraschen.«

»Schon wieder? Du hast mir heute schon so viel gezeigt, daß ich gar nicht mehr weiß, wo mir der Kopf steht.«

»Mag sein. Aber das, was ich dir jetzt zeige, möchtest du nicht verpassen. Glaube mir.« Sie manövrierte den Wagen über eine sich immer höher windende Straße, bis sie den Pass of Glencoe erreichten und Stan das Auto auf den kleinen Parkplatz lenkte, der sich fast unbemerkt an die Straße schmiegte.

»Zeit für einen Spaziergang.« Sie stieg aus, streckte sich und angelte die Picknickdecke von der Rückbank. Zielstrebig lief sie auf einen kleinen Hügel zu.

»Wo willst du hin?«

»In die Wildnis. Nun komm schon.«

»Was ist mit dem Auto? Sollten wir es nicht absperren?«

»Du meinst wegen der Diebe, die hinter dem nächsten Hügel lauern?« Stan bedeutete Lea ungeduldig, ihr zu folgen, und setzte ihren Weg fort. Lea zuckte mit den Schultern und tat wie ihr geheißen.

Sie stiegen auf einen niedrigen Hügel, sich ihren Weg über die Pfade bahnend, die von grasenden Schafen in den Hang getreten worden waren. Keine Menschenseele war zu sehen. An einem flachen, von Wind und Wetter abgeschliffenem Felsen angekommen, setzten sie sich nebeneinander auf die Decke, die Stan über das ohnehin nur spärlich wachsende Gras breitete, in einer Richtung das Tal vor sich mit dem gefräßigen grauen Band der Straße, die so viel von der Landschaft schluckte, in der anderen Richtung die unendliche Weite des Rannoch Moors, das sich erstreckte, so weit das Auge reichte. Unberührte Landschaft im Überfluß.

Das sich ständig ändernde, milde Licht des Nachmittags lag auf den Hügeln und offenbarte mal deren verlockende, mal die bedrohliche oder auch bezaubernde, aber immer eindringliche Schönheit.

Sanft abfallende, grasbewachsene Hänge wechselten mit schroff aufragenden, kahlen Felsen. Hier und dort warf eine einzelne Wolke ihren dunklen Schatten über das Land, und über allem wehte der ewige Wind, erhob sich wie ein mehrstimmiger Chor, ein großer Gesang, der von dem erzählte, was die Landschaft in den vergangenen Jahrhunderten erlebt hatte. Wenn man den Worten lauschte, konnte man von ihrem Zauber fortgetragen werden, Zeit und Raum vergessen.

Lea schloß die Augen, nahm nur den Wind wahr und den eigenen Herzschlag und spürte eine ungeheure Zufriedenheit. Hier sitzen zu dürfen mit Stan an ihrer Seite, der Magierin der Farben, die so viel auszudrücken vermochte, die Lea wahrscheinlich besser kannte als diese sich selbst.

Der Wind wehte ihr die Locken ins Gesicht. Sie spürte, wie sie die Strähnen kitzelten – an ihrer Nase, ihren Wangen, auf ihrem Mund. Und für einen kurzen Augenblick stellte sie sich vor, es seien Stans Hände, die sie liebkosten, die, so fest und entschlossen sie einen Pinsel zu halten vermochten, doch so zärtlich sein konnten. Ein Moment der Verwunderung ließ sie innehalten, bevor sie sich dem Genuß völlig hingab. Es schien das zu sein, was sie wollte. Warum brauchte sie jene einsamen Hügel, um zu diesem Schluß zu kommen? Sie fühlte sich mit einem Mal so klein und unbedeutend, ihre Sorgen schienen so unwichtig in dieser grandiosen Landschaft. Vielleicht war es diese Wahrnehmung, die sie befreite, die ihr half, wirklich große Gefühle zuzulassen, sich Dinge auszumalen, die ihrer Vorstellung bisher fremd waren.

Stan hatte die Worte noch nicht ausgesprochen, hatte ihr noch nicht gesagt, daß sie sie liebte. Lea hätte auf die sich unweigerlich anschließende Frage keine verläßliche Antwort gewußt. Sie war immer noch nicht so weit. Dennoch legte sie zögernd ihre Hand auf Stans Oberschenkel, und als diese sie mit ihren eigenen Händen umschloß und Lea zärtlich anblickte, widerstand sie dem Drang, sie zurückzuziehen. Statt dessen lächelte sie Stan tapfer an.

»Schaurig schön, findest du nicht?« Stans Worte gingen in dem Wind fast verloren, stoben auf wie Federn und wurden davongetragen.

»Schön, ja, aber warum schaurig?«

»Du weißt also nicht, wo wir uns befinden?«

»Glencoe.«

»Genau. Ein wahrlich wunderschöner, fast magischer Ort. Mit einer schrecklichen Geschichte. Ein Massaker. Schwerterklirren, Schreie, Blut, Tod . . .«

»Stan!«

»Doch, wirklich. Das ist zwar schon lange her, aber stattgefunden hat es trotzdem. Die Campbells und die MacDonalds. Mörder und Ermordete. Fast vierzig Männer, Frauen und Kinder wurden niedergemetzelt. Der Rest floh über das Moor und kam in den eisigen Winterstürmen ums Leben. Eine Geschichte, die Schottland noch heute in Atem hält.«

»Und das geschah hier?« fragte Lea ungläubig und voller Entsetzen.

»In diesem Tal.« Stan nickte bestätigend. »Und dieser Wind . . .«, sie machte eine Pause, um sich der Aufmerksamkeit Leas zu versichern. Diese hing fasziniert an ihren Lippen, und Stan fuhr mit gesenkter Stimme fort: »Dieser Wind, der seit dreihundert Jahren von blutigen Clanfehden erzählt, von Intrigen, von Liebesgeschichten, von Schmerz, Verlust und Tod – dieser Wind war es, der die Schreie der Sterbenden mit sich trug und den Rauch der niedergebrannten Hütten über das Tal verteilte, bevor Ruhe einkehrte.«

»Woher weißt du das alles?« Erstaunen und Neugier lagen in Leas Blick.

»Ich habe mich informiert! Nachdem du in diese Reise eingewilligt hast, kramte ich noch am gleichen Tag diverse Reiseführer aus meinem Regal und suchte die schönsten Ziele heraus.« Sie beugte sich zu Lea und flüsterte: »Findest du nicht, daß die Schönheit der Landschaft noch an Dramatik gewinnt, wenn man weiß, wie blutdurchtränkt jeder Zentimeter dieses kleinen Fleckchens Erde ist? Vielleicht starb genau hier, wo wir jetzt sitzen, schon ein Mensch!«

Lea stieß Stan ihren Ellenbogen in die Seite. »Laß das. Das ist unheimlich und grauenvoll. Ich möchte gar nicht daran denken!«

»Die Leute behaupten sogar, daß man die Schreie der Sterbenden hören kann, wenn der Wind stark genug ist und sich in den Felsformationen bricht.«

»Constanze!« Lea boxte ihr auf den Oberschenkel. »Du hast zu viel Phantasie! Das ist gruselig. Ich habe alles sehr genossen, bevor du mit deinen blutigen Geschichten angefangen hast. Jetzt kann ich an nichts anderes mehr denken.«

»Entschuldige. Dann werde ich ab jetzt schweigen.«

»Das ist auch besser so.« Lea schloß die Augen. *Was für ein herrlicher Tag*, dachte sie und wußte mit unumstößlicher Gewißheit, daß er ein wahrhaft großzügiges Geschenk war. Diese imposante Landschaft erfüllte sie mit Ehrfurcht und Liebe, und trotz des blutigen Grunds, auf dem sie saßen, empfand sie eine erstaunliche innere Ruhe und Gelassenheit.

28

Sie trug einen Rock mit grünblauem Schottenmuster und eine weiße, gestärkte Bluse. Sie hatte sich als Mrs. McEwan vorgestellt, und nun beobachtete sie Stan und Lea mit kleinen, wachen Augen über den Rand ihrer tief sitzenden Lesebrille hinweg. Lea schätzte sie Anfang sechzig. Sie war vielleicht einen Meter sechzig groß und hatte eine stattliche Oberweite, die auf dem kleinen Tisch ruhte, der als Rezeption diente.

»Wir haben leider nur noch ein Doppelzimmer frei«, sagte sie mit Bedauern.

Stan und Lea schauten sich an. »Vielleicht sollten wir es dann noch einmal woanders versuchen?« Lea hob fragend die Schultern.

»Wenn du willst.«

»In den nächsten drei Tagen findet ein internationales Symposium hier in Oban statt. Sie müssen schon Glück haben, ein weiteres freies Zimmer zu finden. Das in unserem Haus steht Ihnen auch nur zur Verfügung, weil das Ehepaar, das es für eine Woche gebucht hatte, wegen eines Trauerfalls in der Familie heute morgen abreisen mußte.« Mrs. McEwan lächelte unverbindlich.

»Ja, wir haben schon bei drei anderen Pensionen nachgefragt, und alle waren ausgebucht.«

»Dann laß uns hierbleiben. Das geht schon in Ordnung.« Lea legte bestätigend ihre Hand auf Stans Arm und nickte ihr zu.

»Schön. Sie werden sich sicherlich arrangieren können.« Die Dame trug Stans Namen und Adresse in das Buch auf dem Tresen ein. Ein schwarzer Füller mit vergoldeter Feder kratzte über das fast schon vergilbte Papier, und Lea hätte vieles darum gegeben, die Namen und die Daten auf den ersten Seiten lesen zu dürfen. Das Buch sah so aus, als sei es mit der Gründung der kleinen Pension in Gebrauch genommen worden. Hunderte von Namen mußten darin stehen, die wohl ebenso viele Geschichten erzählen konnten. »Dann haben Sie hier Ihren Schlüssel. Zimmer Nummer drei, mit Blick auf die Bucht. Es wird Ihnen gefallen. Kommen Sie, ich zeige Ihnen den Weg. Gepäck?«

»Nein. Das heißt, nur die zwei kleinen Reisetaschen. Um die kümmern wir uns selbst.«

Mrs. McEwan zog ihre Brille von der Nase und überließ sie der Schwerkraft, die in Anbetracht der kurzen Kette aus winzigen Goldperlen, die sie um den Hals trug, schnell an Wirksamkeit verlor. Die Oberweite tat das ihre, um den Fall zu bremsen. Sie drängte sich an dem kleinen Tisch der Rezeption vorbei und zwischen ihnen hindurch, während sie weiterhin fast ununterbrochen redete. »Sie werden es hier mögen. Eine wirklich herrliche Gegend. Und all die Dinge, die man machen kann. Unsere Gäste . . .«

Lea verdrehte die Augen und stieß einen leisen Seufzer aus.

Stan beugte sich zu ihr und flüsterte ihr ins Ohr: »Irgendwann wird sie auch mal Luft holen müssen!«

Lea gab Stan einen kleinen Klaps auf den Hintern.

»Aua!« Stan rieb sich mit ihrer Hand die getroffene Stelle.

»Stell dich nicht so an!« Lea mußte lächeln.

»So, die Damen, hier wären wir.« Ihre Wirtin öffnete die Tür, die eine verschnörkelte, in eine polierte Messingplatte eingravierte Drei zierte, und ging voran in ein helles Zimmer, durch dessen Fenster die späte Nachmittagssonne schien. Sie hatte nicht zuviel versprochen. Es war ein Erkerzimmer mit drei großen Fenstern, die alle einen ungehinderten Blick auf die Bucht von Oban boten. Das Zimmer selbst war im englischen Stil eingerichtet. Blümchenmuster in allen Variationen und an allen denkbaren Orten – Tapeten, Vorhängen, Kissen, Bettbezüge. Überladen und dennoch klassisch, stilvoll in Altrosa und gedämpften Farben gehalten. Auf einem kleinen Tisch entdeckte Lea den Wasserkocher, der auf keinen Fall hätte fehlen dürfen, und über der alten Kommode hing ein Gemälde, das die Bucht und den kleinen Hafen von Oban zeigte.

»Und, was sagen Sie?« Mrs. McEwan stand in der Mitte des Zimmers und breitete stolz ihre Arme aus.

»Es ist sehr schön.« Stan stellte ihre Tasche neben das Bett und setzte sich auf die Tagesdecke.

Mrs. McEwan deutete auf die Tür neben der Kommode. »Hier geht es zum Badezimmer. Wenn Sie Probleme haben sollten, das warme Wasser in Gang zu bringen – einfach laut nach mir rufen. Frühstück ist von acht bis zehn Uhr dreißig. Wissen Sie schon, wann Sie in etwa frühstücken wollen?«

Stan und Lea schauten sich an. »Wir werden wohl unter den ersten sein. Wir wollen zu den Inseln.«

»Schön. Dann sehen wir uns also morgen früh. Ich wünsche Ihnen einen angenehmen Aufenthalt, und falls Sie Fragen haben sollten, dann stehe ich Ihnen gern zur Verfügung.« Sie nickte ihnen zu und verließ das Zimmer. Mit einem lauten Seufzer ließ sich Lea neben Stan auf das Bett fallen.

»Endlich! Ich dachte schon, sie würde nie gehen.«

»Laß uns kurz duschen und dann zu McCaig's Folly hinauflaufen.«

»McCaig's Folly?« Lea hatte diesen Namen noch nie gehört.

»Eine wirkliche Sehenswürdigkeit hier in Oban!« Stan stand auf und ging zu ihrer Tasche, um sich frische Kleider herauszunehmen. »Wenn es dir nichts ausmacht, würde ich gern zuerst duschen.«

»Das ist schon okay. Ich werde meinen Koffer auspacken und mir einen Tee aufsetzen. Möchtest du auch einen?«

Stan lächelte. »Sehr gern. Gib mir fünf Minuten.« Und damit verschwand sie in dem angrenzenden Badezimmer.

Lea machte sich ans Auspacken. Für zwei Nächte lohnte sich das sogar. Die Kommode bot genug Platz für ihre Sachen. Als sie das Wasser der Dusche hörte, stellte sie den Wasserkocher an und entschied sich für einen Earl Grey. Das war schon immer ihr Lieblingstee, und sie ging einfach mal davon aus, daß Stan ihn auch mochte. Sie setzte sich in einen der Sessel am Fenster und genoß die Aussicht. Ein perfekter Tag – leicht, entspannt und interessant. So viel Neues und Schönes hatte sie selten in einen kurzen Tag gepackt, und eine wohlige Müdigkeit breitete sich in ihrem Körper aus. Kein Vergleich zu dem Zustand, in dem sie sich nach einem Arbeitstag befand.

Sie war glücklich.

Sie wunderte sich über diesen Gedanken, der ihr so plötzlich und unerwartet durch den Kopf schoß, daß sie zunächst nicht bemerkte, wie die Badezimmertür aufging und Stan mit nassen, zurückgekämmten Haaren ins Zimmer trat.

Diese sah Lea am Fenster sitzen, wo sie mit ihren angewinkelten Beinen und der dampfenden Tasse Tee in dem großen Sessel am Fenster zu versinken schien, und alles, was sie denken konnte, war: *O Gott, sie ist wunderschön*. Der Tag neigte sich seinem Ende zu, und das Licht der späten Sonne hielt das Zimmer gefangen. Es veränderte die Qualität der Farben, ließ sie wärmer und intensiver erscheinen. Und es veränderte Leas Gesichtszüge, machte sie sanft, zart, weich. Stan sehnte sich danach, diese Lippen zu küssen. Sie wollte in Leas Augen blicken, die geschlossen waren, wollte sich darin verlieren und von Lea gefunden werden. Sie wollte sie lieben und von ihr geliebt werden. Sie wollte . . .

»Und, endlich fertig?« fragte Lea, ohne die Augen zu öffnen. Stan räusperte sich, und dennoch klang ihre Stimme rauh, als sie antwortete.

»Es ist herrlich erfrischend.«

»Komm, setz dich zu mir. Dein Tee steht auf dem Tisch. Ich hoffe, er ist nicht zu stark geworden.«

Stan griff nach der Tasse und ließ sich auf den zweiten Sessel am Fenster sinken, nur den kleinen runden Abstelltisch zwischen sich und Lea. So könnte sie wirklich alt werden. Mit der Frau, die sie liebte, solche Momente auszukosten, jeden Moment auszukosten. War es nicht das, was sich jeder Mensch wünscht? Einen Menschen, mit dem man sein Glück teilen kann? Sie blickte in die Bucht, sah Boote hereinkommen, mit laufendem Motor, während die Segel gerafft wurden, sah Menschen den Pier entlangschlendern, sah die ein oder anderen vor dem kleinen Café am Hafen sitzen und genauso die Sonnenstrahlen genießen, die ihnen heute geschenkt wurden, wie sie es hier mit Lea tat. Sie lehnte ihren Kopf an die hohe Lehne und schickte ein kurzes Dankgebet ab.

»Ein Königreich für deine Gedanken.« Lea blickte sie forschend an, die vollen Lippen zu einem Lächeln geformt. Das Licht spiegelte sich in ihren braunen Augen und färbte ihre dunkelblonden Haare golden. Der schwarze Rollkragenpullover, den sie trug, ließ ihr Gesicht wie eine bleiche Büste aus Marmor erscheinen, wunderschön und doch so zerbrechlich.

Stan mußte ihren Blick abwenden, und sie hoffte, daß Lea die Tränen nicht bemerkte, die sich in ihren Augen gebildet hatten. Es schmerzte schrecklich, und es schien ihr fast unmöglich, ihre Gefühle für Lea weiterhin zu verbergen. Sie verzehrte sich nach ihr. Sie begehrte sie. Sie würde sie nie mehr loslassen, wenn sie sie nur halten dürfte.

»Constanze?« fragte Lea besorgt. »Was ist los? Weinst du etwa?« Sie legte ihre Hand auf Stans Arm, und diese schaute sie an.

Leas Blick durchbohrte ihr Herz. »Ist dieser Anblick nicht ... göttlich?« Sie versuchte Leas Aufmerksamkeit auf die Bucht zu lenken.

»Alles, was wir heute gesehen haben, war *göttlich*. Alles, was du mir gezeigt hast, war wunderbar. So viel Schönheit und Erhabenheit.« Sie drehte ihre Tasse in der Hand hin und her und schien nach Worten zu suchen, die das auszudrücken vermochten, was sie fühlte. »Und das Schweigen, die Ruhe, die Stille, nur der Wind und unser leises Atmen. Ich habe das sehr genossen. Einer der schönsten Tage meines Lebens. Vielleicht sogar der schönste. Vielleicht auch, weil ich ihn mit dir teilen durfte.« Sie blickte verlegen zu Boden.

»Danke.« Stan mußte schlucken, um nicht doch noch in Tränen auszubrechen. Wenn sie nur den Mut hätte, mit Lea darüber zu sprechen. Aber sie wollte sie auf keinen Fall verlieren. Selbst wenn das hieße, daß sie nur Freundinnen bleiben würden. Sie schüttelte ihren Kopf, um diese Gedanken loszuwerden. »Du bist dran.«

»Womit?«

»Na, mit Duschen!«

»Das hätte ich fast vergessen. Wir haben ja noch was vor. Dabei könnte ich einfach nur hier sitzen und genießen.«

»Und McCaig's Folly nicht sehen? Das geht auf keinen Fall. Es ist unmöglich, nach Deutschland zurückzukehren, von Oban zu erzählen und gleichzeitig zugeben zu müssen, nicht dort gewesen zu sein. Und es wird ein wunderschöner Sonnenuntergang. Darauf kannst du wetten. Nun geh schon.«

»Ist ja gut. Das muß ja was ganz Tolles sein, wenn wir heute noch dorthin müssen.«

»Müssen wir – und zwar vor Sonnenuntergang!« Damit stand Stan auf und drängte Lea Richtung Badezimmer.

»Was wirst du tun?«

»Ich werde schon eine sinnvolle Aufgabe finden, mach dir um mich keine Sorgen.«

Als Lea ins Zimmer zurückkam, war der Raum leer.

»Stan?«

Wirklich dumm und töricht, diese Frage, die ihr der Blick ins Zimmer ohnehin schon beantwortet hatte. Sie ging zur Kommode und nahm eine frische Jeans heraus, ein weißes Hemd und ihren braunen Lieblingspulli mit dem tiefen V Ausschnitt. Es würde nach Sonnenuntergang deutlich kälter werden. Vielleicht sollte sie auch ihre Jeansjacke mitnehmen. Sie blickte aus dem Fenster und mußte unwillkürlich lächeln. Stan stand vor dem Tor der Pension und unterhielt sich angeregt mit Mrs. McEwan. Eine Hand in der Hosentasche, versuchte Stan mit der anderen, vereinzelte störrische Haarsträhnen aus dem Gesicht zu streichen, die doch immer wieder in die alte Position zurückfielen – eine schon vertraute Geste. Sie trug ihre warme Cargohose, ein Hemd mit breitem Kragen, eine Weste und die Kordjacke, die ihre besten Tage deutlich hinter sich hatte. Trotz dieser mehr als legeren Kleidung sah sie sehr sexy aus. Lea legte ihre Hand an den Hals, um zu überprüfen, ob ihr Herz tatsächlich so schnell schlug, wie sie den Eindruck hatte.

In diesem Augenblick hob Stan den Blick und sah Lea hinter dem Fenster stehen. Sie winkte ihr zu und forderte sie auf, nach unten zu kommen. Sie trug das Armband, das Lea ihr geschenkt hatte.

»Da bist du ja endlich!« Stan ging zum Auto, zog eine warme Decke aus dem Kofferraum und griff nach einem Korb, der mit einem Tuch abgedeckt war. »Laß uns gehen.« Sie verabschiedete sich von Mrs. McEwan, wünschte ihr einen schönen Abend und zog Lea ungeduldig hinter sich her, die Straße entlang und den Hügel hinauf. Keine zehn Minuten später erreichten sie einen kleinen, von alten Bäumen bestandenen Park, der umgeben war von einer hohen Mauer mit zwei Reihen offener Spitzbogenfenster. Diese gaben den Blick auf die umliegenden Häuser, die Bucht und die Inseln frei. Und sie gewährten dem Licht der nun tief stehenden Sonne Einlaß in das Theateroval, wo es langgezogene Pendants zu den Fensteröffnungen auf den Rasen warf. McCaig's Folly, der deutlich kleinere, unfertige Nachbau des Kolosseums in Rom, war faszinierend. Vor allen Dingen, weil Lea niemals erwartet hätte, so etwas genau hier vorzufinden. Es paßte so gar nicht zu diesem kleinen beschaulichen Ort.

Sie wählten eine Parkbank in der Sonne, setzten sich nebeneinander, breiteten die Decke über sich aus, streckten die Beine von sich und genossen die Abendstimmung. Der Himmel war fast wolkenlos, und deutlich konnte man den Firth of Lorn erkennen mit den Hügeln von Kerrera im Vordergrund und den Bergketten von Mull am Horizont.

Lea nahm Stans Arm und hakte sich unter, Stans Hand in der ihren. »Ich möchte dir danken.« Sie drückte Stans Hand, und Stan erwiderte den Händedruck. »Wirklich, Constanze, das war ein herrlicher Tag. Und du hast ihn mir geschenkt.«

»Lea, ich weiß nicht, was ich sagen soll. Du hättest mir keinen größeren Gefallen tun können, als mich hierher zu begleiten und dich auf meine Pläne einzulassen. Ich ... ich muß DIR danken.« Stan wandte Lea den Kopf zu und blickte ihr in die Augen, lächelte. Und Lea lächelte zurück, zaghaft, zögernd, aber sie lächelte.

»Dies ist ein ganz besonderer Ort.«

»Das finde ich auch.« Sie saßen eine ganze Weile schweigend da und sahen hinaus auf das Meer.

Plötzlich ertönte ein leises, grummelndes Knurren, als säße ein kleines Ungeheuer unter ihrer Bank, und Stan blickte sich suchend um.

Lea lachte leise und knuffte ihr in die Seite. »Das war mein Magen!«

»Und ich dachte, wir seien in Lebensgefahr!«

»Auf mich trifft das zu! Ich stehe kurz vor dem Verhungern!« Wie zur Bestätigung meldete sich ihr Magen erneut zu Wort. »Ich möchte dir die Stimmung nicht verderben, aber könnten wir den Sonnenuntergang einfach überspringen und uns irgendwo ein kleines, gemütliches Restaurant suchen?«

»Ich habe etwas viel Besseres.« Stan griff neben die Bank und zog den Korb hervor. »Jetzt werde ich zur Abwechslung mal dein Leben retten! Ich war einkaufen.«

Lea schaute sie verblüfft an. »Wann?«

»Als du unter der Dusche warst. Da ist ein kleiner Tante-Emma-

Laden am Ende der Straße. Wahnsinnig teuer, aber es gibt alles, was das Herz begehrt.«

»Und, was begehrt dein Herz?«

Dich. Nur dich. Das würde mir reichen. Das würde mich glücklich machen, meinen Hunger stillen. Stan langte tief in den Korb hinein. »Nun, ich dachte an ein paar frische Tomaten, Thunfischcreme mit Sellerie, Schinken, Lachs, gekochte Eier mit Kaviar, Käse, köstliches englisches Weißbrot, eingelegte Gurken, ein paar Trauben, marinierte Oliven und Auberginen ... ach ja, und diese Flasche Rotwein. Leider kein französischer, sondern kalifornischer. Ich hoffe, der schmeckt genauso gut.« Wie ein Magier seine Tauben und Hasen aus dem Hut, so hatte sie, während sie sprach, ein Paar Teller, Gläser und das Besteck aus dem Korb gezaubert und nacheinander auch alle Dinge, die sie aufzählte.

Mit jeder Sekunde wurde Leas Grinsen breiter. »Du bist unglaublich!«

»Ich weiß. Allerdings gibt es etwas, das noch unglaublicher ist als ich.«

»Das kann ich mir nicht vorstellen.«

»O doch!« Stan zuckte entschuldigend mit den Schultern. »Ich habe den Korkenzieher vergessen.«

»Das ist nicht unglaublich, das ist tragisch.« Lea hob schockiert die Hand vor ihren Mund, und ihre großen Augen waren vor Schreck geweitet.

»Na ja, so schlimm ist es nun auch wieder nicht. Wenn du meinen Finger in der Flasche entschuldigst!?« Und damit nahm Stan den Rotwein und drückte mit etwas Geschick und ihrem Daumen den Korken in die Flasche zurück. »Jahrelanges Kunststudium! Für irgend etwas muß es ja gut sein.« Lachend schenkte sie sich selbst und der überraschten Lea ein Glas ein und prostete ihr zu. »Auf dein Wohl.«

»Auf uns.«

»Ja, auf uns.«

Und damit machten sie sich über die Köstlichkeiten her, die um sie herum verteilt standen, und schienen nicht zu bemerken, wie die Sonne langsam unterging und die Dunkelheit der Nacht sich über die Bucht ausbreitete.

Wieder zurück in der Pension, ließ sich Lea mit einem Seufzer aufs Bett fallen. »Ich bin so was von satt.« Sie hob ihren Kopf und sah Stan an: »Was machen wir jetzt?«

»Schlafen!?«

»Wie langweilig. Das hieße ja, daß dieser Tag schon vorbei ist. Tage wie dieser sollten nie zu Ende gehen.«

»Morgen ist doch auch noch einer. Und wenn wir die Inselrundfahrt machen wollen, sollten wir früh starten. Ein bißchen Schlaf wäre ja nicht das Schlechteste. Immerhin ist es schon nach elf!«

»Aaah, du bist ja so vernünftig. Fürchterlich vernünftig. Gibt es hier keine Disco oder so was? Wir kommen vielleicht nie wieder hierher.«

»Disco? Morgen gibt es keinen Rotwein mehr für dich. Der wird gestrichen.«

»Schade, ich fühle mich so leicht und beschwingt, als könnte ich die Nacht durchtanzen.«

»Tanz doch einfach ins Badezimmer und putz dir die Zähne. Dann schauen wir mal.«

»Ich weiß noch nicht.« Lea räkelte sich genüßlich auf dem Bett. »Geh du zuerst.«

Als Stan aus dem Badezimmer kam, hatte Lea bereits ihren Schlafanzug angezogen und war unter die Decke gekrochen. Sie lag auf der Seite, ihr Gesicht auf die Hände gebettet, und schlief. Stan lächelte. Lea hatte die Nachttischlampe auf ihrer Seite angeschaltet, damit sie nicht im Dunkeln durch das Zimmer stolpern mußte. Sie zog die schweren Vorhänge der Erkerfenster zu, bevor sie sich auszog und nackt zu ihrer Tasche ging, die sie noch nicht ausgepackt hatte.

Wie schön sie ist, dachte Lea und beobachtete Stan, die sich hinunterbeugte, um nach ihrem Schlafanzug zu suchen. Ihr Körper wirkte in dem gedämpften Licht unbeschreiblich weich, die Haut wie Samt. Ihre Brüste waren, wie Lea sie sich vorgestellt hatte, nicht zu klein und wohlgeformt. Obwohl schlank, war ihr Körper ausnehmend weiblich. Leas Atmung setzte aus bei dem Gedanken, der sich in ihrem Kopf formte und der ganz laut und deutlich aussprach, was sie nie wirklich für möglich gehalten hätte. Der Anblick von Stans Körper erregte sie. Das ließ sich nicht mehr leugnen. Sie wollte sie berühren, wollte sie schmecken und ihren Duft einatmen. Wollte sie küssen und liebkosen. Wollte sie lieben. Aber sie hatte Angst. Schreckliche Angst. Sie wußte nicht, wie weit sie gehen konnte. Wußte nicht, ob es für sie nur ein Experiment sein würde – *mal sehen, wie es ist mit einer Frau*. Sie konnte und wollte Stan nicht verletzen, und sie wußte, daß sie sie nicht nur verletzen, sondern zerstören würde, wenn sie sich falsch verhielt.

Sie spürte das Verlangen, das von Stan ausging, die Augen, die all das verrieten, was Worte nicht sagen konnten. Sie würden reden müssen. Irgendwann. Jetzt war sie eindeutig zu beschwipst, um einen klaren Gedanken zu fassen. Der Tag war zu perfekt, um ihn in einer Diskussion enden zu lassen. Sie seufzte laut auf und bemerkte, wie Stan sie ansah. Schnell drehte sie sich auf den Rücken, beide Arme von sich gestreckt, murmelte etwas Unverständliches und hoffte mit dieser Geste, alle Zweifel an ihrem schlafenden Zustand aus der Welt geschafft zu haben.

Stan kroch neben sie unter die Decke, die sie sich teilen mußten, und versuchte einen Mindestabstand zwischen ihnen einzuhalten. Sie hob Leas Arm vorsichtig an und legte ihn auf deren Bauch, damit sie überhaupt genug Platz hatte, um sich hinzulegen, und löschte das Licht. Sofort herrschte tiefe Dunkelheit im Zimmer. Als sie sich daran gewöhnt hatte, bemerkte sie, daß durch einen Spalt zwischen den Vorhängen das Licht der Straßenbeleuchtung schwach und diffus ins Zimmer strahlte, zu schwach, um irgendeinem Gegenstand Konturen zu verleihen, aber hell genug, um unförmige Schatten über die Zimmerdecke zu jagen.

Sie traute sich kaum zu atmen. Sie war sich der Anwesenheit Leas neben sich so bewußt, daß es weh tat. Sie wischte sich eine Träne von der Wange und versuchte sich zu beruhigen. Ihr Herz klopfte so laut, daß Lea es hören mußte, aber sie konnte nichts dagegen tun.

»Gute Nacht«, murmelte sie und biß sich auf die Lippen.

»Hmmmmh«, war alles, was als Antwort kam, und Stan blickte in die Nacht hinein. Sie würde kein Auge zumachen können. Lea drehte sich wieder auf die Seite, und Stan tat es ihr gleich. Sie nahm den Duft von Leas Haaren wahr, spürte die Wärme ihres Körpers. Sanft legte sie ihre Hand auf Leas Hüfte. So nah würde sie ihr vielleicht nie wieder sein. Lea stand nicht auf Frauen. Für sie war Stan eine Freundin. Eine mittlerweile gute Freundin, die Lea in ihrer fast kindlichen Naivität berühren konnte, ohne zu bemerken, welch innere Abgründe sich für Stan mit jeder Berührung auftaten, mit welchem Aufruhr sie zu kämpfen hatte. Das war einfach nicht fair. Da lag die Liebe ihres Lebens neben ihr, und sie mußte auf Abstand bleiben, um ihre Freundschaft nicht zu gefährden. Diese war die einzige Möglichkeit, Lea nahe zu sein.

Lea spürte Stans Hand auf ihrer Hüfte und war gerührt von dieser zärtlichen Geste. Sie bemerkte auch, daß Stan ansonsten bemüht war, Abstand zu ihr zu halten, was sie gar nicht wollte. Sie wollte Stan spüren, wollte ihr nah sein, und einem plötzlichen Impuls folgend griff sie nach deren Hand und führte sie zu ihrem Oberkörper hinauf, was Stan unweigerlich dazu zwang, sich Lea zu nähern, sich an sie heranzukuscheln. Lea spürte Stans Brüste und ihren Bauch durch den Stoff der beiden Schlafanzüge, glaubte, Stans Herzschlag zu hören, spürte das leise Zittern, das durch Stans Körper ging, als ihre Beine die gleiche Position einnahmen wie ihre eigenen, und stellte verwundert fest, wie perfekt ihre Körper zueinander paßten, wie wunderbar es sich anfühlte, Stans Atem im Nacken zu spüren, und ein herrliches Gefühl von Sicherheit, von Unverletzlichkeit machte sich breit. Stan würde sie beschützen. Nichts konnte ihr passieren. Und während sie beruhigt und zufrieden einschlief, starb Stan einen langsamen, qualvollen Tod. Sie würde am nächsten Morgen auferstehen. Das wußte sie. Aber die Gleiche würde sie nicht mehr sein. Sie vergrub ihr Gesicht in Leas Haaren und weinte sich leise in den Schlaf.

29

Ohne sich selbst schon zu zeigen, hatte die Sonne den östlichen Horizont bereits mit ihrem Licht in Brand gesetzt. Durch einen langen, schmalen Spalt, dort, wo die Vorhänge nicht vollständig zugezogen waren, fiel ein Streifen Licht genau auf die Stelle, die Lea vollkommen ungläubig betrachtete. Sie hatten im Laufe der Nacht die Position mehrfach gewechselt, ohne voneinander zu lassen. Und nun, da Lea erwachte, fand sie sich in Stans Armen, eng an ihre Seite geschmiegt. Viel aufwühlender aber war die Lage ihrer Hand, die unter Stans Schlafanzugsjacke gewandert und auf ihrer linken Brust zur Ruhe gekommen war. Und es fühlte sich gut an, weich und warm. Stan schlief noch fest, und Lea überlegte fieberhaft, wie sie ihre Hand zurückziehen konnte, ohne daß Stan es bemerkte.

In diesem Augenblick schepperte etwas in der ersten Etage direkt unter ihrem Zimmer, einem lauten Schrei folgte ein wütendes »Barnabas!«, und beide fuhren gleichzeitig hoch, Lea ihre Hand blitzartig zurückziehend, Stan verwirrt und schlaftrunken um sich blickend.

»Was war das?« Sie fuhr sich durch ihre Haare.

»Ich habe keine Ahnung. Aber es kam von unten!« Lea sprang aus dem Bett und lief zur Tür. »Meinst du, wir müssen nachschauen?«

»Nein«, murmelte Stan, bevor sie in ihr Kissen zurücksank und fast augenblicklich wieder einschlief. Lea beneidete sie um diese Fähigkeit. Sie war wach und würde kein Auge mehr schließen können. Sie betrachtete ihre Hand, die eben noch auf Stans Brust gelegen hatte, und lächelte.

Sie kochte sich einen Tee, duschte und zog sich leise an. Es war noch keine acht, und ein Morgenspaziergang würde ihr guttun. Mit der dampfenden Tasse in der Hand ging sie den Berg hinauf zu McCraig's Folly und setzte sich auf die Bank, auf der sie am Abend zuvor gesessen hatten. Ein paar Jogger kamen die Wege entlanggelaufen und grüßten sie flüchtig. Fischerboote verließen den Hafen und sahen mit ihren über Mast und Fangarme gespannten Netzen aus wie Nachtfalter, die vor der aufgehenden Sonne auf das offene Meer flüchteten. In die milde Morgenluft mischte sich der Duft von Holzfeuern, die in den anliegenden Häusern offensichtlich für Wärme sorgten. Ein kleines Fährboot verabschiedete sich mit einem lauten, dunkel schwingenden Ton, der von den umliegenden Hügeln widerhallte, und stieß eine Wolke fast schwarzen Dampfes in den Himmel. Die Tasse in Leas Händen war leer. Sie stand auf und schlenderte zu einem der Spitzbögen, von dem aus ihre Pension zu sehen war. Als sie die zurückgezogenen Vorhänge in ihrem Zimmer sah, wußte sie, daß es Zeit war, zu gehen. Stan würde schon auf sie warten.

Lea fand sie im Frühstückraum, wo Mrs. McEwan den kleinen runden Tisch am Fenster für sie gedeckt hatte. Auf dem Teppich entdeckte sie einen großen dunklen, offensichtlich feuchten Fleck.

»Barnabas«, sagte Stan, während sie aufsprang und Lea den zweiten Stuhl anbot. »Mrs. McEwans Kater. Er ist ihr zwischen die Beine gesprungen, als sie eine Vase frischer Blumen auf den Tisch stellen wollte. Leider ging diese zu Bruch. Nun müssen wir eben ohne Blumen auskommen. Sie hat uns dafür ein paar Rosenblätter über den Tisch gestreut. Das Frühstück duftet wunderbar, findest du nicht auch? Ich habe uns Kaffee bestellt. Ich hoffe, das geht in Ordnung?« Die Sätze kamen in einem schnellen Stakkato, pausenlos und ohne Luft zu holen.

»Constanze, was ist los mit dir?«

»Wo warst du?«

»Ich habe einen kleinen Spaziergang gemacht. Du bist ja gleich wieder eingeschlafen, und nachdem die letzten Tage so lang und stressig für dich waren, dachte ich, ich laß dich schlafen.«

»Okay.« Stan nickte und schaute Lea an. »Es klingt vielleicht abgedreht und schrecklich kitschig, aber: Ich habe dich vermißt.«

Bevor Lea antworten konnte, kam ihre Wirtin mit einem riesigen Tablett in den Raum gerauscht und stellte dieses geräuschvoll auf dem Nachbartisch ab. Als hätten sie *Tischlein deck dich* gesagt, erschienen nacheinander Cerealien, ein Kännchen mit Milch, zwei Gläser Orangensaft, eine Kanne Kaffee, ein Metallständer mit sechs

Scheiben Toast, für jede vier kleine Packungen mit Salzbutter, drei Glasschüsselchen mit unterschiedlichen Marmeladen und ein großer, dampfender Teller, gefüllt mit Eiern und Speck, gebratenen Kartoffeln, warmen Tomaten, braun gebratenen Würstchen und zwei Scheiben ebenfalls gebratener Blutwurst.

»So, ich hoffe, ich habe an alles gedacht.« Mrs. McEwan schaute zufrieden auf den Tisch und in Stan und Leas überraschte Gesichter. »Ach ja, bitte bedienen Sie sich.« Dabei zeigte sie auf eine große Schüssel, gefüllt mit frischem Obst, die auf der niedrigen Anrichte an der rückwärtigen Wand des Raumes stand. »Einen guten Appetit wünsche ich.« Damit verschwand sie in der Küche, um für die nächsten Gäste ein ebenso opulentes Frühstück vorzubereiten.

Der Weg zum Pier, an dem die Fähre auf sie wartete, ging steil bergab, und sie brauchten keine fünfzehn Minuten, bis sie sich in die Schlange vor dem Tickethäuschen einreihen konnten. Um zehn legte das Boot ab, und knapp vierzig Minuten später erreichte es bei ruhiger See über den Firth of Lorn hinweg die Insel Mull. Es legte nur in Craignure an, um die Touristen für die Inseltour von Bord zu lassen, und setzte dann seine Reise zu den Äußeren Hebriden fort, während für Stan und Lea und ihre knapp fünfundvierzig Mitreisenden ein Bus bereitstand, der sie quer über die Insel nach Fionnphort bringen würde.

Die Fahrt stellte sich allerdings bald schon als reines Überlebenstraining heraus. Während der Fahrer seinen Bus auf einer schmalen, einspurigen Straße, die gerade mal Platz für ein breites Auto zu bieten schien, durch die herbe Landschaft Mulls bugsierte, vorbei an sanften Hügeln, stillen Seen, Mooren und Heidelandschaften und über Brücken, die selbst geübte Autofahrer nur mit äußerster Vorsicht überqueren würden, unterhielt er seine Gäste mit Informationen und Anekdoten sowohl aus der Geschichte Mulls als auch aus seinem eigenen Leben. Die Mitreisenden schauten sich ratlos an, nicht in der Lage, zu entscheiden, welche der Geschichten ihnen am besten gefiel, zumal sie deren Inhalt über die Lautsprecheranlage, bei der es sich eindeutig um ein Vorkriegsmodell handelte, ohnehin nur bruchstückhaft erschließen konnten.

Stan und Lea saßen in der zweitletzten Reihe und versuchten die durchaus lohnenswerte Aussicht zu genießen. Allerdings erschwerte die Fahrweise eindeutig jegliche Art von Genuß. Jedes Schlagloch wurde ausgefahren, und selbst die *Ups!*- und *Sorry!*-Rufe des Fahrers, mit denen er sein Bedauern über die schlechten Straßenverhältnisse zum Ausdruck brachte, während sein breites Grinsen eine deutlich andere Sprache sprach, konnten nicht verhindern, daß alle, die in den letzten fünf Reihen und über der Hinterachse des Busses saßen, regelmäßig von ihren Sitzen abhoben und die größten unter ihnen sich den Kopf an der niedrigen Decke stießen. Nach jeder, mit deutlich überhöhter Geschwindigkeit gefahrenen Kurve schwankte der Bus noch eine Weile hin und her, und immer, wenn er ausgependelt schien, kam die nächste Kurve.

Dieses Schwanken wurde nur dann überboten, wenn der Fahrer aufgeregt in eine Richtung zeigte, ein *Look there* in das Mikrofon rief und sich nicht nur alle Köpfe in diese Richtung drehten, sondern auch einige Fahrgäste aufsprangen und auf die entsprechende Seite hechteten, nur um ein weidendes Schaf, ein gestrandetes, verfallenes Boot oder einen vermeintlichen Adler zu fotografieren, der als winzigkleiner Punkt seine Runden über die Täler zog. Es hätte eigentlich auch eine Möwe oder ein Spatz sein können.

Als der Bus ächzend und stöhnend in Fionnphort hielt, fingen die Fahrgäste euphorisch an zu klatschen, wobei dieser Applaus nicht dem Fahrer galt, sondern sie sich vielmehr gegenseitig beglückwünschten, die Fahrt überlebt zu haben.

Die frische Seeluft in Fionnphort ließ die Gesichter relativ schnell wieder eine normale, gesunde Farbe annehmen. Der Ort war überschaubar groß. Er bestand aus zwei Häusern links und rechts der schmalen Straße, die am Pier endete, einem Souvenirladen, einem Wohnhaus mit dunklen, rauchgeschwängerten Gardinen, dem kleinen Hafen, in dem vornehmlich Fischerboote vertäut lagen und wo sich überall verbeulte Bojen aufhäuften, Netze, Taue und auch Hummerfangkörbe, die allesamt den salzigen, fischigen Geruch des Meeres an Land getragen hatten.

An einem niedrigen, altersschwachen Pier lag ein weißblau gestreiftes Boot, das in den anbrandenden Wellen hin und her schwankte.

»Bist du dir sicher, daß dieses Boot nicht untergeht?« fragte Lea, während sie den Reisenden folgten, die so zielstrebig auf den Pier zusteuerten, als seien sie nicht zum ersten Mal auf dieser Rundtour unterwegs. »Irgendwie sieht es aus, als hätte es seine Blütezeit deutlich hinter sich. Und wie sollen so viele Menschen dort draufpassen? Wenn wir kentern sollten, werden sie nur nach dreißig Toten suchen, und wir sind mindestens fünfzig!« Sie griff nach Stans Arm und hinderte sie daran weiterzugehen.

»Ach, komm schon, Lea.« Stan versuchte Leas Zweifel zu zerstreuen. »Die machen diese Fahrt drei-, viermal am Tag. Der Untergang eines solch kleinen Schiffes erreicht vielleicht nie die weltweiten Schlagzeilen, aber eine Nachricht auf Seite drei oder vier ist es allemal wert. Habe ich eine solche Nachricht in letzter Zeit gelesen? Oder du? Nein!« Sie zog Lea weiter Richtung Anlegestelle. »Wenn wir Leck schlagen, werde ich dich als erstes retten. Ich schwöre.« Sie hob feierlich die linke Hand.

»Also gut. Damit kann ich leben. Aber laß mich nicht allein. Bleib in meiner Nähe.«

»Das dürfte kein Problem sein. Schau!« Stan zeigte auf das Boot, das mittlerweile zur Hälfte gefüllt war. Und die Schlange hinter ihnen war nicht gerade kurz. »Wahrscheinlich muß ich mich sogar auf deinen Schoß setzen.«

»Das könnte dir so passen.« Lea lachte und stieg in das Boot, die letzten zwei Sitzplätze hinter der Kapitänskajüte ergatternd.

Zehn Minuten später waren die Leinen gelöst, und sie stürzten sich in eine unruhige See. Die Wellen, die Lea bedenklich hoch vorkamen, schienen mit dem kleinen Boot zu spielen, es sich gegenseitig zuzuwerfen, und mehr als ein Mal war sie davon überzeugt, daß sie eine gefährliche Schieflage hatten, die ihr allerdings erst bedrohlich vorkam, als die anderen Fahrgäste kleine Schreckensschreie ausstießen. Es fiel ihr schwer zu glauben, daß es sich bei den Schreien um Äußerungen reinen Entzückens handelte. Sie hakte sich bei Stan unter, schloß die Augen, schickte ein paar Stoßgebete los und beschränkte das Atmen auf ein notwendiges Minimum.

»Lea, du siehst ja überhaupt nichts. Mach die Augen auf! Schau, ist das nicht beeindruckend?« Stan deutete auf Hügelketten, die sich im Osten scheinbar unendlich aneinanderreihten. Manche gehörten zu Mull, andere, die sich in der Ferne im blauen Dunst aufzulösen und mit dem Horizont und dem Himmel zu verschmelzen schienen, gehörten zum Festland. Über ihnen zogen kreischende Möwen ihre Bahn, hielten scheinbar mühelos die Geschwindigkeit des Bootes, um dann plötzlich wegzutauchen, zu beschleunigen, wieder abzubremsen und sich unter jene Möwen zu mischen, die auf ein Stückchen Brot zu warten schienen, an das an diesem Tag niemand gedacht hatte. Ihr Spiel mit dem Wind blieb unbelohnt, und die Passagiere, die ihre Kameras gezückt hatten, bekamen ihre Bilder ohne Gegenleistung.

»Ja, ist es. Unbeschreiblich schön.« Die nächste Welle erfaßte das Boot, hob es in einem steilen Winkel nach oben und ließ es achtlos in das nächste Wellental stürzen. Lea krampfte ihre Hand so sehr zusammen, daß Stan das Gesicht verzog. Sie würde nicht nur einen blauen Fleck davontragen. »Wie lange brauchen wir noch?«

»Keine Ahnung, aber man kann die Insel ja schon sehen.«

»Das ist alles?« War es Überraschung oder Enttäuschung, die aus Leas Worten sprach? »Darf sich dieser Felsen überhaupt *Insel* nennen?«

»Warte doch erst einmal, bis wir dort sind. Sie ist größer, als du denkst. Einsam, rauh, unbewohnt, windumtost. Hört sich doch toll an. Und die Höhle muß imposant sein! Fingal's Cave, benannt nach einem mythischen Keltenherrscher. Die Legende sagt, daß man, wenn man hineinruft und kein Echo zurückkommt, nur noch einen Tag zu leben hat.«

»Das hast du wieder mal erfunden!«

Stan nickte und lachte Lea an. »Ist aber eine tolle Geschichte, oder? In dem Land der Gnome, Elfen und Trolle ist alles möglich.«

Sie legten an einem kleinen Steg an, nachdem der Kapitän voller Stolz die Insel einmal vollständig umrundet und allen die Möglichkeit gegeben hatte, einmalige Bilder zu schießen, die man, wenn man ihm Glauben schenkte, noch stolz seinen Urenkeln zeigen könne. Als Lea einen großen Schritt vom Boot tat, hatte sie für einen kurzen Moment den Eindruck, selbst der fest verankerte Steg würde schwanken, und sie mußte sich am Geländer festhalten.

»Ist dir schlecht?«

»Nein, es geht schon.« Lea nahm Stans Hand und ließ sich von ihr zur Südspitze der Insel führen, wo sich die Höhle befand, die sie beim Umrunden der Insel bereits in Augenschein hatten nehmen können. Die steil abfallenden Klippen, an deren Fuß sie sich bewegten, bestanden aus unregelmäßig geformten Basaltsäulen, die ein Vulkan irgendwann einmal an die Oberfläche gespuckt hatte. Sie hangelten sich an einem Seil entlang, das mit in den Stein geschlagenen Haken befestigt war, und rutschten mehr als einmal auf den nassen, glatten Felsen aus. Aber als sie die Höhle erreichten und zum ersten Mal in diesen schwarzen Schlund hineinblickten, waren alle Strapazen vergessen. Die Höhle sah aus wie das Maul eines Wahlfischs mit Hunderten von schwarzen, abgebrochenen Zähnen. Das Meer hörte seinen Gesang vervielfacht, und auch als Lea ihre Hände wie ein Sprachrohr um den Mund legte und ein lautes *Hallo* in die Höhle rief, antworteten ihr gleich mehrere unsichtbare Bewohner.

Stan trat neben sie und rief ihr etwas zu, aber Lea verstand kein Wort, tippte sich ans Ohr und hob fragend die Schultern. Die Geräuschkulisse war einfach zu laut, um sich zu unterhalten, und so zog Stan Lea mit sich fort.

»Auf der anderen Seite gibt es eine Kolonie von Papageientauchern. Laß uns das noch anschauen. Das Boot legt in fünfunddreißig Minuten schon wieder ab!« Lea nickte.

Sie mußten nicht lange danach suchen, denn mindestens zwanzig weitere Passagiere hatten die gleiche Idee, und wie eine Gruppe emsiger Ameisen liefen sie hintereinander auf dem schmalen Pfad zur Nordspitze der Insel. Schon von weitem sahen sie die kleinen bunten Vögel, die zu Hunderten an den Hängen anzutreffen waren, so zutraulich, daß sie aus ihren Nisthöhlen herauskrochen, sich den Touristen bis auf wenige Zentimeter näherten, direkt vor ihnen mit ihren kleinen orangefarbenen Beinchen durch das Gras watschelten, miteinander schnäbelten oder zu einem Rundflug ansetzten. Selbst von den Kameras, die auf sie gerichtet waren, ließen sie sich nicht aus der Ruhe bringen.

Lea wandte sich ab und entfernte sich ein paar Schritte von der Gruppe. Sie blieb auf dem Hügel jenseits der Papageientaucherkolonie stehen und blickte über das Meer ins Nichts. Der Wind zerrte an ihren Haaren, riß einzelne Strähnen aus ihrem Pferdeschwanz und ließ sie in unbändiger Freude fast schon unzähmbar um ihren Kopf tanzen. Ihre Arme waren über der Brust gekreuzt, der rote Schal leuchtete in der Sonne. Stan trat an sie heran, stellte sich neben sie und umgriff ihre Hüfte.

»Und, was sagst du?«

»Mir fehlen die Worte. Die Superlative gehen mir mittlerweile langsam aus. Ich könnte ewig hier stehen und den Wind, die Luft, die Weite genießen. Einfach überwältigend.«

»Wenn ich mit dir hier stehen darf!?«

Lea legte einen Arm um Stans Schulter. »Ich würde mich freuen!« sagte sie und lachte.

»Da, schau, das ist er.« Stan senkte ehrfürchtig ihre Stimme. »Der Friedhof der Könige! Hier sollen König Duncan und auch Macbeth beerdigt sein. Und viele andere schottische Könige. Insgesamt fast fünfzig.«

»Zu lesen ist aber nichts mehr.« Lea beugte sich über eine der Grabplatten und versuchte die Schrift zu entziffern, die, über Jahrhunderte den Naturgewalten ausgesetzt, von Wind und Wetter ausgewaschen und fast vollständig zerstört worden war.

»Das ist doch egal. Dies ist eine heilige Insel, ein Kraftzentrum, ein magischer Ort.« Stan flüsterte noch immer, und Lea merkte an ihrem Gesichtsausdruck, daß es ihr diesmal ernst war.

Das Boot hatte sie nach Iona gebracht, und ihnen blieben zwei Stunden auf der Insel. Sie hatten sich in einem kleinen Laden etwas zu essen und trinken gekauft. Nach der Fahrt über die Insel Mull und dem Besuch von Staffa plagte beide der Hunger, und auf einer Bank im *Garden of Peace* vor der Kirche von Iona aßen sie genüßlich ihre Sandwichs und genossen die warmen Sonnenstrahlen, die die Rosen und den Lavendel intensiv duften ließen.

Nun standen sie auf dem Friedhof und blickten sich nach Gräbern um, deren Inschrift noch zu entziffern war. Die *Totenstraße* waren sie entlanggekommen, jene Straße, auf der in früheren Zeiten die Toten von den Booten zum Friedhof gebracht wurden, vorbei an den Ruinen eines Nonnenklosters, die, obwohl von Gras und Wildblumen überwuchert, erahnen ließen, wie imposant die Gebäude gewesen sein mußten.

»Also wirklich, Constanze. Müssen wir zwischen diesen Grabsteinen herumkriechen? Ich habe noch nicht einen einzigen gesehen, der halbwegs verrät, wer hier begraben liegt. Laß uns lieber noch ein bißchen spazierengehen. Es ist ein so herrlicher Tag. Und wer weiß, ob morgen noch die Sonne scheint.« Lea trat aus dem Schatten der Kirche heraus und wandte ihr Gesicht der Sonne zu. Mit einer Hand beschattete sie ihre Augen, mit der anderen deutete sie zum Strand. »Wir können auch am Strand entlanggehen. Der sieht zwar steinig aus, aber wir wären allein. Die anderen sind alle in den Ort oder die Dünen gelaufen.«

»Keine schlechte Idee. Laß mich nur kurz eine Skizze machen.«

»Du hast einen Block dabei?«

»Nur einen ganz kleinen.« Stan lächelte, als sie ein quadratisch zugeschnittenes Bündel Papier aus der Gesäßtasche ihrer Jeans zog und aus ihrer Jackentasche einen kurzen Bleistift fingerte. »Gib mir zehn Minuten.«

Lea setzte sich auf die Bank zwischen den Rosenbeeten und beobachtete Stan, die nur kurz nach einer guten Position suchte und dann gleich zu zeichnen begann. Lea lächelte, als sie sah, wie Stans Zungenspitze zwischen ihren Lippen herausschaute, wie konzentriert ihr Blick sich dem Motiv und ihren Zeichnungen widmete, wie sie sich langsam über den Friedhof bewegte, sich hier und dort ins Gras setzte und immer wieder eine neue Zeichnung begann. Wie oft hatte sie Constanze schon gesagt, sie solle sich ein anderes Motiv suchen, und dennoch spürte sie plötzlich ein tiefes Bedauern, nicht Gegenstand ihrer Betrachtung zu sein. *Also bitte, Lea! Wie kannst du auf einen Friedhof eifersüchtig sein. Du hast zuviel Sonne abbekommen.* Sie schüttelte den Kopf.

»So, fertig.« Stan ließ sich neben Lea auf die Bank sinken.

»Darf ich sie sehen?«

»Aber natürlich.« Stan reichte ihr den Block, der schon deutliche Gebrauchsspuren aufwies. Zerfledderte Blätter zeigten den Friedhof, die Gräber, einzelne Grabsteine, das keltische Kreuz vor der Kirche.

»Und dafür hast du nur so wenig Zeit gebraucht! Kaum zu glauben.« Lea blätterte weiter und sah eine Skizze von ihrem Zimmer in Oban und dem Blick auf die Bucht und den Hafen, von ihr, wie sie in dem Sessel am Fenster saß und Tee trank, von ihr, wie sie Stan vom Beifahrersitz aus mit Sonnenbrille und wehendem Schal lachend anblickte, von McCaig's Folly. »Wann hast du die denn gezeichnet?«

Stan lächelte. »Während du unter der Dusche warst oder spazieren oder gerade mit etwas anderem beschäftigt. Wann immer ich Zeit hatte. Du weißt doch, ich brauche nicht allzulang. Es sind lediglich kleine Skizzen. Von Stimmungen und Eindrücken, die sich mir aufdrängten und die ich nicht mehr aus dem Kopf bekam. Andere schreiben so etwas auf, machen Geschichten daraus, ich zeichne.«

»Ja, du zeichnest. Und wie!« Lea gab Stan den Block zurück, stand auf und hielt ihr ihre Hand entgegen. »Komm, wir gehen ein Stück.«

Der Strand war so steinig, daß es sich als schwierig herausstellte, den Spaziergang zu genießen. Zerklüftetes und mit winzig kleinen, scharfkantigen Muscheln übersätes Vulkangestein trennte die sandigen Buchten voneinander, aber so schwierig es war, mit dem unpassenden Schuhwerk über die Steine zu klettern, so faszinierend waren die Schätze, die sie zwischen den Steinen in Tümpeln und Pfützen eingeschlossen fanden. Kleine Krabben und Krebse, sich sanft hin und her wiegende Algen, Schnecken, glatt geschliffene Kieselsteine von Schneeweiß bis Schwarz, Muscheln, buntes Strandglas, ausgelaugtes, bleiches Holz, leere Krebspanzer und leider auch die untrüglichen Zeichen einer Zivilisation, die nicht weiß, wie sie mit ihrer Umwelt umzugehen hat. Zerfetzte Plastiktüten und leere Bierdosen, Glasflaschen, Zigarettenpackungen und Kronkorken steckten in den Felsspalten fest oder hatten sich im angetriebenen Strandgut verfangen.

Als das Schiffshorn erklang, zuckten beide zusammen. Stan ließ den Krebs fallen, der ihr in der Handfläche kitzelte, und Lea schaute auf die Uhr. Sie hatten die Zeit völlig vergessen. Es blieb ihnen noch nicht einmal eine Viertelstunde, um zum Hafen zurück und auf die Fähre zu gelangen.

»Ich glaube, wir müssen uns beeilen«, stellte Lea sachlich, aber keineswegs nervös fest.

»Das sehe ich genauso.« Stan rammte ihren linken Fuß in den Sand und nahm eine gebückte Haltung an. »Wer zuerst an der Kaimauer ist!« rief sie, rannte ungestüm los und hatte innerhalb weniger Sekunden einen deutlichen Vorsprung.

»Das ist unfair! Ich war nicht auf ein Wettrennen vorbereitet! Warte auf mich!« Nun zahlte sich ihr Training, das sie im Frühjahr, zugegebenermaßen nicht allzu intensiv, betrieben hatte, doch noch aus. Schon nach wenigen Metern holte sie Stan ein, deren Kondition offensichtlich nicht die beste war. »Da wird doch nicht jemand schlappmachen?!« rief sie einer keuchenden Stan zu, während sie sie aufreizend langsam überholte, ihre Schritte beschleunigte und lange vor ihr die Kaimauer erreichte. Ihre Hose und die Schuhe waren klitschnaß, weil sie die Felsen umlaufen und durch die Brandung hatte rennen müssen, um erste zu sein, aber das war es ihr wert. So konnte sie in aller Ruhe beobachten, wie Stan herangetorkelt kam und sich schweratmend und mit hochrotem Kopf vor ihr in den Sand fallen ließ, Arme und Beine von sich gestreckt.

»Ich kann nicht mehr«, stöhnte sie und öffnete ihre Jacke, um Luft zu bekommen. Stans Brustkorb hob und senkte sich mit jedem tiefen Atemzug, und Lea stellte verwundert und zugleich fasziniert fest, daß sie keinen BH trug. Das enganliegende T-Shirt ließ keinen Zweifel daran aufkommen. Lea versuchte ihren Blick auf Stans Gesicht zu fokussieren, aber alles, was sie dort sah, waren die vollen, roten Lippen, die Stan mit ihrer Zunge zu befeuchten versuchte, und die geschlossenen Augen, von denen Lea hoffte, daß sie sich nicht genau in diesem Augenblick öffnen würden, um das zu sehen, was Lea so lange hatte verbergen können. Verwirrt riß sie sich von dem Anblick los und schaute just in dem Moment Richtung Fähre, als das Schiffshorn zum zweiten Mal ertönte.

»Wow, diese Worte aus deinem Mund! Daß ich das noch erleben darf. Aber Ausruhen ist nicht! Wir dürfen das Boot nicht verpassen. Ich glaube, es ist das letzte für heute. Komm!« Damit half sie Stan auf die Beine und klopfte ihr den Sand von der Jacke. »Warte, halt still.« Ein Stück getrockneter brauner Alge hatte sich in Stans Haaren verfangen, und mit etwas Mühe konnte Lea es herauslösen.

Sie standen eng beieinander, und Stan nahm Leas leichten Schweißgeruch wahr, roch die Sonne, die sich in ihrer Kleidung festgesetzt hatte, spürte die Wärme, die von ihren Händen ausging, und plötzlich griff sie nach einer dieser Hände, führte sie zu ihrem Mund und küßte sie, Lea so tief in die Augen blickend, als suche sie nach einer Antwort auf die Frage, die sie noch nicht zu stellen gewagt hatte.

»Lea, ich . . . ich . . .«, stammelte sie.

Lea schluckte, hielt dem Blick aber stand. Sie nickte und strich mit ihrem Zeigefinger sanft über Stans Lippen, die sich für sie ein Stück weit öffneten. »Wir verpassen das Boot«, sagte sie leise.

Stan schnappte nach ihrem Finger und biß zart hinein. Sie lächelte. »Und das wollen wir nicht.«

»Nein. Das wollen wir nicht. Auf keinen Fall.«

Für die Rückfahrt wählten sie eine der vorderen Sitzreihen im Bus, aber ihre Befürchtungen waren umsonst. Ein anderer Busfahrer, keine weidenden Schafe entlang der Strecke, keine unbekannten Flugobjekte. Vollkommen unspektakulär. Vielleicht waren sie auch zu müde, um mehr als sich selbst wahrnehmen zu können. Sie saßen eng nebeneinander, waren sich ihrer Nähe zueinander bewußt. Ihre Hände lagen ineinander. Sie sprachen kein Wort. Hin und wieder blickten sie sich an und lächelten verlegen. Dann gab Lea Stans Hand frei, nur um Sekunden später wieder danach zu greifen und sie mit beiden Händen zu umfassen, festzuhalten.

Auf der Fähre zurück nach Oban standen sie Seite an Seite an der Reling, blickten auf die Hügel von Mull, die so langsam und gelassen an ihnen vorbeizogen, als könne sie nichts aus der Ruhe bringen, genossen den Fahrtwind, der ihnen immer dann die Haare aufbrausend ins Gesicht schlug, wenn sie sich von ihm abwendeten, schauten der Sonne zu, wie sie sich anschickte, nicht sprudelnd und zischend, sondern still und majestätisch im Meer zu versinken, und versuchten den fast geschlossenen, träge schwappenden Teppich von Millionen rosafarbener Quallen zu ignorieren, der von dem Bug der Fähre lautlos und fast schon zärtlich geteilt und in deren Fahrwasser in unzählige glitschige Klumpen zerfetzt wieder ausgespuckt wurde.

In einem kleinen Schnellimbiß am Pier kauften sie sich fritierte Tintenfischringe mit Pommes frites, die sie auf halbem Weg zur Pension, auf den Stufen eines Kirchenportals sitzend, hungrig verschlangen. Das kalte Bier half, die vor Fett triefenden Kartoffeln hinunterzuspülen, machte sie aber noch schläfriger, als sie ohnehin schon waren. Die Anstrengungen der letzten Tage machten sich bemerkbar, unterstützt durch die frische Luft und die Wärme der Sonne, denen sie den ganzen Tag ausgesetzt waren.

Als es schließlich nichts anderes mehr zu tun gab, die Sonne lange untergegangen war und sich die Kühle der Nacht über den Ort gelegt hatte, erklommen sie das letzte Stück Steigung zu ihrer Pension, die Hände in den Hosentaschen und stumm die eigenen Schritte zählend. Keine der beiden wollte das Schweigen brechen, das sich zwischen sie gedrängt hatte. Keine konnte es brechen.

Das tat ihre Gastwirtin, denn gerade als Stan die Haustür aufschließen wollte, wurde diese von innen aufgerissen und Mrs. McEwan trat ihnen lächelnd entgegen.

»Da sind Sie ja endlich!« sagte sie freudestrahlend und breitete zufrieden ihre Arme aus. Wahrscheinlich hatte sie schon seit Stunden auf der Lauer gelegen, um sie bei der Heimkehr abzupassen. Es mußte sich ja um etwas wirklich Wichtiges handeln. »Mr. Peabody ist weg!« Sie strahlte über das ganze Gesicht. Was hatten Mr. Peabody, wer immer das sein mochte, und sein Verschwinden mit ihnen beiden zu tun? Wenn ihre Wirtin nicht in der Lage war, auf ihre Haustiere aufzupassen, war es ja wohl kaum nötig, das auch noch an die große Glocke zu hängen. Sie blickten sie fragend an. »Mr. Peabody«, die Stimme ihrer Wirtin nahm einen ungeduldigen Unterton an, als müßten sie wissen, um wen es sich handelte. »Der Gast aus Nummer vier ist abgereist. Ein familiärer Notfall.« Sie wußten immer noch nicht, was sie von ihnen wollte. »Damit kann ich Ihnen ein zweites Zimmer anbieten. Es ist alles schon hergerichtet.«

»Wir haben uns eigentlich ganz gut arrangiert.« Stan schaute Lea hilflos an.

»Ich dachte, ich tue Ihnen einen Gefallen. Schließlich hätte ich das Zimmer heute schon zweimal vermieten können«, sagte Mrs. McEwan aufbrausend und blickte die beiden strafend über ihre Lesebrille hinweg an.

»Beruhigen Sie sich, Mrs. McEwan.« Lea trat auf sie zu und legte ihr besänftigend die Hand auf den Arm. »An uns zu denken, war sehr aufmerksam von Ihnen. Natürlich nehmen wir das Zimmer.«

»Das freut mich. Es liegt gleich neben dem Zimmer, in dem Sie momentan untergebracht sind. Kann ich Ihnen noch irgendwie behilflich sein?«

»Nein, Sie haben schon genug getan. Vielen Dank.« Stan blickte sie so finster an, daß Mrs. McEwan zurückschrak und sich hinter ihrem Tisch an einer Schublade zu schaffen machte.

»Hier ist Ihr Schlüssel. Wer von Ihnen möchte ihn?«

»Ich nehme ihn«, Lea griff danach, bevor Stan es tun konnte, und stieg die Treppe zur ersten Etage hoch. »Gute Nacht, Mrs. McEwan.« An Stan gewandt sagte sie: »Was ist mit dir? Übernachtest du im Flur?« Stan murmelte etwas Unverständliches und folgte Lea widerwillig nach oben.

»Warum hast du das getan?« fragte sie, kaum daß sie die Zimmertür hinter sich geschlossen hatten.

»Was? Das Zimmer akzeptiert?« Lea hatte ihre Tasche in der Hand und zog eine Schublade der Kommode auf, in der sie ihre Kleidung untergebracht hatte. »Ich denke, das ist die beste Lösung.«

Stan trat hinter sie und legte ihre Arme um sie, was Lea sofort jeglicher Energie zu berauben schien. Ihre Schultern hingen schlaff nach unten und die Arme nutzlos am Körper herab. »Lea.« Stans flüsternde Stimme klang rauh an Leas Ohr.

»Stan, Constanze. Bitte. Laß uns das zweite Zimmer einfach nehmen und nicht streiten. Bitte. Es war so ein herrlicher Tag.«

»Und ich wüßte einen perfekten Ausklang dafür.«

Lea befreite sich aus der Umarmung und drehte sich zu Stan um. Sie blickte ihr in die Augen, und was sie darin sah, ließ ihr Herz zerspringen. Sie nahm ihren Kopf in beide Hände und küßte sie zögernd auf den Mund. Stans Lippen waren unglaublich weich, und Lea schloß für einen Moment die Augen, wollte nichts anderes spüren als diese Lippen, wollte sich die Erinnerung an nur diesen einen Kuß bewahren.

»Ich gehe. Es ist besser so.« Ihre Stimme war kaum mehr als ein Flüstern, und als sie die Augen wieder öffnete, fing sie Stans Blick auf, bevor diese sich abwenden konnte, sah für einen kurzen Moment die Enttäuschung und den Schmerz, sah die Tränen, die sie nicht mehr zurückhalten konnte.

»Nein, ich gehe. Ich habe ja noch nicht einmal ausgepackt!« Sie griff sich ihre Tasche und den Schlüssel, den Lea auf ihren Nachttisch gelegt hatte, und verließ den Raum, ohne Lea noch einmal anzuschauen.

»Gute Nacht«, rief Lea ihr nach. Sie bekam keine Antwort. *Es tut mir so schrecklich leid. Ich liebe dich.*

30

Lea saß noch lange am Fenster, trank einen Tee und starrte in die Dunkelheit. Sie wagte nicht, ins Bett zu gehen, denn wann immer sie die Augen schloß, stürzten Bilder auf sie ein, fielen Erinnerungsfragmente über sie her, mal in Kurzfilmlänge, mal nur für Sekundenbruchteile. Sie spielten mit ihr und ihren Gefühlen – wild, hemmungslos und ohne Gnade. Sie versuchte sie abzuschütteln, versuchte an etwas anderes zu denken, aber wie konnte sie glauben, daß ihr etwas gelänge, das eigentlich nicht mehr in ihrer Macht lag? Zu intensiv war ihre Sehnsucht, zu groß das Verlangen, Stan zu spüren, sich von ihr berühren zu lassen, ihren Körper und ihre Seele zu erkunden. Manchmal glaubte sie, Stans Hand auf ihrem Arm zu spüren oder wie sie ihr sanft über die Wange strich, dann wieder waren es ihre Lippen, die sie zärtlich küßten, oder ihr Blick, der sich in ihr Herz bohrte und dort Anker warf.

Sie hätte einfach hinübergehen können, hätte ihr sagen können, was sie für sie empfand. Statt dessen ging sie irgendwann ins Bett, das ihr unheimlich leer vorkam. Sie berührte das Kissen, auf dem Stan gelegen hatte, und nahm den schwachen Duft wahr, der von ihm ausging und der sie unaufhörlich und so schmerzlich an sie denken ließ, daß sie ihr Gesicht in den weichen Federn vergrub und leise weinte. Sie stellte sich vor, daß Stan in dem angrenzenden Zimmer ebenso wach lag, und legte ihre Hand behutsam auf die Wand, hoffte, ihre Anwesenheit zu spüren, und schlief mit dem Kissen im Arm erst ein, als sich die erste schwache Morgendämmerung zart am östlichen Nachthimmel zeigte und sich über die erwachenden Hügel zu legen begann.

Als sie nun nach unten kam, saß Stan bereits am Tisch und hatte mit dem Frühstück begonnen. Ihr war es wohl nicht anders ergangen, denn sie sah aus, als hätte sie kein Auge zugemacht. Die dunklen Ringe unter ihren müden Augen und ein leichtes Zittern ihrer Hand, als sie nach der Kaffeetasse griff, zeugten von dem Erschöpfungszustand, in dem sie sich befinden mußte.

»Ich hoffe, es stört dich nicht, daß ich schon begonnen habe, aber ich brauchte dringend Koffein.« Stan lächelte nicht, als sie das sagte, blickte noch nicht einmal auf, sondern konzentrierte sich darauf, das Toastbrot auf ihrem Teller mit Orangenmarmelade zu bestreichen. »Mrs. McEwan wird uns gleich den warmen Hauptgang servieren, obwohl ich nicht weiß, ob ich Hunger habe.«

»Stan, ich . . .«

»Meine Tasche ist schon im Auto. Wir können also direkt nach dem Frühstück los.«

»Constanze, bitte.«

»Ich dachte, wir fahren am Caledonian Canal entlang. Wenn du möchtest, bis zum Loch Ness. Und einen Abstecher zum Ben Nevis können wir auch einplanen. Schließlich ist es der höchste schottische Berg, wenn nicht sogar der höchste in ganz Großbritannien!«

Sie wollte nicht über die letzte Nacht sprechen. Auch gut. Lea mußte das so akzeptieren. Sie zuckte mit den Schultern und griff nach einer Scheibe Toast. »Das hört sich gut an. Meine Tasche ist auch schon gepackt.« Sie gab vor, sich nicht für eine Marmelade entscheiden zu können, und stocherte unschlüssig in der Butter herum. Als sie sah, wie Stan ihre Tasse zum Mund führte und sie mit beiden Händen festhalten mußte, um nichts zu verschütten, ließ sie ihr Messer auf den Tisch fallen, beugte sich zu ihr hinüber und legte Stan ihre Hand auf den Arm. »Constanze, es tut mir so leid. Du kannst dir nicht vorstellen, wie sehr ich dich vermißt habe.« Stan legte ihre Hand zögernd auf die von Lea und schaute sie endlich an, mit einer tiefen Traurigkeit, der Lea kaum gewachsen war. »Ich habe stundenlang wachgelegen, konnte an nichts anderes denken als an dich.«

»Dann ging es dir auch nicht besser als mir.«

Lea schüttelte langsam den Kopf. »Was sollen wir denn jetzt tun?«

»Wir frühstücken zu Ende und machen uns auf den Heimweg. Ganz wie geplant.«

»Ja, ganz wie geplant.« Nichts verlief mehr wie geplant. Lea spürte, wie ihr Leben aus den Fugen geriet, wie sie von einer ihr unbekannten Macht in die Luft geschleudert wurde, in eine Umlaufbahn, die neu für sie war, die dunkle Gefahren für sie bereithielt, aber auch Liebe und Freude und Erfüllung. Glück. Und sie wußte, daß Stan in dieser Umlaufbahn auf sie wartete. Das machte die Reise erträglicher.

»So die Damen, lassen Sie es sich schmecken«, flötete Mrs. McEwan und stellte ihnen zwei, noch voller als am Vortag beladene Teller vor die Nase. »Ich hörte, Sie hätten eine lange Fahrt vor sich. Da dachte ich, ein bißchen mehr von allem könne nichts schaden. Sie sehen aus, als ob Sie die Energie brauchen könnten. Der gestrige Tag war wohl doch sehr anstrengend.«

»Danke«, sagten beide fast gleichzeitig und mußten lächeln. Immerhin ein Anfang. Vielleicht würde der Tag doch nicht so schlecht werden, wie Lea befürchtet hatte.

Es war unmöglich mit offenem Verdeck zu fahren. Zu sehr hatte es abgekühlt, und je weiter sie nach Nordosten vordrangen, desto trüber und bewölkter wurde es. Die Sicht auf die Fjorde, Seen und niedrigeren Hügel war unvermindert gut, aber der dunkle, regenschwangere Himmel ließ die Landschaft zunehmend ergrauen.

Der Gipfel des Ben Nevis hüllte sich in dichten Nebel. Und auch die schweigsame Betrachtung einer Herde freilaufender Hochlandrinder in dem Tal, in dem sich die Straße Höhenmeter für Höhenmeter den südöstlichen Berghang hinauf fraß, konnte nicht darüber hinwegtäuschen, daß weder Stan noch Lea in der Stimmung waren, überhaupt etwas zu registrieren. Selten bekam man diese gehörnten, langhaarigen Zottelmonster aus einer solchen Nähe zu sehen, und die Touristen, die sie umringten und verzückt ein Foto nach dem anderen schossen, wußten das durchaus zu schätzen. Stan aber fuhr langsam durch die Herde hindurch, wendete auf einem kleinen Parkplatz keine einhundert Meter weiter und fuhr wieder aus dem Tal hinaus auf die Hauptstraße, die am Loch Lochy vorbei Richtung Loch Ness führte.

Doch auch der Loch Ness hatte nichts von der Magie, die ihm nachgesagt wurde. Die baumbestandenen Hügel fielen sanft zum Wasser hinab, und nach jeder Kurve bot sich der gleiche Anblick. Sie kamen aus den Highlands, wo sich die reizvolle Landschaft mit jedem Wimpernschlag änderte und es immer wieder Neues zu entdecken gab. Loch Ness dagegen erschien ihnen wie eine bleierne Pfütze, die träge den Glen Mor ausfüllte und von der eine beispiellose Monotonie und Tristesse ausging, der sie nur an einem sonnigen Tag mit Enthusiasmus hätten begegnen können. Nichts erinnerte an die wilde Pracht von Morar und Lorn, die herbe Einsamkeit der Hebriden oder die einmalige Schönheit von Glencoe.

Dennoch entschieden sie sich, in einem kleinen Tearoom direkt am Ufer des Sees eine Pause einzulegen. Stan war erschöpft und so müde, daß ihr fast die Augen zufielen, und hoffte inständig, daß der Kaffee heiß und stark sein würde. Lea trank ihren Earl Grey, und sie teilten sich drei Scones mit Schlagsahne. Sie waren die einzigen Gäste, die die Sonnenterasse wählten. Alle anderen zogen den beheizten und vor allen Dingen windgeschützten Innenraum vor. Dick in ihre Jacken gepackt und mit einem Schal um den Hals, saßen sie nebeneinander auf einer Bank direkt am Ufer, nur durch eine niedrige Balustrade vom Wasser getrennt.

»Ich glaube, ich würde alles dafür geben, ein bißchen schlafen zu können.« Stan hielt sich gähnend die Hand vor den Mund. »Aber leider haben wir noch ein paar Kilometer vor uns.«

»Wenn ich dich wenigstens ablösen könnte.« Lea blickte Stan prüfend von der Seite an.

Diese schloß die Augen und legte den Kopf zurück, bewegte ihn ein bißchen hin und her und versuchte die Nackenmuskulatur etwas zu lockern. »Ist schon in Ordnung.«

»Nein, ist es nicht. Schließlich bin ich an deinem Zustand nicht ganz unschuldig.«

Stan betrachtete eingehend ihre Hände und erwiderte nichts.

»Komm, leg dich ein bißchen hin. Ich werde dich wecken, wenn es Zeit ist, weiterzufahren.« Lea lächelte und klopfte einladend auf ihren Schoß, und als Stan sie prüfend anschaute, fügte sie lachend hinzu: »Ich werde dir schon nichts tun!«

»Also gut. Zehn Minuten. Nicht länger. Und du weckst mich?«

»Versprochen.«

Stan nickte lächelnd, drehte sich zur Seite und legte ihren Kopf in Leas Schoß. Eine Hand unter Leas Oberschenkel geschoben und die andere in ihrer Jackentasche verstaut, schlief sie keine Minute später bereits tief und fest. Ihr Atem ging regelmäßig. Sie hatte den Mund leicht geöffnet, und ihre geschlossenen Lider zuckten, wenn sich der Wind zu sehr in ihren langen Wimpern verfing.

Lea strich ihr zärtlich über die Wange, berührte ihre Lippen, ihr Kinn, legte eine Haarsträhne hinter ihr Ohr. Ihr tränenverschleierter Blick schweifte über die silbern glänzende Wasseroberfläche und blieb schließlich an einem kleinen Segelboot hängen, das sich in Zickzacklinien über den See bewegte, scheinbar mühelos an Fahrt gewann und sich hinter einer grünen Landzunge ihren Blicken entzog. Sie schloß die Augen und spürte Tränen über ihre Wangen laufen. Sie ließ es geschehen. Was sollte sie auch dagegen tun. Der Wind würde sie trocknen, und dann könnte sie sich die salzigen Spuren einfach von den Wangen wischen. Nichts wäre mehr zu sehen. Nur auf ihrer Seele würden diese Tränen Spuren hinterlassen.

31

Sie hatten kaum die Eingangstür hinter sich geschlossen und ihre Taschen im Flur abgestellt, als Ruths Stimme fröhlich aus der Küche ertönte.

»Kinder!« rief sie. »Wir haben etwas für euch gekocht! Ich hoffe, ihr habt Huuuungerrrrrr!« Sie sang die letzten Worte buchstäblich. Ihre gute Laune war ihr anzumerken.

Stan blickte Lea an, und diese nickte. Sie hatte in der Tat Hunger. Außer den Scones am Loch Ness hatten sie den ganzen Tag nichts gegessen, und so fürstlich das Frühstück auch gewesen war, es lag doch schon einige Stunden zurück. Außerdem duftete es ungemein verführerisch.

Der Tisch war für vier Personen gedeckt, und Lea setzte sich Jacob gegenüber, während Stan ihrer Großmutter einen Kuß auf die Wange gab, die sie ihr auffordernd entgegenhielt.

»Es duftet herrlich«, sagte Stan und setzte sich neben Lea. Jacob war aufgestanden, um Suppe in zwei tiefe Schüsseln zu füllen, die er nun dampfend vor die beiden auf den Tisch stellte.

»Gemüsesuppe und frischgebackenes Brot.« Er lächelte die beiden an. »Ich hoffe, das reicht euch.«

»Tausendmal besser als das Essen gestern abend.« Stan tunkte eine Scheibe Brot in ihre Suppe und führte sie mit Hilfe des Löffels zum Mund.

»Ja, das stimmt. Die Pommes frites haben nach altem Fett geschmeckt, und die Tintenfischringe ... gern verzichte ich auf weitere Einzelheiten. Ohne das Bier hätten wir keinen Bissen hinunterbekommen.« Lea schob den Löffel in den Mund und schloß genießerisch die Augen. »Die Suppe schmeckt gigantisch gut, Jacob.«

»Das freut mich. Sie ist einfach köstlich. Das muß ich neidlos anerkennen. Allerdings gebührt Ruth dieses Lob. Sie hat sie gekocht. Ich war nur für das Brot zuständig.«

»Das steht der Suppe keinesfalls nach!« beeilte sich Lea zu sagen.

»Danke, Kind, ich weiß das zu schätzen.«

»Nun erzählt. Wie war eure Reise?« Ruth nippte an dem Weißwein, den sie sich eingeschenkt hatte, ohne den anderen etwas anzubieten. Aber so war sie. Wer etwas wollte, bediente sich einfach.

Stan schaute von ihrem Teller auf, sagte aber nichts. Sie blickte Lea an, die damit beschäftigt war, eine Gewürznelke aus der Brühe zu fischen. »Schön.«

»Schön? Das ist alles? Wo seid ihr gewesen? Was habt ihr gemacht? Was habt ihr gesehen, was erlebt? Ihr wart drei Tage weg!« Ruth und Jacob warfen sich vielsagende Blicke zu. Aber weder Stan noch Lea setzten dazu an, ihre Fragen zu beantworten. »Nun«, lenkte sie ein, »ihr werdet sicher müde sein. Am besten geht ihr früh ins Bett, damit ich morgen meine Antworten bekomme. Und glaubt mir – ich will alle Einzelheiten erfahren. Jacob und ich«, dabei tätschelte sie seine Hand und zwinkerte ihm zu, »werden heute auf eine Partie Bridge zu Harold und Betsy fahren. Wartet nicht auf uns. Es kann spät werden.«

Kurz darauf fuhren die beiden hupend davon.

Obwohl Lea erschöpft und müde war, konnte sie unmöglich schlafen gehen. Zu viel lag ihr auf der Seele, und sie hoffte, daß sie und Stan Zeit finden würden, darüber zu reden. Sie saß im Kaminzimmer, ihrem Lieblingsraum des Hauses. Die Wände aus einfachem, unbehandeltem Eichenholz standen in krassem Gegensatz zu Stans farbenprächtigen Bildern, und der Boden war ein glanzloses Parkett, das deutliche Abnutzungsspuren aufwies. In der Abendsonne, die durch die große Fensterfront hereinfiel, leuchtete es in einem warmen Goldton. Lea hatte das dunkle, auf dicke Filzgleiter montierte Ledersofa zwischen Ruths geliebten Philodendron und die riesigen Zimmeryuccas vor das Panoramafenster geschoben, und das Fehlen von Gardinen ermöglichte einen einmaligen, traumhaft schönen Blick auf den Fjord und die gegenüberliegenden Hügel. Ein leichter Abendnebel hatte sich über dem Wasser gebildet, wie ein Teppich, der sich lautlos über die Zeit legte. Die Realität schien zu verschwimmen und sich unter dem Mantel der hereinbrechenden Nacht aufzulösen. Die Sonne stand schon tief und warf lange Schatten, die zu tanzen begannen, wenn sie sich nur lange genug darauf konzentrierte. Sie gab sich ganz ihren Gedanken hin und merkte nicht, daß Stan mit zwei Bechern heißen Kaffees in den Raum trat.

Als sie Lea auf dem Sofa sitzen sah, vom Licht der Sonne umspielt, blieb sie wie vom Blitz getroffen abrupt stehen. Eine Erinnerung drängte sich in ihr Bewußtsein, ein Bild, das sie schon vergessen zu haben schien. Sie sah Lea auf der Aussichtsplattform stehen, sah sie auf Edinburgh schauen, durchlebte diesen kurzen Augenblick aufs Neue, in dem sie sich entschieden hatte, nicht mit dem Feuer zu spielen, das Lea entfacht hatte. Wie die Zeit die Sicht auf die Dinge doch ändern kann. Mittlerweile war sie bereit, sich zu verbrennen, sie war bereit, in den Flammen zu sterben, wenn es sein mußte. Alles war besser als der Zustand, in dem sie sich momentan befand. Sie liebte Lea. Abgöttisch. Bei diesem Gedanken, der sie so vollständig ausfüllte, daß sie an nichts anderes mehr denken konnte, machte sich Verzweiflung in ihrem Herzen breit. Wenn sie an dieser Liebe nicht zugrundegehen wollte, dann mußte sie mit Lea reden. Es gab keinen anderen Weg. Selbst wenn dies bedeutete, daß sie sie verlieren würde.

»Ich habe uns einen Kaffee gekocht.« Lea zuckte zusammen, als sie Stans Stimme hörte und sich ihre Hand auf Leas Arm legte. »Es kann noch Stunden dauern, bis Jacob und Granny von ihrem Bridgeabend zurück sein werden. Wenn sie erst einmal in Fahrt kommen, sind sie nicht zu bremsen.«

»Hm, köstlich«, sagte Lea, nachdem sie Stan eine der beiden Tassen vorsichtig aus der Hand genommen hatte und einen Schluck des Kaffees in ihrem Mund zergehen ließ, »du machst definitiv den besten Kaffee, den ich kenne.«

Stan ließ sich neben ihr auf dem Sofa nieder, nah genug, um Leas Duft wahrzunehmen, weit genug von ihr entfernt, um sie nicht in Verlegenheit zu bringen.

»Ein wunderschöner Ausblick. Ich werde ihn vermissen, wenn

wir zurück in Deutschland sind. Und dieses Zimmer werde ich auch vermissen. Es strahlt eine solche Ruhe aus.« Lea rückte näher an Stan heran und lehnte ihren Kopf an deren Schulter. Stan glaubte, vergehen zu müssen. Dennoch legte sie zögernd und vorsichtig ihren Arm um Lea, und gemeinsam genossen sie schweigend den Kaffee und den Sonnenuntergang.

»Lea?«

»Hm?« fragte sie gedankenverloren.

»Lea, ich kann so nicht weitermachen.«

Lea wich ihrem Blick aus, stand auf, ging zum Fenster, die Kaffeetasse in der Hand, und schaute hinaus. Sie wußte, was kommen würde. So lange hatte sie darauf gewartet, aber wie, verdammt noch mal, sollte sie darauf reagieren? Plötzlich stand Stan neben ihr. »Kannst du dich an unsere erste Begegnung erinnern? Damals in der Kneipe, den Tanz?«

Das schien Jahre her zu sein. »Aber ja«, antwortete Lea leise. »Ich bin dir auf die Füße getreten. Ich war so nervös. Zum ersten Mal hatte mich eine andere Frau zum Tanzen aufgefordert! Sophie zählt nicht«, fügte sie lächelnd hinzu. »Und du sagtest, es hätte dir nicht weh getan, während der Schmerz dir die Tränen in die Augen trieb. Natürlich kann ich mich daran erinnern.«

»Lea, seit . . . seit diesem Abend . . .« Sie suchte nach den passenden Worten. »Du bist ein tolles Modell – geduldig, wunderschön, manchmal geheimnisvoll, immer voller Emotionen. Ich liebe es, dich zu porträtieren. Aber, Lea, der einzige Grund, warum ich dich gebeten habe, mir Modell zu sitzen, war, daß ich dir nahe sein wollte. Der Gedanke, dich nach unserer Begegnung in der Kneipe nicht mehr wiederzusehen, ließ mich fast den Verstand verlieren. Und dann seid ihr, du und Sophie, einfach auf der Vernissage aufgetaucht, und ich dachte, wann, wenn nicht jetzt. Ich . . .« Sie brach ab.

Lea schloß die Augen und atmete tief ein. Als sie sich zu Stan umdrehte, war diese nicht mehr an ihrem Platz, sondern stand vor dem Kamin und schaute in die Glut.

»Ich möchte unsere Freundschaft nicht aufs Spiel setzen.« Sie schien mehr zu sich selbst als zu Lea zu sprechen, hörte sich an, als hätte sie den Text schon so oft geübt, daß sie ihn auswendig konnte. »Dazu ist sie mir zu wertvoll. Aber du solltest wissen, daß es mir immer schwerer fällt, dich zu berühren, ohne auch ein grenzenloses Verlangen nach deinem Körper zu spüren. Ich weiß, das klingt abgedroschen, aber ich verzehre mich so sehr nach dir, daß mir die Sehnsucht fast schon körperlich Schmerzen bereitet. Lea, ich begehre dich.« Sie lehnte ihren Kopf gegen die Kaminwand. »Verdammt, es tut mir leid. Ich wollte dich nicht bedrängen. Ich hatte es mir geschworen, aber ...«

»Schhhht!« Lea stand hinter ihr und drehte sie langsam zu sich um. Sie sah, daß Stan weinte, und wunderte sich zum hundertsten Mal über die Klarheit und Aufrichtigkeit dieser blauen Augen. »Schhhht«, sagte sie noch einmal und legte ihren Zeigefinger auf Stans Lippen. »Constanze.« Mit der anderen Hand wischte sie ein paar der Tränen weg. »Ich weiß nicht, was ich sagen, wo ich anfangen soll. Ich hatte bisher immer nur Beziehungen zu Männern. Das weißt du. Wir haben darüber gesprochen. Du kannst ...«

»Laß es einfach, Lea. Laß es. Das ist Okay. Wir können uns als Freunde sehen, hin und wieder. Aber ich kann dich nicht mehr malen, weil ich dann immer daran denken muß, wie es wäre, mit dir schlafen zu gehen oder mit dir aufzuwachen, wie es wäre, mit dir den Tag zu verbringen und die Nacht. Ich ...« Wieder legte Lea ihr den Finger auf die Lippen.

»Jetzt bin ich dran. Laß mich doch auch einmal zu Wort kommen, bevor ich schreie!« Sie blickte Stan direkt in die Augen. »Schon dein erster Kuß, damals vor der Kneipe, kannst du dich erinnern? Natürlich kannst du, du hast ein Bild davon gemalt.« Stan schüttelte den Kopf. »Oh, doch. Du hast deine Interpretation allerdings übermalt. Aber gegen die Sonne gehalten, kamen die Linien zum Vorschein. Ich habe sie gesehen. Und unsere Münder, die sich berührten.« Lea biß sich verlegen auf ihre Oberlippe und fuhr zögernd fort.

»Ich ... der Kuß ... Es fühlte sich an, als ob sich deine Lippen in meine Haut brannten. Vielleicht war es dieser Kuß, vielleicht waren es meine Besuche in deinem Atelier, vielleicht sind es die Bilder, die du von mir malst, vielleicht sind es aber auch deine strahlenden Augen. Ich habe keine Ahnung. Ich weiß nur, daß ich mich zu dir hingezogen fühle.«

»Lea.«

»Nein, bitte, laß mich ausreden. Wer weiß, ob ich das noch einmal zustandebringe. Auf Staffa habe ich es gespürt, als du mich umarmt hast, und ich dachte: *So muß es sein, genau so!* Als du auf Iona vor mir im Sand lagst, mußte ich meinen Blick abwenden, weil ich nichts sehnlicher wünschte, als meinen Kopf auf deine Brust zu legen und deinem Herzschlag zu lauschen.« Sie fuhr sich mit der Hand nervös über ihren Mund, als sei sie selbst verwundert über die Offenheit, die in ihren Worten lag, und schaute Stan mit großen glänzenden Augen zärtlich an.

»Letzte Nacht habe ich vieles gespürt. Ganz deutlich aber unsägliche Verwirrung, kalte Einsamkeit und tiefe Sehnsucht. Kaum geschlafen habe ich, weil mir die Bilder von dir durch den Kopf schwirrten. Sie ließen mich einfach nicht mehr los. Ich glaubte, deine Berührungen zu spüren, sah dich in dem Sessel neben mir sitzen und einen Tee trinken, bin mit deinem Kissen im Arm eingeschlafen und habe mir eingeredet, du seiest es.« Sie ergriff Stans Hand, führte sie zu ihrem Mund und küßte sie, während ihre Augen Stans Gesicht nach einer Reaktion abtasteten. Sie sah sie in Stans Augen. Diese konnten nicht lügen, und das liebte sie an ihr. Stan wollte etwas erwidern, aber Lea gebot ihr Einhalt. »Ich möchte ehrlich zu dir sein, Constanze. Ich will nicht mit deinen Gefühlen spielen, will dich nicht verletzen, aber ich kann dir auch nichts versprechen! Ich habe keine Ahnung, ob ich überhaupt in der Lage bin, eine Frau zu lieben, dich zu lieben. Was ist, wenn ich nicht dazu stehen kann? Wenn ich nicht sagen kann, daß ich dich liebe, nur weil ich vor der Reaktion der anderen Angst habe?«

»Ach, Lea. Ich kann dir darauf keine Antwort geben. Das ist einfach zuviel Theorie. Zu viele *Wenn* und *Aber*.«

Lea trat ganz nah an sie heran, nahm Stans Gesicht in beide Hände und hob es sanft, bis sie ihr in die Augen schauen konnte. »Ich kenne nur wenige Menschen, die so ehrlich sind wie du. Und mit Sicherheit niemanden, der so blaue Augen hat.« Und dann küßte sie zögernd die feuchten Wangen, tastete sich zu Stans Augen vor und schließlich zu ihrem Mund. Als sie ihre weichen Lippen berührte, so zärtlich und zaghaft, als fürchtete sie, nicht mehr von ihnen loszukommen, verspürte Lea ein Stechen in ihrem Herzen, ein Kribbeln, das sich auf ihren ganzen Körper auszudehnen schien und ihr Schauer über den Rücken jagte. Sie zuckte erschrocken zurück. Solch intensive Gefühle waren ihr fremd.

Stan spürte dieses kurze Zögern und löste sich aus Leas Umarmung, nur um sich im nächsten Augenblick wieder in ihre Arme zu werfen, sich an ihren Körper zu drängen, nach dem sie sich so lange gesehnt hatte. Sie wollte Lea, sie wollte sie so sehr!

Und Lea wehrte sich nicht. Sie ließ es zu, daß Stan sie küßte, daß sie ihr Gesicht mit Küssen bedeckte, daß sie sie umarmte und an sich drückte, und sie erwiderte die Küsse, zog mit ihrer Zunge feuchte Spuren über Stans Gesicht, tastete sich mit den Händen an ihrem Bauch entlang, hatte für eine kurzen Augenblick wieder das Bild der atemlos daliegenden Stan vor sich, unter deren T-Shirt die erregten Brustwarzen deutlich sichtbar waren, und umschloß mit beiden Händen Stans Brüste – eine Berührung, die diese aufstöhnen ließ.

Stan schob ihre Hände unter Leas Pulli, zog ihn ihr über den Kopf und ließ ihn achtlos zu Boden gleiten. Lea trug eine enganliegende schwarze Bluse darunter, sonst nichts. Die oberen drei Knöpfe waren geöffnet. Reglos standen sie voreinander, ohne sich zu berühren. Beide waren erregt und außer Atem. Immer wenn Lea schweratmend die Luft einsog, bildete sich dort, wo ihre Halsmuskulatur auf die Schlüsselbeine traf, eine tiefe Kuhle, in der, deutlich sichtbar, ihr Herzschlag pulsierte. Stan blickte fasziniert auf genau diese Stelle und senkte ihre Zunge hinein. Lea wollte sie umarmen, aber Stan ergriff ihre Handgelenke, wirbelte Lea herum und drängte sie an die Holzwand neben dem Kamin. Quälend langsam bewegte sie ihre Zunge an Leas Hals hinauf und über ihr Kinn bis hin zu ihrem Mund. Lea erwartete sie bereits, und während ihre Zunge in Leas Mund drang, fordernd und mit Verlangen, diesen erkundete bis in den kleinsten Winkel, ließ sie ihre Hände an Leas Rückgrat entlangwandern, schloß die Lücke zwischen ihren Körpern, fuhr Lea mit ihrem Knie zwischen die Beine und spielte mit ihren Brustwarzen, erst ganz sanft, dann immer kräftiger, bis Lea aufstöhnte und scharf die Luft einsog, ihren Kopf auf Stans Schulter legte und sich an sie drängte, sie umklammerte wie eine Boxerin ihre Gegnerin, wenn sie sich eine Pause erzwingen will.

»Langsam, langsam«, Leas Stimme war rauh, und ihr Atem kam stoßweise, »sag mir, was ich tun soll.«

»Laß dich einfach verführen.« Und damit zog sie Lea zur Treppe, hielt sie auf dem Weg nach oben immer wieder an, um langsam, Knopf für Knopf ihre Bluse zu öffnen, ihr Gesicht zwischen Leas Brüste zu senken und gierig ihren Duft einzuatmen. Sie hätte dort ohne weiteres sterben können. Der Tod verlor in Leas Armen absolut seinen Schrecken. Sie würde es bedauern, aber Angst hatte sie keine mehr. Wie eine Blinde fuhr sie mit ihrem Mund und ihrer Zunge über Leas Brüste, ertastete sie Stück für Stück, biß ihr liebevoll in die Brustwarzen, die ihr deutlich zeigten, wie erregt Lea war. Es war eine einzige fließende Bewegung, Leas Jeans zu öffnen, sie ihr über den Po zu streifen und sie gemeinsam mit dem Slip zu Boden sinken zu lassen.

Lea stand nackt vor ihr und lächelte. »Findest du das nicht unfair? Wieso hast du noch deine Kleider an?«

»Ich habe noch niemanden gefunden, der sie mir vom Körper reißt!«

»Das läßt sich ändern, *Bitch*!« Die neongrüne Aufschrift paßte so gar nicht zu Stan. Lea streifte ihr das T-Shirt über den Kopf, während Stan sich die Jeans auszog. »Du kannst es wohl überhaupt nicht erwarten?!«

»Ich habe viel zu lange darauf gewartet. Jetzt zählt jede Sekunde.

Komm!« Sie öffnete die Tür zu ihrem Zimmer und zog Lea hinein. Die Nachttischlampe warf ein mildes, dämmriges Licht in den Raum, das Leas Körper eine unbeschreibliche Weichheit verlieh. Sie schien zu glühen, schien eine sanfte Aura zu haben, in der Stan nur eine einzige Farbe erkennen konnte. Rot. Brennendes, alles verzehrendes Rot.

»Schau mich nicht so an!«

»Du bist wunderschön!«

»Na hör mal. Du wußtest doch, wie ich aussehe. Du malst mich seit Monaten.« Lea mußte lächeln.

»Das ist nicht dasselbe. Wenn ich male, arbeite ich, sehe ich, versuche ich, das Gesehene in Farbe und Form zu binden. Jetzt fühle ich und könnte vor Glück zerspringen. Du bist wunderschön!«

Sie ließen sich auf das breite Bett fallen, und Stan begann den Körper zu erkunden, nach dem sie sich so lange gesehnt hatte. Ihre Küsse waren so zart, so flüchtig hingehaucht, daß Lea glaubte, ein Traum würde sie mit seinen aus Sehnsüchten fein gesponnenen Flügeln streifen, so leise und bar jeder Dauer, daß sie dem Eindruck erlag, die Phantasie spiele ihr einen Streich. Aber es war kein Traum, keine Einbildung. Es war süße Realität. Stan lag auf ihr, küßte ihre Stirn, ihre Wangen, ihre Nase und arbeitete sich langsam zu ihrem Mund vor.

»Constanze, ich . . .«

»Laß es einfach geschehen, hab keine Angst.« Stan schaute sie zärtlich an, und ihre Augen waren in dem schwachen Licht von einem so dunklen, magischen Blau, daß Lea vollkommen darin versank und endlich das tat, was sie sich im Grunde ihres Herzens schon lange gewünscht hatte.

Sie küßte Stan, der ihr Herz gehörte. Dessen war sie sich in dem Augenblick sicher, als sich ihre Lippen berührten und sie die Sanftheit des Kusses fast schon als schmerzlich empfand. Sie wollte mehr, sie wollte Stan lieben. Es fühlte sich gut an. Es fühlte sich richtig an. Sie stöhnte leise und genußvoll.

Stans Küsse irrten hektisch und unschlüssig über Leas Körper. Wäre es ihr in irgendeiner Form möglich gewesen, hätte sie Lea am liebsten überall gleichzeitig berührt.

Leas Haut war empfindsam, sie spürte Verlangen in jeder Faser ihres Körpers. Sie vergrub ihre Hände in Stans Haaren, führte sie über ihren Körper, zeigte ihr die Stellen, an denen sie ihre Liebkosungen spüren wollte. Stan gehorchte und sog an Leas linker Brustwarze, während sie die rechte sacht mit ihrer Hand berührte. Leas Körper reagierte sofort und bäumte sich in unbändiger Lust gegen

Stan, forderte mehr. Wo immer Stan sie berührte, hinterließ sie eine Gänsehaut auf Leas Körper. Jedes noch so kleine Härchen schien sich ihren Berührungen entgegenzustrecken.

»Ich liebe deinen Körper.« Stans Gesicht tauchte plötzlich vor Leas auf, ihre Hände streichelten über Leas Wange. »Ich liebe dich, Lea!«

»Ich weiß.« Stan schaute Lea fassungslos an. »Ach, Stan, wer deine Bilder betrachtet und die Liebe in ihnen nicht erkennt, ist blind und ihrer nicht würdig!«

»Du hast die ganze Zeit . . .?«

»Doch nicht jetzt. Du willst doch jetzt nicht reden?«

»Nein, du hast recht. Ich . . . .«

Lea spürte Stans plötzliche Unsicherheit und nahm lächelnd ihren Kopf in beide Hände. »Komm her und liebe mich!« Sie küßte Stan, die sanft zu zittern begann, küßte sie immer und immer wieder, warf sich über sie und spürte Stans schlanken Körper unter sich, spürte ihre Brüste, spürte, wie sich ihr Körper ergab, und arbeitete sich langsam tiefer zum Bauchnabel vor, zu den Hüften, wollte weder mit dem Mund noch mit den Händen von ihr lassen, auch nicht, als Stan sich ihrem Griff entwand, sie an ihren Handgelenken packte und sanft auf den Rücken drehte.

Diesmal gab es kein Zögern, keine fragenden, unsicheren Blicke, kein Wandern über Leas Körper. Stans Kopf verschwand tief zwischen Leas Beinen, und ihre Zunge liebkoste sie, kostete sie, drang in sie ein.

Lea wußte nicht, wie ihr geschah, sie wußte nicht, wohin mit ihren Gefühlen, die sie mit einer solch immensen Wucht trafen, daß ihr der Atem stockte, und sie glaubte, ihr Herz setze einfach aus. Sie spürte, wie ihr Orgasmus kam, viel zu schnell, viel zu früh, viel zu gewaltig. Sie wollte ihn in die Nacht hinausschreien, hoffte, daß sich ihre emotionale Spannung mit einem lauten Knall einfach entladen würde, und bereitete sich auf ihre Erlösung vor.

Aber Stan spürte es auch, und kurz bevor Lea zu explodieren drohte, hielt sie inne, was Lea fast verrückt werden ließ. Sie richtete sich auf, kniete zwischen Leas weit geöffneten Beinen und schaute sie atemlos und voller Begehren an. Und dann begann sie aufreizend langsam, sich auf Lea zu legen, bedeckte Leas Körper mit ihrem eigenen, pochende Scham an pochende Scham, Bauch an Bauch, atemlose Brust an rasendes Herz. Trotz des leichten Schweißfilms, der sich über ihre erhitzten Körper gelegt hatte, knisterte es, entlud sich ein lang angestautes Verlangen. Und dann küßte sie Lea, und Lea schmeckte sich selbst. Sie nahm den salzigen Geschmack ihrer Haut wahr, auf der Stans Zunge feuchte Spuren hinterlassen hatte. Sie roch ihre eigene Erregung, in die Stan eingetaucht war, und sie konnte nicht genug davon bekommen.

»Du machst mich verrückt«, stieß sie mühsam hervor.

»Gut.« Stan versank in Leas Augen und griff in ihr wundervolles Haar. Der dann folgende leidenschaftliche Kuß hatte nichts mehr mit dem eben noch zarten gemein. Dieser Kuß war hart und voller Verlangen. Und so wie Stans Zunge mit scheinbar unstillbarer Begierde in Leas Mund vordrang, drang ihre Hand zwischen Leas Beine und vollendete, was ihre Zunge begonnen hatte. Leas Hände krallten sich in Stans Rücken, bevor sie mit einem tiefen Stöhnen, das in einen Schrei überging, zum Orgasmus kam, der so überwältigend war, daß er die Welt um sie herum zum Stillstand brachte. Erschöpft und atemlos sank sie in die Kissen zurück, Stans Kopf auf ihrer Brust, ihre Hand reglos auf ihrer Scham.

Stan war glücklich. Sie war gemeinsam mit Lea zu einem Orgasmus gekommen und versuchte nun, ihre Atmung zu normalisieren. Das Herz schlug ihr bis zum Hals. Das war ihr noch nie passiert. Es war wunderbar. Sie ließ ihre Hand sanft über Leas Körper wandern, und als sie an deren Brust ankam, spürte sie ein leises Zittern. Sie blickte in Leas Gesicht und sah, daß sie weinte.

»Du bereust es?« Auch Stans Augen füllten sich mit Tränen. Das hatte sie nicht gewollt. Lea strich ihr besänftigend mit der Hand die Haarsträhnen aus dem Gesicht.

»O nein. Niemals. Das war phantastisch.«

»Was ist es dann?«

»Ich glaube, ich habe Angst.«

»Das mußt du nicht.«

»Doch, ich denke schon. Schließlich scheine ich mich selbst kaum zu kennen. Und es ist schon erschreckend, nach vierunddreißig Jahren festzustellen, daß ich nicht ganz der Mensch bin, der ich zu sein glaubte!« Sie zog Stan zu sich hinunter und gab ihr einen Kuß. »Aber ich wüßte da etwas, das mir beim Angstabbau sicherlich helfen würde.« Stan wischte ihr die Tränen von den Wangen und lächelte.

»Ach, tatsächlich? Und was hat das mit mir zu tun?«

»Na ja«, Lea überzog Stans Gesicht mit Küssen, als würde sie jeden Millimeter vermessen, damit sie dieses neu entdeckte Land ihr eigen nennen durfte. Und Stan ließ sie gewähren. So verlangend sie sich beim ersten Mal geliebt hatten, so langsam und zärtlich taten sie es nun. Sie streichelten und liebkosten sich, kosteten die Nähe zueinander aus, erkundeten neues Territorium.

Sie saßen im Bett, ihre Beine ineinander verschlungen, und betrachteten sich. Stan fuhr Lea über die Wange, zog ihren Finger an Leas Hals hinab bis hinunter zu ihren Brüsten, die sie zart umspielte, bis Leas Brustwarzen ihre Erregung nicht mehr verbergen konnten. Sie stöhnte leise auf.

»Deine Brüste sind wunderschön.«

»Robert wollte immer, daß ich sie mir vergrößern lasse. Er fand sie zu klein.«

»Ich finde sie perfekt.« Zur Bestätigung biß ihr Stan sanft in eine der erregten Brustwarzen und lächelte.

Lea ließ sich in die Kissen zurückfallen, und ihr Körper bildete einen gespannten Bogen hellen Fleisches, das Stan mit ihren Blicken verschlang und mit ihren Händen zu enträtseln suchte, nur um wieder an dem Punkt zu landen, der sie magisch anzuziehen schien. Und als sie ihre Hand auf Leas Scham legte, sanft und scheinbar ohne jedes Verlangen, zuckte Lea zusammen und schüttelte den Kopf.

»Willst du mich umbringen? Jetzt bist erst einmal du an der Reihe.« Sie küßte Stan auf die Augen, die sie für sie schloß, auf die Nase, suchte ihren Mund, neckte sie. Fuhr mit ihrer Zungenspitze über Stans Lippen, und als diese sie küssen wollte, zog sie sich zurück. Sie tastete sich mit einer Hand an Stans Rückgrat entlang, während die andere über ihren Bauch fuhr und zwischen Stans Beinen verschwand. Stan stöhnte lustvoll.

»Du bist wahnsinnig feucht«, hauchte Lea.

»Ist dir das unangenehm?« Stan kniete sich vor Lea hin und spürte, wie deren Finger ohne zu zögern in sie eindrangen, sich in ihr bewegten, mit ihr spielten. Sie zog Leas Kopf zwischen ihre Brüste, ohne auf eine Antwort zu warten, vergrub ihre Hände in Leas Haar und spürte, wie sie unaufhaltsam auf den Höhepunkt zusteuerte. Lea hielt sie mit einem Arm engumschlungen, so daß es kein Entrinnen gab. Dieser Gedanke erregte sie so sehr, daß sie zu zittern begann. Sie konnte nicht genug von Lea bekommen. Sie bewegte ihren Körper in dem Rhythmus, den Lea vorgab, bäumte sich gegen sie, damit sie noch tiefer in sie eindringen konnte, und als Lea spürte, daß Stan kurz vor dem Orgasmus war, gesellte sich ihre Zunge zu ihrer Hand, und es bedurfte nur einer zärtlichen, sanften Berührung, um Stan ein letztes Mal aufstöhnen zu lassen, bevor sie auf dem Bett zusammensackte, Beine und Arme weit von sich gestreckt.

Lea legte sich schweigend neben Stan und rührte sich nicht, lauschte auf ihren schweren Atem, der allerdings immer mehr abflachte, bis nur noch ein regelmäßiges Ein- und Ausatmen zu hören war. Sanft stieß sie Stan in die Rippen.

»Geht es dir gut?«

»Wenn ich das so genau wüßte! – Doch, ich glaube, es geht mir sogar sehr gut!« Stan drehte sich zu Lea um und küßte sie zärtlich auf die Stirn.

»Danke«, flüsterte sie.

»Danke? O nein, ich danke dir!«

»Wofür?« Stan sah sie fragend an.

»Ich kann mich nicht erinnern, jemals einen solchen Orgasmus gehabt zu haben. Es war, als würde ein Feuerwerk in meinem Körper explodieren. Meine Füße fühlen sich jetzt noch ganz taub an, und meine Beine scheinen wie gelähmt. Sie werden mich nicht mehr tragen können.«

»Wo willst du auch hin ...?«

»... jetzt, da ich angekommen bin?«

Mit ihrem Zeigefinger zog Stan eine dünne Linie über Leas Schulter und ihren Arm entlang bis hinunter zu ihrem Po und wieder zurück, tastete sich zu Leas Brüsten weiter, umrundete die immer noch erregten Brustwarzen und erreichte über Leas Hals und Kinn den Mund, der leicht geöffnet war. Ihre Augen waren ihm unaufhörlich gefolgt, aber während er nun an den Lippen hängenblieb und liebevoll ihre Kontur nachzeichnete, blickten ihre Augen in Leas Augen, sahen die dunkle Schönheit, die in ihnen ruhte, die Liebe, die aus ihnen sprach.

»Du sollst mich nicht so anschauen!« flüsterte Lea. »Ich fühle mich nackt unter diesem Blick!«

»Du bist nackt!«

»Kannst du nicht verstehen? Ich spreche nicht von meinem Körper, sondern von meiner Seele!«

»Da gibt es nichts, wofür du dich schämen mußt. Dein Körper ist genauso schön wie deine Seele, und ich liebe beides gleichermaßen.«

32

Wo ist sie?« Stan kam außer Atem in das Wohnzimmer gerannt, in dem sie ihre Großmutter beim Gießen der Pflanzen vorfand. Sie trug ihren orangefarbenen Sari und ein dazu passendes Kopftuch und zerdrückte gerade angeekelt eine Wollaus zwischen Daumen und Zeigefinger.

»Diese Viecher sind einfach scheußlich, und wenn sie sich erst einmal festgesetzt haben, bekommt man sie kaum noch los!«

»Großmutter! Wo ist Lea? Ich habe sie überall gesucht und kann sie nicht finden!«

Ihre Großmutter goß in aller Ruhe den Philodendron. »Sie ist fort, Liebes.« Stan schaute sie entgeistert an.

»Aber ...«

»Sie hat heute schon sehr früh mit John telefoniert. Wahrscheinlich hat er sie lauthals verflucht, weil sie ihn vor Sonnenaufgang aus dem Bett geklingelt hat, aber sie konnte ihn überreden, sie nach Inverness zu fliegen.«

»John? Mein John?« Stan konnte es nicht glauben.

»Er wollte wirklich nicht und hat sich mit Händen und Füßen gewehrt. Er ist ein echt einfühlsamer Riese. Offensichtlich war er der Meinung, daß du damit überhaupt nicht einverstanden seiest.«

»Da hat er recht!«

»Ich meinte aber, es sei okay. Vor knapp zwei Stunden sind sie gestartet.«

»Du?« Jetzt verlor Stan vollends die Fassung und ließ sich in den großen Sessel am Fenster fallen. »Warum?« Sie schaute ihre Großmutter vorwurfsvoll an.

Diese zuckte nur mit den Schultern. »Hätte sie neben dir aufwachen wollen, wäre sie hiergeblieben. Gib ihr ein bißchen Zeit.«

»Wozu? Sie hatte wahrlich genug Zeit. Über vier Monate mußte ich auf sie warten, was mir alles andere als leicht fiel. Und jetzt ist sie einfach weg? Das kann ich nicht glauben. Es lief doch alles gut!«

»Constanze, für Lea ist das alles neu und ungewohnt. Es gibt so viel zu bedenken. Es ist bestimmt nicht einfach für sie.«

»Ach, und für mich ist es das?«

»Das hat niemand behauptet, Schatz.« Ruth setzte sich direkt vor ihre Enkelin auf den niedrigen Couchtisch, so daß sie Stan in die Augen blicken konnte. »Ich habe dich immer bewundert. Dafür, daß du so stark bist und unbeirrt deinen Weg gegangen bist und natürlich immer noch gehst. Daran besteht kein Zweifel. Es war mit Sicherheit nicht immer leicht. Da stimmst du mir zu, oder?«

Stan nickte.

»Siehst du. Diese ganze Entwicklung zu einem Leben bewußter Entscheidungen hat Lea, glaube ich, noch vor sich.

»Als wir heute morgen miteinander sprachen, hatte ich den Eindruck, daß ihr bisher viele Entscheidungen abgenommen worden sind und daß sie eher zufällig und ziellos von einer Beziehung in die nächste schlitterte. Mit dir ist es aber etwas anderes. Bei dir muß sie sich wirklich entscheiden. Es wird sich vieles für sie ändern, und wenn sie *ja* sagt zu euch, dann ist das vermutlich zum ersten Mal eine bewußte Entscheidung für etwas, das ihr Leben von Grund auf ändern wird. Das ist nicht einfach. Das braucht Zeit.«

»Aber ich . . .«

»Kind, du mußt ihr die Zeit, die sie für diese Entscheidung braucht, zugestehen. Sonst wirst du alles zerstören. Hör auf eine alte, lebenserfahrene Frau, die mehr als eine Beziehung hinter sich hat und weiß, daß man nicht alles erzwingen kann, daß man nur wenig im Leben wirklich geschenkt bekommt. Die Liebe eines anderen Menschen ist eines der größten Geschenke. Wenn sie sich für dich entscheidet, dann wird sie das in vollem Bewußtsein tun, und du kannst dir sicher sein, daß sie das Für und Wider wohl überlegt haben wird. Sie wird hinter ihrer Entscheidung stehen können und mit Leib und Seele darin aufgehen. Du kannst ihr dabei nicht helfen. Du hast ihr gezeigt, daß du sie liebst, du hast es ihr gesagt, du hast es für sie gemalt – und Constanze, sie hat es verstanden. Alles andere liegt an ihr, ist ihre Entscheidung, wie immer diese ausfallen wird.«

»Ach, Großmutter. Warum ist das alles so schwer? Und warum tut es so weh?«

33

Au, verdammt, was ist . . .?« Sophie hatte im Dunkeln die Wohnungstür aufgesperrt, und bevor sie den Lichtschalter betätigen konnte, stolperte sie über etwas Klobiges, das mitten im Flur lag. Sie ging in die Küche und stellte erst einmal die zwei Flaschen Wein und ihre Einkaufstasche ab, bevor sie das Licht anmachte und das Hindernis als Rollkoffer erkannte, der zusammen mit weiteren Taschen im Weg stand. Eine Jacke, ein Schal, ein Paar Schuhe lagen achtlos über den Boden verstreut.

»Lea?« Sophies Stimme hallte durch die leere, dunkle Wohnung. »Lea, wo bist du?«

Sie lief von Zimmer zu Zimmer, schaltete das Licht an und wieder aus, konnte Lea aber nicht entdecken. Schließlich gab sie ihre Suche auf, ging zurück in die Küche, verstaute erst einmal die Nahrungsmittel im Kühlschrank und füllte die Gießkanne mit lauwarmem Wasser. Sie wußte, wie sehr Lea davon überzeugt war, daß kaltes Leitungswasser dem Gedeihen ihrer Pflanzen abträglich war. Sie mußte lächeln. Als sie sich umdrehte, um ins Wohnzimmer zurückzugehen, stand Lea in der Tür. Sophie stieß einen kurzen, schrillen

Schrei aus und ließ die Kanne fallen, deren Inhalt sich in Windeseile über den Küchenboden ausbreitete.

»Bist du verrückt, mich so zu erschrecken? Ich hätte an einem Herzinfarkt sterben können! Wo hast du dich versteckt? Warum hast du nicht geantwortet, als ich nach dir rief? Wieso bist du schon zu Hause? Was ist los mit dir? Wie siehst du überhaupt aus?«

Lea schien unter der Fülle an Fragen zusammenzuzucken, blieb ansonsten aber regungslos und wie angewurzelt stehen, während Sophie mit einem großen Satz an der Spüle war, sich einen Putzlappen aus dem Schrank darunter fischte und hektisch begann das Wasser aufzuwischen. Sie konnte das Schlimmste abwenden, wrang den Lappen mehrfach in der Spüle aus und strich sich immer wieder ein paar störrische Strähnen aus dem erhitzten Gesicht. Die Flüche, die sie dabei ausstieß, waren leise und kaum verständlich. Schließlich richtete sie sich sichtlich zufrieden auf und blickte ihre Freundin an.

»Lea?«

Lea war weiß wie die Wand, und jetzt, da sie schwach die Hand hob, um Sophie zu grüßen, merkte diese, daß sie zitterte. Ihre Haare waren flüchtig zusammengebunden und weit von allem entfernt, was man auch nur annähernd als Frisur bezeichnen konnte. Sie trug eine Jeans und ein schwarzes T-Shirt, von dem ihr das Wort *Bitch* grell entgegenleuchtete. Das T-Shirt gehörte mit Sicherheit nicht Lea. Sie trat auf Lea zu, und als sich diese von dem Türstock löste, nahm sie sie in den Arm und streichelte ihr sanft über den Rücken.

»Komm, laß uns ins Wohnzimmer gehen. Ich mache uns eine Flasche Wein auf, und dann reden wir.« Lea ließ sich ohne Widerrede zum Sofa führen, wo Sophie sie sanft in die Kissen drückte. »Geh nicht weg!«

Lea hörte ihre Freundin in der Küche herumwerkeln, hörte das Geräusch, das der Korken machte, als Sophie diesen aus der Flasche zog, hörte die Kühlschranktür auf- und zugehen, hörte Teller klappern, Gläser klirren. Und doch nahm sie das alles nur unterbewußt wahr, als seien es Geräusche aus einer anderen Welt, die nichts mit jener zu tun hatte, in der Lea sich befand, in der sie die letzten knapp sechzehn Stunden seit dem Aufstehen am Morgen wie in Trance verbracht hatte. Alles schien ihr so unwirklich, so fern jeder Realität. Nicht greifbar, unverständlich, nicht nachvollziehbar. Sie hatte alles auf sich zukommen sehen, und als es dann so weit war, hat es ihr die Beine förmlich weggeschlagen, und sie hatte das Gefühl zu fallen, ohne tatsächlich aufzuschlagen. Eine Art Schwebezustand, schwerelos, der sie die Orientierung verlieren ließ. Ein Nicht-oben-oder-Unten, ein Weder-hier-noch-Dort.

»Für dich«, sagte Sophie und hielt ihr ein Glas Rotwein hin. Auf den Tisch stellte sie einen Teller mit unterschiedlich belegten Broten. »Mehr habe ich nicht eingekauft. Ich dachte, das reicht für den Anfang. So würdest du zumindest nicht verhungern, wenn du nach Hause kommst.«

»Ich danke dir.« Lea nippte an dem Wein und versuchte es mit einem Käsebrot, das sie aber nach dem ersten Bissen wieder zurück auf den Teller legte. Bedächtig und langsam kaute sie vor sich hin, von Sophie aufmerksam beobachtet. »Hat alles geklappt mit den Pflanzen?«

Sophie schüttelte ungläubig den Kopf. »Gut, sprechen wir eben über unwichtige Dinge!«

»Sophie, bitte, ich kann nicht darüber reden.«

»Natürlich kannst du. Gefühle und Gedanken zu artikulieren, hilft, sie zu ordnen.«

»Du bist wie meine Schwester. Von der mußte ich mir das auch schon anhören. Und ich muß zugeben, daß ihr damit nicht unrecht habt.« Lea stellte das Glas ab und begann ihre Schläfen zu massieren. »Es ist alles nicht so einfach. Vielleicht will ich gar nicht darüber reden.«

»Du hast dich also entschieden?« Sophie blickte Lea erwartungsvoll an. »Du liebst sie?« An ihren Worten gab es nichts zu deuten. Sie waren eigentlich keine Frage, sondern eine nüchterne Feststellung, und im Grunde schien Sophie die Antwort bereits zu kennen. Lea schaute sie lange an, und ihre Augen füllten sich mit Tränen. Sie nickte fast unmerklich mit dem Kopf und zog mit einem leisen Seufzer die Schultern hoch, bevor sie sie mit dem ausfließenden Atem wieder sinken ließ. »Komm her«, sagte Sophie und nahm sie in den Arm. »Was ist so schlimm daran? Sie ist eine schöne Frau. Intelligent, kreativ, spontan. Und sie liebt dich.«

Lea begann zu weinen. »Sophie, sie stellt mein ganzes Leben auf den Kopf. Ich hinterfrage alles, was ich bisher erlebt und erfahren habe. Ich war noch nie auf solchen Höhenflügen, habe mich noch nie so geborgen gefühlt, so geliebt. Kann das sein?«

»Das weiß ich nicht, Lea. Diese Frage mußt du dir selbst beantworten. Du hattest genug Freunde.«

»Ja, aber das war vollkommen anders. Glaube mir. Wenn der Zustand, in dem ich mich jetzt befinde, Liebe ist, dann muß ich mir eingestehen, noch nie zuvor geliebt zu haben. Außer vielleicht mit dir habe ich mich noch nie mit jemandem so ausgetauscht oder so gute Gespräche geführt. Ich habe mich niemandem so sehr anvertraut.« Lea machte eine Pause, bevor sie weitersprach. »Ich habe ihr von Tanja erzählt.«

»Von deiner Schwester?«

»Ich kann nicht sagen, daß Tanja ständig präsent ist, aber manchmal denke ich eben noch an sie, und dann bin ich einfach nur traurig. Sie ist schon so lange tot. Und eigentlich müßte ich mich an ihren Tod, an ihr Nicht-hier-Sein gewöhnt haben. Dennoch ist es eine sehr qualvolle und schmerzliche Erinnerung, und manchmal bricht die Narbe auf, und ich spüre den Verlust so intensiv, daß es mich fast umbringt. Und Constanze war einfach da, sie hat zugehört. Ich wollte ihr das nicht erzählen, aber es ist einfach aus mir herausgesprudelt. Sie hat mich in den Arm genommen, mit mir geweint, mich getröstet, hat mir zugehört.«

Sophie hielt Leas Hand und schwieg. Sie ließ ihr die Zeit, die sie brauchte, um das zu formulieren, was sie sagen wollte.

»Ich habe ihr sogar mehr erzählt als dir. Jede kleine Einzelheit, jedes Gefühl, jede Erinnerung. Vieles, was längst vergessen schien, war plötzlich wieder da. Ich weiß nicht. Sie ist wie ein Schwamm. Sie saugt das alles auf. Für sie ist das alles wichtig und interessant. Und . . . ich kann es nicht erklären. Ich schaue ihr in die Augen oder spüre ihre Arme um meinen Körper, und ich fühle mich sicher und geborgen. Das hat vorher noch niemand geschafft.«

Als sie Sophies verletzten Blick sah, streichelte sie ihr liebevoll über die Wange. »Du bist immer meine beste Freundin gewesen. Die beste, die man sich überhaupt vorstellen kann. Und ich hoffe, du wirst das noch lange bleiben. Aber das hier . . . das ist mehr. Ich möchte Constanze besitzen, möchte sie ganz für mich haben. Ich möchte mich ihr hingeben. Es ist wie ein Sog, mein kleines, privates Bermudadreieck. Ich muß aufpassen, daß ich mich nicht vollständig in ihr verliere. Ich kann es nicht erklären. Ihr Blick zieht mich an wie ein Magnet, und wenn er mich erst einmal geortet hat, gibt es kein Entrinnen.«

Lea hielt kurz inne und nahm noch einen Schluck Wein, bevor sie fortfuhr: »Ich war mir dessen nicht sicher, wollte es nicht wahrhaben, nicht glauben, daß ich solche Gefühle einer anderen Frau gegenüber spüren und entwickeln kann. Aber es ist so . . . sie macht mich verrückt. Sie macht mich wehrlos. All die Mauern, die ich um mich aufgebaut habe, sind für sie unsichtbar, sie schaut hindurch, schaut in mich hinein, da gibt es keine Geheimnisse mehr. Und ich schmelze dahin.«

Sophie machte eine wegwerfende Handbewegung. »Na, dann bin ich ja wohl abgeschrieben.« Sie war wie vor den Kopf gestoßen von dem, was sie hörte, war überwältigt von derart tiefem emotionalen

Empfinden, daß sie ihre Sprachlosigkeit mit einem Scherz zu überspielen versuchte. Aber Lea war so gefangen in ihren eigenen Gedanken, daß sie nicht verstand und glaubte, Sophie meine es ernst.

»Sophie, bitte. Mach es nicht noch schlimmer, als es ohnehin schon ist.«

»Lea, es ist nicht schlimm. Du liebst.«

»Sophie! Sie ist eine Frau!«

»So etwas ist doch heute kein Problem mehr. Wir leben im einundzwanzigsten Jahrhundert.«

»So was . . .?!«

»Ja, die Liebe zwischen zwei Frauen. Da kräht kein Hahn mehr danach.«

»Schön, daß du das so siehst.« Lea löste sich aus ihrer Umarmung und putzte sich geräuschvoll die Nase. »Meine Mutter ist da sicherlich ganz anderer Meinung.«

»Lea, jetzt fang nicht wieder damit an. Wir haben doch schon darüber gesprochen. Du wirst ihre Meinung schwerlich beeinflussen können. Es muß für dich und dein Leben unwichtig sein, was deine Mutter sagt. So hart das auch klingen mag. Aber sie ist nur deine Mutter.«

»Was heißt hier *nur meine Mutter*? Sie ist meine Mutter!«

»Und genau deshalb sollte sie dich lieben, wie du bist. Sie will ja wohl kein zweites Kind verlieren.«

»Das war böse und gemein!«

»Entschuldige.«

»Ist schon gut. Das Schlimme ist nur, daß ich glaube, sie würde es tatsächlich in Kauf nehmen, ein zweites Kind zu verlieren. Ihre Schwester war für sie auch gestorben.«

»Was ist mit dir? Bist du dir sicher, daß du Constanze liebst?«

»Ich glaube schon . . . irgendwie ganz arg.« Lea lächelte bei dem Gedanken.

»Dann gibt es nur einen Weg. Du mußt zu der Liebe stehen, die du spürst. Sag ja! Wer weiß, ob du eine zweite Chance wie diese bekommst? Geh zu deiner Mutter, sag ihr, was Sache ist, sag ihr, sie kann es akzeptieren oder nicht, und das war's. Dann läßt du sie entscheiden. Mehr kannst du nicht tun. Und dann entschuldigst du dich bei Constanze dafür, daß du einfach so abgehauen bist, und triffst Entscheidungen.«

Lea nickte gedankenverloren. »Entscheidungen«, murmelte sie.

»Habt ihr miteinander geschlafen?«

»Sophie!«

»Na komm schon. Ist es anders als mit einem Mann?«

»Sophie!«

»Sophie, Sophie ...«, ahmte sie Lea nach. »Jetzt erzähl schon. Laß mich doch nicht so zappeln. Heraus damit.« Sie versuchte Lea zu kitzeln, aber diese wehrte die Attacke ab, nahm Sophies Hand in ihre, betrachtete sie, streichelte sanft über die zarte Haut und küßte sie.

»Ich kann dir nicht sagen, wie sehr ich es genossen habe, mit Stan zu schlafen.« Sie schaute Sophie unsicher an, und diese nickte ihr aufmunternd zu, forderte sie auf, weiterzuerzählen. »Mir fehlen die Worte, das zu beschreiben, was ich fühlte. Ich habe wirklich lange darüber nachgedacht, und ich bin mir sicher, nie zuvor solch intensive und erfüllende Empfindungen gehabt zu haben. Stan ist über alle Maßen zärtlich und fordernd zugleich. Sie ... ach, Sophie. Sie hat mir erzählt, wie es ihr erging, als sie zum ersten Mal mit einer Frau geschlafen hat. Ich konnte ihr damals nicht glauben, hatte meine Zweifel, aber genau so ist es. Ich habe es selbst gespürt. Es ist wie ankommen – nicht irgendwo, sondern bei mir. Zu Hause sein. Am Ziel sein. Nenn es, wie du willst. Als hätte ich mich durch die Erkundung ihres Körpers neu entdeckt. Ich habe mich so nicht gekannt. War mein eigenes Schiff und habe meinen eigenen Kontinent erkundet, bin bei mir gestartet und wieder angekommen. Sah Teile, von denen ich nicht wußte, daß sie überhaupt existierten. Wunderschöne Gebiete, Landschaften, die brachlagen und unter ihren Berührungen erblühten, fruchtbar und empfänglich wurden, bunt und froh und neu gestaltet. Nichts wird wieder so sein, wie es war.«

»Wow!« Sophie mußte schlucken. Sie wischte Lea eine Träne von der Wange. »Und warum bist du dann abgehauen? Mitten in der Nacht?«

Lea lächelte. Wie klug ihre Freundin doch war. »Kannst du dir das nicht vorstellen?« Sophie schüttelte den Kopf. »Mich überkam eine Heidenangst. Das alles hat mich überwältigt, aus meinen Angeln gehoben. Hast du nicht selbst gesagt, daß man alles gedanklich durchspielen kann, Millionen unterschiedlicher Varianten, und im Prinzip lehrt einen nur die Realität? Die letzte Nacht war leidenschaftlich, sie war aufwühlend und einfach sagenhaft. Im Grunde läßt sie mich sprachlos zurück. Ich habe so etwas noch nie in meinem Leben gespürt. Ich bin vierunddreißig, bald fünfunddreißig. Es hat mich umgehauen, hat mir die Beine weggerissen, hat mich in eine Welt aus Liebe und Verlangen geschleudert, aus der ich eigentlich noch nicht zurückgekehrt bin.«

»Lea, warum bist du hier und nicht in Schottland, bei Constanze?«

»Ich hätte heute nicht mit ihr reden können. Ich mußte weg. Ich muß mir erst klar darüber werden, was das für mich bedeutet. Wie ich meine zwei Füße wieder auf den Boden bekomme, nachdem mich Stan so weit und hoch in die Luft geworfen hat.«

»Feigling!« flüsterte Sophie mehr zu sich selbst als zu Lea.

»Was hast du gesagt?«

»Warum muß bei dir alles immer so kompliziert sein? Kannst du nicht einfach mal spontan sein und die Dinge nehmen, wie sie sind, sie so akzeptieren, wie sie deinen Weg kreuzen, wie sie kommen und wie sie gehen? Bei dir muß immer alles genauestens durchdacht sein, genauestens überlegt. Was meinst du, wie Stan sich gefühlt hat, als sie aufgewacht ist und das Bett neben ihr leer war?«

»Ich weiß, es tut mir ja auch leid. Aber ich konnte einfach nicht anders. Ich muß nachdenken. Ich muß mich selbst entscheiden. Ich weiß jetzt, daß ich sie liebe. Von ganzem Herzen liebe. Die Frage ist nur noch, ob ich das schaffe.«

»Lea, du machst dir viel zu viele Gedanken. Ich sage es noch mal. Erzähle Constanze von deinen Ängsten und deinen Zweifeln. Sage ihr, daß du nicht weißt, wie lange es gehen kann, wie lange es gehen wird, und wenn sie dennoch bereit ist, es mit dir zu versuchen, dann los! Du weißt nie, wie lange etwas dauert. Schau dir deine bisherigen Beziehungen an. Hast du dir jemals solche Gedanken gemacht, bevor du mit einem Mann ins Bett gestiegen bist? Bevor du gesagt hast, laß uns zusammenziehen, laß uns zumindest versuchen, ein Paar zu sein?«

»Nein.«

»Siehst du. Warum ist es hier so kompliziert?«

»Du willst es nicht verstehen, oder? Du und Janine, ihr seid euch so ähnlich, was das angeht. Ihr redet so locker daher, sagt, es sei in Ordnung, es gäbe keine Probleme. Für mich ist es nicht so einfach. Ich stelle nach so langer Zeit fest, daß ich nicht der Mensch bin, der ich zu sein glaubte. Alles, was mich bisher ausgemacht hat, wird plötzlich in Frage gestellt, scheint nichtig und einfach nicht mehr da zu sein.«

»Aber dafür gibt es doch neue Dinge. Ist das nicht jedes Mal so, wenn du dich auf jemanden einläßt? Egal, wer es ist. Das Alte verliert an Bedeutung, das Neue muß gelebt werden.«

»Ich weiß nicht, Sophie.« Lea schüttelte zweifelnd den Kopf.

»Ich kann nicht mehr Lea. Die Argumente gehen mir aus! Es ist alles gesagt. Was wirst du den Rest der Woche tun?«

»Ich werde morgen wieder zur Arbeit gehen. Das lenkt mich ab.«

»Wann wird Constanze zurück sein?«

»In ein paar Tagen. Ich weiß nicht.«

»Ihr habt nicht darüber gesprochen?«

»Nein, nicht wirklich.«

»Was wirst du tun, wenn sie da ist?«

»Keine Ahnung. Ich hoffe, sie meldet sich. Ansonsten . . .«

»Ansonsten meldest du dich. Du kannst das nicht einfach auf sich beruhen lassen.«

»Dazu werde ich ohnehin keine Gelegenheit haben.«

»Gut so.« Sophie erntete einen Schlag auf den Oberschenkel. »Sei nicht so zögerlich. Wenn es stimmt und du dich in ihrer Gegenwart wohl fühlst, angekommen, vervollkommnet, dann lebe das aus. Eine solche Gelegenheit bekommst du nicht mehrfach im Leben. Glaube mir. Egal, wie lange es dauert, es wird wunderbar. Laßt euch nicht einschränken. Lebt das Leben, das ihr gemeinsam führen wollt, liebt euch. Ihr seid zwei schöne, erwachsene, unabhängige Frauen.«

»Ich weiß, ich muß mich entscheiden. Für sie, für mich.« Lea nickte bestätigend, als wolle sie sich selbst Mut zusprechen. »Ich werde mit ihr reden.«

»Ja, tu das. Ich muß los. Es ist spät geworden. Ich habe morgen einen langen Tag vor mir – und du auch. Geh ins Bett und versuch, ein bißchen zu schlafen«

»Ja, Mama.«

»Dein Glück, daß du mich nicht Mutter genannt hast!«

34

Fast zwei Wochen waren seit ihrer Rückkehr aus Schottland bereits vergangen, und Lea steckte wieder vollkommen in ihrer täglichen Routine fest. Stan hatte ihr, noch während sie im Flieger von Inverness nach Frankfurt saß, auf den Anrufbeantworter gesprochen und ihr mitgeteilt, daß sie sich entschieden hatte, noch ein paar Tage bei ihrer Großmutter zu bleiben und dann noch einmal nach Edinburgh müsse. »Ich freue mich darauf, dich wiederzusehen«, hatte sie gesagt. Und: »Ich hoffe, es geht dir gut.« Das »Ich liebe dich« war so leise, daß Lea das Band zweimal abspielen mußte, um zu verstehen, was Stan sagte. Keine Frage nach dem Warum, keine Vorwürfe, keine Anklage, und Lea war ihr unendlich dankbar dafür.

Als sie nun die Klingel der Eingangstür hörte, hielt es Lea nicht für nötig, von ihrem Werktisch aufzublicken. Sie konnte keine Ablenkung gebrauchen, konzentrierte sich darauf, die Einzelelemente für ein Collier zu fertigen, das nur aus streng geometrischen Körpern bestehen durfte. Das Geschenk eines Mathematikprofessors an seine Frau. Zu ihrem fünfzigsten Hochzeitstag. Ein wahrhaft außergewöhnlicher Auftrag, aber der Professor war mit sehr konkreten Vorstellungen gekommen, die lediglich aufgrund der Materialeigenschaften nach leichten Veränderungen verlangten, und sie waren sich schnell einig geworden. Sowohl über die Gestaltung als auch über den Preis. Lediglich der Zeitraum, den Lea für die Fertigstellung zur Verfügung hatte, war sehr knapp bemessen. Sie würde die nächsten Tage rund um die Uhr an dem Stück arbeiten müssen.

Die Stimmen aus dem Verkaufsraum drangen nur langsam in ihr Bewußtsein.

»Dieser Ring ist wie für Sie gemacht. Eine gute Wahl«, hörte sie Robert sagen. Pause. »Sehen Sie? Er fügt sich perfekt an Ihren Mittelfinger. Und das mattierte Silber paßt hervorragend zu Ihrem dunklen Teint, wenn ich das sagen darf.« Sie sah Robert vor sich und mußte lächeln. Er flirtete. Eindeutig. Typisch für ihn. Er ließ einfach keine Möglichkeit aus.

»Ja, da stimme ich Ihnen zu. Ein exquisites Stück. Ist es aus Ihrer Werkstatt?« Lea richtete sich auf.

»Aber ja. Frau Rothenbaum hat den Ring selbst gefertigt. Darf ich?« Wieder eine kurze Pause. »Sehen Sie? Hier ist der Stempel mit ihren Initialen angebracht. Und gleich daneben der Feingehaltsstempel des Edelmetalls.« Lea lehnte sich in ihrem Stuhl so weit zurück, daß sie an dem niedrigen Paravent vorbei in den Verkaufsraum blikken konnte, und sah, daß Robert einen Ring in der Hand hielt und auf die Innenseite deutete. Als sich die Kundin jetzt zu Robert beugte, war Lea nicht überrascht, Stan zu sehen. Sie hatte sie sofort an der Stimme erkannt.

Schnell zog sie sich hinter ihren Sichtschutz zurück, war sich aber sicher, daß sowohl Robert als auch Constanze diese kurze Bewegung, wenn auch wahrscheinlich nur im Augenwinkel, wahrgenommen hatten. Wie kindisch von ihr, sich verstecken zu wollen.

»Möchten Sie mit Frau Rothenbaum sprechen? Sie ist in der Werkstatt und arbeitet an einem Collier. Vielleicht würde Sie das interessieren?« Leas Atmung setzte kurz aus. Noch bevor Stan antwortete, sprang sie auf und ging in den Verkaufsraum.

Stan war ganz in Schwarz gekleidet. Sie hatte den Mantel ausgezogen und über eine der Sessellehnen geworfen. Zu einer weiten, eleganten Stoffhose trug sie eine enganliegende Bluse mit breitem Kragen und langen Ärmeln mit weiten Bündchen, hinter denen ihre

Hände fast verschwanden. In der Linken hielt sie einen etwa anderthalb Zentimeter breiten, grob mattierten Silberring, in den ein großer quadratischer, leicht gewölbter Onyx gefaßt war. Der Ring paßte tatsächlich perfekt zu Constanze.

Sie hatte einen neuen Haarschnitt. Etwas kürzer als das, was Lea kannte. Auf der einen Seite trug sie die Haare hinter das Ohr gelegt, auf der anderen fielen sie ihr ins Gesicht. Sie waren schwarz gefärbt, was die Wirkung ihrer blauen Augen immens verstärkte. Kein Wunder, daß Robert sein Glück versuchte. Stan sah umwerfend aus.

»Frau Rothenbaum?« Stan blickte von dem Ring auf, schaute Lea von unten herauf direkt in die Augen, lächelte und streckte ihr die Hand entgegen. »Freut mich, Sie kennenzulernen.«

»Laß das, Constanze!« Lea ergriff ihre Hand und zog sie mit sich Richtung Werkstatt. »Du entschuldigst uns, Robert? Wir sind kurz oben. Du kommst hier allein klar?« Das war eine Feststellung und keine Frage, und Leas Ton ließ keine Zweifel daran aufkommen.

Stan hob entschuldigend die Schultern und folgte Lea mehr oder weniger freiwillig.

Robert blickte irritiert erst zu Lea, dann zu Stan, schüttelte den Kopf und schob das Tableau zurück in die Glastisch-Schrankkombination, die in der Mitte des Verkaufsraums angebracht war.

»Was willst du hier?« Lea ließ Stan erst los, als sie in dem Büro in der oberen Etage angekommen waren. Sie standen sich gegenüber, Stan mit vor der Brust gekreuzten Armen, Lea mit geröteten Wangen, zwei Haarsträhnen im Gesicht, die sich aus ihrem mit einer Spange locker zusammengehaltenen Pferdeschwanz gelöst hatten. Stan bewegte sich auf Lea zu und wollte die Haarsträhnen mit ihrer Hand aus Leas Gesicht streichen. Lea wich zurück. »Laß das. Bitte. Was willst du hier?«

»Du hast meine Anrufe nicht beantwortet.«

»Ich weiß. Es tut mir leid. Ich hatte einfach keine Zeit.«

Stan schaute Lea an, und Lea konnte sehen, wie verletzt sie war. Ihre Augen schimmerten feucht, und sie mußte schlucken. All die Fragen, die Stan vermutlich hatte stellen wollen, standen in ihren Augen geschrieben, und Lea konnte sie lesen wie ein Buch.

Sie verstand und blickte zu Boden. »Okay. Das stimmt nicht. Stan, Constanze . . .«, Lea versuchte die richtigen Worte zu finden, ». . . ich . . . ich weiß nicht, wie ich mit meinen Gefühlen für dich umgehen soll. Das ist alles so verwirrend für mich. Immer noch. Oder gerade weil wir wieder hier sind. Ich weiß es nicht. Und ich weiß auch nicht, ob du das verstehen kannst. Ich . . . ich . . .« Lea brach ab und drehte sich in ihrer Verzweiflung zur Wand, damit sie Stans Blick nicht begegnen mußte.

»Schottland bedeutet also gar nichts?« Stan trat hinter Lea und berührte sie sanft an der Schulter, während sie ihre Wange gegen die andere legte.

Lea massierte ihre Schläfen. »Ach, Stan. Schottland. Das ist so weit weg. Wir waren ungebunden und frei und mußten auf niemanden Rücksicht nehmen.«

»Dann laß uns nach Schottland ziehen.«

»Das ist eine verrückte Idee.« Lea drehte sich um und blickte Stan mit großen Augen an. »Vollkommen absurd.«

»Ich liebe dich.« Stan strich sanft über Leas Wange, und bevor sie die Hand zurückziehen konnte, griff Lea danach und hielt sie dort, wo sie sie spüren wollte. Sie lehnte ihren Kopf gegen Stans Handfläche, führte sie langsam zu ihrem Mund und zog eine Kußspur vom Handballen bis zu den Fingerspitzen.

»Ich dich auch. Das mußt du mir glauben.« Die Verzweiflung war aus ihrer Stimme herauszuhören, und der tränenverschleierte Blick sprach Bände.

»Dann laß uns in Ruhe über alles reden.« Stan trat ganz nah an Lea heran. Ein Zurückweichen war unmöglich, denn Lea stand buchstäblich mit dem Rücken zur Wand. »Ich möchte dich lieben, Lea.« Sie küßte Lea zärtlich auf den Mund. »Ich verzehre mich nach dir.« Stans Mund wanderte Leas schlanken Hals hinunter. »Ich möchte deinen Körper spüren.« Sie öffnete den obersten Knopf von Leas Bluse und sog tief die Luft ein. »Ich möchte von dir geliebt werden.« Ihre Küsse wanderten in Leas Ausschnitt. Sie nahm Leas vertrauten Duft wahr, zog mit ihrer Zunge die Linie nach, die sich zwischen Leas Brüsten gebildet hatte. Eine ihrer Hände wanderte Leas Rückgrat hinauf und schien an jedem Wirbel eine kurze Rast einzulegen, während die andere unter Leas Bluse fuhr und eine ihrer Brüste umschloß. Als Stan sanft mit ihrem Daumen über Leas BH fuhr, konnte sie ihre Erregung spüren. Sie lächelte.

Lea seufzte tief. Sie nahm Stans Gesicht in beide Hände und blickte ihr in die Augen. In einem kurzen Augenblick des Erkennens konnten sie die Liebe in ihrer beider Augen sehen und das Verlangen, das sich wohlig ausbreitete. Einen kurzen, magischen Augenblick lang, in dem sich keine der beiden bewegte, in dem beide kaum zu atmen wagten. Zu wertvoll und zerbrechlich schien der Moment. Zu vergänglich im Geflecht der Zeit. Anfang und Ende in einem. Lea schloß als erste die Augen, beendete die Magie des Augenblicks, nur um eine neue Ewigkeit zu schaffen, indem sie Stans

Mund mit ihren Lippen berührte, erst nur ganz sanft und dann immer fordernder, ungestümer, wilder, leidenschaftlicher. Stan vergrub ihre Hände in Leas Locken und preßte ihren Körper gegen Leas. Sie spürten es beide. Gleichermaßen. Das war es, was sie wollten. Sie hatten sich gefunden. Kleinstteilchen im Universum, die zufällig kollidiert waren und verwundert feststellen mußten, daß sie perfekt zusammenpaßten. Wenn nur die anderen Trabanten nicht ständig ihre Flugbahn kreuzen würden. Warum hatte Lea so viel Angst im Herzen?

»Lea, kannst du mal kurz nach unten kommen?« Roberts Stimme klang so nah, als stünde er direkt neben ihnen, und beide fuhren erschrocken zusammen. »Da ist eine Kundin, die nach dir verlangt.« Sie hörten, wie seine Schritte die Treppe hinaufkamen.

»Bin schon unterwegs.« Lea löste sich aus Stans Umarmung und versuchte verzweifelt mit fahrigen und nervösen Bewegungen, gleichzeitig ihre derangierten Haare zu ordnen, ihre geöffnete Bluse zuzuknöpfen und ihren hochgerutschten Rock glattzustreichen. Sie fummelte auch an Stans Bluse herum, die eindeutig zuviel Einblick gewährte. Was sollte Robert denken?

»Lea?« Robert stand auf der obersten Stufe und blickte die beiden Frauen fragend an.

»Ich habe doch gesagt, daß ich sofort komme. Geh nach unten und halte die Dame ein bißchen hin.« Robert schien auf der Stufe festgefroren. »Bitte, Robert!« Ohne ein Wort zu sagen, machte er kehrt und ging zurück nach unten. Stan und Lea hörten das leise Gemurmel zweier Stimmen.

»Meinst du, er hat etwas gemerkt?« Lea war vor den Spiegel getreten, fuhr sich mit den Händen durch die Haare und zog ihren Lippenstift nach.

»Wäre das so schlimm?« Stan lehnte an Leas Arbeitstisch.

»Ich weiß nicht. Vielleicht. Vielleicht nicht.«

»Kommst du heute abend bei mir vorbei? Dann können wir reden.« Stan trat hinter Lea und blickte in den Spiegel, in dem sich ihre Blicke trafen. »Wann hast du Schluß?«

»Um sieben.«

»Gut, dann bis halb acht. Ich koche uns etwas.« Damit wandte sie sich ab, ohne eine Antwort abzuwarten, und lief eilig die Treppe hinunter. Lea hörte, wie Robert ihr ein *Auf Wiedersehen* hinterherrief. Für einen kurzen Augenblick lehnte sie ihre Stirn an die kühlende Spiegelscheibe und schloß die Augen, bevor sie zum Fenster trat und auf den Marktplatz blickte. Stan stand genau in der Mitte, dort, wo der häßliche Brunnen sein Wasser in den Himmel spuckte, und winkte ihr zu. Lea nickte kaum merklich mit dem Kopf. Auf ihrem Arbeitstisch lag der Ring mit dem schwarzen Stein.

Als Robert den Laden um kurz nach sieben zuschloß, hatte Lea nur einen Gedanken im Kopf – endlich. Den Nachmittag hatte sie nur mit Mühe und Not hinter sich bringen können. Sie war fast überfordert damit gewesen, sich auf die Probleme und Wünsche der Kundschaft einzulassen, und es hatte ihr eine unglaubliche Anstrengung abverlangt, ihre Arbeit konzentriert weiterzuführen. Nun saß sie in der Werkstatt, an ihrem für die Nacht halbwegs aufgeräumten Tisch, und stützte den Kopf in beide Hände.

»Was ist los mit dir, mein Schatz?« Robert war hinter sie getreten und begann ihre Schultern zu massieren. »Mein Gott, du bist ja total verspannt.«

Den ganzen Mittag war kein Wort über die Szene im Büro gefallen. Allerdings hatte er es auch vermieden, mit Lea überhaupt zu sprechen. Wenn mal keine Kundschaft da war, räumte er den Schrank in der Werkstatt auf, sondierte den Inhalt des Tresors, führte Telefonate mit Großhändlern, faxte Bestellungen, kümmerte sich um die Tagesabrechnung. Immer darauf bedacht, sich nicht im gleichen Raum wie Lea aufzuhalten.

»Robert, bitte laß das.« Lea entwand sich seinem Griff. »Und nenn mich nicht *Schatz*. Bitte!« Sie stand auf und wollte nach oben, wo sich ihre Tasche und ihr Mantel befanden. Aber Robert ergriff ihr Handgelenk und hielt sie fest.

»Lea, was sollte diese Szene heute mittag?«

»Ich weiß nicht, wovon du sprichst. Laß mich bitte los.«

»Das glaube ich aber schon.« Der Griff um ihr Handgelenk begann weh zu tun. »Wer war die Frau? War das etwa diese Künstlerin, der du Modell sitzt? Mit der du nach Schottland gefahren bist?« Robert zwang Lea, ihm in die Augen zu blicken. »Was läuft da zwischen euch?«

»Das geht dich nichts an.« Lea riß sich los und blickte ihn wütend an. Sie rieb sich die schmerzende Stelle.

»Und ob mich das etwas angeht. Hast du mal ein Stück weiter gedacht als nur bis zur Bettkante? Das Geschäft, unsere Kunden? Das alles hier.« Mit einer ausschweifenden Geste stand Robert im Raum. Die Wut war ihm anzusehen. Und Lea glaubte auch, verletzten Stolz aus seiner Stimme heraushören zu können.

»Was willst du damit sagen?« Leas Stimme begann zu zittern.

»Was willst du damit sagen?« äffte er sie mit krächzender Stimme nach, als sei er ein Papagei, und es war ihr mit einem Mal unbegreiflich, wie sie sich überhaupt in Robert hatte verlieben können. »Du kannst nicht einfach hingehen und plötzlich . . . lesbisch sein!«

»Robert!« Lea war entsetzt. Er hatte das Wort förmlich ausgespuckt, und es war vor ihren Füßen gelandet. Wie ein verletztes Tier, dem Lea erstaunt in die Augen blickte, sich selbst darin erkennend, und sie wußte nicht, ob sie das hören wollte, was unweigerlich folgen würde. Sie wappnete sich innerlich gegen den Sturm, der gleich losbrechen würde.

»Lea, wo soll denn das plötzlich herkommen?« Seine Stimme nahm eine flehende Weichheit an, der Lea nicht traute. »Wenn du einsam bist und jemanden brauchst, der dich befriedigt, dann sag mir Bescheid!«

Lea mußte schlucken. Sie konnte kaum glauben, was sie da hörte, und ihr traten, ohne daß sie das wollte, die Tränen in die Augen. »O Robert, du bist ein solcher . . . Idiot. Was soll dieses dumme Geschwätz? Ich brauche keinen schnellen Sex. Ich brauche Liebe, Verständnis, Vertrauen, eine Schulter zum Anlehnen, jemanden zum Reden . . .«

»Ach, und das alles findest du bei ihr? Bei dieser Möchtegernkünstlerin?« Verbitterung und Abscheu schwangen in seiner Stimme mit, und seine Hand fuchtelte wild Richtung Ausgang, als würde Stan noch dort stehen, als könne er sie anklagen und verurteilen, weil ihre pure Anwesenheit seine kleine Welt aus den Fugen hob.

Lea sah plötzlich, wie ohnmächtig er war, wie unsicher und in die Ecke gedrängt. Ihre Stimme war fest und ruhig. »Du hast keine Ahnung, Robert. Du kennst Constanze nicht. Du weißt nicht, wie wundervoll sie ist. Du kannst dir nicht vorstellen, wie gut mir ihre Gegenwart tut, wie stark und unverletzbar ich mich neben ihr fühle. Sie macht einen anderen Menschen aus mir.« Sie blickte Robert herausfordernd an. »Du willst sie wohl nicht näher kennenlernen?«

»Darauf kannst du wetten! Mensch, Lea, wie konntest du nur? Was bringt dir das? Ein bißchen Nervenkitzel? Mal was anderes ausprobieren?«

»Was es mir bringt?« Lea trat ganz nah an ihn heran. Ihrer beider Augen auf gleicher Höhe. »Ich sage es dir nur einmal: Ich bin verliebt, Robert. So verliebt, wie noch nie zuvor in meinem Leben. Und ich verliebte mich nicht Hals über Kopf, o nein. Ich konnte lange darüber nachdenken, mir den Kopf darüber zerbrechen, ob es richtig oder falsch ist, mich in eine Frau zu verlieben. Letzten Endes muß es mir egal sein, denn ich kann ohnehin nichts dagegen tun. Was nützt ein gemarterter Verstand, wenn sich das Herz längst entschieden hat? Ich habe mich verliebt, Robert. Ich habe mich in einen

Menschen verliebt, von dem ich glaube, daß ich vielleicht den Rest meines Lebens mit ihm verbringen könnte – und zufällig ist es eine Frau.«

Jetzt hatte sie es ausgesprochen, und es hörte sich noch nicht einmal schlecht an. Sie stand ganz ruhig da und blickte an Robert vorbei auf einen Punkt an der Wand, der nur für sie sichtbar war. Daran hielt sie sich fest, obwohl ihr die Erkenntnis die Beine wegzuziehen drohte. Plötzlich war alles klar. Einmal ausgesprochen, würden die Worte ihren Weg in die Welt finden. So einfach war das. Jetzt mußte sie nur noch den Mut finden, das zu leben, was sie bereits formuliert hatte. Aber eigentlich gab es nun kein Zurück mehr.

»Lea?« Robert trat einen Schritt auf sie zu. Sie begann zu lächeln.

»Ich danke dir.« Langsam ging sie die Treppe hinauf und kam wenig später in ihren Mantel gehüllt und mit der Tasche über der Schulter wieder herunter. Robert schien sich keinen Millimeter bewegt zu haben. Er starrte sie stumm an, und Lea konnte förmlich hören, wie seine Kiefer aufeinanderrieben und seine Gedanken im Kreis schwirrten, ihm Dinge zuriefen, die er nicht hören wollte. Lea schloß die Tür auf und schritt in die kühle Dunkelheit der hereinbrechenden Nacht. Der Strom der vorbeieilenden Menschen schluckte sie augenblicklich und schwemmte sie mit sich, wie eine Woge in einem unendlichen Ozean, in dem ihr eigenes kleines Schicksal so bedeutungslos war, daß sie sich verwundert ein Mal im Kreis drehte, bevor sie sich in die Arme der Anonymität der Stadt warf.

Robert stand im Eingang und blickte ihr nach, bis ihr Körper nicht mehr von den anderen sie umgebenden Menschen zu unterscheiden war. Er trat vor den Laden, schloß ab und ging in die entgegengesetzte Richtung davon.

35

Ohne sich für die Auslagen in den Schaufenstern zu interessieren, den peruanischen Straßenmusikern Beachtung zu schenken oder den Jungen auf dem Skateboard zurechtzuweisen, der sie an der Ecke zur Fußgängerzone grob anrempelte, setzte Lea einen Fuß vor den anderen. Links, rechts, links, rechts. Darauf konzentrierte sie sich. Zu mehr war sie nicht in der Lage.

Sie spielte den Streit mit Robert immer und immer wieder gedanklich durch, versuchte sich an den genauen Wortlaut zu erinnern, versuchte sich vor allem jene Worte ins Gedächtnis zurückzurufen, die sie selbst so bestimmt und überzeugend vorgetragen hatte, so klar und eindeutig formuliert und die in keiner Weise ihrer inneren Zerrissenheit Tribut zollten, die nichts mit den Gefühlen zu tun hatten, die in ihr tobten. Gefühle, die wie kleine gierige Geschöpfe an ihrem Gewissen nagten, die sie in gegensätzliche Richtungen zu zerren versuchten, ihr Körper zum Zerreißen gespannt.

Die Hochstimmung, in der sie sich befunden hatte, als sie den Laden verließ, ging mit jedem Schritt ein bißchen mehr verloren. Das Selbstbewußtsein, mit dem sie Robert gegenübergetreten war und ihm ihre Liebe zu Constanze gestanden hatte, war verschwunden und hatte den Zweifeln Platz gemacht, die schon fast altbekannte Weggefährten waren. Was, wenn ihre Mutter sich von ihr abwenden würde? Was, wenn Robert recht hatte? Was, wenn sie ihren geschäftlichen Erfolg mit der Entscheidung, Stan zu lieben, tatsächlich aufs Spiel setzte? Sie ging die Kartei ihrer Kundinnen und Kunden durch, sah ihre Gesichter vor Augen, versuchte sich ihre Reaktion vorzustellen – Frau Wallerius würde bleiben, Herr Schmidt gehen, Dr. Matthis bleiben, Frau Kosakowsky gehen . . . Lea zupfte eine Karteikarte nach der anderen aus dem Kasten, als säße eine riesige Margerite in ihrem Kopf, die nach und nach alle Blütenblätter verlor.

Irgendwann, die Dunkelheit hatte sich unbemerkt über die Stadt gelegt und die Straßenlaternen warfen ihr milchiges Licht in Kegeln auf die Bürgersteige, stand Lea vor einer Kneipe, die ihr vollkommen unbekannt war. Ziellos war sie durch die Straßen geirrt, und nun hatte sie keine Ahnung, wo sie sich befand. Die Gebäude hatte sie noch nie gesehen. Sie würde sich ein Taxi rufen müssen. Aber erst wollte sie sich aufwärmen.

Sie betrat den lieblos eingerichteten Schankraum, der nicht größer als ihr eigenes Wohnzimmer war, und setzte sich an den kleinen Tisch am Fenster. Bis auf die vier Männer, die an der Theke saßen und offensichtlich zur Stammkundschaft gehörten, war die Kneipe leer. Sie unterhielten sich lautstark und bierselig über die letzten Bundesligaspiele. Als gäbe es kein anderes Thema als Fußball. Lea bestellte sich bei dem bärtigen Riesen hinter der Theke, Bedienung und Wirt in Personalunion, ein Glas Rotwein und hoffte, daß dies ihre Stimmung heben würde.

Wie sollte sie Constanze in diesem Zustand nur gegenübertreten? Vor Stunden schien alles so einfach, und nun wußte sie nicht mehr ein noch aus. Sie legte sich passende Sätze zurecht, verwarf sie wieder, formulierte neu. Sie fing sich befremdete Blicke ein, als sie den ein oder anderen laut aussprach, um seinem Klang zu lauschen. Variierte die Tonlage und die Geschwindigkeit, in der sie die Worte aussprach, versuchte die Unsicherheit aus ihrer Stimme herauszunehmen und sie stark und fest und glaubwürdig klingen zu lassen. Nach dem zweiten Glas Wein und einem Cappuccino war sie endlich so weit, daß sie sich ein Taxi bestellen konnte. Wahrscheinlich waren die anderen mehr als erleichtert, die Verrückte, die in ihrer Ecke Selbstgespräche führte, endlich loszusein. So jung, so hübsch, so durchgeknallt. Wäre Lea nicht mit anderen Dingen beschäftigt gewesen, hätte dieser Gedanke ein Lächeln auf ihre Lippen gezaubert.

Nun stand sie vor Constanzes Tür und zögerte lange, bevor sie die Klingel betätigte. Drei Mal mußte sie Anlauf nehmen, bis Stan endlich öffnete, und als sie sie sah in ihrer alten Jeans und einem zerschlissenen, schwarzen T-Shirt, waren alle so sorgfältig formulierten Sätze wie weggeblasen. Stans Haare waren zerzaust und mit Farbklecksen übersät, und auf ihrer Stirn leuchtete ein unvollständiger Handabdruck in Rot. Ihre Augen sahen müde aus und zeugten von den kraftzehrenden Versuchen zu malen, ohne daß dies gelungen wäre.

»Du bist es. Komm herein.« Damit ließ Stan die Türklinke los und ging langsam Richtung Atelier voran. Lea folgte ihr schweigend. »Schön, daß du doch noch auftauchst. Ich habe schon gar nicht mehr damit gerechnet. Wenn du willst, mache ich uns das Essen noch einmal warm. Der Salat dürfte aber nicht zu retten sein.«

Lea blickte in das gegenüberliegende Wohnzimmer und sah einen fast schon festlich gedeckten Tisch mit Kerzen und Stoffservietten, und ihr schlechtes Gewissen, das ohnehin schon gelauert hatte, überfiel sie schlagartig, machte sich über sie her und zerfetzte sie in Hunderte kleiner trauriger Stückchen. »Stan, ich konnte nicht früher. Ich wollte so sehr, aber ich konnte nicht«, stammelte Lea. »Robert und ich haben uns gestritten, und es sind Worte gefallen, die ich erst einmal verdauen mußte. Ich hatte so viel, worüber ich nachdenken mußte. Allein.«

»Du hättest wenigstens anrufen können.« Stan lehnte an ihrem Arbeitstisch und blickte auf einen Pinsel, den sie in der Hand hielt. Es war kurz vor Mitternacht, und Lea trug immer noch das Kostüm, in dem Stan sie im Laden gesehen hatte. Sie war offensichtlich noch nicht zu Hause gewesen.

»Stan, bitte, laß uns nicht streiten«, bat Lea. Sie klang erschöpft und ließ sich kraftlos auf die Ottomane sinken. Ihr Kopf, weit nach hinten geworfen, ruhte auf der Rückenlehne, von ihren Locken umgeben wie ein dunkles, bernsteinfarbenes Meer. Ihre Augen waren geschlossen, die Arme ausgebreitet, als sei sie im Sitzen auf das Polster gekreuzigt worden. Die Kostümjacke stand offen, und ihre weiße Bluse spannte sich über ihren Oberkörper, verbarg nichts von dem, was darunter lag. Stan widerstand der Versuchung, ihren Block zu nehmen und Skizzen zu machen. Es war nicht der richtige Moment. Statt dessen kniete sie sich vor Lea hin, legte ihre Arme über Leas Beine und sah sie unverwandt an.

»Erzähl es mir.« Sie bewegte sich leicht hin und her, so daß auch Leas Beine in Schwingung gerieten, eine Welle, die sich bis in ihren Oberkörper fortzusetzen begann. »Komm schon, Lea. Sprich mit mir.«

Lea richtete sich auf und schaute Stan an, blickte direkt in diese blauen Augen, die sie sowohl faszinierten als auch ängstigten und die jetzt in ihren ruhten und darauf warteten, daß Lea zu reden begann.

»Was bedeute ich dir?« Lea riß sich von Stans Augen los und fokussierte ihren Blick auf einen gelben Farbspritzer, der zwischen ihren Füßen aufleuchtete. Stan hätte mit allem gerechnet, nur nicht mit dieser Frage. Hatte sie Lea nicht überaus deutlich zu verstehen gegeben, daß sie sich ein Leben ohne sie noch nicht einmal vorzustellen wagte?

»Das weißt du doch, Lea.«

Lea nickte. »Du stellst mein Leben vollkommen auf den Kopf, und ich weiß nicht, ob ich damit zurechtkomme. Ich weiß nicht, ob ich bereit bin für . . .« Sie barg ihr Gesicht in den Händen und begann zu weinen.

»Wovor hast du solche Angst?« Stan setzte sich neben Lea und nahm sie in den Arm. »Lea, ich liebe dich. Du bist so stark. Du bist wunderschön. Du bist unabhängig. Du bist frei, Entscheidungen zu fällen, die vielleicht nicht allen gefallen werden. Liebe mich. Du kannst das.«

»Weißt du, genau das habe ich Robert heute gesagt.« Stan schwieg. »Ich habe ihm gesagt, daß ich dich liebe. Und es war noch nicht einmal schwer.« Lea lächelte. »Es ist das, was ich will. Dich lieben.« Sie strich über Stans Wange und küßte sie sanft auf den Mund. »Aber ich glaube, ich kann es nicht.« Sie fing den Blick aus Stans dunklen Augen auf und erwiderte ihn. »Ich kann nicht, Constanze. Für mich würde das so viel Veränderung bedeuten. Ich kann das einfach nicht zulassen.«

»Was kannst du nicht zulassen? Daß du jemanden liebst und daß dieser jemand dich auch liebt?« Stan klang verzweifelt, stand abrupt auf und warf einen Pinsel gegen die Wand. »Entschuldige. Das wollte ich nicht. Ich liebe dich, Lea. Ich liebe dich so sehr. Ich möchte mit dir zusammen sein. Ich möchte dich lieben und von dir geliebt werden. Das weißt du. Bitte!«

»Stan, ich kann doch nicht – nur weil du es möchtest – mein ganzes Leben ändern!«

»Das mußt du auch nicht.« Stan hob abwehrend die Hände. »Nicht weil *ich* es möchte. Aber wenn *du* es möchtest, wenn du nur einen Funken von Gefühl für mich in deinem Körper spürst, dann folge doch deinem Herzen. Sag einfach ›ich liebe‹. Stehe dazu. Und wenn ich es bin, die du liebst, dann ist es eben so!«

»Du machst dir das wirklich einfach. Ganz einfach. Für dich ändert sich ja auch nichts.« Lea stand auf und ging unruhig im Atelier hin und her. Mit ihrer wilden Mähne sah sie aus wie ein verschrecktes, gefangenes Tier, das verzweifelt auf der Suche nach einem Fluchtweg aus dem zu engen Käfig ist. »Entschuldige. Das war unfair. Du und deine Liebe bedeuten mir so viel. Ich war so glücklich in Schottland, so froh, in deiner Nähe zu sein, war verzaubert von deinen Geschichten, konnte nicht genug davon bekommen, dir bei den alltäglichen Dingen zuzuschauen und die Zeit mit dir zu verbringen. Dich lieben zu dürfen und von dir geliebt zu werden, war ...« Ihre Stimme klang, als hätte sie einen Frosch im Hals, und Lea räusperte sich verlegen. »Aber Schottland ist nun mal weit weg. Wir sind zurück. Zurück in dem Leben, das ich hier führe. Mit meiner Familie, meinen Freunden, meinen Kunden, meinem Beruf.«

»Und in diesem Leben ist kein Platz für mich?!« Tränen traten in Stans Augen.

»Ich kann verstehen, wenn das jetzt seltsam klingt, aber ich habe das Gefühl, daß ich aus einem Traum direkt in die Realität gefallen und sehr hart aufgeschlagen bin. In Schottland war alles so unbeschwert und einfach für mich. Jetzt ist es schwer.«

»Wenn alles in deinem Leben einfach sein soll, dann weiß ich nicht, ob du dein Leben überhaupt als solches bezeichnen kannst.« Lea blickte sie fragend an. »Wie oft hast du dich darüber beschwert, daß dein Leben in so geregelten Bahnen verläuft, daß du dich in deinem Alltag nicht mehr wohl fühlst, weil immer alles nach dem gleichen Schema abläuft. Ein Tag ist wie der andere. Monate, Jahre im gleichen Rhythmus.« Stan packte Lea an den Schultern und schüttelte sie. »Lea, wach auf! Veränderungen gehören zum Leben. Ohne sie wäre es langweilig. Menschen mit Ecken und Kanten sind interessanter als jene, die mit dem Strom schwimmen, die es allen recht machen wollen und sich selbst dabei verlieren. So jemand bist du nicht, Lea.« Sie ließ Lea los und wandte sich ab. »Ich möchte nicht plump oder banal klingen, aber wie heißt es so schön: Nur wer wagt, gewinnt! Probier es doch einfach aus. Sei nur bei mir und mit mir. Liebe mich!«

»Stan, ich kann nicht. Gib mich frei. Bitte!«

»Heißt das, ich soll dich wegschicken, soll dich aus meinem Leben verbannen? Das kann ich nicht. Weißt du, was du da von mir verlangst? So einfach kann ich dir das Ganze nicht machen.«

»Ich kann nicht«, flüsterte Lea verzweifelt und schüttelte langsam ihren Kopf.

Sie stand in ihrem grauen Kostüm mitten im Raum und wirkte gegenüber den bemalten Leinwänden blaß und farblos. Tränen liefen ihr über die Wangen. Sie weinte hemmungslos. Stan schaute aus dem Fenster und schwieg. Dieser letzte Satz stand unkommentiert zwischen ihnen, aber bevor er sich wirklich in beider Verstand breitmachen konnte, drehte sich Stan langsam um und sagte: »Ich sehe keine Farben, Lea. Der Weg, der dich so farblos zurückläßt, kann nicht der richtige für dich sein. Laß mich dir deine Farben zurückgeben.«

Sie tauchte ihre Hand in den Tiegel mit gelber Farbe, der auf ihrem Arbeitstisch stand, kam auf Lea zu und strich ihre zärtlich über die Wange, vermengte ihre Tränen mit der Farbe, führte ihren farbverschmierten Finger an Leas Hals entlang und legte die Hand über ihre linke Brust, die sie durch den Stoff spüren konnte.

»Constanze! Was machst du da? Das Kostüm ist neu!«

»Ich kaufe dir ein anderes.« Und damit zog sie Lea an sich und küßte sie sanft auf den Mund. Leas Lippen waren feucht und schmeckten salzig. Stan folgte der Tränenspur, bis sie Leas Augen erreichte. Sie bedeckte Leas Gesicht mit Küssen, fuhr ihr durch die Haare, preßte ihren Körper an den Körper Leas und versuchte sie spüren zu lassen, wie sehr sie sie begehrte. Bevor aber Lea eine wirkliche Reaktion zeigen konnte, zog sich Stan plötzlich zurück und ließ Lea unbeholfen im Raum stehen.

Diese beobachtete, wie Stan zu ihrem Arbeitstisch zurückging, scheinbar sorgfältig und mit Bedacht einen Pinsel aus einem umfangreichen Sortiment auswählte, diesen in einen weiteren Tiegel tauchte und ihn farbtriefend wieder herauszog. Rot. Leuchtend.

Stan ging auf Lea zu, eine Spur aus Farbtropfen hinter sich herziehend, die aussahen wie frisches Blut, und stellte sich provozierend direkt vor sie hin. Langsam, ganz langsam malte sie Lea einen roten Strich quer über die Nase.

Lea schaute Stan in die Augen und merkte, wie das Verlangen in ihr aufstieg, dieses Gesicht in ihre Hände zu nehmen und es einfach nur zu küssen.

Stan aber setzte den Pinsel erneut an und bewegte ihn an Leas Kinn entlang, den Hals hinunter und zwischen ihren Schlüsselbeinen hindurch bis zu dem Punkt, an dem ihre Brüste sich berührten, ein kleines Dreieck bildend, in dem sich aus dem dünnen Farbstrich langsam ein Punkt formte. Stan zog den Pinsel zurück, betrachtete ihr Werk und senkte langsam ihren Kopf in Leas Ausschnitt, küßte diesen einen Punkt, sog Leas Duft in sich ein, vermengt mit dem Geruch der Farbe, der ihr so vertraut war.

Lea atmete tief ein und schloß die Augen. Sie bekam eine Gänsehaut und schüttelte sich vor Erregung. Sie stöhnte leise, und Stan blickte auf, ihre Lippen und ihre Nase mit roter Farbe verschmiert. Lea unterdrückte ein Lächeln, nahm Stans Kopf in beide Hände und küßte sie. Das Rot mischte sich mit dem Gelb zu einem leuchtenden Orange. Sie standen engumschlungen mitten im Atelier und küßten sich, die Welt um sich herum vergessend. Bis Stan sich löste und Lea prüfend anschaute. Sie kam offensichtlich zu dem Schluß, daß ihr Werk noch nicht vollendet war, denn sie hatte plötzlich einen weiteren Pinsel in der Hand, diesmal mit blauer Farbe.

»Und was möchtest du jetzt anmalen?« fragte Lea, immer noch außer Atem.

Stan schwang den Pinsel wie eine Wurfschleuder durch die Luft und verteilte die Farbe ungleichmäßig sowohl in ihrem Atelier als auch auf Leas Kostüm. Einige der Farbflecke vermischten sich mit dem Rot zu einem dunklen Violett, andere mit dem Gelb und Orange zu unterschiedlichen Grüntönen.

»So gefällst du mir schon viel besser.« Stans Augen funkelten, und ihr Mund zeigte ein zufriedenes Lächeln. Sie drehte sich zu ihrem Arbeitstisch, um die Pinsel abzulegen.

Lea aber wünschte sich nichts sehnlicher, als Stan zu umarmen, sie zu küssen, sie festzuhalten und nicht mehr loszulassen.

Lautlos trat sie hinter Stan, und als sich diese umdrehte, war sie zwischen ihrem Arbeitstisch und Leas Körper gefangen, ihre Arme hilflos an den eigenen Körper gepreßt. Lea fuhr mit ihrem Knie zwischen Stans Beine und biß ihr leicht in den Hals, leckte an ihrem Ohrläppchen, küßte sie. Unbemerkt tauchte sie eine Hand in die blaue, die andere in die rote Farbe und begann Stans Gesichtszüge nachzuzeichnen. Ihre dunklen, schön geschwungenen Augenbrauen, ihre Wangenknochen, die hohe Stirn, ihre Lippen, ihr Kinn, berührte jede einzelne Sommersprosse, und überall, wo sich die Spuren der Bewegung ihrer Hände trafen, vereinten sich die beiden Farben zu unendlich vielen Violett-Tönen, die Stans Gesicht in einen exotischen Schmetterling verwandelten, der immer, wenn sie die Augen öffnete, seine Tarnung aufzugeben schien. Leas Hände wanderten weiter über Stans Schultern, an ihren Armen entlang bis hinunter zu ihren Händen, die sie sanft in die ihren nahm. Ihrer beider Augen aber hielten sich gefangen, ihre Münder nur Millimeter voneinander entfernt. Violett und Orange. Keine sprach ein Wort.

Langsam führte Lea Stans Hände zu ihrem Mund, küßte jeden einzelnen Finger, beschmierte sie mit frischer Farbe und ließ sie jene Stellen ihres Kostüms berühren, unter denen sich ihre Brustwarzen dem, was nun folgen würde, entgegenstreckten. Sie atmete scharf ein.

Stan begann sich an den Brüsten entlangzutasten, streifte Lea die Jacke ihres Kostüms über die Schultern, löste erst einen Knopf der Bluse, dann den nächsten und merkte, wie auch sie voller Verlangen nach Leas Körper anfing zu zittern.

Leas Zweifel an dem, was sie tat, waren wie ausgelöscht. Sie konnte an nichts denken. Sie schmolz dahin unter Stans Küssen und Berührungen, war nicht Gedanke, sondern ganz Gefühl, war Verlangen, das nach Erfüllung schrie. Was sie fühlte, war überwältigend.

Stan hatte Leas Bluse aufgeknöpft und betrachtete ihren Körper, als sähe sie ihn zum ersten Mal. Sie trug einen weißen BH. Die Spitzenbordüre war mit roter Farbe verklebt, auf den Körbchen zeigten sich dort gelbe und violette Abdrücke von Stans Händen, wo sich die Farben durch den dünnen Stoff der Bluse gedrückt hatten. Der Anblick war ungemein erotisch, und Stan berührte sanft Leas zarte Haut, stellte sich vor, wie es sich anfühlte, denn durch die getrockneten Farbschichten auf ihren Fingern war es ihr unmöglich, etwas zu spüren. Rieb Daumen an Zeigefinger und beobachtete, wie Farbreste in Leas Ausschnitt bröselten, folgte ihnen mit den Augen und mit dem Mund.

Sie hob Lea auf den Arbeitstisch, schob ihr den Rock hoch und stellte sich zwischen ihre Beine. »Ich möchte dich lieben, Lea. Hier und jetzt«, flüsterte sie ihr ins Ohr, und während sie Lea den Slip auszog, löste diese ihren BH und streifte ihn mitsamt der Bluse über den Kopf. Stan brauchte keine Antwort mehr. Leas Körper war ihr Antwort genug. Sie zog ihr T-Shirt aus, wollte Lea spüren. Haut an Haut. Sie nahm sie in ihre Arme, und als Lea sich zu ihr beugte, versank sie in deren Haaren, die einen betörenden Duft verströmten.

»Du bist bildschön.« Stan küßte ihren Hals. »Ich liebe jeden Zentimeter an dir.« Sie arbeitete sich langsam zu ihren Brüsten vor. »Ich liebe dich, Lea.« Stans Zunge verlor sich in Leas Bauchnabel, während ihre Hände ihre Brüste umfaßten. Lea lehnte sich auf dem Tisch zurück und stieß einen kurzen Schmerzensschrei aus, als sie unsanft auf diversen Farbtuben und Pinseln landete. Stan wischte alles mit einer kräftigen, weit ausholenden Geste vom Tisch, die manche der Gegenstände bis in die hinterste Ecke des Ateliers fliegen ließ, und machte genau dort weiter, wo sie aufgehört hatte, ließ ihre Zunge weiter über Leas Körper wandern, berührte ihn an Stellen, die Lea beben ließen.

»Du machst mich wahnsinnig«, stieß sie mühsam zwischen ihren Zähnen hervor, die Worte abgehackt durch ihre schnellen Atemzüge. »Wie lange willst du mich noch warten lassen?« Sie bäumte sich auf, streckte Stan ihre Hüfte entgegen, und diese zögerte keine Sekunde, kam der Aufforderung nach und vergrub ihr Gesicht tief zwischen Leas Beinen.

Die Sonne warf bereits ihr erstes, schwaches Licht über den östlichen Horizont, als sich Lea erschöpft in Stans Arme fallenließ.

Nachdem sie sich im Atelier geliebt hatten, waren sie gemeinsam in die Dusche gestiegen, hatten einander unter dem Strahl des Wassers die Farbe vom Körper geschrubbt und sich geliebt, hatten sich eine Pizza in den Ofen geschoben und – während sie auf das Ergebnis warteten – im Wohnzimmer geliebt, hatten bei Kerzenlicht nackt am Tisch gesessen, Wein getrunken und sich gegenseitig mit Pizza gefüttert, hatten sich benommen wie verliebte Teenager, hatten viel gelacht, hatten sich geküßt, und als Stan Lea schließlich nach oben in ihr Schlafzimmer führte, liebten sie sich noch einmal auf dem herrlich großen Bett, über dem ein Sternenhimmel sein blaßgelbes Licht in die Nacht strahlte.

Nun erklärte Stan Lea die unterschiedlichen Sternbilder, zeigte ihr den großen Bären, wies eine Ansammlung von scheinbar unendlich vielen, kleinen Punkten als Andromeda-Nebel aus, erzählte ihr Legenden, die sich um die Sterne rankten, bis sie in Stans Armen eingeschlafen war und ihr leises, ruhiges Atmen Stan selbst einschlafen ließ.

Als diese gegen neun aufwachte und blind nach Lea tastete, griff sie in ein verknautschtes Kissen und ein aufgewühltes Bettlaken. Der Platz neben ihr war leer. Alles, was sie fand, war ein kleiner gelber Zettel mit nur einem einzigen Satz: »Ich liebe dich.«

36

Hallo.« Die Stimme war leise und kaum zu verstehen.

»Lea?« *Endlich,* dachte Stan. Den ganzen Tag hatte sie versucht Lea zu erreichen, aber im *Petit Roi d'Or* war Robert an den Apparat gegangen und hatte behauptet, Lea sei nicht zur Arbeit erschienen. Als er anfing Fragen zu stellen und Stan Vorwürfe um die Ohren zu schleudern, legte sie einfach auf und versuchte es in Leas Wohnung. Dort war aber lediglich deren blecherne Stimme auf dem Anrufbeantworter bereit sich mit ihr zu unterhalten, und Stan hatte gebetsmühlenartig unzählige, fast gleichlautende Nachrichten hinterlassen, bis sie sich lächerlich kindisch vorkam und ihre Versuche einstellte.

»Lea! Ich hoffe, das wird nicht zur Gewohnheit. Für so etwas bin ich nicht gemacht.«

»Was meinst du?«

»Daß ich nach jeder lustvoll mit dir verbrachten Nacht allein aufwachen muß. Warum tust du das?«

»Wenn ich das so genau wüßte!« Lea klang sehr müde.

Stan hatte Schwierigkeiten, sich die lebendige Frau vorzustellen, die sie kannte und die noch am Morgen neben ihr eingeschlafen war.

»Ich habe dich beobachtet, Constanze. Heute früh, als du noch tief und fest in meinen Armen schliefst, während ich schon wieder wachlag und meine Gedanken im Zaum zu halten suchte. Du sahst so glücklich aus, vollkommen im Einklang mit dir und der Welt, als könne dich nichts erschüttern, als seiest du gegen die Stürme des Lebens gewappnet. Und zum ersten Mal war ich nicht bestürzt über mich selbst, über mein Handeln und meine Gefühle für dich, war in keiner Weise besorgt, weil ich mich selbst nicht mehr erkannte, sondern zutiefst traurig, weil sich nur ein Gedanke in mir festsetzte: Dieser Zustand vollkommener Zufriedenheit kann nicht von Dauer sein.« Lea seufzte.

»Doch, Lea, das kann er. Laß es uns versuchen. Bitte.« Sie konnte hören, daß Lea leise zu weinen begann. »Lea, nicht weinen. Bitte. Möchtest du, daß ich zu dir komme?«

»Nein!« Leas Stimme überschlug sich. »Nein. Nein.«

»Ist ja gut. Beruhige dich.« Stan versuchte Ruhe zu bewahren, obwohl sie spürte, wie ihr die Panik das Rückgrat und den Nacken hinaufkroch und sich unter der Schädeldecke breitzumachen drohte. Sie mußte einen kühlen Kopf bewahren. »Was ist los mit dir? Nach letzter Nacht dachte ich . . . Ach, ich weiß auch nicht, was ich dachte.«

»Die letzte Nacht war wunderbar – du warst wunderbar. Du konntest alle Zweifel, die ich hatte, mit deiner puren Anwesenheit und deiner Liebe einfach wegwischen, als seien sie nicht mehr als ein ungewollter Farbfleck auf einer deiner Leinwände.« Sie machte eine Pause, aber Stan traute sich nicht, etwas zu erwidern. »Der Gedanke daran, wie sehr ich es genossen habe, wie glücklich und erfüllt ich war, läßt mich erschauern.«

»Lea, so könnte es immer sein.«

»Ich liebe dich, Constanze. Sehr sogar.«

»Wo liegt dann das Problem?« Stan verstand die Welt nicht mehr.

»Ich bin das Problem! Nur ich und meine verdammte Angst, nicht das Richtige zu tun. Dabei würde ich so gern über meinen Schatten hinwegspringen und dich lieben.« Sie schluchzte und putzte sich geräuschvoll die Nase. »Stan, ich bin so verzweifelt, ich weiß nicht, was ich tun soll.«

»Liebe mich! Lebe mit mir. Laß mich dich glücklich machen. Wer kann etwas gegen Liebe haben?«

»Gegen diese Art von Liebe schon! Da fallen mir ad hoc einige Personen ein. Allen voran meine Mutter!« Verbitterung und zornige Wut sprachen aus Leas Stimme. »Wenn ich daran denke, wie sie ihre eigene Schwester behandelt hat – sie wird nie wieder mit mir reden.«

»Du kannst aber doch dein Leben nicht von der engstirnigen und verbohrten Meinung deiner Mutter abhängig machen!«

»Du willst das nicht verstehen, oder?«

»Du bist eine erwachsene Frau, Lea. Du brauchst nicht mehr die Zustimmung deiner Mutter für die Dinge, die du tust.«

»Leichter gesagt als getan! Du hattest doch auch eine Mutter! Wie hat die eigentlich reagiert, als du mit deiner ersten Freundin aufgetaucht bist?«

Stans Stimme war leise, als sie antwortete. »Ich habe noch eine Mutter. Wir sind nur nicht mehr in Kontakt. Schon lange nicht mehr. Sie hat mich hinausgeworfen. Mit sechzehn. Wenn Granny nicht gewesen wäre ...«

Lea war zutiefst erschüttert. »Ich dachte, deine Eltern seien tot!« Nun fügten sich für Lea plötzlich einige lose Teile zusammen und ergaben ein vollständigeres Bild von Constanze, die sie liebte und von der sie offensichtlich noch viel zu wenig wußte. Mit einem Mal war ihr klar, warum die Bindung zwischen Stan und ihrer Großmutter so eng war. Sie schluckte hörbar und fragte ungläubig: »Deine Mutter hat dich auf die Straße gesetzt? Das hast du mir nie erzählt!«

»Um dich noch mehr einzuschüchtern? Der Meinung deiner Mutter mehr Gewicht als notwendig zu geben? Ihrer Reaktion mehr Bedeutung beizumessen, als sie verdient?«

»Ach, Constanze. Das tut mir schrecklich leid.«

»Ich brauche kein Mitleid. So schwierig es war, so verletzend, es hat mich stark gemacht, Lea. Erst war es Trotz, dann Stolz. Erst ging es nur ums Überleben und dann – irgendwann – wieder ums Leben, ums Genießen, ums Glücklichsein.«

»Ich wünschte, ich hätte deine Stärke.«

Stan ignorierte Leas Satz. »Was ist mit deiner Schwester? Was ist mit Sophie? Was ist mit den anderen Menschen, die dir wichtig sind?« Am anderen Ende der Leitung blieb es still. »Es ist doch dein Leben, Lea! Das kann niemand für dich leben. Niemand kann für dich Entscheidungen fällen, niemand kann für dich glücklich sein! Niemand kann *du* sein.« Als Lea nichts erwiderte, fuhr Stan verzweifelt fort. Ihre Worte überschlugen sich fast. »*Du* mußt wissen, was dich glücklich macht. *Du* mußt wissen, wie du leben möchtest. *Du* mußt versuchen, Erfüllung zu finden und das Beste aus deinem Leben zu machen. Und dabei muß dir klar sein, daß nicht jeder in die gleiche Richtung segelt, in die auch du unterwegs bist. Glaube mir. Das habe ich oft genug sehr schmerzhaft lernen müssen. Manche machen kehrt, sobald sie Gegenwind verspüren, und dann trennen sich eben die Wege. Aber du lebst dein Leben! Und ich würde mir wünschen, dazuzugehören. Ein Teil deines Lebens zu sein. Bitte, Lea, bitte überlege es dir.«

»Du bist schon ein Teil meines Lebens, und der Wunsch, das Verlangen, in deinen Armen zu liegen ...« Leas Stimme kippte. »Ich könnte mir nichts Schöneres vorstellen. Ich glaube, ich habe einfach Angst davor, daß ich so nicht akzeptiert werde. Und ich weiß nicht, ob ich stark genug bin, einen solchen Kampf zu führen.«

»Aber wir kämpfen doch jeden Tag! Jeder Einzelne auf seine Weise und für die Dinge, die uns wichtig sind. Auch ich. Daß mich die Welt nicht verändert, sondern so akzeptiert, wie ich bin.«

»Ich weiß aber nicht, ob ich wirklich lesbisch bin.«

»Das ist doch in Ordnung! Sei, was du willst. Du mußt deine sexuelle Orientierung nicht unbedingt definieren. Fang damit an, laut zu sagen, daß du mit einer anderen Frau zusammen bist. Dann hast du eben keinen Lebensgefährten, sondern eine Gefährtin.«

»Reicht dir das denn?«

»Lea, es ist mir vollkommen egal, wie du unsere Beziehung bezeichnen möchtest – nur, liebe mich.«

»Gib mir ein wenig Zeit. Ich muß allein sein.«

»Um was zu tun? Dich wieder in dein Schneckenhaus zurückzuziehen? Dir wieder einzureden, daß das mit uns keine Zukunft haben kann? Das ist mir zu gefährlich. Ich möchte dich nicht verlieren, und ich habe das Gefühl, daß die Chancen, dich davon zu überzeugen, daß das, was wir tun, richtig ist, größer sind, wenn ich dich in meinen Armen halte. Laß es uns einfach leben.«

»Constanze, bitte. Ich möchte noch ein paar Gespräche führen.«

»Mit deinen Eltern.«

»Auch. Ich glaube, das muß sein. Ich würde mich schlecht fühlen, wenn ich sie außen vor lasse würde und sie von jemand anderem erführen, daß ... daß ich ...«

»Wahrscheinlich war Robert ohnehin schon bei ihnen.«

»Warum sollte er mit ihnen darüber reden? Seit wir uns getrennt haben, hatten sie keinen Kontakt mehr. Zumindest weiß ich davon nichts. Außerdem hätte sich meine Mutter längst gemeldet. Allein, um klarzustellen, daß wenn es so wäre, wie es ihr zu Ohren gekommen sei, sie meine Entscheidung niemals akzeptieren würde.«

»Kann ich dir in irgendeiner Weise helfen?«

»Nein, ich glaube nicht. Gib mir nur die Zeit, die ich brauche. Da muß ich allein durch. Ich werde mich melden.«

»Lea, das mußt du wissen. Wirklich. Ich kann dir nur sagen, ich warte auf dich. Ich möchte dir alles geben. Ich möchte dir die Welt zu Füßen legen. Mehr kann ich nicht tun. Ich möchte dich malen, dich immer wieder neu erfinden. Deine Farben. Du mußt überlegen, was dir wichtiger ist. Und du mußt dir im Klaren darüber sein, daß ...«

»Ja, ja, ich weiß. Daß du nicht ewig warten wirst.«

»Doch, Lea. Wenn es sein muß, werde ich auch das tun. Aber vergiß bei deiner Entscheidung bitte nicht, daß ich dich aufrichtig und von ganzem Herzen liebe.«

»Ich liebe dich auch«, flüsterte Lea in den Hörer, der ihr mit einem sonoren Dauerton emotionslos mitteilte, daß Stan bereits aufgelegt hatte. »Ich liebe dich auch.«

37

Auf ihr Klingeln hin öffnete Eva die Tür mit einem breiten Lächeln.

»Lea! Da bist du ja endlich. Schön, daß sich wenigstens ein Mitglied eurer Familie in die Höhle der Löwin traut.« Lea lächelte und sah verlegen zu Boden. »Na, komm rein, Kleines. Ich habe mich wirklich über deinen Anruf gestern gefreut!« Eva breitete in einer großzügigen Geste ihre Arme aus, in die sich Lea fallenließ. Sie hatte sich in all den Jahren kaum verändert. Ihr Duft, den Lea als Jugendliche immer als zu aufdringlich empfand, war immer noch der Duft leichter Vanille, die ausgewaschene Jeans und das weiße, weite Hemd mit aufgestelltem Kragen paßten herrlich zu Evas dunklem Teint und ihren fast schwarzen Haaren, die sie mittlerweile mit Sicherheit färben ließ, denn mit knapp zweiundfünfzig konnte das keine Naturfarbe mehr sein. Die Kette mit den großen, schwarzen Glasperlen schien eine Fortsetzung von Evas leuchtenden Augen, die immer schon faszinierend dunkel waren und über denen ein leichter Glanz lag, als sie auf Lea niederblickten.

»Du siehst phänomenal aus«, sagte Lea mit aufrichtiger Bewunderung. Sie reichte Eva den Strauß blaßgelber Rosen, von denen sie wußte, daß es ihre Lieblingsblumen waren.

»Dankeschön!« Eva blickte sie erstaunt an. »Was für herrliche Blumen. Ich werde sie gleich in eine Vase stellen. Geh du doch schon mal durch ins Wohnzimmer. Ich bin gleich bei dir.«

Lea folgte dem langen Gang in einen lichtdurchfluteten Raum, den die späte Mittagssonne, die durch die riesigen Panoramafenster hereinschien, in ein warmes Licht tauchte. Das Parkett war offensichtlich frisch abgezogen und leuchtete in einem dunklen Braun. An einer Wand befanden sich ein offener Kamin und ein Regal, das bis zur hohen Decke mit Büchern vollgestopft war, nur hier und da unterbrochen von Plastiken aus Stein oder Holz, von denen sie wußte, daß Eva sie selbst anfertigte, wann immer ihr der Beruf Zeit dazu ließ.

Über einem riesigen, mit hellem Leinenstoff bezogenen Sofa hingen mehrere Schwarzweißfotografien, die Eva und Simone von einer Fotografin hatten machen lassen. Die zwei großformatigen zeigten beide Frauen. Mal vor schwarzem Hintergrund in Weiß gekleidet, mal vor einem weißen Hintergrund ganz in Schwarz. Wenn man nicht genau hinsah, konnte man das eine Bild für ein Negativ des anderen halten. Aber es gab ganz offensichtliche Unterschiede. Auf dem linken standen die beiden frontal zur Kamera, umfaßten einander an den Hüften und trugen schwarze Anzüge und schlichte Rollkragenpullover. Die Umrisse ihrer abgespreizten Finger hoben sich deutlich gegen den dunklen Stoff ab. Sie lachten. Auf dem rechten trugen sie weiße, enganliegende T-Shirts und weiße Jeans. Sie hatten die Seiten gewechselt, was die Negativwirkung unterstützte, und standen leicht schräg hintereinander, so daß es fast aussah, als hätten sie einen gemeinsamen weißen Körper. Evas schwarz angemalte Hand lag auf Simones linker Brust, Simones Hand, ebenfalls schwarz, ruhte zwischen Evas Beinen. Sie schauten sich an, und es schien nur die zwei füreinander zu geben. Die fünf kleinen quadratischen Bilder, die die Lücke zwischen den beiden großen schlossen, zeigten Momentaufnahmen, die ebenfalls bei dem Shooting entstanden sein mußten, und man konnte erkennen, wie viel Spaß die beiden hatten. Es waren die Bilder zweier Frauen, denen man anmerkte, was sie füreinander empfanden.

»Ich habe uns Kaffee gekocht«, sagte Eva mit leiser Stimme. Sie war unbemerkt in den Raum getreten und stand hinter Lea. »Und meinen Lieblingskuchen habe ich auch für dich gebacken. Der Tisch auf der Dachterrasse ist gedeckt. Das Wetter ist herrlich.«

»Daß du das aushältst – mit diesen Bildern an der Wand. Ich glaube, das könnte ich nicht.«

»Es ist nicht immer einfach, aber weißt du, Simone ist ohnehin ständig bei mir. Ich trage sie in meinem Herzen. Da macht es nichts aus, daß sie mich auch von der Wand anblickt. So habe ich wenigstens das Gefühl, daß sie mir zuhört, wenn ich mit ihr rede.« Eva lächelte Lea an, ihre Augen hatten sich mit Tränen gefüllt. Sie seufzte, legte ihren Arm um Leas Hüfte und zog sie Richtung Tür. »Laß uns nach draußen gehen. Die frische Luft wird uns gut tun. Und dann mußt du mir von dir erzählen!«

Draußen war eine Dachterrasse, die nach italienischem Vorbild gestaltet und mit einer Unzahl südländischer Pflanzen in Töpfen, Tiegeln und diversen Zubern übersät war. Farblich abgestimmte Beete mit Blumen und Kräutern, Holzplankenwege, sogar ein kleiner Fischteich und ein Pool für heiße Sommertage waren vorhanden. Ein Paradies über den Dächern der Stadt, und Lea kam aus dem Staunen nicht heraus.

»Das ist ja zauberhaft! Ich hatte es gar nicht so schön in Erinnerung! Du mußt ungeheuer viel Arbeit und Zeit investiert haben!«

»Eigentlich war es ja Simones Idee, die Terrasse so zu gestalten. Die Pläne waren von ihr, und auch den Anfang hatte sie gemacht. Ich war nur Adeptin und habe versucht das Ganze so gut es mir eben möglich war zu vollenden.«

»Das ist dir gelungen. Die Anlage ist beeindruckend. Und dieser Duft. Mitten in der Stadt. Ich bin tatsächlich sprachlos.«

»Und das will etwas heißen.« Eva lächelte und steuerte auf eine schattige Ecke zu, in der eine auf einem hölzernen Podest stehende, nett eingedeckte Teakgarnitur mit zwei Stühlen und einer großen, gemütlichen Bank zum Kaffee einlud. Lea ließ sich in einem der

Stühle nieder. Durch die erhöhte Lage konnte sie selbst im Sitzen über das Geländer hinwegschauen und hatte einen sagenhaften Blick über die Stadt. Eva preßte mit geübten Handgriffen das Pulver des frisch aufgebrühten, köstlich duftenden Kaffees auf den Boden der Kanne und schenkte beiden eine große Tasse ein.

»Milch? Zucker?«

»Beides, danke. Du wohnst wunderschön hier. Ich kenne viele, die dich darum beneiden würden!«

»Das habe ich deiner Tante zu verdanken. Wenn sie ihre Lebensversicherung nicht zu meinen Gunsten abgeschlossen hätte, könnte ich mir das alles nur schwerlich leisten. Wahrscheinlich hätte ich sogar verkaufen müssen. Aber so . . .« Eva schnitt Lea ein großes Stück Kuchen ab und legte es auf einen Teller, den sie ihr reichte.

»Vermißt du sie?

»Wen?«

Lea schloß die Augen, seufzte und schüttelte fast unmerklich den Kopf.

»Natürlich vermisse ich sie. In jeder Sekunde, in der ich atme, vermisse ich sie. Sie war mein Leben.«

»Also hast du niemand Neues?«

Eva lehnte sich in ihrem Stuhl zurück und trank einen Schluck Kaffee. »Nein.« Sie schüttelte bekräftigend den Kopf. Es lag keinerlei Bedauern in ihrer Stimme. »Das wird auch so bleiben. Simone war meine große Liebe, meine einzige Liebe. Ich kann mir nicht vorstellen, mich noch einmal zu verlieben. Fünfundzwanzig Jahre sind eine verdammt lange Zeit. Es wird nie jemand anderen geben!«

Sie lächelte, und Lea hätte sie am liebsten umarmt. Eva hatte ihre Tante sehr glücklich gemacht, das wußte sie, und umgekehrt war es wohl genauso gewesen. Wenn sie Arm in Arm durch die Straßen flanierten, sich Geschäfte anschauten, gemeinsam tanzen gingen oder ins Kino, drehten sich viele nach ihnen um. Beide waren mit knapp einsfünfundachtzig für Frauen ungewöhnlich groß, beide waren schlank, wobei Simone die weiblicheren Rundungen hatte. Ein Paar, das durchaus Aufsehen erregte, aber das Beste war, daß sie sich keinen Deut darum scherten, was andere von ihnen dachten. Sie wußten um die Aufmerksamkeit, die sie auf sich zogen, und sie genossen es! Lea hatte ihnen nie gesagt, wie sehr sie sie für ihren Mut und ihre Offenheit bewunderte.

Dann verunglückte Simone tödlich. Ein betrunkener Autofahrer überfuhr sie, als sie an einer Fußgängerampel darauf wartete, daß diese auf Grün sprang. Sechs Menschen wurden damals verletzt, teilweise sogar schwer, aber nur Simone wurde getötet. Knapp vier

Jahre war das jetzt her. Dieser plötzliche, unerwartete Tod ihrer Geliebten traf Eva wie ein Blitz aus heiterem Himmel und brachte sie fast um. Das schlechte Gewissen nagte an Lea, weil sie den Kontakt so vernachlässigt und Eva in der wohl schwersten Zeit ihres Lebens alleingelassen hatte. Mit welchem Recht saß sie nun hier und erhoffte sich Rat von Eva? Sie brauchte Eva, saß auf ihrer Terrasse, wo sie schon viel eher hätte sitzen sollen, und wußte nicht, wie und wo sie anfangen sollte.

»Und du? Wie ist es dir ergangen in den letzten Jahren? Wie läuft das Geschäft?« Eva riß Lea aus ihren Gedanken, lächelte sie an und nickte ihr aufmunternd zu.

»Eigentlich gut. Es gibt immer etwas zu tun. Beklagen kann ich mich nicht – auch wenn die Wünsche der Kunden manchmal mehr als seltsam sind.« Lea atmete langsam und tief ein und stieß die Luft mit einem Seufzer wieder aus. »Na ja, auf jeden Fall macht es immer noch Spaß«. Sie nippte an ihrem Kaffee.

»Das klingt aber nicht gerade überzeugend!«

»Doch, doch, das ist schon so. Ich bin nur etwas müde, erschöpft.«

Eva schaute sie forschend an. »Das liegt aber nicht an deinem Beruf. Also, was liegt dir auf dem Herzen? Die Liebe?«

»Auch.«

Lea stellte ihre Tasse ab und stand auf, um an das Geländer zu treten und die Stadt zu betrachten, die mit der immer tiefer stehenden Sonne auch ihre Farben änderte und die Hektik des Tages abzulegen begann. Sie stützte sich auf ihre Ellenbogen, legte ihre Hände ineinander und sah schweigend auf die Häuser und Straßen hinunter. Nach wenigen Augenblicken erschien Eva neben ihr und tat es ihr gleich. Beide schauten die Stadt an und den weiten Himmel, der schon eine leichte Abendröte zeigte. Eine Vielzahl an Geräuschen drang gedämpft zu ihnen herauf, nicht mehr als ein leises Summen, das sich nur dann auseinanderdividieren ließ, wenn ein lauteres Geräusch die anderen übertönte. Lea drehte sich langsam zu Eva um, stützte sich mit ihrer Hüfte am Geländer ab, nahm Evas große rechte Hand in ihre und betrachtete die langen, feingliedrigen Finger.

»Es tut mir unendlich leid, daß ich dich in deiner Trauer alleingelassen habe. Es muß schwer für dich gewesen sein. Für mich war es das auch. Ich liebte Simone. Sie war so viel cooler als meine Mutter, die ständig etwas auszusetzen hatte, an mir, an meinem Leben, überhaupt an allem. Ach, Eva, ich hoffe, du kannst mir verzeihen.« Lea spürte, wie ihr die Tränen in die Augen traten, aber sie wollte nicht weinen. Auf keinen Fall! Doch als Eva sie in die Arme nahm, löste sich Leas Verspannung, und sie ließ ihren Tränen freien Lauf.

»Ist schon in Ordnung, mein Schatz. Jetzt bist du ja hier. Ich hätte zu viel Gesellschaft ohnehin nicht ertragen.« Eva wiegte Lea in ihren Armen und streichelte ihr übers Haar, als sei sie ein kleines Kind, das beruhigt werden mußte, und seltsamerweise wirkte es. »Was immer dir auf dem Herzen liegt, du kannst mir alles erzählen. Ich höre zu.« Lea fing wieder an zu schluchzen. »Lea! So schlimm kann es doch gar nicht sein! Jetzt beruhigst du dich, und dann erzählst du mir, was los ist.«

»Ich bin so verwirrt«, preßte Lea heraus. »Seit Wochen kann ich keinen klaren Gedanken mehr fassen. Wie soll ich dir dann erzählen, was mit mir los ist?« Sie grub ihr Gesicht in Evas Hemdkragen und suchte Trost in ihren Armen.

»Deshalb bis du doch hier, oder?« Eva entzog sich Leas Umarmung, legte ihre Hand auf Leas Wange, hob ihren Kopf sanft an und versuchte ihr in die vom Weinen geröteten Augen zu blicken. »Komm, wir setzen uns auf die Bank, und dann legst du einfach los. Irgendwo. Wir werden das Ganze schon ordnen können. Und dann gibt es bestimmt auch eine Lösung.«

Eva führte Lea zurück zur Sitzecke, wo sie sie auf die Bank niederdrückte und sich selbst daneben setzte, einen Arm um Leas Schulter gelegt.

»Erzähl!«

»Da gibt es eigentlich gar nicht so viel zu berichten.« Lea schneuzte sich in eine der Servietten. »Robert und ich haben uns getrennt. Vor einem halben Jahr.«

»Robert?«

»Ja, Robert Winter. Der Partner, der damals in das Geschäft einstieg, als ich jemanden an meiner Seite brauchte. Rein geschäftlich.«

»Natürlich.«

»Sechs Monate später waren wir auch privat Partner. Ein Paar.«

Eva nickte schweigend.

»Aber es ging einfach nicht mehr. Er war so . . . besitzergreifend. Er erdrückte mich mit seinen Erwartungen und Wünschen. Am liebsten hätte er gleich drei Kinder gehabt, ich wäre zur Hausfrau mutiert, und er hätte seine Familie versorgt. Aber das ist nicht das Leben, das ich für mich geplant habe.«

»Deine Mutter wäre sicher überglücklich gewesen. Endlich Enkelkinder – nachdem ihre einzige Schwester ihr noch nicht einmal Nichten und Neffen hatte schenken wollen.«

Eva mußte bei dem Gedanken lächeln, Lea überlief eine Gänsehaut bei den Erinnerungen, die aufkamen. Wie ihre Mutter immer versucht hatte, die Beziehung zwischen Simone und Eva zu verschweigen und zu verleugnen, wie sie versucht hatte, Lea und ihre Schwester gegen ihre Tante auszuspielen, wie ihre Mutter Simone verachtete wegen deren Lebensweise, die so gar nicht in das geordnete Konzept ihres eigenen Lebens hineinpaßte!

»Ist dir kalt?« Eva blickte Lea besorgt an, aber diese schüttelte nur den Kopf.

»Meine Mutter!« seufzte Lea.

»Ja, sie ist schon etwas Besonderes. Positiv wie negativ gesehen. Aber zu ändern ist sie wohl nicht mehr. Sie hat keinerlei Kontakt zu mir aufgenommen. Bei der Beerdigung von Simone habe ich sie zum letzten Mal gesehen. Deinen Vater übrigens auch. Aber ich gehe mal davon aus, daß deine Mutter zu Hause das Regiment führt und daß dein Vater niemals etwas tun würde, das sie verletzen könnte.« Resignierend hob sie kurz die Schultern, nippte an ihrer Kaffeetasse und verzog mißbilligend das Gesicht. Lea schwieg. »Die Trennung von ... Robert ist aber nicht das eigentliche Problem, oder?« Eva sah Lea forschend von der Seite an.

»Ich würde es nicht als Problem bezeichnen.«

»Na komm, erzähl schon. Nichts ist so schlimm, daß es mich schockieren kann. Dazu bist du überhaupt nicht in der Lage, mein Schatz.«

Lea mußte lächeln. »Ich glaube, ich habe mich verliebt.« Sie blickte Eva unsicher an, und diese nickte ihr aufmunternd zu.

»Und? Das ist doch toll.«

»Grundsätzlich schon.«

»Aber?«

»Ach, Eva, ich bin total durcheinander. Das hört sich jetzt wahrscheinlich überaus pathetisch an, aber einerseits weiß ich, daß ich noch nie in meinem Leben so verliebt war, andererseits bin ich mir nicht sicher, ob ich stark genug bin, diese Beziehung tatsächlich einzugehen, mit allem, was dazugehört – mit den erfüllenden Glücksmomenten und der unglaublichen Zufriedenheit, aber auch mit all den Gefahren und Konsequenzen, die sich daraus ergeben könnten und die mein Herz in ihrem kalten Griff gefangenhalten.« Lea fröstelte, und sie hängte sich ihren Mantel über die Schulter.

»Laß uns reingehen. Es wird deutlich zu kühl hier draußen, und ich möchte nicht, daß es heißt, ich hätte mich nicht um dich gekümmert.« Eva stand auf, räumte die Tassen, in denen der Kaffee kalt geworden war, und die Kuchenteller auf ein Tablett und ging voraus Richtung Wohnzimmer. Lea folgte mit der Kuchenplatte. In der Küche fanden sie Platz auf einem kleinen, runden Bistrotisch und stellten alles dort ab.

»Wie wäre es mit einem Glas Wein?«

»Sehr gern. Dann kann ich meinen Kummer gleich hier und jetzt ertränken.« Eva strich ihr mit der Hand im Vorübergehen über die Wange, eine sanfte und beruhigende Geste.

»Rot oder Weiß?«

»Wenn du einen Weißen kalt gestellt hast, dann lieber den Weißen. Danke.«

Eva griff in die Tür des Kühlschranks. »Ein Elsässer Riesling! Hört sich doch gut an, oder?«

»Wunderbar. Wo hast du die Gläser?«

»In der Vitrine im Wohnzimmer.«

Als Eva mit der geöffneten Weinflasche und einer Schüssel mit Salzgebäck ins Wohnzimmer kam, hatte Lea bereits zwei Weingläser auf den niedrigen Couchtisch gestellt und es sich auf dem Sofa bequem gemacht. Statt sich einen der Sessel auszusuchen, ließ sich Eva neben Lea auf das Sofa sinken. Gekonnt goß sie den Wein in die Gläser, reichte das eine an Lea weiter und setzte sich in den Schneidersitz, Lea zugewandt.

»Also, wo waren wir? Du hast dich verliebt, glaubst du.« Sie umfaßte ihr Glas mit beiden Händen und blickte Lea auffordernd an.

»Nein«, Lea lächelte, »ich weiß es.«

»Und? Wer ist es, wie heißt er, was macht er?« Eva beugte sich vor und legte ihre Hand auf Leas Oberschenkel.

Lea schluckte. »Sie heißt Constanze, und sie ist eine Malerin, der ich Modell sitze.«

Eva war die Überraschung anzusehen. Sie blickte Lea mit offenem Mund an, der sich allmählich zu einem breiten Grinsen verzog.

»Na, da schau her! Wer hätte das gedacht?« Eva schüttelte leicht den Kopf, gab aber ihre bequeme Position auf, als sie sah, wie Lea in sich zusammensackte. Sie rutschte neben sie, legte einen Arm um ihre Schulter und küßte sie sanft auf die Schläfe. »Das ist doch toll, Lea. Du bist verliebt. Sei glücklich!«

»Das ist einfacher gesagt als getan. Ich weiß nicht, ob ich glücklich sein kann. Es gibt Augenblicke, da möchte ich mich einfach nur in ihre Arme werfen, möchte ihren Körper spüren, möchte mit ihr streiten und mich wieder versöhnen, möchte jeden Tag, jede Stunde, jede Minute mit ihr verbringen. Dann wünsche ich mir eine einsame Insel herbei, wo uns niemand stören kann, niemand auf uns zeigen und uns verurteilen kann. Verrückt, oder? Aber wir leben hier, in dieser Stadt, in der ich ein durchaus erfolgreiches Geschäft führe. Mit durchweg zufriedenen Kunden. Und dann natürlich meine Eltern und die Freunde unserer Familie. Bei der Vorstellung, sie könnten mich ablehnen, erfüllt mich eine Angst, die so tief sitzt, daß sie mir den Atem nimmt.«

Eva schaute Lea zärtlich an. »Ich glaube, du machst dir viel zu viele Gedanken, mein Schatz. Natürlich wird deine Mutter Zeter und Mordio schreien. Aber das ist doch ihr Problem, oder?« Lea zuckte mit den Schultern und massierte ihre Schläfen. »Was glaubst du, wie mein damaliger Freund reagierte, als ich ihm sagte, daß ich ihn verlassen würde – und das für eine Frau!?« Eva begann wild zu gestikulieren. *»Bist du denn nicht glücklich mit mir? Reiche ich dir nicht mehr? Was hat sie, das ich nicht habe?«* Sie winkte verächtlich ab und griff nach ihrem Glas. »Na ja, das Übliche eben. Seltsam war, daß ich keine Antworten hatte. Ich war mit ihm nicht unglücklich, ganz im Gegenteil. Aber mit deiner Tante war ich nun mal glücklicher. Sie hatte diese Art, mich anzuschauen, die mir kalte Schauer über den Körper jagte.«

»Du hattest einen Freund?« Lea war fassungslos.

»O ja.«

»Dann hast nicht du Simone verführt, sondern sie dich?«

»Wer hat dir denn das erzählt?« Sie schüttelte verwundert den Kopf. »Nein, laß mich raten. Deine Mutter. Das sieht Myriam ähnlich. Alles so drehen, wie es in ihr Weltbild paßt. Hauptsache, sie und ihre Familie – sogar ihre verachtete und ungeliebte Schwester – sehen bestmöglich aus. Das ist nicht zu fassen!« Sie nippte an ihrem Glas.

»Erzählst du mir eure Geschichte?«

Eva nickte. »Simone und ich haben uns auf einem Fotoshooting für eine Modezeitschrift kennengelernt. Sie war die Fotografin und ich eines der Models. Irgendwie hatte sie sich vom ersten Augenblick an in mich verliebt und ließ einfach nicht mehr locker. Sie ... sie eröffnete mir Welten, die ich ohne sie nie erfahren, nie erforscht oder lieben gelernt hätte. Sie war eine wunderbare Frau, deine Tante, und ich wäre sehr gern mit ihr alt geworden.« Leas Hand in der ihren, zuckte sie mit den Schultern und blickte ihr in die Augen. »Nun werde ich allein alt.« Lea beugte sich zu Eva und nahm sie in die Arme.

»Hattest du vor Simone schon andere Freundinnen?«

»Nein.« Eva wischte sich die Tränen von den Wangen »Nein. Simone war die erste.«

»Aber woher wußtest du, daß du auch eine Frau lieben könntest?«

»Das weiß man nie, Kind. Du verliebst dich in einen Menschen, von dem du hoffst, daß er dich möglichst lange begleiten wird, daß ihr das Glück haben werdet, gemeinsam die unterschiedlichsten Abenteuer zu erleben und die kleinen Unebenheiten des Alltags zu bewältigen. Für mich war Simone dieser Mensch, und ich hatte kaum Zeit, mir Gedanken darüber zu machen, daß sie eine Frau war. Ich hatte mich verliebt, und nach einem verwunderten Augenblick des Erkennens gab ich mich dieser Liebe hin. Es war nicht immer einfach, aber manchmal lohnt sich der Sprung ins kalte Wasser. Das erste Eintauchen ist wie ein Schock, aber dann merkst du, daß es dich nicht umbringt, und du lernst, es zu genießen.« Mit einem Seufzer stand Eva auf und ging zu dem Regal neben dem Kamin. »Weißt du, deine Tante liebte die Fotografie – auch privat. Sie erkundete die Welt in Bildausschnitten und konnte nicht genug davon bekommen. Wo immer sie war, sie schaute durch den Sucher einer Kamera und hielt alles fest, was ihr des Erinnerns würdig erschien.«

»Da kenne ich noch jemanden. Nur dieser jemand zeichnet und malt!« Lea mußte bei dem Gedanken an Constanze lächeln.

»Das scheinen künstlerische Menschen so an sich zu haben. Und man darf sie noch nicht einmal dabei stören! Sie sind dann so in ihr Tun versunken, daß alles um sie herum unwichtig und nebensächlich erscheint.«

Lea nickte zustimmend.

»Insbesondere Friedhöfe hatten es Simone angetan. Sie zogen sie förmlich in ihren Bann, und in jeder Stadt, die wir beruflich oder auch privat bereisten, suchte sie den Friedhof auf. Und dann hielten wir gemeinsam nach schönen Motiven Ausschau.« Eva verzog ihren Mund zu einem schiefen Lächeln. Erinnerungen stürzten auf sie ein, Bilder überfluteten sie mit so lebendigen Eindrücken, als sei sie noch am Vortag mit Simone über einen Friedhof gelaufen. Sie schloß die Augen und hielt sich an dem Regal fest, vor dem sie stand. »Ich mochte Friedhöfe nie besonders, aber ihr zuliebe bin ich mitgegangen. Sie war so enthusiastisch und leicht zu begeistern, wenn es um dieses Thema ging. Sie schoß die Fotos, ich zeigte ihr Engel oder Skulpturen, die ich hinter riesigen Rhododendronbüschen oder unter alten Bäumen entdeckte oder setzte mich einfach auf eine Bank und las ein Buch, bis Simone ihren Streifzug über den Friedhof beendet hatte. Wir waren ein eingespieltes Team.« Eva drehte sich zu Lea um, die auf der Kante des Sofas saß und aufmerksam zuhörte. Sie nickte fast unmerklich und forderte Eva auf, weiterzuerzählen.

»Sie begann schon sehr früh damit, ihre Gedichtsblätter zu gestalten.« Lea schaute sie fragend an. »Sie hat Fotos mit meist eigenen Texten kombiniert. Und sie war gut darin. Es gab einige Galerien, die sie ausstellen wollten, aber sie empfand gerade diese Arbeiten immer als zu persönlich. Sie waren nicht für ein breites Publikum bestimmt.« Eva griff ein kleines gerahmtes Bild aus dem Regal und reichte es Lea. »Schau, das hat sie mir geschenkt. Damit hat sie meine Entscheidung für sich sozusagen besiegelt. Und sie irrte sich nicht. Wir waren sehr glücklich miteinander.«

Lea betrachtete das Schwarzweißfoto, das einen Grabengel zeigte, und las die Worte, die mit roten Buchstaben in das Bild eingraviert schienen: »Am Grab der meisten Menschen trauert tief verschleiert ihr ungelebtes Leben.« Sie ließ die Hand, die das Bild hielt, sinken.

»Das ist von Jellinek, Liebes. Ich hoffe, du weißt, was er uns damit sagen möchte!?«

Lea nickte. »Ich kann es mir vorstellen, und es ist ein schrecklicher Gedanke. Ich möchte diesen Trauergast nicht an meinem Grab sehen. Das wäre fürchterlich.«

»Na also. Weißt du, Kind, es ist dein Leben. Deins! Und nur du bist dafür verantwortlich, was geschieht. Wenn du sie liebst, dann geh zu ihr, lebe mit ihr, tu, was immer du für richtig hältst. Folge deinem Herzen.« Eva nahm Leas Gesicht in beide Hände und blickte sie durchdringend an. »Egal, mit wem du zusammen bist, es wird immer Menschen geben, die mit deiner Wahl nicht einverstanden sind, aber mit denen mußt du dich ja nicht unbedingt auseinandersetzen. Vergiß sie einfach. So hart das auch klingen mag. Umgib dich mit Menschen, die dich so akzeptieren, wie du vielleicht bist, und die dir helfend unter die Arme greifen können, wenn es mal zu hart für dich wird.«

»Ich weiß aber gar nicht, ob ich sooo bin.«

»Wie denn?«

»Na . . . lesbisch.« Lea zögerte kurz.

»Kind, dieses Wort solltest du mit Bedacht gebrauchen. Wenn es mit Constanze klappen sollte, dann betrachte dich einfach als eine Frau, die eine andere Frau liebt. So einfach ist das. Ich hasse jede Art von Schubladendenken. Das schränkt ungemein ein. Ich kann doch keine Menschen etikettieren! Das sollte niemand tun. Wenn du dich irgendwann mit dem Begriff *lesbisch* identifizieren kannst – gut, aber du solltest dich nicht darauf reduzieren lassen.«

»Wie meinst du das?«

»Na ja, ich mußte immer wieder feststellen, daß es nun mal Menschen gibt, die, sobald sie es wissen, in dir nichts anderes mehr sehen als eine Lesbe. Menschen, die das Wort als Brandmarkung verstehen und nicht als Identität. Dabei ist deine aktuelle sexuelle Orientierung, für die du dich bewußt entscheiden wirst, nur eine von vielen Facetten deiner selbst. Du bist hübsch, jung, kreativ, nachdenklich, impulsiv, liebevoll ...« Lea stupste Eva mit ihrem Ellenbogen in die Seite, und diese mußte lächeln. »Du bist so vieles. Ich könnte wirklich noch weitermachen, Lea. Da würde mir noch eine ganze Menge einfallen.«

»Ach, Eva, du beschämst mich.«

»Nicht doch. Simone hat immer von dir geschwärmt!« Als Lea sie ungläubig ansah, nickte Eva bestätigend. »O ja, sie hielt viel von dir und freute sich, daß du uns so bewundert hast.«

»Sie hat das bemerkt?«

»Aber natürlich. Nicht unbedingt bei dir, aber an den Reaktionen deiner Mutter in Gesprächen, in denen es um dich und dein Leben ging und in denen deine Mutter immer alles zurechtzurücken versuchte.«

»Ihr habt euch über mich unterhalten? Ich dachte immer, Mutter und Simone hätten sich so wenig zu sagen!«

»Es ging ja nie um die beiden, sondern um dich und deine Schwester.«

Lea betrachtete das Bild in ihrer Hand. »Ich habe Simone geliebt. Ich glaube, ich habe sie sogar mehr geliebt als meine eigene Mutter. Ich habe sie bewundert für das, was sie war. Eine stolze, aufrichtige Frau, die unbeirrbar ihren Weg ging. Das findet man wirklich selten.« Sie wollte Eva das Bild reichen, aber diese schüttelte ablehnend den Kopf.

»Das schenke ich dir.«

»Nein, das kann ich auf keinen Fall annehmen.«

»Du mußt. Simone würde es glücklich machen, wenn sie wüßte, daß du es bekommst. Und wenn es dir hilft, deine Entscheidung zu fällen, dann um so besser.«

»Danke. Ich danke dir vielmals. Du hast mir sehr geholfen.«

»Das hoffe ich. Und, Lea, laß mich nicht noch einmal vier Jahre auf deinen Besuch warten, Kind. Ich habe das sehr genossen. Und du hast so viel von deiner Tante.«

»Eva, ich weiß nicht, was ich sagen soll.«

Sie nahmen einander in die Arme, Eva fast einen ganzen Kopf größer, und Lea spürte die Wärme, die so selbstverständlich von Evas Körper auf ihren eigenen übersprang, hatte das Gefühl, sich fallenlassen zu können und aufgefangen zu werden. Und plötzlich setzte sich ein Gedanke in ihr fest. Vertrautheit. Das war es, was sie wollte. Keine Kinder, keinen wilden Sex, keine Abhängigkeit. Vertrautheit. Geborgenheit. Vertrauen. Das war es, was sie in diesem Augenblick spürte, und sie wußte plötzlich, daß es für sie gar keinen anderen Weg geben konnte. Es gab für sie nur Constanze. Nur die

Liebe, die sie für Stan empfand und von der sie wußte, daß sie ihr auch entgegengebracht wurde. Dieses Gefühl war so stark, so deutlich und so klar, daß sie kein *Nein* mehr hinnehmen wollte. Ihre Mutter würde sie so akzeptieren müssen, wie sie war. Sophie hatte recht. Es war ihr Leben, und sie mußte allein entscheiden, wie sie es leben wollte. Das wußte sie jetzt. Es gab niemanden, der für sie leben konnte, es gab niemanden, der für sie Entscheidungen treffen konnte.

»Laß die anderen reden und werde glücklich. Vielleicht rückt sich deine Welt ein bißchen zurecht. Hier verlierst du Bekannte und Freunde, dort gewinnst du neue. Aber du wirst sehen, wenn du glücklich bist, werden deine Freunde es dir gönnen. Ihnen wird es egal sein, mit wem du dein Glück gefunden hast. Glaube mir.«

»Danke!«

»Wenn du jemandem zum Reden brauchst, weißt du, wo du mich finden kannst. Und außerdem würde ich Constanze gern einmal kennenlernen.«

38

Obwohl das Collier für den Professor auf sie wartete und zwei weitere Werkstücke, die kurz vor der Vollendung standen, meldete sie sich bei Robert für den Rest der Woche telefonisch krank. Das letzte, was sie brauchte, waren seine anklagenden Augen, seine verletzenden Worte. Sie würde in Ruhe mit ihm reden müssen, um eine Lösung für die Zukunft zu finden, die ihnen beiden zusagte. Das hatte aber Zeit. Jetzt ging es um sie und um ihr Leben, ihre Zukunft. Alles andere war unwichtig.

Stan hielt sich an ihre Abmachung und meldete sich nicht. Aber jeden Tag, wenn Lea den Briefkasten leerte, fand sie etwas anderes darin, das nichts mit der täglichen Post zu tun hatte, und jedes Mal schaute sie sich um, als könne sie Constanze auf einer Bank im Park entdecken oder dabei beobachten, wie sie um die Ecke huschte. Eher zufällig fand sie den kleinen Zeichenblock, den Stan in Schottland dabeihatte, als er zwischen Briefen und Wurfsendungen herausrutschte, erkannte die Zeichnungen, die sie bereits bewundern durfte. Eine kleine Karte aus Sperrholz erinnerte sie an ihre gemeinsame Inselrundfahrt. Ein herzförmiger Stein klebte in einer Lücke, die für ihn ausgesägt worden war, und darunter stand nur ein einziges

Wort: »Iona«. Eine zusammengerollte Skizze zeigte Sonnenbadende im Park, und in der unteren linken Ecke erkannte sich Lea in der Skizze einer Frau, die entspannt auf der von Rosen umrankten Bank saß und sich der Lektüre eines Buches widmete. Sonst sah und hörte sie nichts von Constanze, und Lea war ihr dankbar dafür.

Sie verbrachte die Tage damit, sich seelisch und moralisch auf das Gespräch mit ihrer Mutter vorzubereiten. Nach dem Besuch bei Eva hatte sie sie angerufen und sich selbst zum Abendessen eingeladen. Wie es bei Rentnern so oft der Fall ist, haben sie weniger Zeit als so mancher berufstätige Mensch, und zwischen diversen Terminen mit Freundinnen, dem Kirchenbeirat, dem Chor, in dem ihre Mutter sang, konnte sie Lea gerade noch Donnerstagmittag unterbringen. Da sie aber auf keinen Fall Zeit haben würde, etwas zu kochen, verabredeten sie sich bei dem neuen Italiener, der zwei Monate zuvor in dem kleinen Nachbarort aufgemacht hatte. Das war Lea mehr als willkommen. Niemand würde sie dort kennen, und die Szene, die ihr ihre Mutter mit Sicherheit machte, würde in der Öffentlichkeit nicht so schrecklich ausfallen.

Zum ersten Mal seit zwei Tagen wusch sie sich die Haare und schlüpfte aus ihrem Jogginganzug. Die Wohnung war in einem schrecklichen Zustand, und um sich von der Aufgabe abzulenken, der sie sich am Mittag gegenübersah, räumte sie auf. Als sie die tagealten Pizzapackungen, in denen klägliche Reste vor sich hin schimmelten, die leeren Weinflaschen und die benutzten Papiertaschentücher wegräumte und die zerbröselten Salzstangen aufsaugte, ekelte sie sich vor sich selbst. Drei Stunden brauchte sie, um die Wohnung auf Vordermann zu bringen. Anschließend gönnte sie sich ein duftendes Schaumbad. Sie wählte eine Jeans und ein einfaches weißes Hemd, steckte ihre Haare zu einem lockeren Knoten auf, warf sich einen dunklen Pullover über die Schultern und lief zu dem wartenden Taxi hinunter.

Ihre Eltern saßen bereits an einem kleinen Vierertisch am Fenster. Ihr Vater war also mitgekommen. Gut. Dann mußte sie auch alles nur einmal erzählen. Sie begrüßte die beiden und setzte sich auf einen der freien Plätze am Fenster.

»Habt ihr schon gewählt?«

»Nein, mein Schatz, wir haben auf dich gewartet.« Ihr Vater tätschelte liebevoll ihre Hand. »Wie geht es dir? Du siehst sehr mitgenommen aus. Ist etwas passiert?«

»Wie man es nimmt. Schön, daß ihr beide kommen konntet.«

»Es muß ja etwas außerordentlich Wichtiges sein, das du mit uns besprechen möchtest!« Ihre Mutter hob ihre rechte Augenbraue und schaute Lea mißbilligend von oben bis unten an. »Wie siehst du überhaupt aus? Ungeschminkt sollte eine Frau in deinem Alter nicht mehr vor die Tür. Und deine Haare, Kind. Du müßtest dringend mal zum Friseur!« Sie schüttelte den Kopf, hatte aber noch eine weitere Bemerkung parat. »Und eine Jeans ist für dieses Restaurant wohl kaum angebracht.« Ihre Eltern sahen in Kostüm und Anzug aus, als seien sie frisch aus dem Ei gepellt, und im Gegensatz zu Lea mußte ihre Mutter den Vormittag damit verbracht haben, ihre Haare zu frisieren und sich die üblichen Schichten an Make-up aufzutragen. Vielleicht lag es ja daran, daß sie so selten lachte. Sie hatte Angst davor, daß unter der Fassade ein anderer Mensch zum Vorschein kam.

»Meinst du, ich sollte mein Essen vorab bezahlen, damit sie von meiner Finanzkraft überzeugt sind?« *Super, was für ein Anfang. Es kann nur noch besser werden.* Lea war wütend und enttäuscht. Sie wollte nicht glauben, daß ihre Mutter nur noch auf solche Äußerlichkeiten achtete. Sie würde nie verstehen, was Lea im Begriff war, ihr zu erzählen.

Bevor ihre Mutter antwortete, erschien der Ober und nahm ihre Bestellung auf. Mit einer leichten Verbeugung und einem Grinsen, das in keiner Sekunde aus seinem Gesicht zu weichen schien, verschwand er Richtung Küche.

Ihre Mutter preßte die Lippen fest aufeinander und vermied so eine Antwort auf Leas Worte, die sie einer Mutter gegenüber mit Sicherheit als unangebracht empfand.

»Wie geht es euch? Ihr seht beide gut aus.« Lea hoffte, daß das Friedensangebot akzeptiert wurde.

»Nun, es gibt ständig etwas zu tun. Du weißt ja, wie das ist. Von Rentnern wird erwartet, daß sie immer Zeit haben, und da dein Vater das Wort *Nein* nicht in seinem aktiven Wortschatz zu haben scheint, wird das reichlich ausgenutzt.«

»Myriam, jetzt übertreibst du. Was würdest du denn tun, wenn wir nicht konstant auf Achse wären. Du würdest dich zu Tode langweilen, meine Liebe.«

»Nur gut, daß wir noch keine Enkelkinder haben. Wir hätten überhaupt nicht genug Zeit, um uns um sie zu kümmern.« Ihre Mutter strich sich eine Strähne aus dem Gesicht, die es gewagt hatte, sich aus der Frisur zu lösen.

»Laß gut sein!« lenkte ihr Vater ein und tätschelte den Arm seiner Frau. Er hatte Leas entsetzten Blick aufgefangen und entschuldigend die Schultern gehoben. »Lea, erzähl uns doch ein bißchen aus deinem mit Sicherheit interessanteren Leben!«

»Ich habe diese Woche Eva besucht.« Das Gesicht ihrer Mutter versteinerte sich, und ihr Vater blickte seine Frau besorgt von der Seite an. »Sie sieht gut aus und scheint Simones Tod halbwegs überwunden zu haben.«

»Lebt sie noch in der Wohnung, die sie zusammen hatten?«

»O ja, und der Dachgarten, den Simone noch geplant und entworfen hatte, wurde von Eva verwirklicht. Ein kleines Paradies über den Dächern der Stadt.«

»Schade, daß Janine sie nicht zu ihrer Hochzeit eingeladen hat. Das wäre doch der perfekte Anlaß für ein Wiedersehen gewesen.« Wenn die Blicke ihrer Mutter hätten töten können, wären diese Sätze als die letzten Worte ihres Vaters in die Annalen ihrer Familie eingegangen. Er aber ignorierte seine Frau, eine, wie Lea feststellen mußte, offensichtlich erprobte Situation. »Wie viele Jahre ist Simones Tod jetzt her?«

»Über vier Jahre schon. Und Janine hatte sie eingeladen«, sagte Lea. »Sie konnte allerdings nicht kommen und entschuldigte sich mit einem herrlichen Strauß Lilien.«

Ihre Mutter schien sich in ihren verqueren Gedanken bestätigt, denn ihr Gesicht hellte sich auf, als sie sagte: »Genaugenommen gehört sie ja auch nicht zur Familie.«

»Sie war die Lebensgefährtin deiner Schwester! Wieso bist du so ignorant! Fast sechsundzwanzig Jahre Ablehnung und Unverständnis für das Leben, das sie führten. Fühlst du dich keinen Deut schuldig? Glaubst du nicht, es wäre einfacher für sie gewesen, wenn sie deine Unterstützung gehabt hätten? Wenn sie gewußt hätten, daß du, wenn du ihre Beziehung auch nicht verstehst, sie dennoch tolerieren und akzeptieren kannst? Ich verstehe dich nicht.«

»Und mir ist es ein Rätsel, daß du gerade jetzt damit anfängst. Was soll das? Das sind doch nun wirklich Dinge, die der Vergangenheit angehören.«

»Ja, aber manchmal wird man von der Vergangenheit eingeholt.«

»Was soll das nun wieder bedeu...«

»Der Pinot Grigio, die Herrschaften.« Der Ober trat an ihren Tisch und hielt ihrem Vater die Weinflasche vor das Gesicht. Dieser kramte in seiner Brusttasche nach der Lesebrille, und nachdem er den Wein mit einem Kopfnicken bestätigt hatte, machte sich der Ober daran, die Flasche umständlich zu öffnen, als wäre dieser Akt eine Showeinlage, die die Gäste von ihm erwarteten. Lea und ihre Mutter ließen sich nicht aus den Augen. Ihr Vater kostete den Wein und nickte, der Ober füllte alle drei Weingläser und zog sich dann mit einem *Sehr zum Wohl* höflich zurück, die drei allein an ihrem Tisch zurücklassend.

»Lea?« Ihre Mutter schaute sie fragend an.

»Zum Wohl, Mutter.« Lea erhob ihr Glas und prostete erst ihrer Mutter und dann ihrem Vater zu. Nur ihr Vater prostete zurück. Ihre Mutter ließ den Wein unberührt.

»Könntest du mir bitte erklären, wovon du eben gesprochen hast?«

»Laß uns doch erst einmal das Essen genießen. Dazu sind wir doch hier, oder?« Lea versuchte Zeit zu gewinnen. Sie fragte sich allerdings, wofür. Gab es den richtigen Moment, den perfekten Augenblick für eine solche Offenbarung? Wohl nicht. »Ich habe mich verliebt.«

»Das ist doch schön, Kind. Wunderbar. Erzähl!« Ihr Vater nickte ihr aufmunternd zu.

»Ich glaube, ich war noch nie so verliebt. Es ist . . . fast schon irreal. Ich fühle mich vervollkommnet. Als hätte sich das, was meinem Leben bisher gefehlt hat, eingefügt.« Lea lächelte.

»Glücklich siehst du nicht gerade aus!« Ihre Mutter meldete sich zu Wort.

»Ich bin aber glücklich. Sehr glücklich sogar.« Lea leerte ihr Glas in einem Zug.

»Trink nicht so schnell, Kind. Das ist nicht gut für dich!«

»Myriam, jetzt laß sie doch mal erzählen. Wer ist es? Kennen wir ihn?«

»Wohl kaum.« Lea stockte, und ihr Vater nickte ihr aufmunternd zu. »Sie ist eine Malerin. Eine sehr gute!« *Als ob das für ihre Mutter einen Unterschied machen würde.*

»Eine Frau?« Der Schock stand ihrer Mutter ins Gesicht geschrieben. »Wir gehen«, sagte sie zu Leas Vater, stand auf und griff nach ihrer Tasche, aber Lea hielt sie am Handgelenk fest und zwang sie, wieder Platz zu nehmen.

»Mutter. Ich werde das jetzt nur ein einziges Mal sagen, und ich möchte, daß du mir zuhörst. Denke in Ruhe darüber nach, bevor du urteilst.« Ihre Mutter richtete den Blick starr an Lea vorbei auf einen Punkt, den nur sie wahrnahm, ihr Vater hielt sich an seinem Weinglas fest, schaute Lea jedoch aufmerksam an. »Ich liebe sie, wie ich noch keinen Menschen zuvor geliebt habe, und ich fühle ein körperliches Verlangen nach ihrer Nähe, das unstillbar ist.« Sie sah einen Gedanken in den Augen ihrer Mutter aufkeimen, der ihr nicht gefiel. »Nein, Mutter, das ist keine Phase, die vorübergeht. Das Gefühl von Liebe ist so mächtig und stark. Ich habe so etwas noch nie gespürt. Noch nie. Sie sieht den Menschen, der ich bin. Mit allen Macken und Schwächen, den Unsicherheiten und Zweifeln, die ich mit mir herumschleppe, und ... sie akzeptiert mich. Einfach so. Sie sagt, es sei okay. Sie liebe jeden Quadratzentimeter an mir.«

Lea versuchte den Blick ihrer Mutter zu deuten, aber diese zeigte keinerlei Reaktion. Noch nicht einmal ihre Augenbraue war nach oben geschnellt. Lea fühlte sich, als hätte jemand einen Film angehalten, und sie mußte sich jetzt das ewig gleiche Standbild anschauen. Sie wußte nicht, ob die Worte zu ihrer Mutter durchdrangen, und dennoch fuhr sie fort.

»Robert hätte mich so nirgendwo mit hingenommen. Genauso wenig wie du, Mutter. Constanze ist es egal. Weißt du, was sie gesagt hat, als wir in Edinburgh zur Vernissage gegangen sind und ich mich extra für sie in Schale geworfen habe? Sie sagte, ich könne einen Kartoffelsack tragen und sie würde mich mitnehmen. Das hat mir noch nie einer meiner Freunde gesagt. Für sie war es wichtig, wie ich aussah. Für sie war ich ein Objekt, das man zeigen, mit dem man angeben konnte. Wie ein neuer Sportwagen. Für Constanze bin ich Mensch. Ich könnte im Bikini mit ihr in einem teuren Restaurant essen gehen. Es würde ihr nichts ausmachen.«

Ihr Vater lächelte sie aufmunternd an, und seine Lippen formten lautlose Worte, die Lea als *Mach einfach weiter* interpretierte. Sie nickte.

»Eva hat mir ein kleines Bild geschenkt, das Simone fotografiert und nachbearbeitet hat. *Am Grab der meisten Menschen trauert tief verschleiert ihr ungelebtes Leben* steht unter einem Grabengel. Ich möchte nicht, daß mir das passiert. Ich möchte *Ja* sagen zu meinem Leben, und ich möchte *Ja* sagen zu Constanze. Sie macht mich stark. Sie läßt mich Dinge sehen, von deren Existenz ich keine Ahnung hatte. Ich habe das Gefühl, daß ich bisher fast farbenblind durchs Leben gestolpert bin, aber wenn ich die Welt durch ihre Augen betrachte, wird alles strahlend schön und bunt – als würde sie den Grauschleier, der sich über meine Welt gelegt hat, ohne daß ich es bemerkte, mit einer einzigen, sanften Handbewegung wegziehen. Ihre Liebe erfüllt mich, und, Mutter, sie macht mich glücklich.«

Sie glaubte, ein Flackern in den dunkel glänzenden Augen ihrer Mutter wahrzunehmen.

»Ich liebe dich, wie man eine Mutter lieben kann, und ich respektiere dich, aber falls du dich gegen mich und meine Entscheidung, Constanze zu lieben, stellen solltest, dann trennen sich unsere Wege mit dem heutigen Tag. Das täte mir leid, aber du mußt verstehen, daß ich keine andere Wahl habe. Ich muß das ausprobieren, und mit viel Glück wird es funktionieren. Es wäre schön, wenn du Teil meines Lebens bleiben würdest. Falls du dich dagegen entscheiden solltest, wie du es bei Simone und Eva getan hast, muß ich das akzeptieren, aber es wird ganz allein deine Entscheidung sein.«

»Bist du fertig?« Die Stimme ihrer Mutter klang ungewöhnlich rauh. Lea nickte. »Dann werde ich jetzt gehen. Kommst du?« Sie blickte ihren Mann fragend an.

»Ja, natürlich. Ich gehe nur noch schnell auf die Toilette.«

Leas Mutter verließ schweigend das Restaurant, und ihr Vater sah seiner Frau besorgt und ungläubig nach.

»Mußt du nicht auf die Toilette?« Lea war den Tränen nahe.

»Nein, Lea.« Ihr Vater umschloß ihre zarte Hand mit der seinen und schaute Lea lange an. »Ich liebe dich, mein Schatz. Das sollst du wissen. Es ist mir egal, mit wem du zusammen bist. Ich will nur, daß du zufrieden und glücklich bist. Alles andere ist mir vollkommen egal. Ich habe mich bei Simone viel zu passiv verhalten, habe deiner Mutter zu selten widersprochen oder ihr mal meine Meinung gesagt. Simone war so anders als deine Mutter, und ich habe ihren Lebensstil nie verurteilt. Es war ihre Entscheidung, und sie hat sie nie bereut. Ich hoffe, dir geht es genauso. Ich wünsche es dir von ganzem Herzen.« Er stand auf und zog seine Tochter in seine starken Arme, in denen Lea zu weinen begann.

»Danke«, schluchzte sie.

»Du mußt mir nicht danken. Du bist meine Tochter, und daran wird nichts etwas ändern können. Ich verspreche dir, daß ich diesmal nicht vor deiner Mutter kuschen werde. Ich werde alles versuchen, versöhnlich auf sie einzuwirken.«

»Ich liebe dich.«

»Und ich liebe dich.«

39

Von ihrem Tisch aus konnte sie beobachten, wie ihr Vater auf ihre Mutter einredete und sie offensichtlich dazu bewegen wollte, in das Restaurant zurückzukehren. Aber ihre Mutter hielt sich stoisch an dem Türgriff fest und wartete darauf, daß ihr Mann das Auto aufsperrte. Sie sprach kein Wort, und Lea erkannte an den sich bewegenden Muskeln, daß ihre Kiefer aufeinandermahlten. Sollte sie ihre Mutter für so viel Selbstbeherrschung am Ende noch bewundern? Nach knapp fünf Minuten gab ihr Vater seine Überzeugungsversuche auf, setzte sich wütend und enttäuscht hinter das Lenkrad, startete den Wagen und fuhr mit quietschenden Reifen davon, noch ehe ihre Mutter die Tür vollständig geschlossen hatte.

Lea atmete erleichtert aus. Zum ersten Mal seit knapp einer Stunde, wie ihr schien. Sie fühlte sich ausgelaugt und erschöpft, und dennoch machte sich eine bisher ungekannte Hochstimmung in ihr breit. Es war heraus. Endlich. Jetzt konnte ihre Mutter damit machen, was sie wollte. Lea war frei. Eine ungeheure Last war von ihr genommen, und seltsamerweise schien es ihr plötzlich völlig egal, wie ihre Mutter damit zurechtkam. Sie, Lea Rothenbaum, hatte zu sich selbst gefunden. Sie war sich endlich sicher, was sie wollte, und sie wußte auch, daß es kein Zurück mehr gab.

Sie bezahlte das Essen, das bestellt und nicht angerührt worden war, legte dem Ober ein Trinkgeld hin, das ihn so verzückt lächeln ließ, daß er ihr bereitwillig und ohne Umschweife ein Taxi rief, ihr sowohl die Tür des Restaurants als auch die des Taxis aufhielt und sie mit einem galanten Handkuß und der Bitte, ihn und das Restaurant bald wieder zu beehren, in ihr Leben verabschiedete, von dem er nicht wissen konnte, daß es mit jenem Tag nicht mehr das gleiche sein würde.

Auf der Fahrt zurück in die Stadt schaute sie auf die dahinfliegende Landschaft und dachte an Schottland und all die Dinge, die sie dort gesehen und erlebt hatte, dachte an Stan und ihre Bilder, die sie zu lieben lehrten, sowohl sich selbst als auch eine andere Frau, dachte an Robert und seine unmögliche Reaktion, dachte an Sophie und ihre unermüdliche Unterstützung, dachte an das Gespräch mit Eva, die ihr mehr bedeutete, als sie geahnt hatte und die ihr so ungemein bei ihrem Entschluß hatte helfen können. Sie dachte auch an ihre Mutter, die sie praktisch vor die Wahl *Familie oder Liebe* stellte, an ihren sie bedingungslos liebenden Vater und an ihre jüngste Schwester, die sich mit elf aus dem Staub gemacht hatte. Leise wischte sie sich eine Träne von der Wange.

Sie war sich der Tatsache bewußt, daß auch ihr Leben nicht ewig währte, daß auch sie nur auf der Suche nach Glück war und daß sie dieses Glück bei Constanze finden würde. Was sollte sie sich wehren gegen ein Gefühl, das so stark war, daß es sie fast umhaute, wann immer sie in Constanzes Nähe kam? Und wenn ihr Glück bedeutete, ihre Mutter zu verlieren, dann mußte es eben so sein. Vielleicht würde sie ja auch noch zur Vernunft kommen, vielleicht. Warum mußte alles so schwer und kompliziert sein, wo es doch im Grunde einfach war? Sie seufzte so laut, daß der Taxifahrer sie besorgt im Rückspiegel betrachtete und fragte, ob alles in Ordnung sei. O ja, alles war in bester Ordnung. Leas Lächeln fiel etwas verkrampft aus. In bester Ordnung.

Stan hatte ihre Arbeitskleidung an, und ihre Hände waren farbverschmiert. Sie erwartete offensichtlich keinen Besuch, und es dauerte einige Sekunden, bis sie realisierte, wer da vor ihrer Tür stand und sich der vor Überraschung geöffnete Mund zu einem Lächeln formte.

»Hallo, ich . . .«, stammelte Lea und sah Stan erwartungsvoll an.

»Komm doch herein!« Stan trat einen Schritt zur Seite und deutete Lea mit einer einladenden Geste an, ihrer Aufforderung nachzukommen. In diesem Augenblick öffnete sich die Tür zum Badezimmer, und eine schlanke, dunkelhaarige Frau trat, nur mit einem Badetuch um den Körper gewickelt, auf den Flur.

»Oh«, war alles, was sie überrascht hervorbrachte, als sie Lea im Türrahmen stehen sah.

Lea schaute zunächst sie und dann Stan an, machte auf dem Absatz kehrt und lief durch den Garten zurück zur Straße, sprang in das Taxi zurück, mit dem sie gekommen war und das gerade wendete und fuhr davon.

»Warte!« Stan lief ihr bis zum Tor hinterher. »O Mist!«

Der Taxifahrer setzte sie irgendwo in der Stadt ab. Sie wollte nicht zurück in ihre Wohnung. Sie brauchte frische Luft, Bewegung. Sie stolperte blindlings durch die Gegend, als sei sie betrunken, rempelte Leute an, die ihr entgegenkamen, ohne sich zu entschuldigen, überquerte Straßen, ohne nach links oder rechts zu schauen, und erntete wilde Beschimpfungen und Hupkonzerte, und irgendwann, als sie des Laufens überdrüssig war, des Denkens, des Fühlens, kehrte sie in ihre Wohnung zurück, die ihr seltsam fremd vorkam. Mantel, Tasche, Schal, alles ließ sie achtlos zu Boden gleiten, bevor sie sich in ihren roten Sessel setzte und aus dem Fenster starrte. Auf dem niedrigen Beistelltisch stand ihre Notflasche Rotwein, aber sie widerstand der Versuchung, sich ein Glas einzuschenken, denn sie wußte, daß sie sich danach nur noch schlechter fühlen würde.

Sie weinte leise vor sich hin, nicht mehr in der Lage, einen klaren Gedanken zu fassen. Sie konnte Constanze nicht verstehen. Noch nicht einmal vier Tage hatte sie ihr Zeit gelassen, die Dinge zu regeln. Dabei wußte sie doch, wie wichtig es Lea war, für klare Verhältnisse zu sorgen. Lea war maßlos enttäuscht – auch von ihrer offensichtlichen Naivität. Alles war umsonst gewesen. Alles.

Es klingelte.

Sie wollte niemanden sehen, wollte mit niemandem sprechen, sie wollte allein sein. Es klingelte wieder. Nein, sie würde die Tür nicht öffnen. Nicht jetzt, nicht in ihrem Zustand. Eine schwere Müdigkeit ergriff plötzlich von ihr Besitz. Am liebsten hätte sie die Augen geschlossen und geschlafen. Hieß es nicht, daß Träume alles richten konnten? Man würde aufwachen, und alles sei wieder in Ordnung, die Zeit zurückgedreht, alle Möglichkeiten wieder realisierbar, alle Wege offen. *Wach auf, du blöde Kuh!* rief sie sich zur Vernunft und schnaubte verächtlich. Die Klingel nahm einen unangenehmen Dauerton an. Irgend jemand wollte partout nicht einsehen, daß sie allein sein mußte.

Seufzend stand Lea auf und ging zur Tür, drückte auf den Türöffner und wartete, bis sie Schritte vor ihrer Tür hörte. Sie öffnete und sah die Frau im Gang stehen, die sie schon einmal gesehen hatte, halbnackt in Stans Flur.

»Ich muß mit Ihnen reden.« Die Dunkelhaarige lehnte sich mit einer Hand an die Tür. »Mit dir. Bitte, laß mich hinein.«

»Glaubst du, daß das irgendeinen Sinn macht? Laß mich bitte einfach in Ruhe!« Lea wollte die Tür zuschlagen, aber die andere war schneller und schob ihren Fuß in den Türspalt, so daß es Lea nicht gelang, die Tür zu schließen. Seufzend hob sie die Schultern, kapitulierte, drehte sich um und ging ins Wohnzimmer zurück. Die andere schlüpfte in die Wohnung und folgte Lea, stieg über die Kleidungsstücke, die wild über den Fußboden im Flur verteilt lagen, setzte sich auf das Sofa, das dem Sessel gegenüberstand, und betrachtete die schlichte Einrichtung.

»Schön hast du es hier. Fast gemütlich.« Sie entdeckte Constanzes Gemälde und lächelte. »Dein Geschmack scheint auch nicht der schlechteste zu sein.«

»Ich glaube kaum, daß du gekommen bist, um mir Komplimente zu machen und über Belanglosigkeiten zu reden. Also, was willst du?«

»Ich habe das Gefühl, daß wir einiges klären müssen.«

»Was wäre das? Mir scheint alles mehr als eindeutig.« Lea wandte sich ab.

»Du hättest heute nicht so überstürzt davonrennen sollen. Dann hätten wir bei Constanze über alles reden können. Sie ist dir sogar noch hinterhergelaufen, hat dir nachgerufen, aber du warst wie eine Furie.«

»Ach ja? Wie würdest du reagieren, in einer solchen Situation? Ich war einfach überrumpelt, enttäuscht – ach, was weiß ich.« Lea schlug in ohnmächtiger Wut mit ihrer Faust auf die Sessellehne.

»Lea, Stan liebt dich über alles. Sie würde alles für dich tun.«

»Was suchst du dann in ihrem Haus? Jetzt haben wir uns knapp vier Tage nicht gesehen, und ich komme unangemeldet vorbei und sehe eine fremde, halbnackte Frau aus ihrem Badezimmer kommen!«

Die andere blickte erstaunt und amüsiert zugleich. Sie lehnte sich auf dem Sofa zurück, legte ihr rechtes Bein über das linke und verschränkte die Arme vor der Brust. »Jetzt verstehe ich.«

»Ich habe es gleich verstanden – noch als ich bei Constanze vor der Tür stand.«

»Das glaube ich nicht.«

Lea schaute sie fragend an.

»Eigentlich müßtest du mich kennen. Stan hat mir erzählt, daß dir mein Porträt überaus gut gefällt.«

In Lea keimte Erkenntnis. »Die Frau an der Tür zum Atelier . . .«

»Genau. In Edinburgh waren auch ein paar meiner Porträts ausgestellt, und die Einladung zu ihrer vorletzten Vernissage zeigte mich vor dem Spiegel im Atelier sitzend. Hat deine Freundin Sophie nicht einen Artikel darüber geschrieben? Ich fand ihn übrigens sehr gut. Constanze hielt ihn für ein bißchen zu oberflächlich.«

»Wer bist du?« fragte Lea langsam.

»Entschuldige, wie unhöflich. Ich bin Bettina. Constanzes Lieblingsmodell. Das heißt, ich war es – bis sie dich traf.« Lea schaute sie unumwunden an. »Jetzt starr mich doch nicht so an. Constanze und ich sind lediglich Freundinnen. Wir kennen uns schon seit dem Studium. Ganze vier Semester habe ich es durchgehalten und dann neidlos anerkennen müssen, daß es weitaus größere Talente gibt. Wir beide wissen das nur zu gut. Nun sitze ich ihr eben hin und wieder noch Modell und illustriere ansonsten Kinderbücher, die meine beiden Kleinen so schnell verschlingen, daß ich mit dem Malen gar nicht nachkomme.«

»Und die Dusche . . .?«

Bettina seufzte. »Ich bewundere Constanze. Sie ist wirklich eine geniale Malerin, und ich würde fast alles für sie tun, aber in Blau-, Gelb- und Grüntönen angemalt durch die Stadt zu laufen, da hört die Liebe definitiv auf. Keine Ahnung, wer sie auf die Idee gebracht hat, diese Körperdrucke anzufertigen . . .« Bei dem letzten Satz grinste sie Lea wissend an.

Diese wußte nichts zu erwidern. Sie blickte Bettina entgeistert an, wischte sich mit beiden Händen die Tränen von den Wangen und schüttelte den Kopf. »Sie hat mir nie von dir erzählt! O mein Gott!

Das kann ich nicht wieder gutmachen! Es tut mir so leid.«

»Muß es nicht. Ich würde auch so reagieren, wenn ich nach Hause käme und plötzlich eine fremde Frau hinter meinem Mann stünde. Allerdings würde ich die Situation klären, bevor ich mit fliegenden Fahnen davoneile.«

Lea mußte lachen. »Ganz schön bescheuert, oder? Das wird sie mir nicht verzeihen.«

»Doch, hat sie schon. Glaube mir.« Bettina stand auf und ging in die Küche, um ein Papierhandtuch zu befeuchten. Zurück im Wohnzimmer, setzte sie sich auf die Lehne von Leas Sessel, nahm ihr Gesicht in die Hände und begann die verweinten Augen zu kühlen und die salzigen Spuren, die die Tränen auf Leas Gesicht hinterlassen hatten, wegzuwischen. »Wenn Constanze liebt, dann vergibt sie vieles. Und außerdem liegt die Schuld an diesem Mißverständnis doch auch ein bißchen bei ihr. Sie hätte dir ja Bescheid geben können.« Bettina lehnte sich zurück und schien zufrieden mit ihrer Arbeit. »Aber du wolltest ja nicht, daß sie sich meldet, und sie hielt das Warten wohl einfach nicht mehr aus. Was sollte sie anderes tun als malen? Arbeit ist bekanntlich die beste Ablenkung.«

»Ich muß unbedingt zu ihr und das klären.«

»Dieser Meinung bin ich allerdings auch.« Sie hielt Lea, die bereits aufgestanden und auf dem Weg zur Tür war, am Arm zurück. »Wie hast du dich entschieden?« Sie hob entschuldigend die Schultern. »Reine Neugierde.«

Lea blickte sie schweigend an, und Bettina wußte die Antwort, las sie in Leas glänzenden Augen und dem Lächeln auf ihrem Mund. »Das wird dir Stan bestimmt noch mitteilen. Ihr scheint euch ja intensiv über alles auszutauschen.« Lea bückte sich nach ihrem Mantel und öffnete die Eingangstür. »Mach einfach die Tür hinter dir zu, wenn du gehst.«

»Ich wünsche dir viel Glück.«

Lea war schon bis zum ersten Stock hinuntergestürmt und blickte nun die schmale Geländerflucht hinauf zum Eingang ihrer Wohnung, wo ihr Bettina, ans Geländer gelehnt, entgegensah. »Danke, das werde ich brauchen.«

»Lea!?«

»Was ist denn noch?« fragte sie ungeduldig und außer Atem.

»Constanze wartet auf dich. Auf eurer Bank im Park!«

Lea lief zwischen hupenden Autos über die dreispurige Straße zum Park. Der hereinbrechende Abend hatte die Dämmerung mit sich gebracht, und einen kalten Wind, der die am Boden liegenden Blätter durcheinanderwirbelte. Lea lief den gewohnten Weg zum See hinunter, den sie im Sommer so oft gemeinsam gegangen waren. Sie wußte, wo sie Stan finden würde. Die schmiedeeisernen Laternen waren bereits angegangen und beleuchteten den geteerten Weg um den See. Alle fünf Meter war eine Holzbank mit eisernen Löwenfüßen aufgestellt, und auf ihrer Bank, die durch immer noch herrlich duftende Rosen vor fremden Blicken geschützt war, saß Stan, den Kragen der kurzen Jacke hochgeschlagen, die Hände in den Taschen und ihren rostfarbenen Schal um den Hals gewickelt. Der Wind hatte ihre Haare zerzaust, und sie fielen ihr unwirsch ins Gesicht, das durch die Kälte einen gesunden, rosigen Teint hatte. Sie blickte auf den See hinaus. Lea rannte das kurze Stück bis zur Bank und blieb abrupt neben ihr stehen. Die Befürchtung, Stan könne ihr nicht vergeben, und die Verzweiflung, die sich ihrer bei diesem Gedanken bemächtigte, trieben ihren Puls in die Höhe. Ihr Atem ging schnell und unregelmäßig, und sie stützte sich mit gebeugtem Oberkörper auf die Lehne, bis sie sich halbwegs beruhigt hatte. Dann sank sie erschöpft auf die Bank, versuchte Stan nicht zu bedrängen, hielt einen fast schmerzvollen und unerträglichen Abstand zu ihr.

»Bettina war bei mir«, sagte sie so gelassen wie möglich und blickte ebenfalls auf den See, dessen Oberfläche sich im Wind fast unmerklich kräuselte. »Constanze . . . bitte vergib mir. Ich hätte nicht einfach wegrennen sollen. Aber Bettinas Anblick hat mich vollkommen aus dem Konzept gebracht. Ich war so geschockt und gleichzeitig maßlos enttäuscht, weil ich dachte, daß . . .«

». . . daß Bettina eine kleine Abwechslung sei, weil ich nicht ohne Sex auskomme, bis du dich entschieden hast?« Ihre Stimme brach. »Lea, ich liebe dich!«

»Das weiß ich«, flüsterte Lea und blickte auf ihre Hände, »und ich könnte vor Scham im Boden versinken, daß ich überhaupt auf diesen Gedanken kam. Ich hoffe, du kannst mir verzeihen.«

Sie schielte verlegen zu Stan hinüber, die ihren Blick immer noch starr auf den See richtete, und konnte erkennen, wie sich ihre Kiefermuskeln bewegten.

»Ich habe mit Eva gesprochen . . . und mit meinen Eltern.«

Stan rührte sich nicht. Die Sonne war längst untergegangen, und Kälte und Dunkelheit hatten von dem Park Besitz ergriffen. Lea aber nahm nichts anderes wahr als die Frau neben sich, die sie liebte und die sie davon überzeugen mußte, daß sie es ernst meinte.

»Ich habe eine Entscheidung gefällt. Ich habe mich für dich entschieden. Für uns. Ich möchte mit dir leben. Ich werde das schaffen!« Sie schob trotzig und wie zur Bestätigung ihr Kinn nach vorn, schüttelte den Kopf und mußte lächeln. »Ich hätte niemals gedacht, daß ich das mal zu einer Frau sagen würde, aber ... ich, ich liebe dich, Constanze. Ich liebe deine Phantasie, deine Kreativität, deine unbändige Energie. Ich liebe es, wie du mich anschaust, ich liebe die Bilder, die du von mir malst. Ich liebe alle Bilder, die du malst. Ich liebe den Menschen, den du aus mir machst. Ich möchte mit dir schlafen gehen und wieder mit dir aufwachen. Ich weiß, daß der Alltag anders aussehen wird als die erste Verliebtheit. Aber mit dir wird er nie langweilig sein.«

Lea kannte ihre Hände mittlerweile in- und auswendig und wußte nicht mehr, wohin sie noch schauen sollte. Also blickt sie zu Stan und sah, daß ihr Tränen über die Wangen liefen. Sie weinte. Kein Aufseufzen, kein Schluchzen, nur leise dahingeweinte Tränen. Lea rutschte zur ihr hinüber und nahm sie in den Arm.

»Nein, bitte, du darfst nicht weinen. Bitte nicht, Constanze, bitte.« Sie nahm Stans Gesicht in ihre Hände, strich die Haarsträhnen sanft aus der Stirn, fuhr mit ihren Fingern die Wege entlang, die die Tränen über Stans Wangen genommen hatten, küßte erst ihr linkes Auge, dann das rechte, dann diese unsagbar weichen Lippen und wußte in diesem Augenblick mit unheimlicher Gewißheit, daß sie genau das wollte, daß sie nie jemand anderen mehr an ihrer Seite wünschte.

Stan ließ die Liebkosungen zu, ließ Lea die Tränen wegwischen, legte ihr Gesicht in Leas Hände, und als diese anfing, ihren Mund zu küssen, erwiderte sie die Küsse, löste ihre Hände aus den Jackentaschen und legte ihre Arme um Leas Hüfte, zog sie an sich und wollte sie nicht mehr loslassen.

Ihre Zungen fanden den Weg zueinander, und der sanfte Kuß wurde wild und sehnsuchtsvoll. Er versprach so viel, daß Lea zu zittern begann. Sie spürte ein unbändiges Verlangen nach Stan, wollte ihren Körper spüren, wollte sie lieben und von ihr geliebt werden. Wieder und wieder. Und sie spürte das gleiche Verlangen bei Stan. Sie war sich der Liebe, die Stan für sie bereithielt, fast übermächtig bewußt und erkannte, daß sie angekommen war. Sie wußte, daß sie genau hier sein wollte, wußte, daß sie den Menschen gefunden hatte, mit dem sie den Rest ihres Lebens verbringen konnte. Alles schien an seinen Platz gerückt. Nur mit Mühe löste sie sich von Stan, ganz außer Atem, und blickte ihr in die Augen, die im Dunkel der Nacht ein unergründliches, samtfarbenes Blau angenommen hatten.

»Willst du mich denn noch?«

Leas Stimme war so leise, daß Stan die Frage kaum verstand. Sie strich Lea eine Haarsträhne aus dem Gesicht und wunderte sich über die Unsicherheit in ihren Augen. Was für eine lächerliche Frage. Sie hatte Lea bereits am ersten Abend, an dem sie sich in der kleinen Kneipe getroffen hatten, begehrt und würde nie aufhören, sie zu lieben. Das Mißverständnis vom Nachmittag war aus der Welt, vergeben und vergessen. Sie nickte und antwortete schlicht und einfach.

»Ja.«

»Ja.« Lea atmete auf. Sie griff in ihre Manteltasche und zog einen Gegenstand heraus, den Stan als den Ring erkannte, den sie in Leas Laden anprobiert hatte. Ihr schien das eine Ewigkeit her zu sein. »Der ist für dich. Ich habe ihn aufbewahrt für genau diesen Augenblick. Ganz schön sentimental, findest du nicht? Ich möchte, daß du ihn trägst. Für mich.« Damit streifte sie ihn Stan über den Mittelfinger der linken Hand und betrachtete zufrieden ihr Werk. »Er paßt zu dir.« Stans Hand war genauso kalt wie die ihre. »Laß uns gehen. Ich wüßte bei Gott schönere Dinge zu tun, als in dieser Kälte Sterne zu zählen!«

Stan lachte sie an. »Damit könntest du recht haben.« Sie stand auf und bot Lea ihre Hand an, die diese ohne zu zögern nahm, und so schlossen sich ihre Hände sanft ineinander. Lea blickte zu Stan auf, der bei dem Blick in Leas Augen die Beine zu versagen drohten. *O Gott, endlich!* Sie half Lea auf und zog sie an sich. »Ich möchte dich lieben«, flüsterte sie ihr ins Ohr. »Ich möchte deine Haut auf meiner spüren«, preßte sie zwischen ihren Lippen heraus. »Ich möchte . . .«

»Stan, bitte, ich kann nicht mehr«, unterbrach sie Lea und löste sich von ihr. »Du machst mich wahnsinnig. Komm endlich!«

»Hier?«

»Du bist total verrückt!« Lea schüttelte ungläubig den Kopf.

»Nach dir!« Stan blickte in Leas Augen und fand die Bestätigung, auf die sie so lange hatte warten müssen. Das Warten hatte sich gelohnt. Sie streichelte sanft Leas Wange. Diese aber griff nach ihrer Hand und zog sie lachend hinter sich her.

Als Lea die Wohnung aufschloß, war diese dunkel und leer, Bettina verschwunden. *Gut so*, dachte sie und legte ihren Mantel ab.

»Möchtest du einen Kaffee, einen Tee, ein Glas Rotwein?« Ihre Wangen waren von der Kälte gerötet, und als sie Stan fragend ansah, schüttelte diese den Kopf.

»Ich will dich!« Sie ging auf Lea zu, streichelte ihr über die Wange und küßte sie zärtlich auf den Mund. »Nur dich.«

»Das habe ich gehofft«, flüsterte Lea und öffnete die Tür zu ihrem Schlafzimmer.

»Moment.« Stan hielt Lea zurück und schaute ihr direkt in die

Augen. »Werde ich dich morgen neben mir finden, wenn ich aufwache?«

»Na hör mal, das ist meine Wohnung.«

»Macht das einen Unterschied?«

»Nein, eigentlich nicht.«

»Also, wirst du da sein, wenn ich aufwache?«

»Das kann ich nicht garantieren.« Als sie Stans Gesicht sah, dessen Ausdruck zwischen Ungläubigkeit und Entsetzen schwankte, lächelte sie entschuldigend und beeilte sich hinzuzufügen: »Vielleicht bin ich auch in der Küche und koche uns einen Kaffee. Irgendein Aufputschmittel werden wir brauchen, um den morgigen Tag zu überstehen. Ich habe den Rest der Woche frei und nicht vor, das Bett zu verlassen.«

»Ein guter Plan!«

»Ja, nicht wahr? Ich wußte, daß er dir gefallen würde.« Mit diesen Worten zog sie Stan hinter sich her, und sie ließen sich lachend auf das weiche Bett fallen.

ENDE

Weitere Titel der édition el!es

Alison Barnard: Spaziergang im Regen

Erotischer Liebesroman

Es ist eine eine einmalige Chance für ihre Karriere: Schauspielerin Shara Quinn soll in einem Film die faszinierende, offen lesbisch lebende Dirigentin Jessa Hanson verkörpern. Während der Vorbereitungen auf die Rolle kommen sich Shara und Jessa unerwartet nah, aber eine Liebesbeziehung zwischen ihnen würde allem widersprechen, was die Welt von ihnen erwartet.
Zudem ist Shara doch zweifellos hetero . . . oder vielleicht doch nicht?

Julia Schöning: Lass es Liebe sein

Erotischer Liebesroman

Um ihrem Leben nach einer Trennung eine neue Richtung zu geben, beschließt die Versicherungskauffrau Sarah sich von ihren langen Haaren zu trennen, nicht ahnend, dass der Friseurbesuch ihr Leben gehörig durcheinanderbringen wird. Denn die rationale und konservative Sarah verliebt sich in ihre völlig gegensätzliche Friseurin, die unkonventionelle, impulsive und freiheitsliebende Katja. Einige Zufälle führen dazu, dass die beiden eine leidenschaftliche Nacht miteinander verbringen, doch danach wird deutlich, dass Katja nicht an einer Beziehung interessiert ist. Sarah ist verzweifelt, denn sie wünscht sich, dass es auch bei Katja Liebe sein möge . . .

Toni Lucas: Zeit der Versuchung

Erotischer Liebesroman

Der Australienexpertin Sarah Jansen werden zwar die Fördergelder für ihr neuestes Projekt nicht bewilligt, doch sie erhält unerwartet die Chance, sich gemeinsam mit der attraktiven, aber seltsam distanzierten Fotografin Florentine auf eine Reise quer durch den australischen Kontinent zu begeben. Beide kommen sich näher und scheinen durchaus füreinander geschaffen, wenn da nicht noch Carmen, Sarahs langjährige Partnerin, und Marisol, Florentines tote Geliebte, wären. Es beginnt eine Zeit der Versuchung, in der sich jede der Frauen darüber klarwerden muss, was wirklich für sie wichtig ist.

Annette Schniter: Mach mal halblang, Babe

Erotischer Liebesroman

Celines Vorgesetzte ist ungemein attraktiv, aber offensichtlich hetero. Dennoch spielen Celines Hormone bei jeder Begegnung verrückt. Gleichzeitig ist da noch eine Chatbekanntschaft, die Celine auf eine andere Art in ihren Bann zieht. Als die Zeit gekommen ist, endlich die virtuelle Welt zu verlassen, wissen beide, daß nun ganz neue Schwierigkeiten auf sie zukommen werden. Mit den tatsächlich eintretenden Problemen hat jedoch keine gerechnet . . .

Julia Arden: Mein Geheimnis bist du

Liebesroman

Mareike Holländer schnappt Andrea einen wichtigen Posten vor der Nase weg – ausreichend Grund, auf die neue Kollegin wütend zu sein. Dennoch schleichen sich zärtliche Gefühle in das kühle Verhältnis. Aber Mareike ist liiert. Während Andrea noch versucht herauszufinden, wie ernst diese Liaison ist, taucht Laura auf, Mareikes große Liebe. In der Vergangenheit hatte Laura zwar Mareike mehr als einmal sitzengelassen, dennoch ist Mareike ihr immer wieder aufs neue verfallen . . . also bleibt Andrea nichts weiter übrig, als ihre Gefühle vor Mareike zu verbergen . . .

Victoria Pearl: Aller Anfang geht daneben

Erotischer Liebesroman

Als Simone sich in die umwerfend attraktive Autorin Bettina verliebt, ahnt sie nicht, was noch auf sie zukommen wird. Sie und Bettina verleben eine wundervolle, berauschende Zeit, die jedoch durch das plötzliche Auftauchen von Bettinas Exfreundin Linda jäh gestört wird. Linda lässt sich bei Bettina häuslich nieder. Braucht sie nach einer schweren Zeit wirklich nur etwas freundschaftliche Unterstützung von ihrer Exfreundin, oder verfolgt sie andere Ziele?

Corina Ehnert: Eine WG zum Verlieben (Band 2: »Katrin«)

Liebesroman

Die Polizistin Katrin Brant ist nach einer gescheiterten Beziehung mit Paula wieder Single und fest integriert in den Freundeskreis rund um die WG aus der Pfeiffstraße. Sie ist glücklich mit ihrem Leben und hält sich für eine gestandene Frau. Als Alex (mit der sie im ersten Band eine Affäre hatte) mit ihrer Freundin Nico in eine gemeinsame Wohnung zieht, sucht die WG eine neue Mitbewohnerin. Eine der Bewerberinnen ist die Journalistin Hanna Reuters, von der Katrin sofort fasziniert ist. Aber schnell stellt sich heraus, daß es nicht so einfach ist, diese Faszination zu leben . . .

Toni Lucas: Paar für ein Jahr

Die Pierrots tanzen weiter

Leas Glück scheint perfekt. Lilia hat sich tatsächlich für sie entschieden und ist bei ihr eingezogen. Doch wie kann sie mit einer Frau zusammenleben, die gerade erst dabei ist, sich selbst zu finden und die so ganz eigene Vorstellungen von einer Beziehung hat?
Ihr bleibt nur ein Jahr, um das herauszufinden . . .

Maren Frank: Liebe in Schottland

Liebesroman

Wie ein Blitz trifft es die junge Archäologiestudentin Nathalie, als sie auf einer Party die schöne Eileen kennenlernt. Zwar ist die Begegnung kurz, doch geht die attraktive Frau mit den smaragdgrünen Augen Nathalie nicht mehr aus dem Kopf. Und nicht nur die Liebe bereitet Nathalie Sorgen. Nachdem sie ihren Job verloren hat, braucht sie schleunigst einen neuen. Tatsächlich ergibt sich schon bald etwas, doch Nathalie ahnt nicht, was dabei alles auf sie zukommt . . .

Erotische Adventsgeschichten

Mit Geschichten von Catherine Fox, Maren Frank, Heike Fremmer, Ruth Gogoll, Julia Schöning u.a.

Erzählungen um alte Freundinnen, die sich wiedersehen, und neue Freundinnen, die sich finden, um die Suche nach der Liebe unterm Weihnachtsbaum, die trotz aller Schwierigkeiten immer gut endet, und um die Hoffnung, daß eines der Geschenke die Frau sein möge, nach der man sich schon so lange sehnt . . .

Julia Schöning: Verirrte Herzen

Erotischer Liebesroman

Anne, ihre vierjährige Tochter Lilly und Caro sind eine glückliche Familie. Doch als Lilly in den Kindergarten kommt und Anne beschließt, wieder halbtags zu arbeiten, bekommt die Beziehung Risse. Die erfolgreiche Anwältin Caro schafft es nicht, Anne im Haushalt zu unterstützen. Als Anne dann auch noch die geheimnisvolle Nora kennenlernt, die mit ihrer faszinierenden Ausstrahlung Verwirrung stiftet, scheint das Glück der kleinen Familie ernsthaft bedroht.
Können Caro und Anne ihre Gefühle füreinander bewahren und wieder zueinanderfinden?

Tina Grasses: Das Geheimnis der Nebelinsel

Lesbischer Fantasy-Roman

Die Sensei Iliska begegnet der Schwertkämpferin Shiree. Die beiden kommen sich näher, doch dann verschwindet Iliskas Freundin Beth unter dramatischen Umständen. Zur gleichen Zeit folgt Karimah einer geheimnisvollen Vision und findet in Beth ihre große Liebe. Doch ihr Glück wird überschattet von einer uralten Gefahr. Die vier Kriegerinnen nehmen den Kampf auf, doch wird es für Karimah und Beth eine gemeinsame Zukunft geben?

Shari J. Berman: Herz ist Trumpf

Erotischer Liebesroman

Die junge Journalistin Rachel lernt auf einem Lesbenpokerabend die verführerische, etwas ältere Eden kennen – ein erotisches Abenteuer beginnt, das schnell zu Liebe wird. Obwohl zunächst alles perfekt scheint, bleibt die Vertreibung aus dem Paradies nicht aus und stellt die Beziehung auf eine harte Zerreißprobe.
Sind die Bande zwischen Rachel und Eden stark genug, die dramatischen Ereignisse zu überstehen?

Brenda L. Miller: Mein Herz bewacht dich

Liebesroman

Grace, pubertierender Teenager, wird für sechs Monate in ein Boot Camp geschickt. Dort lernt sie zu gehorchen, wird aber auch von der strengen Ausbilderin Carey ermuntert, ihre Nase in Bücher zu stecken und zu lernen. Denn Grace ist nicht unbegabt. Nach einiger Zeit jedoch wird das Verhältnis zwischen Grace und Carey immer freundschaftlicher – und liebevoller . . .

Julia Arden: Liebe unerwünscht

Liebesroman

Jennifer Feiler ist knallharte Geschäftsfrau und bekannt für ihre Affären. Auch der Flirt mit der attraktiven Ärztin Caroline stellt keine Ausnahme dar, doch Caroline weist Jennifer ab. Caroline fühlt sich zwar mehr zu Jennifer hingezogen, als ihr lieb ist, aber Jennifer ist nicht die Frau, der man sein Herz schenken sollte – für tiefere Gefühle hat sie keine Verwendung: Liebe ist ihr unerwünscht.

Victoria Pearl: Das zwischen uns

Erotischer Liebesroman

Jasmin hat es sich recht gemütlich im Junggesellinnendasein eingerichtet, als eine atemberaubende Schönheit ihre Buchhandlung betritt. Sie verlieren sich aus den Augen, sie sehen sich wieder – und es beginnt etwas, das Jasmin »Beziehung« nennt. Ihre Geliebte hält sich jedoch einiges offen. Ständig lernen sie neue Frauen kennen, von denen Jasmin nie weiß, wie nahe sie und ihre Geliebte sich kommen. Geduldig erträgt sie die Spielchen, doch kann eine solche Beziehung wirklich ewig dauern?

Corina Ehnert: Eine WG zum Verlieben (Band 1: »Alex«)

Liebesroman

Eine Lesben-WG, in der es drunter und drüber geht: Alex kann sich nicht zwischen Katrin und Nico entscheiden, obwohl Nico eigentlich Paulas Blind Date ist; Casanova Franzi wandelt plötzlich auf monogamen Pfaden, und Thea kriegt irgendwie nie eine Frau ab. Verwicklungen und Verzwicklungen bleiben spannend bis zum Schluß – an dem sich die Fäden entwirren. . . . oder?

Catherine Fox: Achterbahn der Gefühle

Liebesroman

Jessica will heiraten und hält sich für glücklich, als sie von ihren Freundinnen eine Junggesellinnenreise geschenkt bekommt. Auf einem Reiterhof soll sie ihrem Hobby frönen und die letzten Tage Freiheit genießen. Doch mit der Entspannung ist es bald vorbei, denn sie trifft Kim, die ihren Gefühlshaushalt gehörig durcheinanderbringt. Sie gerät in einen Strudel leidenschaftlicher Gefühle, erfährt eine Zärtlichkeit, die sie nicht kannte. Sie verliebt sich in Kim, aber was wird bleiben, wenn sie wieder zu Hause im alten Trott versinkt?

Ruth Gogoll: Zwei Welten

Erotischer Liebesroman

Wer sich etwas wünscht, sollte vorsichtig sein bei der Formulierung. Nico jedenfalls war es nicht und landet inmitten einer schrecklich netten Familie im Herzen der Heterosexualität: Häuschen in der Vorstadt, Ehegatte geht morgens brav zur Arbeit, die Kinder quengeln, die Nachbarinnen tratschen . . . Da taucht in dieser Heterohölle ein ganz normales (lesbisches) Paar auf, und Nico verliebt sich. Wie kann sie aber in ihre eigene Welt zurückkehren und gleichzeitig diese Liebe aus der anderen Welt bewahren?

Anthologie »Lesbisches Jugendbuch«

Kurzgeschichten

In dieser Anthologie werden die Geschichten der Gewinnerinnen aus unserem Schreibwettbewerb »Lesbisches Jugendbuch« veröffentlicht. Geschichten von Jugendlichen für Jugendliche – ausgewählt vom Literaturteam des Jugendzentrums *anyway* in Köln.

Hanna Berghoff: Du bist die Welt für mich

Liebesroman

Ein Bauernhof inmitten Deutschlands: Die Fehde zwischen den Schwestern Veronika und Franziska Perner vertieft sich, als die neue Tierärztin Dr. Jutta Adler mit frischen Ideen und Behandlungsmethoden gehörig Staub aufwirbelt. Aus Liebe (zu den Tieren und zur Tierärztin) beginnt Veronika in München Veterinärmedizin zu studieren, doch Franziska läßt nichts unversucht, um dem Liebesglück ein jähes Ende zu bereiten. Als dann noch die Zukunft des Hofes auf dem Spiel steht, muß Veronika eine schwere Entscheidung fällen . . .

Toni Lucas: Vom Tanz der Pierrots

Liebesroman

Nach einem nicht ganz freiwilligen One-night-stand wird Lea aus ihrer bequemen, langjährigen Beziehung herauskatapultiert. Sie zieht in eine Kleinstadt, die trostloser nicht sein kann. Nur ihre verheiratete Kollegin Lilia bringt Farbe in den Alltag, und nach einiger Zeit mangelt es auch an Erotik nicht. Allerdings scheinen die beiden zunächst doch nicht füreinander geschaffen – oder müssen sie erst einmal auseinandergehen, um schließlich zueinander zu finden?

Heike Fremmer: Hotel Prinzess

Liebesroman

Sofie managt ein Hotel in Hamburg, das an einen Amerikaner verkauft werden soll. Die von ihm entsendete Frau fürs Grobe ist Erica, die sich inkognito im Hotel aufhält. Sofie und Erica kommen sich näher, doch Erica verschweigt den wahren Grund ihres Aufenthaltes. Kein gutes Fundament für eine Beziehung, doch Erica hat Angst, Sofie zu verlieren, wenn die Wahrheit ans Licht kommt . . .

Julia Arden: ... und wenn du auch die Wahrheit sprichst

Liebesroman

Michaela Dietz läßt sich engagieren, um die Tochter eines Hotelbesitzers zu überreden, das Familienunternehmen weiterzuführen. Sehr zur Freude des schlechten Gewissens blüht Tanja Kanter in Michaelas Nähe auf und – natürlich, verliebt sich in sie. Doch was passiert, wenn Tanja Michaelas wahre Gründe für die unerwartete Zuneigung erfährt? Und was sagt Michaelas langjährige Freundin Vanessa eigentlich dazu?

Ruth Gogoll: L wie Liebe

Liebesroman

Bunt und unterhaltsam: Großstadtlesben und ihre (Liebes-)Abenteuer. Da ist das ungleiche Paar Marlene und Anita, das gehörig Nachhilfe in Sachen Romantik benötigt; Carolin und Ina schweben (noch) im siebten Himmel; Chris und Sabrina stecken in einer verstaubten Beziehung fest, und schließlich können sich Rick, Thea und Melly noch nicht so recht entscheiden. Verwicklungen folgen, und schon sehr bald ist nichts mehr so, wie es anfänglich war . . .

Victoria Pearl: Endlich gefunden

Liebesroman

Krankenschwester Hanna hat sich gerade aus der unheilvollen Beziehung zu Birte gelöst, als ihr eine Fremde für einen kurzen Moment den Kopf verdreht. Zurück im Arbeitsalltag nimmt Hanna erst nach langer Zeit wieder via Internet Kontakt zu anderen Frauen auf. Die Überraschung folgt auf dem Fuß, doch ist die Traumfrau tatsächlich endlich gefunden?

Julia Arden: Vertrau mir

Roman

Anna Ravensburg lebt ruhig und zurückgezogen auf ihrem Tierhof. Mit der Idylle ist es vorbei, als Kommissarin Maike Roloff auftaucht: Zwei Pharma-Manager sind entführt worden, und Annas Vergangenheit als radikale Tierschützerin könnte bei der Aufklärung helfen. Zunächst widerstrebt es Anna, die Polizei zu unterstützen, doch bald muß Anna sich eingestehen, daß sie sich zu Maike hingezogen fühlt. Maike hingegen scheint sich nur für eines zu interessieren: Die Lösung ihres Falles.